JEFFREY ARCHER

De tijd zal het leren

Een geheim verleden. Een verborgen bestemming.
Een strijd om de waarheid.

Boek 1 in de Clifton-serie

BOEKERIJ

Eerste druk 2015
Derde druk 2016

ISBN 978-90-225-7621-2
ISBN 978-94-023-0329-2 (e-boek)
NUR 302

Oorspronkelijke titel: *Only Time Will Tell*
Vertaling: Joost van der Meer en William Oostendorp
Omslagontwerp: Johannes Wiebel, Punchdesign en Wil Immink Design
Omslagbeeld: Shutterstock (schip en bootje), photocase (pier) en Richard Jenkins Photography (vrouw)
Zetwerk: ZetSpiegel, Best

Alan Quilter

1927-1998

De familie Barrington

Sir Walter Barrington x *Mary Barrington*
1866– **1874–**

- *Nicholas* **1894–1918**
- *Hugo* **1896–** x *Elizabeth Harvey* **1900–**
  - *Giles* **1920–**
  - *Emma* **1921–**
  - *Grace* **1923–**

De familie Clifton

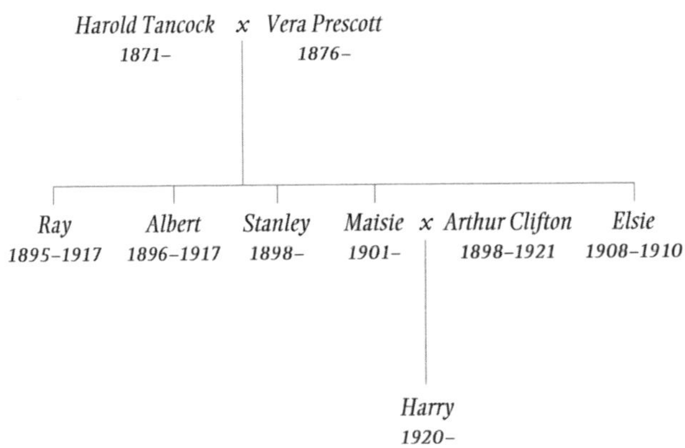

Maisie Clifton

1919

Proloog

Dit verhaal zou nooit geschreven zijn als ik niet zwanger was geraakt. Let wel, ik was sowieso al van plan om tijdens het werkuitstapje naar Weston-super-Mare mijn maagdelijkheid te verliezen, alleen niet aan die man.

Arthur Clifton werd, net als ik, geboren aan Still House Lane, hij ging zelfs naar dezelfde lagere school als ik, Merrywood, maar aangezien ik twee jaar jonger was, wist hij niet van mijn bestaan. Alle meisjes in mijn klas waren verliefd op hem, en niet alleen omdat hij de aanvoerder van het schoolvoetbalteam was.

Hoewel Arthur in mijn schooltijd nooit enige belangstelling voor me had getoond, kwam daar na zijn terugkeer van het westfront snel verandering in. Ik weet niet eens zeker of hij wel doorhad wie ik was toen hij me die zaterdagavond in het Palais ten dans vroeg, maar eerlijk gezegd moest ik zelf ook twee keer kijken voordat ik hem herkende, omdat hij een potloodsnor had laten staan en zijn haar à la acteur Ronald Colman glad naar achteren geplakt droeg. Die avond had hij geen oog voor andere meisjes en nadat we de laatste wals hadden gedanst, wist ik dat het slechts een kwestie van tijd zou zijn voordat hij me ten huwelijk vroeg.

Terwijl we naar huis liepen, hield Arthur mijn hand vast en toen we bij mijn voordeur aankwamen, probeerde hij me te zoenen. Ik wendde me af. De eerwaarde Watts had me immers vaak genoeg verteld dat ik tot mijn trouwdag puur moest blijven, en Miss Monday, onze koordirigente, waarschuwde me dat mannen slechts één ding wilden en dat ze, zodra ze dat hadden, snel hun belangstelling verloren. Ik vroeg me vaak af of Miss Monday uit persoonlijke ervaring sprak.

De zaterdag daarop nodigde Arthur mij uit naar de bios om Lillian Gish in *Broken Blossoms* te zien, en hoewel ik hem toestond om een arm om mijn schouder te leggen, liet ik me nog steeds niet kussen. Hij protesteerde niet. Eerlijk gezegd was Arthur nogal verlegen.

Nog weer een zaterdag later stond ik hem toe me te kussen, maar toen hij een hand in mijn blouse wilde steken, duwde ik hem weg. Dat stond ik pas toe nadat hij me had gevraagd, een ring had gekocht en de eerwaarde Watts voor de tweede keer de geboden had afgelezen.

Mijn broer Stan vertelde me dat ik naar verluidt de laatste maagd aan deze kant van de rivier de Avon was, hoewel ik vermoed dat de meeste van zijn veroveringen zich in zijn fantasie afspeelden. Toch besloot ik dat het moment gekomen was, en wanneer beter dan tijdens het werkuitstapje naar Weston-super-Mare met de man met wie ik een paar weken later in het huwelijk zou treden?

Maar zodra Arthur en Stan van de janplezier af waren gestapt, liepen ze rechtstreeks naar de dichtstbijzijnde kroeg. Ik had de afgelopen maand alles gepland voor dit moment, dus toen ik als een brave padvindster van de wagen stapte, was ik voorbereid.

Behoorlijk balend wandelde ik dus alleen naar de pier, toen ik opeens voelde dat iemand me achtervolgde. Ik keek om en was verrast toen ik zag wie het was. Hij haalde me bij en vroeg of ik alleen was.

'Ja,' antwoordde ik, wetend dat Arthur inmiddels aan zijn derde pint zou zitten.

Toen hij een hand op mijn achterste legde, had ik hem een klap in zijn gezicht moeten geven, maar om meerdere redenen deed ik dat niet. Om te beginnen dacht ik aan de voordelen van seks met iemand die ik hoogstwaarschijnlijk niet meer zou tegenkomen. En ik moet toegeven dat ik gevleid was door zijn avances.

Tegen de tijd dat Arthur en Stan waarschijnlijk hun achtste pint achteroversloegen, had hij ons in een pension net om de hoek van de strandboulevard geboekt. Ze leken een speciaal tarief te hanteren voor bezoekers die niet van plan waren om er de nacht door te brengen. Zelfs al voordat we de eerste overloop hadden bereikt, begon hij me te kussen, en zodra de slaapkamerdeur gesloten was, maakte hij vlug de knoopjes van mijn blouse los. Dit was blijkbaar niet zijn eerste keer. Ik ben er zelfs vrij zeker van dat ik niet het eerste meisje was dat hij op een werkuitje had gehad. Hoe wist hij anders van die speciale tarieven?

Ik moet bekennen dat ik niet had verwacht dat het allemaal zo snel voorbij zou zijn. Zodra hij van me af was geklommen, verdween ik de badkamer in terwijl hij op het voeteneind van het bed ging zitten en een peuk opstak. Misschien zou het de tweede keer beter zijn, dacht ik. Maar toen ik weer in de kamer kwam, was hij nergens te zien. Ik moet toegeven dat ik teleurgesteld was.

Ik had me misschien schuldiger gevoeld over mijn ontrouw jegens Arthur als hij me op de terugreis naar Bristol niet helemaal ondergespuugd had.

De volgende dag vertelde ik mijn moeder wat er was gebeurd, zonder te verklappen wie de man was. Immers, zij had hem nooit ontmoet, en dat zou waarschijnlijk ook nooit gebeuren. Ma vertelde me dat ik mijn mond moest houden omdat ze de bruiloft niet wilde hoeven afzeggen, en dat ook al zou ik zwanger blijken te zijn, niemand er wijzer van zou worden, omdat Arthur en ik tegen de tijd dat het iemand opviel al getrouwd zouden zijn.

Harry Clifton

1920-1933

I

Er is me altijd verteld dat mijn vader in de oorlog was gesneuveld.

Telkens wanneer ik mijn moeder naar zijn dood vroeg, zei ze niets meer dan dat hij bij het koninklijk regiment van Gloucestershire had gediend en slechts enkele dagen voordat de wapenstilstand werd getekend aan het westfront was omgekomen. Oma zei dat mijn pa een moedig man was geweest en toen we een keer alleen thuis waren, liet ze me zijn medailles zien. Mijn opa gaf zelden een mening over wat dan ook, maar goed, die was stokdoof en zou de vraag sowieso niet gehoord kunnen hebben.

De enige andere man die ik me kan herinneren, was mijn oom Stan, die bij het ontbijt altijd aan het hoofd van de tafel zat. Als hij 's morgens vertrok, volgde ik hem vaak naar de haven, waar hij werkte. Elke dag die ik daar doorbracht, was een avontuur. Vrachtschepen uit verre landen werden van hun waren gelost: rijst, suiker, bananen, jute en veel andere dingen waarvan ik nog nooit had gehoord. Waren de ruimen eenmaal geleegd, dan laadden de havenarbeiders ze met zout, appels, tin, zelfs steenkool (mijn minst favoriete lading, omdat het sporen op mijn kleding achterliet, wat een duidelijke aanwijzing was wat ik de hele dag had gedaan, tot ergernis van mijn moeder), voordat ze weer vertrokken naar mij onbekende bestemmingen. Ik wilde oom Stan altijd helpen met het lossen van om het even welk schip die ochtend de haven in was gelopen, maar hij lachte alleen maar. 'Alles op z'n tijd, beste jongen,' zei hij dan. Voor mij kon het niet snel genoeg zijn, maar toen ineens gooide school roet in het eten.

Op mijn zesde werd ik naar de lagere school Merrywood gestuurd en ik vond het complete tijdsverspilling. Wat had school voor nut als ik alles wat ik nodig had in de haven kon leren? Als mijn moeder me niet naar de poort had gesleept, me daar had achtergelaten en die middag om vier uur was teruggekeerd, zou ik de volgende dag niet de moeite hebben genomen om terug te gaan.

Ik besefte niet dat ma voor mijn toekomst andere plannen had, die niet omvatten dat ik me bij oom Stan in de scheepswerf voegde.

Als ma me 's morgens eenmaal had afgezet, hing ik tot ze uit het zicht was wat rond op het plein, om vervolgens naar de haven te glippen. Ik zorgde ervoor dat ik altijd op tijd weer bij de schoolpoort stond als ze 's middags terugkwam om me op te halen. Op weg naar huis vertelde ik haar wat ik die dag allemaal had gedaan op school. Ik was goed in verhalen verzinnen, maar het duurde niet lang voordat ze in de gaten kreeg dat het niet meer was dan dat: verhalen.

Ook een of twee andere jongens van mijn school hingen in de haven rond, maar ik hield afstand van hen. Ze waren ouder en groter en stompten me altijd als ik ze voor de voeten liep. Ook moest ik uitkijken voor meneer Haskins, de ploegbaas, want als die me ooit zag lanterfanten, om zijn lievelingswoord te gebruiken, zou hij me een schop onder mijn kont geven met het dreigement: 'Als ik jou hier nog een keer zie lanterfanten, beste jongen, dan geef ik het door aan het schoolhoofd.'

Zo nu en dan besloot Haskins dat hij me een keer te veel had gezien en werd ik verklikt bij het schoolhoofd, die me met de riem gaf en me vervolgens terug naar mijn klas stuurde. Meester Holcombe, mijn klassenleraar, verklapte het nooit als ik niet voor zijn les verscheen, maar goed, die was een beetje aan de softe kant. Als mijn moeder erachter kwam dat ik had gespijbeld, kon ze haar woede niet verbergen en hield ze mijn zakgeld in, een halve penny per week. Maar ondanks de incidentele klap van een oudere jongen, regelmatige afranselingen van het schoolhoofd en het verlies van mijn zakgeld kon ik de aantrekkingskracht van de haven nog steeds niet weerstaan.

Tijdens het 'lanterfanten' op de werf maakte ik slechts één echte vriend. Hij heette Old Jack Tar. Meneer Tar woonde in een verlaten spoorrijtuig aan het eind van de loodsen. Oom Stan raadde me aan om uit de buurt te blijven van Old Jack, omdat hij een domme, vieze oude zwerver was. Zo vies leek hij mij niet, zeker niet zo vies als Stan, en ik kwam er al gauw achter dat hij ook niet dom was.

Na het middageten met oom Stan, een hap van zijn dubbele boterham met Marmite, zijn weggegooide appelklokhuis en een slok bier, was ik op tijd terug op school voor een potje voetbal, de enige activiteit die ik het waard vond om voor op te dagen. Immers, als ik van school kwam, zou ik Bristol City gaan aanvoeren of een schip bouwen dat over de hele wereld zou varen. Als meester Holcombe zijn mond dichthield en de ploegbaas me niet bij het schoolhoofd aangaf, kon ik dagenlang zo doorgaan zonder gesnapt te worden, en zolang ik de kolenschepen meed en elke middag om vier uur bij de schoolpoort stond, had mijn moeder nergens weet van.

Om de zaterdag nam oom Stan me mee naar Ashton Gate om naar Bristol City te gaan kijken. En op zondagochtenden zeulde mam me mee naar de kerk van de Heilige Geboorte, iets waar ik niet onderuit wist te komen. Zodra de eerwaarde Watts de laatste zegen had gegeven, rende ik helemaal naar het speelterrein om me bij mijn maten aan te sluiten voor een potje voetbal voordat ik op tijd naar huis terugkeerde voor het avondeten.

Tegen de tijd dat ik zeven was, was het iedereen met een beetje verstand van voetbal wel duidelijk dat ik nooit het schoolteam zou halen, laat staan aanvoerder van Bristol City zou worden. Maar ik ontdekte toen dat God mij een kleine gave had gegeven en die zat niet in mijn voeten.

Om te beginnen viel het me niet op dat iemand die op zondagmorgen in de kerk dicht bij mij in de buurt zat steeds ophield met zingen als ik mijn mond opendeed. Daar zou ik niets van hebben gedacht als mam niet had voorgesteld dat ik bij het koor ging. Ik lachte minachtend, iedereen wist immers dat het koor alleen voor meisjes en watjes was. Ik zou het idee meteen hebben verworpen als de eerwaarde Watts me niet had verteld dat koorknapen voor begrafenissen een penny en voor bruiloften twee pence betaald kregen, mijn eerste ervaring met omkoping. Maar zelfs nadat ik met tegenzin had ingestemd met een zangproef besloot de duivel een obstakel op mijn pad te plaatsen, in de gedaante van Miss Eleanor E. Monday.

Ik zou Miss Monday nooit hebben ontmoet als ze niet de koordirigente van de kerk van de Heilige Geboorte was geweest. Hoewel ze slechts een meter zestig lang was en eruitzag alsof een windvlaag haar weg zou kunnen blazen, probeerde niemand met haar de draak te steken. Ik heb het gevoel dat zelfs de duivel bang zou zijn geweest voor Miss Monday, want de eerwaarde Watts was dat zeker.

Ik stemde in met een zangproef, maar niet voordat mijn moeder me zakgeld voor een maand vooruit had betaald. De zondag daarop stond ik in de rij met een groep andere jongens en wachtte tot ik werd opgeroepen.

'Je bent altijd op tijd voor de koorrepetities,' kondigde Miss Monday aan terwijl ze me doordringend aankeek. Uitdagend staarde ik terug. 'Je spreekt slechts als je wordt aangesproken.' Op een of andere manier wist ik mijn mond dicht te houden. 'En tijdens de dienst ben je altijd geconcentreerd.' Ik knikte met tegenzin. En daarna, God zegene haar, bood ze me een uitweg. 'Maar het allerbelangrijkste,' verklaarde ze terwijl ze haar handen op haar heupen plaatste, 'binnen twaalf weken word je verwacht te slagen voor een lees- en schrijftoets, zodat ik zeker weet dat je een nieuwe hymne of een onbekende psalm onder de knie kunt krijgen.'

Tot mijn genoegen struikelde ik over de eerste horde. Maar ik zou ontdekken dat Miss Eleanor E. Monday niet zo gemakkelijk opgaf.

'Welk stuk heb je gekozen om te zingen, kind?' vroeg ze toen ik voor aan de rij kwam.

'Ik heb niets gekozen,' liet ik haar weten.

Ze sloeg een gezangboek open, gaf het aan mij en ging achter de piano zitten. Ik glimlachte bij de gedachte dat ik nog steeds op tijd kon zijn voor de tweede helft van ons zondagse voetbalpotje. Ze begon een bekende melodie te spelen en toen ik mijn moeder vanaf de voorste kerkbank woedend naar me zag kijken, besloot ik dat ik maar beter mee kon doen, alleen om haar tevreden te stellen.

'*All things bright and beautiful, all creatures great and small. All things wise and wonderful...*' Lang voordat ik bij '*the Lord God made them all*' was, was er een glimlach op het gezicht van Miss Monday verschenen.

'Hoe heet je, kind?' vroeg ze.

'Harry Clifton, Miss.'

'Harry Clifton, jij meldt je voortaan op maandag, woensdag en vrijdag om zes uur precies voor koorrepetitie.' Zich omdraaiend naar de jongen die achter mij in de rij stond, zei ze: 'Volgende!'

Ik beloofde mijn moeder dat ik op tijd zou zijn voor de eerste koorrepetitie, ook al wist ik dat het meteen mijn laatste zou zijn, aangezien Miss Monday snel zou inzien dat ik niet kon lezen of schrijven. En het zou ook mijn laatste zijn geweest als het niet voor iedereen die luisterde zonneklaar was geweest dat mijn zangstem tot een andere categorie behoorde dan die van alle andere jongens in het koor. Het was zelfs zo dat iedereen stilviel op het moment dat ik mijn mond opende, en de blikken van bewondering, ja, zelfs ontzag waar ik op het voetbalveld wanhopig naar had verlangd, oogstte ik in de kerk. Miss Monday deed alsof ze niets in de gaten had.

Nadat ze ons had weggestuurd, ging ik niet naar huis, maar rende ik het hele stuk naar de haven om meneer Tar te vragen wat ik zou moeten doen aan het feit dat ik niet kon lezen of schrijven. Vol aandacht luisterde ik naar het advies van de oude man en de volgende dag ging ik terug naar school en nam mijn plaats in meester Holcombes klas in. Toen het schoolhoofd mij op de voorste rij zag zitten, kon hij zijn verrassing niet verbergen en hij was zelfs nog meer verrast toen ik voor de eerste keer heel goed oplette bij de ochtendles.

Meester Holcombe begon mij het alfabet te leren en binnen enkele dagen kon ik alle zesentwintig letters uitschrijven, zij het niet altijd in de juiste volgorde. Mijn moeder zou me geholpen hebben zodra ik in de middag thuiskwam, maar net als de rest van mijn familie kon ook zij lezen noch schrijven.

Oom Stan kon maar net zijn handtekening krabbelen en hoewel hij het verschil zag tussen een pakje Wills's Star en Wild Woodbines wist ik vrij zeker dat hij de etiketten niet kon lezen. Ondanks zijn nutteloze gemompel begon ik op elk stukje papier dat ik maar kon vinden het alfabet te schrijven. Oom Stan leek niet te merken dat de verscheurde krant in het privaat altijd onder de letters zat.

Toen ik het alfabet eenmaal onder de knie had, liet meester Holcombe me kennismaken met een paar eenvoudige woorden: 'hok', 'kat', 'mam' en 'pap'. Dat was toen ik hem voor het eerst naar mijn vader vroeg, hopend dat hij me iets over hem zou kunnen vertellen. Hij wekte tenslotte de indruk alles te weten. Maar hij leek in verwarring dat ik zo weinig over mijn eigen vader wist. Een week later schreef hij mijn eerste vierletterwoord op het bord, 'boek', en daarna vijf, 'thuis', en zes, 'school'. Tegen het eind van de maand kon ik mijn eerste zin schrijven: '*The quick brown fox jumps over the lazy dog*', die elke letter van het alfabet bevatte, maakte meester Holcombe duidelijk. Ik controleerde het en hij bleek gelijk te hebben.

Aan het eind van het schooljaar kon ik 'lofzang', 'psalm' en zelfs 'hymne' spellen, hoewel meester Holcombe me eraan bleef herinneren dat ik bij het spreken nog steeds mijn h's inslikte. De vakantie brak aan en ik begon me zorgen te maken dat ik zonder hulp van meester Holcombe de veeleisende toets van Miss Monday nooit zou halen. En dat zou misschien ook gebeurd zijn als Old Jack niet zijn plaats had ingenomen.

De vrijdagavond waarop ik wist dat ik voor mijn tweede toets zou moeten slagen als ik lid van het koor hoopte te blijven, was ik een half uur te vroeg voor de repetitie. Zwijgend nam ik plaats in de banken, hopend dat Miss Monday iemand anders zou uitkiezen voordat ze zich tot mij wendde.

Voor de eerste toets was ik al met 'vlag en wimpel' geslaagd, zoals Miss Monday het had beschreven. Ons was gevraagd het Onzevader op te zeggen, wat voor mij geen probleem was, omdat mijn moeder zo lang ik me kon herinneren elke avond bij mijn bed knielde en de vertrouwde woorden herhaalde voordat ze me instopte. Maar de volgende toets van Miss Monday bleek veel zwaarder.

Tegen die tijd, het einde van onze tweede maand, moesten we voor het koor hardop een psalm voorlezen. Ik koos Psalm 121, die ik ook uit het hoofd kende, omdat ik hem in het verleden zo vaak had gezongen. 'I will lift up nine eyes unto the hills, from whence cometh my help'. Ik kon slechts hopen dat mijn hulp van de Heer kwam. Hoewel ik het psalmenboek op de juiste pagina kon openslaan, omdat ik nu van een tot honderd kon tellen, was ik bang dat Miss Monday zou beseffen dat ik niet elk vers van regel tot regel kon volgen. Ze liet er in elk geval niets van merken, want ik bleef nog een maand in de koorbanken terwijl twee andere afvalligen – haar woord, want ik wist niet wat het betekende totdat ik het de volgende dag aan meester Holcombe vroeg – terug naar de kerkgemeente werden gestuurd.

Toen het moment daar was om de derde en laatste toets af te nemen, was ik er klaar voor. Miss Monday vroeg ons achterblijvers om de Tien Geboden in de juiste volgorde uit te schrijven, zonder het boek van Exodus te raadplegen.

De koordirigente kneep een oogje dicht voor het feit dat ik diefstal voor moord plaatste, 'echtbreuk' niet kon spellen en al helemaal niet wist wat het betekende. Pas nadat twee andere afvalligen voor minder zware overtredingen op staande voet waren heengezonden, besefte ik hoe uitzonderlijk mijn stem wel moest zijn.

Op de eerste zondag van de advent kondigde Miss Monday aan dat ze voor haar koor drie nieuwe jongenssopranen, of 'engeltjes', zoals de eerwaarde Watts ons placht te noemen, had geselecteerd, de rest was afgewezen wegens het plegen van onvergeeflijke zonden als kletsen tijdens de preek, zuigen op een toverbal en, in het geval van twee jongens, betrapt worden op het spelen met kastanjes aan touwtjes tijdens het 'Nunc dimittis'.

De volgende zondag kleedde ik me in een lange blauwe toga met een geplooide witte kraag. Alleen ik mocht een bronzen medaillon van de

Maagd Maria om mijn hals dragen, om te laten zien dat ik tot solosopraan was verkozen. Met trots zou ik dat medaillon het hele eind naar huis hebben gedragen, zelfs de volgende ochtend naar school, om mee op te scheppen tegen de rest van de jongens, als Miss Monday het aan het eind van elke dienst niet had teruggehaald.

Op zondagen werd ik naar een andere wereld overgebracht, maar ik vreesde dat deze extatische fase niet eeuwig kon duren.

2

Als oom Stan 's morgens opstond, wist hij op een of andere manier het hele huis wakker te maken. Niemand klaagde, want hij was de broodwinner in de familie en hij was in elk geval goedkoper en betrouwbaarder dan een wekker.

Het eerste geluid dat Harry hoorde, was het dichtslaan van de slaapkamerdeur. Dit werd gevolgd door gestamp over de krakende houten overloop, de trap af en het huis uit. Vervolgens klonk het dichtslaan van een andere deur terwijl oom Stan in het privaat verdween. Als er dan nog iemand sliep, diende het geruis van water als hij doortrok, gevolgd door nog eens twee dichtslaande deuren voordat hij naar de slaapkamer terugkeerde, om hen eraan te herinneren dat hij zijn ontbijt op de keukentafel verwachtte. Alleen op zaterdagavond nam Stan voordat hij naar het Palais of het Odeon ging een was- en een scheerbeurt. Vier keer per jaar, op betaaldag aan het eind van elk kwartaal, ging hij in bad. Niemand kon oom Stan ervan beschuldigen dat hij zijn zuurverdiende geld aan zeep verspilde.

Maisie, Harry's moeder, was de tweede die opstond. Zij sprong iets na de eerste dichtgeslagen deur uit bed. Tegen de tijd dat Stan van de wc kwam, stond er een kom havermoutpap op het fornuis. Oma volgde kort daarna en voegde zich bij haar dochter in de keuken voordat Stan zijn plaats aan het hoofd van de tafel had ingenomen. Als Harry iets van een ontbijt hoopte te krijgen, moest hij binnen vijf minuten na de eerste dichtslaande deur beneden zijn. De laatste die in de keuken verscheen was opa, die zo doof was dat hij vaak door Stans vroege ochtendritueel heen wist te slapen. Deze dagelijkse routine in het huishouden van de Cliftons varieerde nooit. Als je slechts over een privaat buitenshuis, een wastafel en een handdoek beschikt, wordt een vaste volgorde een noodzaak.

Tegen de tijd dat Harry zijn gezicht met een straaltje koud water bespatte, diende zijn moeder in de keuken het ontbijt op: twee dik gesneden boterhammen besmeerd met varkensreuzel voor Stan en vier dunne sneeën voor de rest van de familie, die ze roosterde als er nog kolen over waren in de zak die elke maandag bij de voordeur werd neergesmeten. Zodra Stan zijn pap ophad, mocht Harry de kom schoonlikken.

Op de haard stond altijd een grote bruine pot thee te trekken, die oma door een van haar moeder geërfd, verzilverd victoriaans theezeefje in een verscheidenheid van mokken schonk. Terwijl de andere familieleden van een mok ongezoete thee genoten – suiker was alleen voor feest- en heiligendagen – trok Stan zijn eerste fles bier open, die hij meestal in één teug achterover sloeg. Vervolgens kwam hij overeind van tafel en boerde luid voordat hij zijn lunchtrommel pakte, die oma tijdens zijn ontbijt had klaargemaakt: twee dubbele boterhammen met Marmite, een worstje, een appel, nog twee flessen bier en een pakje met vijf kankerstokjes. Zodra Stan naar de haven was vertrokken, begon iedereen tegelijk te praten.

Oma wilde altijd weten wie de theesalon had bezocht waar haar dochter als serveerster werkte: wat ze aten, wat ze droegen, waar ze zaten, ze wilde alle details van maaltijden die op een fornuis werden bereid in een ruimte die werd verlicht door elektrische gloeilampen die geen kaarsvet achterlieten, om nog maar niet te spreken van klanten die soms een muntje van drie pence als fooi lieten liggen, die Maisie moest delen met de kok.

Maisie was meer geïnteresseerd in wat Harry de vorige dag op school had gedaan. Ze eiste een dagelijks verslag, wat oma niet leek te interesseren, misschien omdat ze zelf nooit naar school was gegaan. Trouwens, ze was ook nooit in een theesalon geweest.

Opa reageerde zelden, want na vier jaren van een veldkanon laden en ontladen, 's morgens, 's middags en 's avonds, was hij zo doof dat hij zich tevreden moest stellen met het kijken naar hun lippen en van tijd tot tijd knikken. Dit zou buitenstaanders de indruk kunnen geven dat hij dom was, maar de rest van de familie had tot hun schade ondervonden dat hij dat beslist niet was.

Alleen in de weekenden varieerde de ochtendroutine van de familie. Op zaterdag volgde Harry zijn oom de keuken uit, steevast een pas achter hem, terwijl hij naar de haven liep. Op zondag vergezelde Harry's moeder hem naar de kerk van de Heilige Geboorte, waar ze zich in de derde rij van de banken koesterde in de glorie van de solosopraan van het koor.

Maar vandaag was het zaterdag. Tijdens de twintig minuten durende wandeling naar de haven deed Harry nooit zijn mond open, tenzij zijn oom sprak. Dan draaide het altijd uit op hetzelfde gesprek als dat ze de zaterdag ervoor hadden gehad.

'Wanneer ga je nou eens van school af om aan het werk te gaan, jochie?' was steevast oom Stans openingssalvo.

'Mag pas als ik veertien ben,' friste Harry zijn geheugen op. 'Dat is de wet.'

'Een verdomd stomme wet, als je het mij vraagt. Ik was twaalf toen ik op school mijn biezen pakte en in de haven ging werken,' verkondigde Stan alsof Harry deze diepzinnige opmerking nog nooit had gehoord. Harry nam geen moeite om te reageren, want hij wist al wat zijn ooms volgende zin zou zijn. 'En daarbij komt nog dat ik voor mijn zeventiende verjaardag had getekend om bij het leger van Kitchener dienst te nemen.'

'Vertel eens over de oorlog, oom Stan,' zei Harry, wetend dat dit hem voor enkele honderden meters wel bezig zou houden.

'Jouw pa en ik gingen op dezelfde dag onder dienst bij het koninklijk regiment van Gloucestershire,' zei Stan terwijl hij even zijn werkmanspet aantikte alsof hij een saluut bracht aan een verre herinnering. 'Na twaalf weken basistraining in de kazerne van Taunton werden we naar Wipers verscheept om tegen de moffen te vechten. Eenmaal aangekomen brachten we onze tijd vooral opgesloten in van ratten vergeven loopgraven door. Daar moesten we wachten tot een of andere verwaande officier ons vertelde dat, zodra de bugel schalde, wij over de rand van de loopgraaf dienden te klauteren, met de bajonet op het geweer, vurend terwijl we naar de vijandelijke linies oprukten.' Dit werd gevolgd door een lange onderbreking, waarna Stan eraan toevoegde: 'Ik was een van de bofkonten. Keerde piekfijn in orde terug naar Blighty.' Zijn volgende zin had Harry woord voor woord kunnen voorspellen, maar hij zweeg. 'Je beseft gewoon niet hoeveel mazzel je hebt, mijn jongen. Ik verloor twee broers, je oom Ray en je oom Bert, en jouw vader verloor niet alleen een broer, maar ook zijn vader, je andere opa, die je nooit hebt gekend. Een geweldige man, die sneller een halve liter bier achterover kon slaan dan alle havenarbeiders die ik ooit heb gekend.'

Als hij de ogen had neergeslagen, zou hij hebben gezien dat de jongen zijn woorden geluidloos mee mompelde, maar vandaag voegde oom Stan er tot Harry's verrassing een zin aan toe die hij nog nooit had uitgesproken. 'En jouw pa zou vandaag nog hebben geleefd als de directie maar naar mij had geluisterd.'

Plotseling was Harry alert. De dood van zijn vader was altijd het onderwerp van gefluisterde gesprekken en verstomde stemmen geweest. Maar oom Stan weigerde verder iets te zeggen, alsof hij in de gaten had dat hij te ver was gegaan. Volgende week misschien, dacht Harry, terwijl hij zijn oom bijhaalde en met hem in de pas liep alsof ze twee soldaten op een paradeplaats waren.

'En, tegen wie speelt City vanmiddag?' vroeg Stan, weer volgens het script.

'Charlton Athletic,' antwoordde Harry.

'Dat is een stelletje ouwe knoeiers.'

'Vorig seizoen hebben ze ons wel ingemaakt,' bracht Harry zijn oom in herinnering.

'Dat was mazzel, als je het mij vraagt,' zei Stan en hij deed zijn mond niet meer open. Bij de ingang van de werf klokte Stan in, om daarna door te lopen naar het dok waar hij werkte met een groep andere havenarbeiders, van wie niemand het zich kon veroorloven om een minuut te laat te komen. De werkloosheid had een hoogtepunt bereikt en te veel jongemannen stonden buiten de poort te wachten om hun plaats in te nemen.

Harry volgde zijn oom niet, omdat hij wist dat als meneer Haskins hem betrapte op rondhangen bij de loodsen hij een oorvijg zou krijgen, gevolgd door een schop onder zijn kont van zijn oom voor het lastigvallen van de ploegbaas. In plaats daarvan begaf hij zich in de tegengestelde richting.

Harry's eerste bezoekje elke zaterdagmorgen was Old Jack Tar, die in het spoorrijtuig aan het andere eind van de scheepswerf woonde. Hij had Stan nooit verteld over zijn regelmatige bezoeken, omdat zijn oom hem had gewaarschuwd om de oude man koste wat het kost te mijden.

'Heeft waarschijnlijk in jaren geen bad gezien,' zei de man die zich slechts één keer per kwartaal waste en dan pas nadat Harry's moeder over de lucht had geklaagd.

Maar nieuwsgierigheid had lang geleden de overhand gekregen in Harry en op een ochtend was hij op handen en knieën omhoog naar het spoorrijtuig gekropen, had zich opgericht en door een raam gegluurd. De oude man zat in de eerste klas een boek te lezen.

Old Jack draaide zijn hoofd, keek hem aan en zei: 'Kom binnen, knul.' Harry sprong naar beneden en hield pas op met rennen toen hij thuis bij de voordeur was.

De volgende zaterdag kroop Harry weer naar het rijtuig en tuurde naar binnen. Old Jack leek diep in slaap, maar toen hoorde Harry hem zeggen: 'Waarom kom je niet even binnen, beste knul? Ik bijt je heus niet.'

Harry draaide de zware koperen hendel en trok voorzichtig de wagondeur open, maar stapte niet naar binnen. Hij staarde alleen maar naar de man die in het midden van het rijtuig zat. Het was lastig om te zeggen hoe oud hij was, omdat zijn gezicht schuilging achter een keurig verzorgde peper-en-zoutkleurige baard, die hem deed lijken op de matroos op het pakje Players Please. Maar hij keek naar Harry met een warmte in zijn ogen waar oom Stan nooit in was geslaagd.

'Bent u Old Jack Tar?' waagde Harry te vragen.

'Zo noemen ze me,' antwoordde de oude man.

'Woont u hier?' vroeg Harry terwijl zijn blik door het rijtuig dwaalde totdat zijn ogen bleven hangen bij een hoge stapel oude kranten op de zitting tegenover de man.

'Ja,' antwoordde hij. 'Dit is de afgelopen twintig jaar mijn thuis geweest. Waarom doe je de deur niet dicht en neem je niet even plaats, jongeman?'

Harry dacht kort na over het aanbod, waarna hij het rijtuig uit sprong en opnieuw wegrende.

De volgende zaterdag trok Harry wel de deur achter zich dicht, maar de hendel hield hij vast, klaar om de benen te nemen als de oude man ook maar een spier vertrok. Ze staarden elkaar een tijdje aan tot Old Jack vroeg: 'Hoe heet je?'

'Harry.'

'En waar ga jij naar school?'

'Ik ga niet naar school.'

'Wat hoop je dan met je leven te gaan doen, jongeman?'

'Met mijn oom mee naar de haven, natuurlijk,' antwoordde Harry.

'Waarom zou je dat nou willen?' vroeg de oude man.

'Waarom niet?' reageerde Harry stekelig. 'Denkt u dat ik niet goed genoeg ben?'

'Je bent veels te goed,' zei Old Jack. 'Toen ik zo oud was als jij,' ging hij door, 'wilde ik het leger in, en niets wat mijn ouweheer kon zeggen of doen, weerhield me ervan.' Het volgende uur stond Harry als gehypnotiseerd te luisteren terwijl Old Jack Tar herinneringen ophaalde over de haven, de stad Bristol en landen achter de horizon waarover hij tijdens de aardrijkskundeles niet kon hebben geleerd.

De zaterdag daarop, en meer zaterdagen dan hij zich later kon herinneren, bleef Harry op bezoek gaan bij Old Jack Tar. Maar niet één keer vertelde hij zijn oom of zijn moeder hierover, uit angst dat ze hem ervan zouden weerhouden om zijn eerste echte vriend op te zoeken.

Toen Harry die zaterdagmorgen op de deur van het spoorrijtuig klopte, had Old Jack duidelijk op hem gewacht, want zijn vaste Cox Orange Pippeling lag op de zitting tegenover hem klaar. Harry pakte de appel, nam een hap en ging zitten.

'Dank u, meneer Tar,' zei Harry terwijl hij wat sap van zijn kin veegde. Hij vroeg nooit waar de appels vandaan kwamen, het droeg alleen bij aan het raadsel omtrent deze bijzondere man.

Hoe anders was hij dan oom Stan, die het weinige dat hij wist telkens weer herhaalde, terwijl Old Jack Harry wekelijks met nieuwe woorden, nieuwe ervaringen, zelfs nieuwe werelden liet kennismaken. Vaak vroeg hij zich af waarom meneer Tar geen schoolmeester was, hij leek zelfs meer te weten dan Miss Monday en bijna net zo veel als meester Holcombe. Harry was ervan overtuigd dat meester Holcombe alles wist, omdat hij nooit een antwoord schuldig moest blijven op alle vragen die Harry hem voorlegde. Old Jack glimlachte naar hem, maar sprak geen woord tot Harry zijn appel ophad en het klokhuis uit het raam had gegooid.

'Wat heb je deze week op school geleerd,' vroeg de oude man, 'dat je een week geleden nog niet wist?'

'Meester Holcombe vertelde me dat er achter de horizon andere landen liggen die bij het Britse Rijk horen en allemaal door de koning worden geregeerd.'

'Hij heeft helemaal gelijk,' zei Old Jack. 'Kun je een van die landen noemen?'

'Australië. Canada. India.' Hij aarzelde. 'En Amerika.'

'Nee, Amerika niet,' zei Old Jack. 'Dat was vroeger wel zo, maar nu niet meer, dankzij een zwakke minister-president en een zieke koning.'

'Wie was de koning en wie was die minister-president?' vroeg Harry op boze toon.

'In 1776 zat koning George III op de troon,' zei Old Jack, 'maar eerlijk gezegd was hij een ziek man, terwijl Lord North, zijn minister-president, gewoon negeerde wat zich afspeelde in de koloniën. En toen namen onze eigen vrienden en verwanten de wapens tegen ons op.'

'Maar we hebben ze toch wel verslagen?' zei Harry.

'Nee, dat hebben we niet,' zei Old Jack. 'Niet alleen hadden ze het recht aan hun kant – niet dat dat een conditio sine qua non is voor een overwinning...'

'Wat betekent dat?'

'Een eerste vereiste,' antwoordde Old Jack, die vervolgde alsof hij niet was onderbroken, 'maar ze werden ook door een geniale generaal aangevoerd.'

'Hoe heette die?'

'George Washington.'

'Vorige week vertelde u dat Washington de hoofdstad van Amerika is. Was hij naar de stad genoemd?'

'Nee, het was juist andersom. De stad werd gebouwd op moerasland dat bekendstond als Columbia, waar de rivier de Potomac doorheen stroomt.'

'Is Bristol ook naar een man genoemd?'

'Nee,' grinnikte Old Jack, geamuseerd door hoe vlug Harry in zijn nieuwsgierigheid van het ene naar het andere onderwerp kon schakelen. 'Bristol heette oorspronkelijk Brigstowe, wat "de plaats van een brug" betekent.'

'Dus wanneer werd het Bristol?'

'Daar verschillen historici van mening over,' zei Old Jack, 'hoewel het kasteel van Bristol in 1109 al door Robert van Gloucestershire werd gebouwd, toen hij kans zag wol te verhandelen met de Ieren. Daarna ontwikkelde de stad zich tot een handelshaven. Sindsdien is ze eeuwenlang een centrum van scheepsbouw geweest en ze groeide zelfs nog vlugger toen de marine in 1914 moest uitbreiden.'

'Mijn pa vocht in de Grote Oorlog,' zei Harry vol trots. 'En u?'

Voor het eerst aarzelde Old Jack voordat hij een van Harry's vragen beantwoordde. Hij bleef roerloos zitten, zonder een woord te zeggen. 'Het spijt me, meneer Tar,' zei Harry. 'Ik wilde niet bemoeizuchtig zijn.'

'Nee, nee,' zei Old Jack. 'Alleen is die vraag me al jaren niet meer gesteld.' Zonder verder nog een woord opende hij zijn hand om een muntstuk van zes pence te onthullen.

Harry pakte het zilveren muntje en beet erop, iets wat hij zijn oom had zien doen. 'Dank u,' zei hij en stak het in zijn zak.

'Ga jij in het havencafé maar wat fish-and-chips voor jezelf kopen, maar niet tegen je oom zeggen, hoor, want die zal alleen maar vragen hoe je aan het geld kwam.'

Harry had zijn oom nooit iets verteld over Old Jack. Hij had Stan ooit tegen zijn moeder horen zeggen: 'Ze zouden die halvegare moeten opsluiten.' Hij had Miss Monday gevraagd wat een halvegare was, omdat hij het woord niet kon vinden in het woordenboek, en toen ze het hem vertelde, besefte hij voor het eerst hoe dom zijn oom Stan eigenlijk moest zijn.

'Niet per se dom,' antwoordde Miss Monday geduldig, 'gewoon slecht ingelicht en daarom bevooroordeeld. Het lijdt voor mij geen twijfel, Harry,' voegde ze eraan toe, 'dat jij in je leven nog veel meer zulke mannen zult tegenkomen, van wie een aantal op veel betere posities dan je oom.'

3

Maisie wachtte tot ze de voordeur hoorde dichtslaan en zeker wist dat Stan op weg was naar zijn werk voordat ze met haar aankondiging kwam. ‘Ik heb een baan aangeboden gekregen als serveerster in het Royal Hotel.’

Niemand om de tafel reageerde, want gesprekken aan het ontbijt werden geacht een vast patroon te volgen en niemand te overrompelen. Harry had wel tien vragen die hij wilde stellen, maar wachtte tot eerst zijn oma het woord nam. Ze hield zich bezig met het inschenken van nog een kopje thee, alsof ze haar dochter helemaal niet had gehoord.

‘Kan iemand alsjeblieft iets zeggen?’ zei Maisie.

‘Ik wist niet eens dat u op zoek was naar een andere baan,’ durfde Harry op te merken.

‘Dat was ik ook niet,’ zei Maisie. ‘Maar afgelopen week kwam een meneer Frampton, de directeur van het Royal, bij Tilly’s binnenvallen voor koffie. Hij kwam een paar keer terug en bood me toen opeens een baan aan!’

‘Ik dacht dat je het naar je zin had in de theesalon,’ zei oma, die zich eindelijk in het gesprek mengde. ‘Miss Tilly betaalt immers goed en je werkt op gunstige uren.’

‘Ik heb het ook naar mijn zin,’ zei Harry’s moeder, ‘maar meneer Frampton biedt me vijf pond per week en de helft van alle fooien. Ik zou op vrijdag met wel zes pond thuis kunnen komen.’ Oma zat met haar mond wijd open.

‘Moet u dan ook ’s avonds werken?’ vroeg Harry nadat hij Stans kom van de havermoutpap had schoongelikt.

‘Nee,’ antwoordde Maisie terwijl ze het haar van haar zoon in de war maakte, ‘en bovendien krijg ik eens in de twee weken een dag vrij.’

‘Is jouw kleding wel chic genoeg voor een prachtig hotel als het Royal?’ vroeg oma.

‘Ik krijg elke morgen een uniform en een fris wit schort. Het hotel heeft zelfs zijn eigen wasserij.’

‘Daar twijfel ik niet aan,’ zei oma, ‘maar ik kan een probleem bedenken waar we allemaal mee zullen moeten leren leven.’

'En wat is dat, moeder?' vroeg Maisie.

'Je zou wel eens meer kunnen gaan verdienen dan Stan, en dat zal hij absoluut niet leuk vinden.'

'Dan zal hij daar maar gewoon mee moeten leren leven, of niet soms?' zei opa, waarmee hij voor het eerst in weken een mening ventileerde.

Het extra geld zou goed van pas komen, zeker na wat er in de kerk was gebeurd. Maisie had op het punt gestaan om na de dienst de kerk te verlaten toen Miss Monday doelbewust over het middenpad op haar afliep.

'Kan ik u even onder vier ogen spreken, mevrouw Clifton?' vroeg ze, waarna ze zich omdraaide en via dezelfde weg terugliep naar de sacristie. Als een kind in het kielzog van de rattenvanger van Hamelen rende Maisie achter haar aan. Ze vreesde het ergste. Wat had Harry nu weer uitgevreten?

Maisie volgde de koordirigente de sacristie in en voelde haar benen slap worden toen ze de eerwaarde Watts, meester Holcombe en een andere heer daar zag staan. Terwijl Miss Monday zachtjes de deur achter haar dichtdeed, begon Maisie onbeheersbaar te trillen.

De eerwaarde Watts legde een arm om haar schouder. 'Je hoeft je nergens zorgen om te maken, mijn kind,' stelde hij haar gerust. 'Integendeel, ik hoop dat je ons de boodschappers van verheugende tijdingen zult vinden,' voegde hij eraan toe terwijl hij haar een stoel aanbood. Maisie nam plaats, maar kon nog steeds niet stoppen met trillen.

Toen iedereen zat, nam Miss Monday het over. 'Mevrouw Clifton, we wilden het met u over Harry hebben,' begon ze. Maisie tuitte haar lippen, wat kon die jongen gedaan hebben om drie van zulke belangrijke mensen samen te brengen?

'Ik zal er niet omheen draaien,' ging de koordirigente door. 'De muziekmeester van St. Bede's heeft me benaderd met de vraag of Harry zou willen overwegen om zich voor een van hun koorbeurzen in te schrijven.'

'Maar hij is dolgelukkig in de kerk van de Heilige Geboorte,' zei Maisie. 'Hoe dan ook, waar is de St. Bede-kerk? Ik heb er zelfs nog nooit van gehoord.'

'St. Bede's is geen kerk,' zei Miss Monday. 'Het is een kooropleiding die koorknapen levert voor St. Mary Redcliffe, dat door koningin Elizabeth prachtig werd beschreven als de mooiste en goddelijkste kerk van het hele land.'

'Dus hij zou zijn school en ook de kerk moeten verlaten?' vroeg Maisie vol ongeloof.

'Mevrouw Clifton, probeert u het te zien als een kans die zijn leven zou kunnen veranderen,' mengde meester Holcombe zich voor het eerst in het gesprek.

'Maar zou hij zich niet moeten mengen onder chique, slimme jongens?'

'Ik betwijfel of er in St. Bede's veel kinderen zullen zijn die slimmer zijn dan Harry,' zei meester Holcombe. 'Hij is de pienterste knaap die ik ooit les heb gegeven. Hoewel er zo af en toe een jongen van ons naar het gymnasium gaat, is geen van onze leerlingen ooit eerder de kans geboden op een plaats in St. Bede's.'

'Er is nog iets wat je moet weten voordat je beslist,' zei de eerwaarde Watts. Maisie oogde nu zelfs nog ongeruster. 'Harry zou tijdens het trimester van huis zijn, want St. Bede's is een kostschool.'

'Dan is het uitgesloten,' zei Maisie. 'Ik zou het me niet kunnen veroorloven.'

'Dat zou geen probleem moeten zijn,' zei Miss Monday. 'Als Harry een beurs krijgt, zou de school niet alleen afzien van inschrijfgeld, maar hem ook een toelage van tien pond per trimester toekennen.'

'Maar is dit zo'n school waar de vaders een pak met een stropdas dragen en de moeders niet werken?' vroeg Maisie.

'Het is erger dan dat,' zei Miss Monday in een poging het luchtig op te vatten. 'De meesters dragen lange zwarte toga's en baretten op hun hoofd.'

'Nochtans,' zei de eerwaarde Watts, 'zou Harry in elk geval niet meer met de riem krijgen. In St. Bede's gaan ze veel verfijnder te werk. Ze geven de jongens er alleen maar met het rietje van langs.'

Alleen Maisie lachte niet. 'Maar waarom zou hij van huis willen?' vroeg ze. 'Hij voelt zich thuis op Merrywood, zijn lagere school, en zal zijn plekje als ouderejaars koorzanger in de kerk niet graag opgeven.'

'Ik moet toegeven dat het voor mij moeilijker zal zijn dan voor hem,' zei Miss Monday. 'Maar anderzijds weet ik zeker dat onze Heer niet zou willen dat ik zo'n begaafd kind in de weg sta, alleen maar vanwege mijn eigen egoïstische wensen,' voegde ze er zachtjes aan toe.

'Zelfs als ik instem,' zei Maisie, haar laatste kaart uitspelend, 'wil dat niet zeggen dat Harry dat zal doen.'

'Afgelopen week heb ik met de jongen gesproken,' gaf meester Holcombe toe. 'Natuurlijk was hij ongerust over een dergelijke uitdaging, maar als ik het me goed herinner, waren zijn exacte woorden: "Ik zou het graag proberen, meneer, maar alleen als u denkt dat ik goed genoeg ben." Maar,' voegde hij eraan toe voordat Maisie kon reageren, 'hij maakte het ook duidelijk dat hij het idee niet eens zou overwegen als zijn moeder er niet mee instemde.'

Harry werd zowel doodsbang als opgewonden van de gedachte aan het toelatingsexamen. Hij was net zo ongerust over dat hij het niet zou halen en zo veel mensen zou teleurstellen als over dat hij zou slagen en van huis zou moeten.

Het volgende semester miste hij geen enkele les op Merrywood en als hij 's avonds thuiskwam, ging hij direct naar de slaapkamer die hij met oom Stan deelde, waar hij bij kaarslicht studeerde tot uren waarvan hij zich het bestaan tot dan toe niet had gerealiseerd. Er waren zelfs keren dat zijn moeder hem vast in slaap op de vloer aantrof, met opengeslagen boeken verspreid om hem heen.

Elke zaterdagmorgen bleef hij Old Jack opzoeken, die veel leek te weten over St. Bede's en Harry over zo veel andere dingen bleef leren, bijna alsof hij wist waar meester Holcombe op school met de lesstof was gebleven.

Op de zaterdagmiddag vergezelde Harry oom Stan niet langer naar Ashton Gate om naar Bristol City te kijken, dit tot grote afkeer van Stan, maar keerde hij terug naar Merrywood, waar meester Holcombe hem extra lessen gaf. Pas jaren later bedacht Harry dat ook meester Holcombe zijn vaste bezoeken had opgegeven om de Robins aan te moedigen, alleen maar om hem les te kunnen geven.

Naarmate de dag van het examen dichterbij kwam, werd Harry zelfs nog banger om ervoor te zakken dan voor de mogelijkheid dat hij zou slagen.

Op de vastgestelde dag vergezelde meester Holcombe zijn uitblinkende leerling naar de Colston Hall, waar het examen van twee uur zou plaatsvinden. Hij liet Harry achter bij de ingang tot het gebouw met de woorden: 'Denk eraan dat je elke vraag twee keer leest voordat je zelfs maar je pen oppakt,' een advies dat hij die afgelopen week diverse malen had herhaald. Harry glimlachte nerveus en schudde meester Holcombe de hand alsof ze oude vrienden waren.

Hij betrad de examenzaal en zag ongeveer zestig andere jongens kletsend in groepjes staan. Veel van hen kenden elkaar al, zag Harry wel, terwijl hij niemand kende. Desondanks hielden een of twee van hen op met praten en sloegen ze even hun ogen naar hem op terwijl hij naar voren liep en zijn best deed zelfverzekerd over te komen.

'Abbott, Barrington, Cabot, Clifton, Deakins, Fry...'

Harry nam zijn plaats in achter de schrijftafel in de voorste rij en enkele ogenblikken voordat de klok tien uur sloeg, snelde een aantal meesters in lange zwarte toga's en met baretten op statig binnen en legde voor iedere kandidaat examendocumenten op het bureau.

'Heren,' sprak een meester voor in de zaal, die niet aan de ronddeling van de examens had deelgenomen, 'mijn naam is meneer Frobisher en ik ben jullie surveillant. Jullie hebben twee uur waarin je honderd vragen dient te beantwoorden. Succes.'

Een klok die Harry niet kon zien, sloeg tien uur. Overal om hem heen werden pennen in inktpotjes gedoopt en begon men verwoed over papier te krassen, maar hij sloeg eenvoudigweg zijn armen over elkaar, leunde op het bureau en las elke vraag langzaam. Hij bevond zich onder de laatsten die hun pen oppakten.

Wat Harry niet kon weten, was dat meester Holcombe buiten over het trottoir aan het ijsberen was, veel zenuwachtiger dan zijn leerling. Of dat zijn moeder om de paar minuten even opkeek naar de klok in de foyer van het Royal Hotel terwijl ze de ochtendkoffie serveerde. Of dat Miss Monday knielend voor het altaar in de kerk van de Heilige Geboorte in stil gebed was.

Even nadat de klok twaalf uur geslagen had, werden de examenpapieren opgehaald en mochten de jongens de zaal verlaten, van wie sommige lachend, sommige fronsend, andere peinzend.

Toen meester Holcombe Harry naar buiten zag komen, zonk de moed hem in de schoenen. 'Was het zo erg?' vroeg hij.

Harry gaf pas antwoord toen hij zeker wist dat geen andere jongen hem kon horen. 'Helemaal niet wat ik had verwacht,' zei hij.

'Hoe bedoel je?' vroeg meester Holcombe ongerust.

'De vragen waren veel te makkelijk,' antwoordde Harry.

Meester Holcombe vond dat hij nog nooit van zijn leven een groter compliment had gehad.

'Twee pakken, mevrouw, grijs. Een blazer, donkerblauw. Vijf overhemden, wit. Vijf stijve kragen, wit. Zes paar lange sokken, grijs. Zes setjes ondergoed, wit. En een stropdas van St. Bede's.' De winkelbediende controleerde de lijst aandachtig. 'Ik denk dat we alles hebben. O nee, de jongen zal ook een schoolpet nodig hebben.' Hij reikte onder de toonbank, trok een la open en pakte er een rood-zwarte pet uit, die hij op

Harry's hoofd zette. 'Past perfect,' oordeelde hij. Maisie glimlachte behoorlijk trots naar haar zoon. Harry leek op-en-top een St. Bede's-jongen. 'Dat is dan drie pond, tien shilling en zes pence, mevrouw.'

Maisie deed haar best om niet al te verbijsterd te kijken. 'Is het ook mogelijk om een van deze spullen tweedehands te kopen?' fluisterde ze.

'Nee, mevrouw, dit is geen tweedehandswinkel,' zei de bediende, die al had besloten dat deze klant geen rekening zou mogen openen.

Maisie opende haar portemonnee, gaf vier bankbiljetten van een pond en wachtte op het wisselgeld. Tot haar opluchting had St. Bede's de toelage voor het eerste trimester van tevoren uitbetaald, vooral omdat ze nog twee paar leren schoenen, zwart met veters, twee paar gymschoenen, wit met veters, en een paar slaapkamersloffen moest aanschaffen.

De bediende kuchte. 'De jongen zal ook twee pyjama's en een ochtendjas nodig hebben.'

'Ja, natuurlijk,' zei Maisie, hopend dat ze genoeg geld overhad om de kosten te dekken.

'En moet ik hieruit opmaken dat de jongen een koorstudent is?' vroeg de bediende met een nauwgezette blik op zijn lijst.

'Ja, dat is hij,' antwoordde Maisie trots.

'Dan zal hij ook een toga, rood, twee koorhemden, wit, en een medaillon van St. Bede's nodig hebben.' Het liefst wilde Maisie nu de winkel uit rennen. 'Die spullen zullen door de school worden geleverd zodra hij zijn eerste koorrepetitie bijwoont,' voegde de bediende eraan toe voordat hij haar wisselgeld overhandigde. 'Hebt u verder nog iets nodig, mevrouw?'

'Nee, dank u wel,' zei Harry, die de twee tassen oppakte, zijn moeder bij de arm greep en haar vlug T.C. Marsh, Kleermakers bij Uitnemendheid, uit leidde.

De zaterdagmorgen voordat hij zich bij St. Bede's diende te melden, bracht Harry door met Old Jack.

'Ben je zenuwachtig om naar je nieuwe school te gaan?' vroeg Old Jack.

'Nee,' antwoordde Harry uitdagend. Old Jack glimlachte. 'Ik ben doodsbenauwd,' gaf hij toe.

'Dat geldt voor iedere nieuwe *bug*, zoals je genoemd zult worden. Probeer het allemaal te benaderen alsof je aan een avontuur naar een nieuwe wereld begint waar iedereen als elkaars gelijke begint.'

'Maar zodra ze me horen praten, zullen ze beseffen dat ik niet hun gelijke ben.'

'Dat kan, maar zodra ze je horen zingen, zullen ze beseffen dat zij niet jóúw gelijke zijn.'

'De meesten komen waarschijnlijk uit rijke families, met bedienden.'

'Dat zal slechts een troost zijn voor de dommere onder hen,' zei Old Jack.

'En een aantal van hen zal broers op de school hebben, en zelfs vaders en grootvaders die daar vóór hen zaten.'

'Jouw vader was een goed man,' zei Old Jack, 'en geen van hen zal een betere moeder hebben, dat kan ik je verzekeren.'

'Hebt u mijn vader gekend?' vroeg Harry, niet in staat zijn verbazing te verhullen.

'Gekend zou overdreven zijn,' zei Old Jack, 'maar ik observeerde hem uit de verte, net zoals ik dat deed bij zo veel anderen die in de haven hebben gewerkt. Hij was een fatsoenlijke, moedige, godvrezende man.'

'Maar weet u hoe hij is gestorven?' vroeg Harry terwijl hij Old Jack in de ogen keek, hopend dat hij eindelijk een eerlijk antwoord zou krijgen op de vraag die hem al zo lang had gekweld.

'Wat hebben ze je verteld?' vroeg Old Jack behoedzaam.

'Dat hij in de Grote Oorlog werd gedood. Maar aangezien ik in 1920 ben geboren, kan ik zelfs uitrekenen dat dat niet mogelijk is.'

Old Jack deed er enige tijd het zwijgen toe. Harry bleef op de rand van zijn bank zitten.

'Hij was in elk geval zwaargewond geraakt in de oorlog, maar je hebt gelijk, dat was niet de doodsoorzaak.'

'Hoe is hij dan overleden?' vroeg Harry.

'Als ik het wist, zou ik het je vertellen,' antwoordde Old Jack. 'Maar er deden destijds zo veel geruchten de ronde dat ik niet zeker wist wie ik moest geloven. Er zijn meerdere mannen, en drie in het bijzonder, die ongetwijfeld bekend zijn met de waarheid over wat er die avond gebeurde.'

'Mijn oom Stan moet een van hen zijn,' zei Harry, 'maar wie zijn de andere twee?'

Old Jack aarzelde voordat hij antwoord gaf. 'Phil Haskins en meneer Hugo.'

'Meneer Haskins? De ploegbaas?' reageerde Harry. 'Die negeert me altijd volkomen. En wie is meneer Hugo?'

'Hugo Barrington, de zoon van Sir Walter Barrington.'

'De familie die eigenaar is van de scheepvaartmaatschappij?'

'Inderdaad,' antwoordde Old Jack, bang dat hij te veel had gezegd.
'En zijn dat ook fatsoenlijke, moedige, godvrezende mannen?'
'Sir Walter behoort tot de beste mannen die ik ooit heb gekend.'
'En zijn zoon, meneer Hugo?'
'Niet uit hetzelfde hout gesneden, vrees ik,' zei Old Jack zonder verdere uitleg.

4

De keurig geklede jongen zat naast zijn moeder op de achterbank van de tram.

'Dit is onze halte,' zei ze toen de tram tot stilstand kwam. Ze stapten uit en liepen langzaam de heuvel op naar de school, waarbij ze met elke stap iets langzamer gingen.

Met één hand hield Harry zijn moeder vast terwijl hij met de andere krampachtig een gehavende koffer vasthield. Zwijgend keken ze toe hoe een aantal koetsjes alsmede zo nu en dan een auto met chauffeur voor de poort van de school stopte.

Vaders schudden hun zonen de hand terwijl in bont gehulde moeders hun nakomelingen omhelsden voordat ze ze een vluchtig kusje op de wang gaven, als een vogel die eindelijk moest erkennen dat haar jongen op het punt stonden het nest uit te vliegen.

Harry wilde niet dat zijn moeder hem ten overstaan van de andere jongens kuste, dus toen ze een kleine vijftig meter van de poort waren, liet hij haar hand los. Maisie voelde zijn ongemak, boog voorover en kuste hem vlug op het voorhoofd. 'Succes, Harry. Maak ons allemaal trots.'

'Dag, mam,' zei hij, vechtend tegen de tranen.

Maisie draaide zich om, en terwijl de tranen over haar wangen stroomden, begon ze terug te lopen, de helling af.

Harry liep verder, terugdenkend aan zijn ooms beschrijving hoe die over de heuveltop bij Ieper klom voordat hij in de richting van de vijandelijke linies oprukte. *Nooit omkijken, anders ben je er geweest.* Harry wilde omkijken, maar wist dat als hij dat deed, hij niet meer zou ophouden met rennen totdat hij veilig in de tram zat. Knarsetandend bleef hij lopen.

'Fijne vakantie gehad, kerel?' vroeg een van de jongens aan een vriend.

'Mieters,' antwoordde de ander. 'De ouweheer nam me voor de wedstrijd van het schoolteam mee naar Lord's.'

Was Lord's een kerk, vroeg Harry zich af, en zo ja, wat voor wedstrijd kon zich nu in een kerk afspelen? Gedecideerd stapte hij door de schoolpoort, waar hij tot stilstand kwam toen hij een man herkende die met een klembord in de hand bij de voordeur van de school stond.

'En wie ben jij, jongeman?' vroeg hij Harry met een uitnodigende glimlach.

'Harry Clifton, meneer,' antwoordde hij terwijl hij zijn pet afdeed, net zoals meester Holcombe hem had geïnstrueerd te doen wanneer een meester of een dame hem aansprak.

'Clifton,' zei hij terwijl zijn vinger langs een lange lijst namen gleed. 'O ja.' Hij plaatste een vinkje bij Harry's naam. 'Eerste generatie, koorleerling. Van harte gefeliciteerd en welkom in St. Bede's. Ik ben meneer Frobisher, je coördinator, en dit is Frobisher House. Als je je koffer in de hal laat staan, zal een mentor van de jongerejaars je naar de eetzaal begeleiden, waar ik voor het avondmaal alle nieuwe jongens zal toespreken.'

Harry had nog nooit een avondmaal gehad. De 'thee' was altijd het laatste maal in het huishouden van de Cliftons, voordat hij zodra het donker was naar bed werd gestuurd. Elektriciteit kwam nog niet tot Still House Lane en er was zelden genoeg geld over om aan kaarsen uit te geven.

'Dank u, meneer,' zei Harry, waarna hij zich door de voordeur begaf en een grote, hoogglanzende zaal met houten lambriseringen in stapte. Hij zette zijn koffer neer en staarde omhoog naar een schilderij van een oude man met grijs haar en borstelige, witte bakkebaarden, gekleed in een lange zwarte toga met een rode capuchon om zijn schouders gedrapeerd.

'Hoe heet jij?' blafte een stem achter hem.

'Clifton, meneer,' zei Harry. Hij draaide zich om en zag een lange jongen staan die een lange broek droeg.

'Je noemt mij geen meneer, Clifton. Je noemt me Fisher. Ik ben een mentor, geen meester.'

'Sorry, meneer,' zei Harry.

'Laat je koffer daar en volg mij.'

Harry zette zijn tweedehands, gebutste koffer naast een rij leren hutkoffers. Die van hem was de enige waar geen initialen op gestempeld waren. Hij volgde de mentor door een lange gang met foto's van oude schoolteams en uitstalkasten met zilveren bekers, om de volgende generatie aan gloriedaden in het verleden te herinneren. Bij de eetzaal aangekomen zei Fisher: 'Je kunt gaan zitten waar je wilt, Clifton. Zorg er alleen voor dat je ophoudt met praten zodra meneer Frobisher de eetzaal binnenkomt.'

Harry aarzelde enige tijd voordat hij besloot aan welke van de vier lange tafels hij plaats zou nemen. Een aantal jongens liep al ordeloos en zachtjes pratend rond in groepjes. Harry liep langzaam naar de verre hoek van de zaal en koos een plekje aan het eind van de tafel. Hij keek op en zag enkele jongens de zaal in stromen, net zo verbijsterd als hij zich voelde. Een van hen kwam naast hem zitten en een ander tegenover hem. Ze kletsten door alsof hij er niet was.

Zonder enige waarschuwing klonk er een bel en iedereen stopte met praten terwijl meneer Frobisher de eetzaal betrad. Hij nam plaats achter een katheder die Harry nog niet had gezien en trok aan de revers van zijn toga.

'Welkom,' begon hij terwijl hij zijn baret lichtte naar de zaal, 'op deze dag, de eerste van jullie eerste termijn in St. Bede's. Over enkele ogenblikken beleven jullie je eerste schoolmaal en ik kan jullie beloven dat het niet veel beter wordt.' Een of twee jongens lachten nerveus. 'Zodra jullie gegeten hebben, worden jullie naar je slaapzaal gebracht, waar je je spullen uitpakt. Om acht uur zul je een andere bel horen. Eigenlijk is het dezelfde bel, hij gaat alleen op een ander tijdstip.' Harry glimlachte, hoewel de meeste jongens meneer Frobishers grapje niet hadden gevat.

'Een half uur later zal dezelfde bel opnieuw klinken en dan gaan jullie naar bed, maar niet voordat jullie je hebben gewassen en je tanden hebben gepoetst. Daarna hebben jullie nog een half uur om te lezen voordat het licht uitgaat, waarna je gaat slapen. Iedereen die nog betrapt wordt op praten nadat het licht gedoofd is, zal gestraft worden door de dienstdoende mentor. Jullie zullen geen andere bel horen,' vervolgde meneer Frobisher, 'tot morgenochtend om half zeven, en dan is het op tijd opstaan, wassen en aankleden om je voor zevenen weer in de eetzaal te melden. Wie te laat is, moet het zonder ontbijt stellen.

De ochtendbijeenkomst zal om acht uur in de grote zaal zijn, waar het schoolhoofd ons zal toespreken. Dit wordt gevolgd door jullie eerste les om half negen. In de ochtend zijn er drie lessen van een uur, met steeds tien minuten pauze tussendoor, wat je de tijd geeft om van lokaal te wisselen. Dit wordt gevolgd door de lunch om twaalf uur.

In de middag zullen er vóór de sport nog slechts twee lessen zijn, waarna jullie gaan voetballen.' Harry glimlachte voor de tweede keer. 'Dit is verplicht voor iedereen die geen lid is van het koor.' Harry fronste het voorhoofd. Niemand had hem verteld dat koorknapen niet gingen voetballen. 'Na het sporten of de koorrepetitie keren jullie terug naar Frobisher House voor het avondmaal, dat gevolgd zal worden door een uur studietijd voordat jullie je te bed begeven en wederom mogen lezen tot de lichten uitgaan – maar alleen als het boek is goedgekeurd door matron,' voegde meneer Frobisher eraan toe. 'Matron' was de mentrix die de jongens bij allerlei zaken ondersteunde. 'Dit alles klinkt jullie vast verdwazend in de oren.' Harry nam zich voor om dat woord op te zoeken in het woordenboek dat meester Holcombe hem had uitgereikt. Meneer Frobisher trok nog eens aan de revers van zijn toga voordat hij doorging. 'Maar geen zorgen, jullie zullen snel gewend zijn aan onze tradities in St. Bede's. Hier wil ik het voor dit moment bij laten. Ik zal jullie nu verlaten zodat jullie van het avondmaal kunnen genieten. Goedenavond, jongens.'

'Goedenavond, meneer,' had een aantal jongens de moed om te reageren terwijl meneer Frobisher de zaal verliet.

Harry vertrok geen spier toen enkele vrouwen in schort de tafels langskwamen en voor iedereen een kom soep neerzetten. Hij keek aandachtig hoe de jongen tegenover hem een vreemd gevormde lepel oppakte, in zijn soep doopte en eerst van zich af hield en vervolgens naar zijn mond bracht. Harry probeerde de beweging na te doen, maar morste enkele druppels op de tafel, en toen het hem lukte om wat ervan over was in zijn mond te krijgen, liep het meeste langs zijn kin. Met zijn mouw veegde hij zijn mond af. Dit trok weinig aandacht, maar toen hij met elke mondvol hardop slurpte, hield een aantal jongens op met eten en staarde hem aan. In verlegenheid gebracht legde Harry de lepel terug op tafel en liet zijn soep koud worden.

De tweede gang was een viskoekje en Harry deed pas iets toen hij had gezien welke vork de jongen tegenover hem pakte. Tot zijn verbazing legde de jongen na elke hap zijn mes en vork op het bord, terwijl Harry die van hem zo stevig vasthield als waren het hooivorken.

Tussen de jongen tegenover hem en de jongen naast hem ontstond een gesprek over de vossenjacht. Harry mengde zich er niet in, deels omdat hij nooit dichter bij een paard was geweest dan toen hij een middag op een uitje naar Weston-super-Mare voor een halve penny een ritje op een ezel had gemaakt.

Zodra de borden weg waren genomen, stonden er desserts voor in de plaats, of wat zijn moeder traktaties noemde, omdat hij die niet vaak kreeg. Weer een andere lepel, weer een andere smaak, weer een vergissing. Harry besefte niet dat een banaan niet op een appel leek, dus tot verbazing van iedereen om hem heen probeerde hij de schil op te eten. Voor de rest van de jongens was de eerste les misschien morgenochtend om half negen, maar die van Harry vond nu al plaats.

Nadat de tafels waren afgeruimd, keerde Fisher terug en leidde, als dienstdoende mentor, zijn pupillen via een brede houten trap naar de slaapzalen op de eerste verdieping. Harry betrad een zaal met dertig bedden die keurig in drie rijen van tien opgesteld stonden. Elk bed had een kussen, twee lakens en twee dekens. Harry had nog nooit twee van iets gehad.

'Dit is de slaapzaal van de nieuwe bugs,' zei Fisher vol minachting. 'Dit is waar jullie zullen blijven tot je beschaafd bent. Jullie treffen je namen in alfabetische volgorde aan, bij elk voeteneind.'

Tot Harry's verrassing stond zijn koffer op het bed en hij vroeg zich af wie hem daar had neergezet. De jongen naast hem was al aan het uitpakken.

'Ik ben Deakins,' zei hij en hij duwde zijn bril verder omhoog zodat hij Harry beter kon bekijken.

'Ik ben Harry. Ik zat afgelopen zomer naast je tijdens de examens. Ik geloofde gewoon niet dat je alle vragen in net meer dan een uur beantwoordde.'

Deakins bloosde.

'Daarom is hij een beursleerling,' zei de jongen aan de andere kant van Harry.

Harry draaide zich om. 'Ben jij ook een beursleerling?' vroeg hij.

'Lieve hemel, nee,' zei de jongen terwijl hij doorging met zijn koffer uitpakken. 'De enige reden waarom ze me in St. Bede's toelieten, was omdat mijn vader en grootvader hier voor mij waren. Ik ben de derde generatie die naar de school gaat. Zat jouw vader hier toevallig ook?'

'Nee,' zeiden Harry en Deakins in koor.

'Stop met kletsen!' brulde Fisher. 'En schiet op met jullie koffers uitpakken.'

Harry opende zijn koffer en begon zijn kleren eruit te halen en netjes in de twee laden naast zijn bed te leggen. Zijn moeder had een chocoladereep van Fry's Five tussen zijn overhemden gelegd. Hij verstopte hem onder het kussen.

Er ging een bel. 'Tijd om uit te kleden!' kondigde Fisher aan. Harry had zich nog nooit in het bijzijn van een andere jongen uitgekleed, laat staan in een zaal vol jongens. Hij draaide zich met zijn gezicht naar de muur, trok langzaam zijn kleren uit en deed vlug zijn pyjama aan. Zodra hij het koord van zijn ochtendjas had vastgeknoopt, volgde hij de andere jongens naar de wasruimte. Opnieuw lette hij goed op terwijl ze hun gezicht met een washandje wasten en hun tanden poetsten. Hij had geen washandje of een tandenborstel. De jongen van het bed naast hem zocht in zijn toilettas en gaf hem een gloednieuwe tandenborstel en een tube tandpasta. Harry wilde ze pas aannemen toen de jongen zei: 'Mijn moeder pakt altijd van alles twee in.'

'Bedankt,' zei Harry. Hoewel hij snel zijn tanden borstelde, was hij toch een van de laatsten die naar de slaapzaal terugkeerden. Hij klom in bed, twee schone lakens, twee dekens en een zacht kussen. Hij had net gezien dat Deakins *Kennedy's Latin Primer* lag te lezen toen de andere jongen zei: 'Dit kussen lijkt wel een baksteen, zo hard.'

'Wil je met me ruilen?' vroeg Harry.

'Ik denk dat je zult merken dat ze allemaal hetzelfde zijn,' zei de jongen met een grijns, 'maar bedankt.'

Harry pakte zijn chocoladereep onder het kussen vandaan en brak hem in drie stukken. Hij gaf een stuk aan Deakins en een ander aan de jongen die hem de tandenborstel en tandpasta had gegeven.

'Ik zie dat jouw moeder veel praktischer is dan de mijne,' zei hij na een hap genomen te hebben. De bel klonk weer. 'Trouwens, mijn naam is Giles Barrington. Hoe heet jij?'

'Clifton. Harry Clifton.'

Harry sliep niet langer dan een paar minuten achter elkaar en niet alleen omdat zijn bed zo comfortabel was. Kon het zijn dat Giles familie was van een van de drie mannen die de waarheid wisten over hoe zijn vader was gestorven? En zo ja, was hij uit hetzelfde hout gesneden als zijn vader, of zijn grootvader?

Plotseling voelde Harry zich erg eenzaam. Hij draaide de dop van de tube tandpasta die Barrington hem had gegeven en zoog eraan tot hij in slaap viel.

Toen de inmiddels vertrouwde bel de volgende ochtend om half zeven ging, klom Harry langzaam uit bed. Hij was misselijk. Hij volgde Deakins naar de wasruimte, waar Giles het water probeerde. 'Denk je dat ze hier ooit van warm water gehoord hebben?' vroeg hij.

Harry wilde net antwoorden toen de mentor riep: 'Niet praten in het waslokaal!'

'Hij is erger dan een Pruisische generaal,' zei Barrington terwijl hij zijn hielen tegen elkaar klikte. Harry barstte in lachen uit.

'Wie was dat?' vroeg Fisher met een woedende blik naar de twee jongens.

'Ik,' reageerde Harry meteen.

'Naam?'

'Clifton.'

'Nog een keer, Clifton, en ik geef je met de pantoffel.'

Harry had geen idee wat dat inhield, maar had het gevoel dat het niet aangenaam zou zijn. Toen hij zijn tanden gepoetst had, liep hij snel terug naar de slaapzaal en kleedde zich zwijgend aan. Na zijn stropdas omgedaan te hebben, weer iets wat hij nog niet helemaal onder de knie had, haalde hij Barrington en Deakins bij terwijl ze de trap afdaalden naar de eetzaal.

Niemand sprak een woord, want ze wisten niet zeker of ze op de trap mochten praten. Toen ze voor het ontbijt plaatsnamen, schoof Harry tussen zijn twee nieuwe vrienden in en keek hij toe terwijl voor iedere jongen een kom pap werd neergezet. Tot zijn opluchting lag er slechts één lepel voor hem, zodat hij zich ditmaal niet kon vergissen.

Harry slikte zo vlug zijn pap door dat het leek alsof hij bang was dat oom Stan zou verschijnen en het weg zou pakken. Hij was als eerste klaar en legde zonder erbij na te denken zijn lepel op tafel, pakte de kom op en begon hem schoon te likken. Enkele andere jongens staarden hem vol ongeloof aan, sommige wezen terwijl andere gniffelden. Hij liep vuurrood aan en zette de kom weer neer. Hij zou in tranen zijn uitgebarsten als Barrington niet zijn eigen kom had opgepakt en uitgelikt.

5

De eerwaarde Samuel Oakshott, doctorandus in de letteren (Oxford), stond wijdbeens in het midden van het podium. Minzaam tuurde hij neer op zijn kudde, want zo beschouwde de rector van St. Bede's zijn leerlingen werkelijk.

Gezeten op de voorste rij staarde Harry omhoog naar de angstaanjagende, boven hem uit torenende gestalte. Dr. Oakshott was zeker een meter vijfentachtig lang en had een bos dik, grijzend haar en lange borstelige bakkebaarden die hem een zelfs nog dreigender uiterlijk gaven. Zijn donkerblauwe ogen boorden dwars door je heen en hij leek er nooit mee te knipperen, terwijl de kriskraslijnen op zijn voorhoofd grote wijsheid deden vermoeden. Voordat hij de jongens toesprak, schraapte hij zijn keel.

'Bede-genoten,' begon hij. 'We zijn wederom samengekomen aan het begin van een nieuw schooljaar, ongetwijfeld voorbereid op de uitdagingen die voor ons liggen. Voor de ouderejaars,' hij richtte zijn aandacht op de jongens achter in de zaal, 'als je hoopt op een plekje op de school van je eerste keuze hebben jullie geen moment te verliezen. Wees nooit tevreden met de op één na beste plek.

Voor de middenschool,' zijn ogen bewogen naar het midden van de zaal, 'dit wordt het jaar waarin we ontdekken wie van jullie voor grotere dingen voorbestemd is. Als jullie volgend jaar terugkeren, zijn jullie dan mentor, monitor, huisaanvoerder of aanvoerder van je sportteam? Of behoor je gewoon tot de eeuwige verliezers?' Een aantal jongens boog het hoofd.

'Onze volgende plicht is de nieuwe jongens welkom te heten. Nu ze aan het begin van de lange wedloop des levens staan, krijgen zij het stokje aangereikt. Mocht het tempo te hoog liggen, dan kunnen een of twee van jullie uitvallen,' waarschuwde hij terwijl hij op de voorste drie rijen neerstaarde. 'St. Bede's is geen school voor bangeriken. Dus vergeet nooit de woorden van de grote Cecil Rhodes: "Onthoud dat u een Engelsman bent en daarom de eerste prijs in de loterij des levens hebt gewonnen."'

Terwijl het hoofd van het podium af stapte, gevolgd door een rij van twee aan twee lopende meesters die hij over het middenpad leidde, de grote zaal uit en de ochtendzon in, barstte de verzamelde bijeenkomst los in een spontaan applaus.

Een opgemonterde Harry was vastbesloten om het schoolhoofd niet teleur te stellen. Hij volgde de ouderejaars de zaal uit, maar zodra hij de vierhoekige binnenplaats op stapte, werd zijn jubelstemming getemperd. In een hoek hing een groepje oudere jongens rond, met de handen in de zakken om te laten zien dat ze mentor waren.

'Daar is hij,' zei een van hen, en hij wees naar Harry.

'Dus zo ziet een schoffie eruit,' zei iemand anders.

Een derde, die Harry herkende als Fisher, de mentor die de avond ervoor dienst had gehad, voegde eraan toe: 'Hij is een dier, en het is niets minder dan onze plicht om erop toe te zien dat hij zo snel mogelijk naar zijn natuurlijke leefomgeving terug wordt gebracht.'

Giles Barrington rende achter Harry aan. 'Als je ze negeert,' zei hij, 'raken ze snel verveeld en kiezen ze iemand anders uit.' Harry was niet overtuigd en rende vooruit naar het klaslokaal, waar hij op Barrington en Deakins wachtte.

Even later betrad meneer Frobisher het lokaal. Denkt hij ook dat ik een schoffie ben, was Harry's eerste gedachte, een school als St. Bede's onwaardig?

'Goedemorgen, jongens,' groette meneer Frobisher.

'Goedemorgen, meneer,' reageerden de jongens terwijl hun klassenleraar zijn plaats voor het schoolbord innam. 'Jullie eerste les deze morgen is geschiedenis. Aangezien ik jullie graag leer kennen, zullen we beginnen met een eenvoudige test om erachter te komen hoeveel jullie al hebben geleerd, of misschien hoe weinig. Hoeveel echtgenotes heeft Hendrik de Achtste gehad?'

Enkele handen schoten omhoog. 'Abbott,' zei hij met een blik op een kaart op zijn bureau terwijl hij wees naar een jongen op de voorste rij.

'Zes, meneer,' antwoordde hij onmiddellijk.

'Goed, maar kan iemand hun namen zeggen?' Ditmaal gingen er veel minder handen omhoog. 'Clifton?'

'Catharina van Aragon, Anna Boleyn, Jane Seymour, daarna nog een Anna geloof ik,' zei hij, waarna hij niet verder kwam.

'Anna van Kleef. Kan iemand de ontbrekende twee noemen?' Slechts één hand bleef in de lucht. 'Deakins,' zei Frobisher na een blik op zijn kaart.

'Catharina Howard en Catharina Parr. Anna van Kleef en Catharina Parr leefden langer dan Hendrik.'

'Heel goed, Deakins. Goed, laten we de klok een paar eeuwen vooruitdraaien. Wie voerde onze vloot aan bij de Slag bij Trafalgar?' Alle handen in de klas gingen omhoog. 'Matthews,' zei hij, met een knikje naar een bijzonder vasthoudende hand.

'Nelson, meneer.'

'Correct. En wie was destijds minister-president?'

'De Hertog van Wellington, meneer,' zei Matthews, hoewel hij niet zo overtuigd klonk.

'Nee,' zei meneer Frobisher, 'Wellington was het niet, hoewel hij wel een tijdgenoot van Nelson was.' Hij keek de klas rond, maar alleen de handen van Clifton en Deakins waren nog omhoog. 'Deakins.'

'Pitt de Jongere, van 1783 tot 1801 en van 1804 tot 1806.'

'Correct, Deakins. En wanneer was de IJzeren Hertog premier?'

'Van 1828 tot 1830 en opnieuw in 1834,' antwoordde Deakins.

'En kan iemand mij vertellen wat zijn beroemdste overwinning was?'

Voor de eerste keer ging Barringtons hand omhoog. 'Waterloo, meneer!' riep hij voordat meneer Frobisher tijd had om iemand uit te kiezen.

'Ja, Barrington. En wie heeft Wellington bij Waterloo verslagen?'

Barrington bleef stil.

'Napoleon,' fluisterde Harry.

'Napoleon, meneer,' zei Barrington zelfverzekerd.

'Correct, Clifton,' zei Frobisher glimlachend. 'En was Napoleon ook een hertog?'

'Nee, meneer,' zei Deakins nadat niemand anders had geprobeerd de vraag te beantwoorden. 'Hij stichtte het eerste Franse Keizerrijk en benoemde zichzelf tot keizer.'

Meneer Frobisher werd niet verrast door Deakins' antwoord, want dat was een beursleerling, maar hij was onder de indruk van Cliftons kennis. Immers, hij was een koorleerling, en door de jaren heen had hij geleerd dat talentvolle koorknapen, net als getalenteerde sporters, zelden buiten hun eigen terrein uitmuntten. Clifton bleek nu al een uitzondering op die regel te zijn. Meneer Frobisher zou graag geweten hebben wie de jongen had onderricht.

Toen de bel voor het einde van de les ging, kondigde meneer Frobisher aan: 'Jullie volgende les is aardrijkskunde bij meneer Henderson en hij houdt niet van wachten. Ik adviseer jullie om tijdens de pauze uit te zoeken waar zijn lokaal is en ruim voordat hij de klas betreedt op je stoel te zitten.'

Harry bleef dicht in de buurt van Giles, die leek te weten waar alles was. Terwijl ze samen over de binnenplaats kuierden, werd Harry zich ervan bewust dat sommige jongens begonnen te fluisteren zodra ze langskwamen, een of twee van hen staarden hen zelfs na.

Dankzij de talloze zaterdagochtenden die hij met Old Jack had doorgebracht, hield Harry stand tijdens de aardrijkskundeles, maar bij wiskunde, de laatste les van de morgen, kon niemand tippen aan Deakins, en zelfs de meester moest alert blijven.

Toen de drie jongens plaatsnamen voor het middageten voelde Harry wel honderd ogen op zich gericht, die al zijn bewegingen volgden. Hij deed alsof hij niets in de gaten had en bootste gewoon alles na wat Giles deed. 'Leuk om te weten dat er iets is wat ik je kan leren,' zei Giles terwijl hij met zijn mes een appel schilde.

Later die middag genoot Harry van zijn eerste scheikundeles, vooral toen hij van de meester een bunsenbrander mocht aansteken. Maar in natuurstudie, de laatste les van de dag, blonk hij niet uit, omdat hij de enige jongen was bij wie ze thuis geen tuin hadden.

Toen de laatste bel klonk, ging de rest van de klas sporten terwijl Harry zich voor de eerste koorrepetitie bij de kapel meldde. Opnieuw viel het hem op dat iedereen naar hem staarde, maar deze keer was het alleen maar positief.

Zodra hij de kapel weer uit liep, werd hij opnieuw onderworpen aan dezelfde, met zachte stem geuite spottende opmerkingen van jongens die terugkwamen van het sportveld.

'Is dat niet ons straatschoffie?' vroeg een van hen.

'Jammer dat hij geen tandenborstel heeft,' zei een ander.

'Slaapt 's nachts in de haven, heb ik gehoord,' zei een derde.

Terwijl Harry zich terug naar zijn huis haastte en onderweg alle samengeschoolde jongens meed, waren Deakins en Barrington in geen velden of wegen te zien.

Tijdens het avondeten vielen de priemende ogen minder op, maar alleen omdat Giles iedereen binnen gehoorsafstand duidelijk had gemaakt dat Harry zijn vriend was. Maar Giles kon niet helpen toen ze na het huiswerk allemaal de trap op naar de slaapzaal gingen en Fisher daar bij de deur aantroffen, duidelijk wachtend op Harry.

Terwijl de jongens zich begonnen uit te kleden, kondigde Fisher op luide toon aan: 'Heren, het spijt me van de lucht, maar een van jullie klas komt uit een huis waar ze geen bad hebben.' Een of twee jongens gniffelden, hopend bij Fisher in de gunst te komen. Harry negeerde hem. 'Niet alleen heeft dit schoffie geen bad, hij heeft zelfs geen vader.'

'Mijn vader was een goed man die in de oorlog voor zijn land heeft gevochten,' zei Harry trots.

'Waarom denk je dat ik het over jou had, Clifton?' vroeg Fisher. 'Tenzij je natuurlijk ook degene bent wiens moeder werkt als een...' hij liet even een stilte vallen, '... serveerster in een pension.'

'Een hotel,' corrigeerde Harry hem.

Fisher greep een pantoffel. 'Spreek me nooit tegen, Clifton,' zei hij boos. 'Bukken met je handen op de rand van je bed.' Harry gehoorzaamde en Fisher haalde zes keer zo woest uit dat Giles zich moest afwenden. Vechtend tegen de tranen kroop Harry in bed.

'Ik verheug me erop om jullie morgenavond weer allemaal te zien,' voegde Fisher eraan toe voordat hij het licht uitknipte, 'wanneer ik mijn verhaaltje voor het slapengaan over de Cliftons van Still House Lane zal voortzetten. Wacht maar tot je over oom Stan hoort.'

De volgende avond vernam Harry voor het eerst dat zijn oom anderhalf jaar had gezeten voor een inbraak. Deze onthulling was erger dan met de pantoffel krijgen. Terwijl hij in bed kroop, vroeg hij zich af of zijn vader misschien toch nog in leven was maar in de gevangenis zat, en of dat de echte reden was waarom thuis niemand ooit over hem sprak.

Voor de derde nacht op rij deed Harry nauwelijks een oog dicht, en succes in de klas noch bewondering in de kapel kon voorkomen dat zijn gedachten onophoudelijk waren bij het volgende onvermijdbare treffen met Fisher. Het geringste foutje, een op de vloer van de wasruimte gemorste druppel water, een kussen dat niet recht lag, een sok die tot om zijn enkel was gezakt, kon er de oorzaak van zijn dat Harry een straf kon verwachten die ten overstaan van de rest van de slaapzaal werd toegebracht. Maar niet voordat Fisher een volgende aflevering uit de Clifton Kronieken had verteld. De vijfde avond had Harry genoeg gehad, en zelfs Giles en Deakins konden hem niet langer troosten.

Terwijl de andere jongens op vrijdagavond tijdens het uurtje studietijd de bladzijden van hun *Kennedy's Latin Primer* omsloegen, negeerde Harry

Caesar en de Galliërs en bedacht hij een plan dat ervoor zou zorgen dat Fisher hem nooit meer lastigviel. Tegen de tijd dat hij die avond in bed kroop, nadat Fisher naast zijn bed een wikkel van een chocoladereep had ontdekt en hem andermaal met de pantoffel had bewerkt, was Harry's plan gereed. Lang nadat het licht uit was gegaan, lag hij wakker en hij verroerde zich pas tot hij zeker wist dat iedereen sliep.

Harry had geen idee hoe laat het was toen hij uit bed glipte. Zonder een geluid te maken kleedde hij zich aan en kroop tussen de bedden door naar de andere kant van de zaal. Hij duwde het raam open en een vlaag van koude lucht maakte dat de jongen in het dichtstbijzijnde bed zich omdraaide. Harry klom naar buiten op de brandtrap, sloot langzaam het raam en klauterde naar beneden. Hij liep om de rand van het gazon, gebruikmakend van schaduwen om de volle maan, die als een zoeklicht op hem leek te schijnen, te mijden.

Tot zijn ontzetting merkte hij dat de schoolpoort op slot zat. Hij kroop langs de muur, zoekend naar de kleinste barst of inkeping die hem in staat zou stellen om over de rand te klimmen en naar de vrijheid te ontsnappen. Eindelijk zag hij een plek waar een baksteen ontbrak en hij zichzelf kon optrekken tot hij schrijlings op de muur zat. Hangend aan zijn vingertoppen en een schietgebedje prevelend liet hij zich langs de andere kant omlaag zakken, om vervolgens los te laten. Hij landde hard, maar leek niets te hebben gebroken.

Weer bijgekomen begon hij de weg af te rennen, eerst nog langzaam, maar daarna versnelde hij en hij hield pas op met rennen toen hij bij de haven was. De nachtdienst zat er net op en tot zijn opluchting zag Harry dat zijn oom zich niet onder de havenarbeiders bevond.

Nadat de laatste van hen uit het zicht was verdwenen, liep hij langzaam langs de kade, voorbij een rij afgemeerde schepen, die zich uitstrekte zover het oog reikte. Hij zag dat op een van de schoorsteenpijpen trots de letter B prijkte, en hij dacht na over zijn vriend die diep in slaap zou zijn. Zou hij ooit... Zijn gedachten werden verstoord toen hij voor Old Jacks spoorrijtuig tot stilstand kwam.

Hij vroeg zich af of ook de oude man diep lag te slapen. Zijn vraag werd direct beantwoord. 'Sta daar niet zo,' klonk een stem. 'Harry, kom binnen voordat je doodvriest.' Harry opende de deur en zag dat Old Jack een lucifer aanstreek en probeerde een kaars aan te steken. Harry plofte neer op de bank tegenover hem. 'Ben je weggelopen?' vroeg Old Jack.

Harry werd zo overrompeld door deze directe vraag dat hij niet meteen antwoord gaf. 'Ja,' stamelde hij ten slotte.

'En nu ben je ongetwijfeld gekomen om me te vertellen hoe je tot dit zwaarwegende besluit bent gekomen.'

'Ik heb het besluit niet genomen,' zei Harry. 'Dat is voor mij gedaan.'

'Door wie?'

'Hij heet Fisher.'

'Een meester of een jongen?'

'De mentor van mijn slaapzaal,' zei Harry huiverend. Vervolgens vertelde hij Old Jack alles wat in zijn eerste week op St. Bede's was gebeurd.

De oude man verraste hem opnieuw. Toen Harry bij het eind van zijn verhaal was, zei Jack: 'Het is allemaal mijn schuld.'

'Hoezo?' vroeg Harry. 'U had niet meer kunnen doen om me te helpen.'

'O, jawel hoor,' zei Old Jack. 'Ik had je moeten voorbereiden op een soort snobisme dat je in geen enkel ander land tegenkomt. Ik had meer tijd moeten besteden aan het belang van de oude schooldas en minder aan aardrijkskunde en geschiedenis. Ik had gehoopt dat er na de oorlog die alle andere oorlogen overbodig had moeten maken het een en ander was veranderd, maar op St. Bede's is dat dus kennelijk niet gebeurd.' Hij was even in gepeins verzonken. 'Wat ga je nu doen, beste jongen?' vroeg hij ten slotte.

'Weglopen naar zee. Ik neem de eerste de beste boot waar ze me willen hebben,' zei Harry in een poging enthousiast te klinken.

'Wat een goed idee,' zei Old Jack. 'Want waarom zou je Fisher niet helpen?'

'Wat bedoelt u?'

'Alleen maar dat niets Fisher meer plezier zal doen dan dat hij zijn vrienden kan vertellen dat het straatschoffie geen lef had, maar goed, wat verwacht je anders van de zoon van een dokwerker en een serveerster?'

'Maar Fisher heeft gelijk. Ik behoor niet tot zijn klasse.'

'Nee, Harry, het probleem is dat Fisher al beseft dat hij niet tot jouw klasse behoort en ook nooit zal behoren.'

'Zegt u nu dat ik terug moet gaan naar die vreselijke school?' zei Harry.

'Uiteindelijk kan alleen jij daartoe beslissen,' zei Old Jack, 'maar als jij telkens wanneer je in conflict komt met de Fishers van deze wereld wegrent, eindig je net als ik, als een van de eeuwige verliezers, om de woorden van het schoolhoofd aan te halen.'

'Maar u bent een geweldige man,' zei Harry.

'Dat had ik kunnen zijn,' zei Old Jack, 'als ik niet was weggelopen toen ik op mijn Fisher stuitte. Maar ik koos voor de makkelijke uitweg en dacht alleen aan mezelf.'

'Maar wie is er dan verder nog om aan te denken?'

'Om te beginnen je moeder,' zei Old Jack. 'Vergeet niet wat zij allemaal heeft opgeofferd om jou een betere start in het leven te geven dan waar zij ooit van heeft kunnen dromen. En dan is er meester Holcombe, die alleen zichzelf de schuld zal geven zodra hij erachter komt dat jij bent weggelopen. En vergeet Miss Monday niet, die een beroep deed op mensen, die ze het mes op de keel zette en die talloze uren besteedde om ervoor te zorgen dat jij goed genoeg was om die beurs in de wacht te slepen. En als je de voor- en nadelen afweegt, Harry, stel ik voor dat je Fisher op één kant van de weegschaal zet en Barrington en Deakins op de andere, omdat ik vermoed dat Fisher al vlug niets meer zal betekenen, terwijl Barrington en Deakins voor de rest van je leven absoluut goede vrienden zullen blijken te zijn. Als je wegloopt, worden zij gedwongen om te luisteren naar Fisher die hen er voortdurend aan zal herinneren dat jij niet was wat zij dachten dat je was.'

Harry zweeg enige tijd. Eindelijk kwam hij langzaam overeind. 'Dank u, meneer,' zei hij. Zonder verder nog iets te zeggen schoof hij de deur van het rijtuig open en liet zichzelf uit.

Langzaam liep hij de kade af en hij staarde opnieuw omhoog naar de reusachtige vrachtschepen die binnenkort naar verre havens zouden afvaren. Hij bleef lopen tot hij bij de havenpoort was, waar hij begon te rennen en zich terug naar de stad begaf. Tegen de tijd dat hij de schoolpoort bereikte, stond deze al open en kon de klok van de grote zaal elk moment acht keer slaan.

Ondanks het telefoontje had meneer Frobisher naar de woning van het schoolhoofd moeten lopen en melden dat een van zijn jongens werd vermist. Maar terwijl hij uit het raam van zijn werkkamer keek, ving hij een glimp op van Harry die tussen de bomen door rende en zich behoedzaam naar het huis begaf. Terwijl de laatste klok luidde, opende Harry voorzichtig de voordeur en stond hij opeens oog in oog met zijn coördinator.

'Haast je, Clifton,' zei meneer Frobisher, 'anders mis je het ontbijt.'

'Ja, meneer,' zei Harry en hij rende de gang door. Vlak voordat de deuren dichtgingen, bereikte hij de eetzaal en schoof tussen Barrington en Deakins.

‘Even dacht ik deze morgen de enige te zijn die mijn kom uitlikte,’ zei Barrington. Harry barstte in lachen uit.

Die dag stuitte hij niet op Fisher en tot zijn verrassing merkte hij dat een andere mentor hem had vervangen voor de slaapwacht die avond. Voor het eerst die week sliep Harry.

6

De Rolls-Royce reed door de poort van Manor House en over een lange oprijlaan omzoomd door hoge eiken, die als schildwachten stonden. Zelfs voordat hij het huis in zicht kreeg, had Harry zes tuinlieden geteld.

Tijdens hun verblijf in St. Bede's had Harry een beetje opgepikt over hoe Giles woonde als hij voor de vakantie naar huis terugkeerde, maar hier was hij niet op voorbereid. Toen hij het huis voor het eerst zag, viel zijn mond open van verbazing.

'Vroeg achttiende eeuw zou ik gokken,' zei Deakins.

'Niet slecht,' reageerde Giles. '1722. Gebouwd door Vanbrugh. Maar ik wed dat je me niet kunt vertellen wie de tuin ontwierp. Ik zal je een aanwijzing geven: het is later dan het huis.'

'Ik ken maar één landschapsarchitect,' zei Harry, die nog steeds naar het huis staarde. 'Capability Brown.'

'Dat is precies de reden waarom we hem kozen,' zei Giles, 'gewoon zodat mijn vrienden twee eeuwen later van de man gehoord zouden hebben.'

Harry en Deakins lachten terwijl de auto voor een uit goudkleurige Cotswold-stenen opgetrokken landhuis van drie verdiepingen tot stilstand kwam. Voordat de chauffeur de kans kreeg om het achterportier te openen, sprong Giles eruit. Met zijn twee minder zekere vrienden in zijn kielzog rende hij de stenen trap op.

Lang voordat Giles de bovenste tree had bereikt, werd de voordeur geopend, en een lange man, elegant gekleed in een lange zwarte jas, een broek met smalle streepjes en een stropdas, maakte een lichte buiging terwijl de jongeheer langs hem heen vloog. 'Gefeliciteerd, meneer Giles,' zei hij.

'Dank je, Jenkins. Kom, jongens!' riep Giles terwijl hij het huis in verdween. De butler hield de deur open zodat Harry en Deakins konden volgen.

Zodra Harry de hal in stapte, stond hij als aan de grond genageld bij het zien van het portret van een oude man die op hem neer leek te staren. Giles had de haakneus, de felle blauwe ogen en de vierkante kaken van de man geërfd. Harry bekeek de andere portretten aan de muren. De enige olieverfschilderijen die hij ooit had gezien, stonden in boeken: de *Mona Lisa*, de *Lachende Cavalier* en de *Nachtwacht*. Hij keek net naar een landschap van een kunstenaar die blijkbaar Constable heette toen een vrouw zwierig de hal betrad in wat Harry alleen als een baljurk had kunnen beschrijven.

'Gefeliciteerd, schat,' zei ze.

'Dank u, moeder,' zei Giles terwijl ze zich boog om hem te kussen. Het was de eerste keer dat Harry zijn vriend zo gegeneerd had gezien. 'Dit zijn mijn twee beste vrienden, Harry en Deakins.' Terwijl Harry de hand schudde van de vrouw, die niet veel langer was dan hij, schonk ze hem een glimlach die zo warm was dat hij zich onmiddellijk op zijn gemak voelde.

'Zullen we naar de salon gaan,' stelde ze voor, 'en de thee gebruiken?' Ze ging de jongens voor door de hal en een groot vertrek in met uitzicht op het gazon aan de voorzijde van het huis.

Toen Harry de salon betrad, wilde hij niet gaan zitten maar naar de schilderijen kijken die alle wanden opsierden. Mevrouw Barrington echter begeleidde hem al naar de sofa. Hij zonk weg in de pluchen kussens en kon zijn ogen niet afhouden van het keurig gemaaide gazon dat groot genoeg was om op te cricketen. Achter het gazon zag Harry een meer waarop tevreden wilde eenden doelloos rondzwommen, duidelijk zorgeloos over waar hun volgende maaltje vandaan zou komen. Deakins nam naast Harry op de sofa plaats.

Geen van beiden sprak een woord terwijl een andere man, gekleed in een kort zwart jasje, de salon betrad, gevolgd door een jonge vrouw in een verzorgd blauw uniform, dat leek op wat zijn moeder in het hotel droeg. De dienstmeid droeg een groot zilveren dienblad, dat ze op een ovalen tafel voor mevrouw Barrington neerzette.

'Indische of Chinese?' vroeg mevrouw Barrington, kijkend naar Harry.

Hij wist niet zeker wat ze bedoelde.

'We nemen allemaal Indische, dank u, moeder,' zei Giles.

Harry dacht dat Giles hem al alles had geleerd wat er te weten viel over etiquette, maar mevrouw Barrington had de lat opeens hoger gelegd.

Zodra de tweede butler drie kopjes thee had ingeschonken, zette de meid ze voor de jongens neer, samen met een bordje. Harry staarde naar een berg sandwiches, maar durfde niets aan te raken. Giles nam er een en legde hem op zijn bordje. Zijn moeder keek bedenkelijk. 'Hoe vaak heb ik je nu al niet verteld, Giles, dat je altijd wacht totdat je gasten beslissen wat ze willen voordat je zelf neemt?'

Harry wilde mevrouw Barrington vertellen dat Giles altijd het voorbeeld gaf, zodat hij wist wat hij moest doen en, belangrijker, wat niet. Deakins koos een sandwich en legde hem op zijn bordje. Harry deed hetzelfde. Giles wachtte geduldig tot Deakins zijn sandwich had opgepakt en een hap had genomen.

'Ik hoop wel dat je van gerookte zalm houdt,' zei mevrouw Barrington.

'Heerlijk,' zei Giles voordat zijn vrienden de kans kregen om toe te geven dat ze nog nooit gerookte zalm hadden geproefd. 'Op school krijgen we alleen boterhammen met vispasta,' voegde hij eraan toe.

'Goed, vertel eens hoe het jullie vergaat op school,' zei mevrouw Barrington.

'Ruimte voor verbetering, zo beschrijft de Frob mijn inspanningen denk ik,' zei Giles terwijl hij nog een sandwich nam. 'Maar Deakins is de beste in alles.'

'Op Engels na,' zei Deakins, voor het eerst aan het woord. 'In dat vak versloeg Harry me met een paar procent.'

'En heb jij iemand ergens in verslagen, Giles?' vroeg zijn moeder.

'Hij was tweede met wiskunde, mevrouw Barrington,' schoot Harry zijn vriend te hulp. 'Hij is een natuurtalent met cijfers.'

'Net als zijn grootvader,' zei mevrouw Barrington.

'Dat is een mooi schilderij van u boven de haard, mevrouw Barrington,' zei Deakins.

Ze glimlachte. 'Dat ben ik niet, Deakins, het is mijn lieve moeder.' Deakins boog zijn hoofd voordat mevrouw Barrington er vlug aan toevoegde: 'Maar wat een alleraardigst compliment. In haar tijd werd ze als een grote schoonheid beschouwd.'

'Wie heeft het geschilderd?' snelde Harry Deakins te hulp.

'László,' antwoordde mevrouw Barrington. 'Waarom vraag je dat?'

'Omdat ik me afvroeg of het portret van de heer in de hal misschien van dezelfde kunstenaar zou zijn.'

'Hoe opmerkzaam van je, Harry,' zei mevrouw Barrington. 'Het schilderij dat je in de hal hebt gezien, is van mijn vader en werd inderdaad ook door László geschilderd.'

'Wat doet uw vader?' vroeg Harry.

'Harry houdt nooit op met vragen stellen,' zei Giles. 'Daar moet u maar aan wennen.'

Mevrouw Barrington glimlachte. 'Hij importeert wijnen, met name sherry uit Spanje.'

'Net als Harvey's,' zei Deakins met zijn mond vol komkommersandwich.

'Net als Harvey's,' herhaalde mevrouw Barrington. Giles grijnsde. 'Neem gerust nog een sandwich, Harry,' zei ze toen ze zag dat zijn blik op het bordje gevestigd was.

'Dank u,' zei Harry, die niet kon kiezen tussen gerookte zalm, komkommer of ei met tomaat. Hij nam zalm, benieuwd naar hoe dat zou smaken.

'En jij, Deakins?'

'Dank u, mevrouw Barrington,' zei hij, en hij nam nog een komkommersandwich.

'Ik kan je niet Deakins blijven noemen,' zei Giles' moeder. 'Dan is het net alsof je een van de bedienden bent. Wat is je voornaam?'

Deakins boog opnieuw zijn hoofd. 'Ik word liever Deakins genoemd,' zei hij.

'Het is Al,' zei Giles.

'Wat een mooie naam,' zei mevrouw Barrington, 'hoewel ik denk dat je moeder je Alan noemt.'

'Nee, dat doet ze niet,' zei Deakins, nog steeds met gebogen hoofd. De andere twee jongens leken verrast door deze onthulling, maar zeiden niets. 'Mijn naam is Algernon,' stamelde hij ten slotte.

Giles proestte het uit.

Mevrouw Barrington schonk geen aandacht aan de uitbarsting van haar zoon. 'Jouw moeder is vast een bewonderaar van Oscar Wilde,' zei ze.

'Ja, dat klopt,' zei Deakins. 'Maar ik wou dat ze me Jack had genoemd, of zelfs Ernest.'

'Ik zou er niet over inzitten,' zei mevrouw Barrington. 'Immers, Giles lijdt onder een vergelijkbare vernedering.'

'Moeder, u hebt beloofd dat u niet zou...'

'Jullie moeten hem echt overhalen om jullie zijn tweede voornaam te vertellen,' zei ze, zijn protest negerend. Toen Giles niet reageerde, keken Harry en Deakins hoopvol naar mevrouw Barrington. 'Marmaduke,' sprak ze met een zucht. 'Net als zijn vader en grootvader vóór hem.'

'Als een van jullie twee dit op school doorvertelt,' zei Giles, en hij keek zijn twee vrienden dreigend aan, 'dan maak ik jullie af, dat zweer ik, en ik meen het.' Beide jongens lachten.

'Heb jij een tweede voornaam, Harry?' vroeg mevrouw Barrington.

Harry wilde net antwoorden toen de deur van de salon openvloog en er een man naar binnen beende die niet voor een bediende kon worden aangezien. Hij had een groot pak in zijn handen. Harry sloeg zijn ogen op naar de man die wel meneer Hugo moest zijn. Giles sprong overeind en rende op zijn vader af, die hem het pakket gaf en zei: 'Gefeliciteerd, beste kerel.'

'Dank u, paps,' zei Giles, en hij begon onmiddellijk het lint los te maken.

'Voordat je je cadeau openmaakt, Giles,' zei zijn moeder, 'zou je misschien eerst even je gasten aan paps moeten voorstellen.'

'Sorry, paps. Dit zijn mijn twee beste vrienden, Deakins en Harry,' zei Giles terwijl hij het geschenk op tafel zette. Het viel Harry op dat Giles' vader dezelfde atletische bouw en rusteloze energie had als zijn zoon.

'Aangenaam, Deakins,' zei meneer Barrington terwijl hij hem de hand schudde. Hij wendde zich tot Harry. 'Goedemiddag, Clifton,' voegde hij eraan toe, waarna hij in de lege stoel naast zijn vrouw plaatsnam. Harry was verward dat meneer Barrington hem geen hand gaf. En hoe wist hij dat hij Clifton heette?

Nadat de tweede butler de thee voor meneer Barrington had opgediend, pakte Giles zijn cadeau uit en slaakte een gil van verrukking toen hij de Roberts-radio zag. Hij stak de stekker in een wandcontactdoos en begon naar zenders te zoeken. De jongens klapten in hun handen en lachten bij elk nieuw geluid dat uit de grote houten doos klonk.

'Giles vertelt me dat hij dit jaar tweede is geworden in wiskunde,' zei mevrouw Barrington tegen haar echtgenoot.

'Wat niet opweegt tegen het feit dat hij in bijna alle andere vakken als laatste is geëindigd,' reageerde hij vinnig. Giles deed zijn best om niet uit het veld geslagen te lijken terwijl hij verder zocht naar een radiostation.

'Maar u had het doelpunt moeten zien dat hij tegen Avonhurst scoorde,' zei Harry. 'We verwachten allemaal dat hij volgend jaar het elftal aanvoert.'

'Met doelpunten zal hij niet op Eton komen,' zei meneer Barrington zonder Harry aan te kijken. 'Het is tijd dat de jongen de schouders eronder zet en harder werkt.'

Iedereen zweeg een ogenblik, tot mevrouw Barrington de stilte verbrak. 'Ben jij de Clifton die in het koor van St. Mary Redcliffe zingt?' vroeg ze.

'Harry is de sopraansolist,' zei Giles. 'Eigenlijk is hij koorzanger met een beurs.'

Harry werd zich ervan bewust dat Giles' vader hem nu aanstaarde.

'Ik meende je al te herkennen,' zei mevrouw Barrington. 'Giles' grootvader en ik woonden in St. Mary's een uitvoering van de *Messiah* bij toen het koor van St. Bede's de krachten bundelde met het gymnasium van Bristol. Jouw "I Know That My Redeemer Liveth" was absoluut prachtig, Harry.'

'Dank u, mevrouw Barrington,' zei Harry blozend.

'Hoop je na je vertrek van St. Bede's naar het gymnasium van Bristol te gaan, Clifton?' vroeg meneer Barrington.

Weer Clifton, dacht Harry. 'Alleen als ik een beurs krijg, meneer,' antwoordde hij.

'Maar waarom is dat belangrijk?' vroeg mevrouw Barrington. 'Je krijgt toch zeker wel een plaats aangeboden, net als ieder ander?'

'Omdat mijn moeder zich het schoolgeld niet zou kunnen veroorloven, mevrouw Barrington. Ze is serveerster in het Royal Hotel.'

'Maar zou je vader niet...'

'Die is dood,' zei Harry. 'Hij werd gedood in de oorlog.' Hij keek goed hoe meneer Barrington zou reageren, maar als een goede pokerspeler gaf die niets prijs.

'Het spijt me,' zei mevrouw Barrington. 'Dat wist ik niet.'

Achter Harry ging de deur open en de tweede butler kwam binnen met een uit twee lagen bestaande verjaardagstaart op een zilveren dienblad, dat hij midden op tafel zette. Nadat Giles erin was geslaagd om met één ademstoot alle twaalf kaarsjes uit te blazen, applaudisseerde iedereen.

'En wanneer ben jij jarig, Clifton?' vroeg meneer Barrington.

'Dat was afgelopen maand, meneer,' antwoordde Harry.

Meneer Barrington keek weg.

De tweede butler verwijderde de kaarsjes en gaf de jongeheer vervolgens een groot taartmes. Giles sneed de taart onhandig aan en legde vijf oneven stukken op de theebordjes die de meid op tafel had klaargezet.

Voordat Deakins een hap van de taart nam, verslond hij de stukjes van het suikerglazuur die op zijn bordje waren gevallen. Harry volgde het voorbeeld van mevrouw Barrington. Hij pakte het zilveren vorkje dat naast zijn bordje lag, gebruikte het om een piepklein stukje van zijn taart te nemen en legde het daarna terug op het bordje.

Alleen meneer Barrington raakte zijn taart niet aan. Zonder waarschuwing kwam hij opeens overeind en hij vertrok zonder nog een woord te zeggen.

Giles' moeder deed geen poging om haar verbazing om haar mans gedrag te verhullen, maar ze zei niets. Terwijl meneer Hugo de salon verliet, volgde Harry hem voortdurend met zijn blik. Deakins had inmiddels zijn taart op en richtte zijn aandacht weer op de sandwiches met gerookte zalm, zich duidelijk niet bewust van wat er om hem heen gebeurde.

Zodra de deur gesloten was, kletste mevrouw Barrington door alsof er niets ongewoons was gebeurd. 'Ik ben ervan overtuigd dat je een beurs voor Bristol verkrijgt, Harry, zeker gezien alles wat Giles me over je heeft verteld. Jij bent niet alleen heel slim, maar ook zeer getalenteerd.'

'Giles heeft de neiging wat te overdrijven, mevrouw Barrington,' zei Harry. 'Ik kan u verzekeren dat alleen Deakins zeker is van een beurs.'

'Maar bieden ze muziekleerlingen in Bristol geen toelage?' vroeg ze.

'Niet aan jongenssopranen,' zei Harry. 'Ze willen het risico niet nemen.'

'Ik weet niet of ik dat wel begrijp,' zei mevrouw Barrington. 'Jij hebt een jarenlange zangopleiding gehad. Daar kan niemand toch iets aan afdoen?'

'Klopt, maar helaas kan niemand voorspellen wat er gebeurt als je de baard in de keel krijgt. Een aantal jongenssopranen wordt uiteindelijk bas of bariton, en echte bofkonten worden tenor, maar dat valt van tevoren dus absoluut niet te zeggen.'

'Waarom niet?' vroeg Deakins, die voor het eerst belangstelling toonde.

'Er is een overvloed van jongenssopranen die zodra ze de baard in de keel krijgen niet eens een plaats in hun plaatselijke koor bemachtigen. Vraag maar aan meester Ernest Lough. Elk huishouden in Engeland heeft hem "*O, könnt' Ich fliegen wie Tauben dahin*" horen zingen, maar nadat hij de baard in de keel had gekregen, hoorde niemand ooit nog van hem.'

'Jij zult gewoon harder moeten werken,' zei Deakins tussen twee happen door. 'Bedenk dat het gymnasium jaarlijks twaalf beurzen toekent en daar kan ik er maar één van krijgen,' voegde hij er nuchter aan toe.

'Maar dat is het probleem,' zei Harry. 'Als ik iets harder ga werken, zal ik het koor moeten opgeven, en zonder mijn studietoelage zou ik St. Bede's moeten verlaten, dus...'

'Je bevindt je tussen Scylla en Charybdis,' zei Deakins.

Harry had de uitdrukking nog nooit gehoord en besloot Deakins later te vragen wat het betekende.

'Nou, één ding is zeker,' zei mevrouw Barrington, 'Giles zal waarschijnlijk voor geen enkele school een beurs krijgen.'

'Misschien niet,' zei Harry, 'maar waarschijnlijk zal het gymnasium van Bristol een linkshandige slagman van zijn kaliber niet afwijzen.'

'Dan moeten we hopen dat Eton daar ook zo over denkt,' zei mevrouw Barrington, 'want zijn vader wil dat hij daarnaartoe gaat.'

'Ik wil niet naar Eton,' zei Giles terwijl hij zijn vorkje neerlegde. 'Ik wil naar Bristol en bij mijn vrienden zijn.'

'Ik weet zeker dat je op Eton veel nieuwe vrienden zult maken,' zei zijn moeder. 'En het zou een enorme teleurstelling voor je vader zijn als je niet in zijn voetstappen trad.'

De tweede butler kuchte. Mevrouw Barrington keek naar buiten en zag een auto onder aan de stenen trap stoppen. 'Ik geloof dat het tijd is dat jullie weer naar school gaan,' zei ze. 'Ik wil er in elk geval niet verantwoordelijk voor zijn dat iemand te laat is voor zijn huiswerk.'

Smachtend keek Harry naar het grote dienblad met sandwiches en de half opgegeten verjaardagstaart, maar hij kwam met tegenzin overeind en begon naar de deur te lopen. Hij keek nog even om en had durven zweren dat hij Deakins een sandwich in zijn zak zag stoppen. Hij wierp nog een blik uit het raam en zag tot zijn verbazing dat opgekruld in de hoek een slungelig jong meisje met lange vlechten een boek zat te lezen.

'Dat is Emma, mijn afschuwelijke zusje,' zei Giles. 'Ze zit altijd te lezen. Negeer haar maar gewoon.' Harry glimlachte naar Emma, maar ze keek niet op. Deakins schonk haar geen tweede blik.

Mevrouw Barrington vergezelde de drie jongens naar de voordeur, waar ze Harry en Deakins de hand schudde. 'Ik hoop echt dat jullie snel weer eens komen,' zei ze. 'Jullie zijn zo'n goede invloed op Giles.'

'Heel hartelijk dank dat we bij u op de thee mochten komen, mevrouw Barrington,' zei Harry. Deakins knikte slechts. Beide jongens wendden zich af toen ze haar zoon omhelsde en hem een zoen gaf.

Terwijl de chauffeur de lange oprijlaan naar de poort af reed, keek Harry door de achterruit naar het huis. Wat hij niet zag, was dat Emma uit het raam naar de verdwijnende auto keek.

7

Het snoepwinkeltje van school was elke dinsdag- en donderdagmiddag tussen vier en zes open.

Harry kwam zelden in het 'Warenhuis', zoals het onder de jongens bekendstond, want hij had slechts twee shilling zakgeld per trimester en wist dat zijn moeder niet blij zou zijn met kleine extraatjes op zijn eindejaarrekening. Op Deakins' verjaardag maakte Harry een uitzondering op deze regel, hij was van plan om voor zijn vriend een zachte toffeereep van een penny te kopen.

Ondanks Harry's zeldzame bezoeken aan het snoepwinkeltje trof hij elke dinsdag- en donderdagavond een Fry's Five Boys-chocoladereep op zijn bureau aan. Hoewel er een schoolregel was dat niemand meer dan zes pence per week in het winkeltje mocht uitgeven, zorgde Giles ook altijd voor een pakje drop voor Deakins en maakte hij het zijn vrienden duidelijk dat hij er niets voor terugverwachtte.

Toen Harry die dinsdag bij het snoepwinkeltje aankwam, sloot hij aan in een lange rij jongens die wachtten om geholpen te worden. Terwijl hij staarde naar de netjes opgestapelde rijen chocolade, toffees, gombeertjes, drop en, de laatste rage, aardappelchips van Smith's, liep het water hem in de mond. Hij had overwogen om voor zichzelf een zakje chips te kopen, maar nadat hij onlangs even in acute geldnood had verkeerd, was hij zich extra bewust van de waarde van zes pence.

Terwijl Harry lonkte naar de rijkdommen van het Warenhuis hoorde hij Giles' stem en hij zag dat hij een paar plaatsen voor hem in de rij stond. Hij wilde zijn vriend net roepen toen hij zag dat Giles een chocoladereep van een plank pakte en deze in zijn broekzak liet glijden, even later gevolgd door een pakje kauwgom. Toen Giles voor in de rij was, legde hij een pakje drop en een zakje chips op de toonbank. Meneer Swivals, de winkelbeheerder, voerde alles keurig in zijn grootboek in onder de naam van Barrington. De twee andere dingen bleven in Giles' zak.

Harry was geschokt, en voordat Giles zich kon omdraaien, glipte hij de winkel uit omdat hij niet gezien wilde worden door zijn vriend. Langzaam liep Harry om het schoolgebouw terwijl hij zijn best deed te bedenken waarom Giles iets zou willen stelen wanneer hij het zich beslist heel gemakkelijk kon veroorloven om ervoor te betalen. Hij nam aan dat er een eenvoudige verklaring voor moest zijn, hoewel hij zich niet kon voorstellen wat die zou kunnen zijn.

Vlak voor studietijd ging Harry naar boven, waar hij de gepikte reep op zijn bureau aantrof en Deakins, die zich te goed deed aan de drop. Hij vond het moeilijk zich te concentreren op de oorzaken van de industriële revolutie terwijl hij probeerde te beslissen wat hij moest doen aan wat hij had gezien, áls hij al iets moest doen.

Toen het huiswerk af was, had hij zijn beslissing genomen. Hij legde de ongeopende chocoladereep in de bovenste la van zijn bureau met het voornemen om deze op donderdag terug te brengen naar het snoepwinkeltje, zonder het tegen Giles te zeggen.

Die nacht deed Harry geen oog dicht, en na het ontbijt nam hij Deakins even terzijde en legde uit waarom hij hem geen verjaardagscadeau had kunnen geven. Deakins kon zijn ongeloof niet verbergen.

'Mijn pa heeft in zijn winkel hetzelfde probleem gehad,' zei Deakins. 'De *Daily Mail* zegt dat het de schuld is van de depressie.'

'Ik denk niet dat Giles' familie zwaar te lijden heeft gehad onder de depressie,' zei Harry met enige emotie.

Deakins knikte bedachtzaam. 'Misschien moet je het wel tegen de Frob zeggen?'

'Mijn beste vriend verklikken?' reageerde Harry. 'Nooit.'

'Maar als Giles gesnapt wordt, kan hij van school worden gestuurd,' zei Deakins. 'Het minste wat je kunt doen is hem waarschuwen dat je weet wat-ie in z'n schild voert.'

'Ik zal erover nadenken,' zei Harry. 'Maar intussen ga ik alles wat Giles me geeft zonder zijn medeweten naar het winkeltje terugbrengen.'

Deakins boog zich naar hem over. 'Zou je dat van mij ook kunnen terugbrengen?' fluisterde hij. 'Ik kom nooit in het snoepwinkeltje, dus ik zou niet weten wat ik moest doen.'

Harry ging ermee akkoord om de verantwoordelijkheid op zich te nemen en daarna ging hij twee keer per week naar het snoepwinkeltje om Giles' ongewenste cadeautjes terug op de planken te leggen. Hij was tot de slotsom gekomen dat Deakins gelijk had en dat hij zijn vriend erop moest aanspreken voordat hij zou worden gepakt, maar besloot het tot het einde van het schooljaar uit te stellen.

'Goeie slag, Barrington,' zei meneer Frobisher terwijl de bal over de grenslijn rolde. Een applaus golfde over het terrein. 'Let op mijn woorden, directeur, Barrington speelt straks voor Eton tegen Harrow in Lord's.'

'Niet als het aan Giles ligt,' fluisterde Harry tegen Deakins.

'Wat ga jij doen in de zomervakantie, Harry?' vroeg Deakins, zich schijnbaar onbewust van wat zich allemaal om hem heen afspeelde.

'Ik heb dit jaar geen plannen voor Toscane, als je dat bedoelt,' antwoordde Harry met een grijns.

'Ik denk ook niet dat Giles er echt heen wil,' zei Deakins. 'Die Italianen hebben nooit iets begrepen van cricket.'

'Nou, ik zou graag met hem ruilen,' zei Harry. 'Ik zit er niet mee dat Michelangelo, Da Vinci en Caravaggio niks wisten van het met een curve werpen van een bal. Om maar niet te spreken van al die pasta die ze daar hebben.'

'Dus waar ga je naartoe?' vroeg Deakins.

'Een week aan de Rivièra van het Westen,' zei Harry met lef. 'Meestal is de grote pier bij Weston-super-Mare het hoogtepunt, gevolgd door fish-and-chips in eethuis Coffins. Zin om mee te gaan?'

'Zit een beetje krap in m'n tijd,' reageerde Deakins, die kennelijk dacht dat Harry het meende.

'Hoezo dat?' vroeg Harry.

'Te veel werk te doen.'

'Je bent van plan om tijdens de vakantie door te werken?' vroeg Harry vol ongeloof.

'Werk ís vakantie voor mij,' zei Deakins. 'Ik geniet er net zo veel van als Giles van cricket, en jij hebt je zang.'

'Maar waar werk je?'

'In de gemeentelijke bibliotheek, ezel. Daar hebben ze alles wat ik nodig heb.'

'Mag ik mee?' vroeg Harry net zo serieus. 'Ik kan alle hulp gebruiken als ik enige kans wil maken om een beurs voor het gymnasium van Bristol te krijgen.'

'Alleen als je belooft stil te zijn,' zei Deakins. Harry had wel willen lachen, maar hij wist dat zijn vriend bloedserieus was.

'Maar ik heb echt hulp nodig met mijn Latijnse grammatica,' zei Harry.

‘Ik snap nog steeds niets van de gevolgzin, laat staan conjunctieve werkwoordsvormen, en als ik geen minimumcijfer weet te halen voor het proefwerk Latijn, is het gebeurd, ook al doe ik het in alle andere vakken wel goed.’

‘Ik zou je graag met je Latijn helpen,’ zei Deakins, ‘als jij me een wederdienst bewijst.’

‘Zeg het maar,’ zei Harry, ‘hoewel ik niet kan geloven dat je dit jaar met de kerst solo wilt zingen.’

‘Goeie slag, Barrington,’ zei meneer Frobisher weer. Harry klapte mee. ‘Dat is zijn derde halve *century* dit seizoen,’ zei meneer Frobisher tegen het schoolhoofd.

‘Niet zo bijdehand, Harry,’ zei Deakins. ‘Feit is dat mijn vader nu tijdens de vakantie iemand nodig heeft om ’s ochtends de kranten te bezorgen en ik heb jou voorgesteld. Het loon is een shilling per week en zolang je je elke morgen om zes uur bij de winkel meldt, is het baantje voor jou.’

‘Zes uur?’ reageerde Harry smalend. ‘Als je een oom hebt die om vijf uur het hele huis wakker maakt, is dat geen enkel probleem.’

‘Dus je bent bereid die krantenwijk te nemen?’

‘Ja, natuurlijk,’ zei Harry. ‘Maar waarom wil jij hem niet? Voor vijf pence per week haal je toch niet je neus op.’

‘Zeker niet,’ zei Deakins, ‘maar ik kan niet fietsen.’

‘O verdorie,’ zei Harry. ‘Ik heb niet eens een fiets.’

‘Ik zei niet dat ik er geen een héb,’ verzuchtte Deakins. ‘Ik zei dat ik er niet op kan fietsen.’

‘Clifton,’ zei meneer Frobisher terwijl de cricketspelers voor de thee van het veld af liepen. ‘Na het huiswerk wil ik je op mijn kamer zien.’

Harry had meneer Frobisher altijd gemogen, hij was een van de weinige meesters die hem als een gelijke behandelden. Ook leek hij geen favoriete leerlingen te hebben, in tegenstelling tot een aantal andere schoolmeesters, die bij hem geen twijfel lieten dat de zoon van een dokwerker eigenlijk nooit de gewijde poort van St. Bede’s had mogen betreden, hoe goed zijn stem ook was.

Toen de bel aan het eind van de studietijd ging, legde Harry zijn pen neer en liep door de gang naar de studeerkamer van meneer Frobisher. Hij had geen idee waarom zijn coördinator hem wilde spreken en had er niet al te veel over nagedacht.

Harry klopte op de deur.

'Binnen,' klonk de stem van een man van weinig woorden. Harry opende de deur en was verrast dat hij niet door de gebruikelijke Frobglimlach werd begroet.

Meneer Frobisher keek naar Harry, die voor zijn bureau was gaan staan. 'Clifton, het is mij onder de aandacht gebracht dat je hebt gestolen uit het snoepwinkeltje.' Harry probeerde een antwoord te bedenken dat Giles niet zou verraden, maar er schoot hem niets te binnen. 'Je werd gezien door een mentor terwijl je koopwaar van de planken af pakte,' ging Frobisher op dezelfde vastberaden toon door, 'en daarna de winkel uit glipte voordat je voor aan de rij kwam.'

'Niet pakte, meneer, teruglegde,' wilde Harry zeggen, maar hij kwam niet verder dan: 'Ik heb nooit iets uit het snoepwinkeltje meegenomen, meneer.' Ondanks het feit dat hij de waarheid sprak, voelde hij zijn wangen rood aanlopen.

'Hoe verklaar je dan je bezoekjes aan het Warenhuis tweemaal in de week terwijl je naam geen enkele keer in meneer Swivals' grootboek voorkomt?'

Meneer Frobisher wachtte geduldig, maar Harry wist dat als hij de waarheid vertelde, Giles zeker van school zou worden gestuurd.

'En deze chocoladereep en zak drop werden in de bovenste la van je bureau gevonden, kort na sluitingstijd van de winkel.'

Harry keek naar de snoep, maar zei nog steeds niets.

'Ik wacht op een verklaring, Clifton,' zei meneer Frobisher. Na nog een lange stilte voegde hij eraan toe: 'Ik ben me er uiteraard van bewust dat je veel minder zakgeld hebt dan de andere jongens in je klas, maar dat is geen excuus om te stelen.'

'Ik heb nog nooit in m'n leven iets gestolen,' zei Harry.

Nu was het meneer Frobishers beurt om verbijsterd te kijken. Hij kwam overeind. 'Als dat het geval is, Clifton – en ik wil je geloven – dan meld je je na de koorrepetitie weer hier met een volledige verklaring hoe jij in bezit bent gekomen van lekkers waar je kennelijk niet voor hebt betaald. Mocht het je niet lukken om mij tevreden te stellen, dan zullen we samen een bezoek afleggen aan het hoofd, en het lijdt bij mij geen twijfel wat hij zal aanbevelen.'

Harry verliet de kamer. Zodra hij de deur achter zich sloot, werd hij misselijk. Hij begaf zich naar zijn studeerkamer, hopend dat Giles daar niet zou zijn. Toen hij de deur opende, was een reep chocola op zijn bureau het eerste wat hij zag.

Giles keek op. 'Voel je je wel goed?' vroeg hij toen hij Harry's verhitte gezicht zag. Harry reageerde niet. Hij legde de reep in een la en vertrok zonder een woord tegen zijn vrienden te zeggen naar de koorrepetitie. Giles' ogen volgden hem en zodra de deur werd gesloten, wendde hij zich tot Deakins. 'Wat is er met hem?' vroeg hij terloops. Deakins ging door met schrijven alsof hij de vraag niet had gehoord. 'Hé dove, hoor je me niet?' zei Giles. 'Waarom loopt Harry zo te mokken?'

'Ik weet alleen dat hij een afspraak had met de Frob.'

'Waarom?' vroeg Giles nu meer geïnteresseerd.

'Geen idee,' zei Deakins, die doorging met schrijven.

Giles stond op en kuierde door de kamer naar Deakins' bureau. 'Wat verzwijg jij voor me?' Hij greep hem bij een oor.

Deakins liet zijn pen vallen, bracht nerveus een hand naar de brug van zijn bril en duwde deze verder omhoog op zijn neus voordat hij eindelijk een gil gaf. 'Hij is in moeilijkheden geraakt.'

'Wat voor moeilijkheden?' vroeg Giles terwijl hij het oor omdraaide.

'Ik denk zelfs dat hij weggestuurd kan worden,' piepte Deakins.

Giles liet zijn oor los en barstte in lachen uit. 'Harry, weggestuurd?' schimpte hij. 'De paus wordt nog eerder uit zijn ambt ontzet.' Hij zou naar zijn bureau terug zijn gekeerd als hij op Deakins' voorhoofd geen zweetparels had zien verschijnen. 'Waarvoor?' vroeg hij op zachtere toon.

'De Frob denkt dat hij uit het snoepwinkeltje heeft gestolen,' zei Deakins.

Als Deakins zijn ogen had opgeslagen, zou hij gezien hebben dat Giles asgrauw was geworden. Even later hoorde hij de deur dichtgaan. Hij pakte zijn pen op en probeerde zich te concentreren, maar voor de eerste keer in zijn leven maakte hij zijn huiswerk niet af.

Toen Harry een uur later van de repetitie terugkwam, zag hij Fisher tegen de muur geleund staan, niet bij machte een glimlach te verbergen. Op dat moment besefte hij wie hem moest hebben aangegeven. Hij negeerde Fisher en wandelde terug naar zijn huis alsof hij geen zorgen kende terwijl hij zich in feite voelde als een man die het schavot beklom, in de wetenschap dat uitstel van executie slechts mogelijk zou zijn als hij zijn beste vriend verlinkte. Hij aarzelde voordat hij op de deur van zijn coördinator klopte.

Het 'Binnen' klonk veel aardiger dan eerder die middag, maar toen Harry de kamer betrad, werd hij op dezelfde vastberaden starende blik onthaald. Hij boog zijn hoofd.

'Clifton, ik ben jou een oprechte verontschuldiging schuldig,' zei Frobisher, die overeind kwam vanachter zijn bureau. 'Ik besef nu dat jij niet de boosdoener was.'

Harry's hart ging nog als een bezetene tekeer, maar hij maakte zich nu ongerust om Giles. 'Dank u, meneer,' zei hij nog steeds met gebogen hoofd. Er waren zo veel vragen die hij de Frob nog had willen stellen, maar hij wist dat geen daarvan beantwoord zou worden.

Meneer Frobisher stapte vanachter zijn bureau vandaan en schudde Harry de hand, iets wat hij nog nooit had gedaan. 'Schiet maar op, Clifton, als je nog wat eten hoopt te krijgen.'

Toen Harry uit de kamer van de Frob kwam, liep hij langzaam naar de eetzaal. Met een verrast gezicht stond Fisher bij de deur. Harry liep hem straal voorbij en nam aan het eind van de bank zijn plaats naast Deakins in. De plek tegenover hem was leeg.

8

Giles kwam niet opdagen voor het avondeten en die nacht bleef zijn bed onbeslapen. Als St. Bede's de jaarlijkse wedstrijd tegen Avonhurst niet met eenendertig runs had verloren, zou het veel jongens of zelfs meesters niet zijn opgevallen dat hij ontbrak, vermoedde Harry.

Maar helaas voor Giles was het een thuiswedstrijd, dus iedereen had zijn mening over waarom de eerste slagman niet zijn positie bij de lijn had ingenomen, vooral Fisher, die iedereen die maar wilde luisteren vertelde dat de verkeerde man was weggestuurd.

Harry had zich niet verheugd op de vakantie, niet alleen omdat hij zich afvroeg of hij Giles ooit weer zou zien, maar ook omdat het inhield dat hij terugkeerde naar Still House Lane nr. 27, waar hij weer de slaapkamer moest delen met oom Stan, die vaker wel dan niet dronken thuiskwam.

Na de avond te hebben doorgebracht met het herlezen van oude examenopgaven klom Harry rond tien uur in bed. Hij viel snel in slaap, om iets na middernacht gewekt te worden door zijn oom, die vaak zo bezopen was dat hij zijn eigen bed niet kon vinden. Het geluid van Stan die in een po probeerde te piesen, en niet altijd het doel raakte, was iets wat voor de rest van zijn leven in Harry's geheugen geëtst zou staan.

Als Stan eenmaal op zijn bed was gaan liggen – hij nam zelden de moeite zich te ontkleden – probeerde Harry een tweede keer in slaap te vallen, om vaak vijf minuten later door luid gesnurk te worden gewekt. Hij verlangde terug naar St. Bede's, waar hij met negenentwintig andere jongens een slaapzaal deelde.

Nog steeds hoopte hij dat Stan op een onbewaakt ogenblik wat meer details over zijn vaders dood zou prijsgeven, maar meestal was hij te ver heen om zelfs de eenvoudigste vraag te beantwoorden. Op een van die zeldzame gelegenheden dat hij nuchter genoeg was om te praten liet hij Harry weten dat hij kon opsodemieteren en waarschuwde hem dat als hij het onderwerp nog eens aanroerde, hij hem een pak slaag zou geven.

Het enige goede aan het delen van een kamer met Stan was dat er nooit een risico bestond dat hij te laat was voor zijn krantenwijk.

Harry's dagen aan Still House Lane vervielen tot een goed geordende routine: om vijf uur opstaan, een snee toast als ontbijt – hij likte niet langer zijn ooms kom uit – om zes uur zich melden bij de kiosk van meneer Deakins, de kranten in de juiste volgorde in de tassen en ze daarna bezorgen. Alles bij elkaar was hij ongeveer twee uur bezig, zodat hij op tijd thuis kon zijn voor een kopje thee met moeder voordat zij naar haar werk ging. Rond half negen begaf Harry zich op weg naar de bibliotheek, waar hij Deakins trof, die altijd op de bovenste tree zat te wachten tot iemand de deuren opende.

In de middag meldde Harry zich, als deel van zijn verplichting jegens St. Bede's, in St. Mary Redcliffe voor de koorrepetitie. Hij beschouwde het nooit als een verplichting, omdat hij enorm genoot van zingen. 'Alstublieft God,' had hij meer dan eens gefluisterd, 'als ik de baard in de keel krijg, laat me dan een tenor zijn en ik zal U nooit meer ergens om vragen.'

's Avonds na de thee werkte hij nog een paar uur aan de keukentafel voordat hij naar bed ging, waar hij net zo erg opzag tegen zijn ooms terugkeer als tegen Fisher in zijn eerste week op St. Bede's. Fisher was in elk geval afgetaaid naar het gymnasium van Colston, dus Harry nam aan dat hun wegen zich nooit meer zouden kruisen.

Harry verheugde zich op zijn laatste jaar op St. Bede's, hoewel het voor hem geen enkele twijfel liet hoezeer zijn leven zou veranderen als hij en zijn twee vrienden ieder huns weegs gingen: Giles naar waarheen-danook, Deakins naar *Bristol Grammar School*, het gymnasium van Bristol, terwijl hij, als hij geen beurs kreeg, misschien wel terug zou moeten keren naar Merrywood en daarna op zijn veertiende op zoek kon gaan naar een baantje. Hij probeerde maar niet na te denken over de gevolgen als hij die beurs niet in de wacht sleepte, hoewel Stan elke kans aangreep om hem eraan te herinneren dat hij in de haven altijd werk zou kunnen vinden.

'Die jongen had sowieso nooit naar die kakschool mogen gaan,' zei hij vaak tegen Maisie zodra ze hem zijn kom pap had voorgezet. 'Het heeft hem ideeën gegeven die boven zijn stand zijn,' voegde hij eraan toe alsof Harry er niet bij zat. Een standpunt waar Fisher het grondig mee eens zou zijn geweest, dacht Harry, maar goed, hij was lang geleden al tot de conclusie gekomen dat oom Stan en Fisher veel gemeen hadden.

'Maar Harry moet toch zeker de kans krijgen om zich op te werken?' reageerde Maisie.

'Waarom?' zei Stan. 'Als de haven voor mij en zijn ouweheer goed genoeg was, waarom dan niet voor hem?' stelde hij met een beslistheid die geen tegenspraak duldde.

'Misschien is die jongen wel slimmer dan wij alle twee,' opperde Maisie.

Dit snoerde Stan even de mond, maar na een volgende lepel pap verklaarde hij: 'Hangt ervan af wat je met slim bedoelt. Je hebt slim en slim.' Hij nam nog een lepel, maar wist er na deze diepzinnige ontboezeming niets meer aan toe te voegen.

Terwijl hij luisterde naar hoe zijn oom elke ochtend telkens weer hetzelfde plaatje afdraaide, sneed Harry zijn toast in vier partjes. Nooit kwam hij voor zichzelf op, want Stan had blijkbaar zijn mening gevormd over het onderwerp van Harry's toekomst en niets ging hem daarvan afbrengen. Wat Stan niet besefte, was dat zijn onophoudelijke schimpscheuten Harry alleen maar inspireerden om nog harder zijn best te doen.

'Kan niet de hele dag hier rondhangen,' was doorgaans Stans laatste opmerking, vooral als hij merkte dat hij de discussie aan het verliezen was. 'Sommigen onder ons hebben werk te doen,' voegde hij eraan toe terwijl hij van tafel opstond. Niemand nam de moeite ertegenin te gaan. 'En dan nog iets,' zei hij terwijl hij de keukendeur opende. 'Het is niemand van jullie opgevallen dat de knaap slap geworden is. Hij likt niet eens meer mijn papkommetje schoon. God weet wat ze hem op die school hebben geleerd.' Achter hem sloeg de deur dicht.

'Let maar niet op je oom,' zei Harry's moeder. 'Hij is gewoon jaloers. Hij vindt het maar niks dat we allemaal zo trots op je zijn. En zelfs hij zal een toontje lager moeten zingen als jij, net als je vriend Deakins, die beurs krijgt.'

'Maar dat is het probleem, mam,' zei Harry. 'Ik ben anders dan Deakins en begin me af te vragen of het allemaal wel de moeite waard is.'

De rest van de familie staarde zwijgend en ongelovig naar Harry totdat opa voor het eerst in dagen sprak. 'Ik wou dat ik de kans had gekregen om naar het gymnasium van Bristol te gaan.'

'Waarom, opa?' riep Harry.

'Omdat we dan al die jaren niet naar je oom Stan hadden hoeven luisteren.'

Harry genoot van zijn krantenwijk, en niet alleen omdat hij dan het huis uit was. Naarmate de weken verstreken, begon hij een aantal vaste klanten van meneer Deakins te kennen, van wie sommige hem in St. Mary's hadden horen zingen en naar hem zwaaiden als hij hun de krant bracht, terwijl andere hem een kop thee of zelfs een appel aanboden. Meneer Deakins had hem gewaarschuwd voor twee honden op zijn ronde, binnen twee weken kwamen ze kwispelend op hem af zodra hij van zijn fiets af was gestapt.

Harry reageerde verrukt toen hij erachter kwam dat meester Holcombe een van meneer Deakins' vaste klanten was, en vaak maakten ze een praatje als hij *The Times* bezorgde. Zijn oude leraar liet er bij Harry geen enkele twijfel over bestaan dat hij hem niet meer op Merrywood wilde zien, en hij voegde eraan toe dat als hij extra onderwijs nodig had, hij de meeste avonden vrij was.

Wanneer Harry na zijn wijk bij de kiosk terugkeerde, liet meneer Deakins altijd een Fry's-chocoladereep in zijn tas glijden voordat hij hem weer wegstuurde. Het deed hem aan Giles denken. Vaak vroeg hij zich af wat er van zijn vriend geworden was. Sinds de dag dat meneer Frobisher had gevraagd om Harry na het huiswerk te spreken had hij noch Deakins iets van Giles vernomen. Daarna, voordat hij de winkel verliet om naar huis te gaan, bleef hij altijd voor de uitstalkast staan om een horloge te bewonderen dat hij zich nooit zou kunnen veroorloven. Hij nam niet eens de moeite om meneer Deakins naar de prijs te vragen.

Harry's wekelijkse routine kende slechts twee vaste onderbrekingen. Hij probeerde de zaterdagmorgen altijd bij Old Jack door te brengen, voor wie hij alle nummers van *The Times* van de afgelopen week meenam, en op zondagavond haastte hij zich, na zijn verplichtingen in St. Mary's nagekomen te zijn, de stad door zodat hij op tijd voor de avonddienst in de kerk van de Heilige Geboorte kon zijn.

Tijdens de sopraansolo straalde een broze Miss Monday altijd van trots. Ze hoopte maar dat ze lang genoeg zou leven om Harry naar Cambridge te zien gaan. Ze had plannen om hem over het koor van King's College te vertellen, maar niet voordat hij zich een plekje op het gymnasium van Bristol had verworven.

'Gaat meneer Frobisher jou tot mentor benoemen?' vroeg Old Jack al voordat Harry in zijn vaste zitplaats aan de andere kant van het rijtuig was weggezakt.

'Ik heb geen idee,' antwoordde Harry. 'Want,' voegde hij eraan toe terwijl hij aan zijn revers trok, 'de Frob zegt altijd: "Clifton, in het leven krijg je altijd wat je verdient, niet meer en zeker niet minder."'

Old Jack grinnikte en wist nog net te voorkomen dat hij zei: 'Geen slechte imitatie van de Frob.' Hij stelde zich tevreden met: 'Dan wed ik dat je op het punt staat om mentor te worden.'

'Ik krijg liever een beurs voor het gym van Bristol,' zei Harry, die opeens ouder klonk dan hij was.

'En je vrienden, Barrington en Deakins?' vroeg Old Jack in een poging de stemming te verlichten. 'Zijn ze ook voorbestemd voor hogere dingen?'

'Deakins zullen ze nooit tot mentor maken,' zei Harry. 'Hij kan niet eens voor zichzelf zorgen, laat staan voor iemand anders. Hoe dan ook, hij hoopt hulpbibliothecaris te worden, en aangezien niemand dat baantje wil, zal meneer Frobisher over die aanstelling niet al te lang wakker liggen.'

'En Barrington?'

'Ik weet niet zeker of die volgend jaar nog terugkomt,' zei Harry melancholiek. 'En ook al komt-ie terug, dan weet ik vrij zeker dat ze hem niet tot mentor zullen benoemen.'

'Onderschat zijn vader niet,' zei Old Jack. 'Die man zal ongetwijfeld een manier hebben gevonden om ervoor te zorgen dat zijn zoon op de eerste schooldag terugkeert. En ik zou er niet op wedden dat hij geen mentor wordt.'

'Laten we hopen dat u gelijk hebt,' zei Harry.

'In dat geval mag ik aannemen dat hij zijn vader naar Eton zal volgen?'

'Niet als hij het voor het zeggen heeft. Giles gaat liever met Deakins en mij mee naar Bristol.'

'Als hij niet naar Eton gaat, zullen ze hem waarschijnlijk ook geen plaats op het gymnasium aanbieden. Hun toelatingsexamen is een van de moeilijkste in het land.'

'Hij zei dat-ie een plan heeft.'

'Dat moet dan wel een goed plan zijn, als hij zowel zijn vader als de examinatoren om de tuin wil leiden.'

Harry reageerde niet.

'Hoe is het met je moeder?' vroeg Old Jack, die over iets anders begon, aangezien wel duidelijk was dat de jongen hier niet op door wilde gaan.

'Die is net bevorderd. Ze heeft nu de leiding over alle serveersters in het Palm Court en legt rechtstreeks verantwoording af tegenover meneer Frampton, de hoteldirecteur.'

'Je moet wel apetrots op haar zijn,' zei Old Jack.

'Dat ben ik zeker, meneer, en dat ga ik bewijzen bovendien.'

'Wat heb je in gedachten?'

Harry vertrouwde hem zijn geheim toe. De oude man luisterde aandachtig en knikte zo af en toe goedkeurend. Hij zag slechts een klein probleem, maar dat was niet onoverkomelijk.

Toen Harry's laatste krantenwijk erop zat en hij naar de winkel terug was gefietst voordat hij weer naar school ging, gaf meneer Deakins hem een bonus van een shilling. 'Jij bent de beste krantenjongen die ik ooit heb gehad.'

'Dank u, meneer,' zei Harry terwijl hij het geld in zijn zak stak. 'Meneer Deakins, mag ik u iets vragen?'

'Ja natuurlijk, Harry.'

Harry liep naar de vitrine, waar op de bovenste plank twee horloges lagen. 'Hoe duur is die?' vroeg hij, wijzend naar de Ingersoll.

Meneer Deakins glimlachte. Hij had die vraag al een paar weken verwacht en had zijn antwoord goed voorbereid. 'Zes shilling,' zei hij.

Harry kon zijn oren niet geloven. Hij was ervan overtuigd geweest dat zo'n schitterend voorwerp meer dan het dubbele zou kosten. Maar hoewel hij elke week de helft van zijn loon opzij had gelegd, kwam hij zelfs met het extraatje van meneer Deakins nog een shilling tekort.

'Je beseft toch wel dat het een dameshorloge is, hè Harry?' vroeg meneer Deakins.

'Jazeker, meneer,' zei Harry. 'Ik hoopte het aan mijn moeder te geven.'

'Dan mag jij het voor vijf shilling hebben.'

Harry kon zijn geluk niet op.

'Dank u, meneer,' zei hij terwijl hij hem vier shilling, een muntje van zes pence, een van drie pence en drie penny's gaf, zodat hij nu platzak was.

Meneer Deakins pakte het horloge uit de vitrine, verwijderde discreet het prijskaartje van zestien shilling en legde het horloge in een chic doosje.

Fluitend liep Harry de winkel uit. Meneer Deakins glimlachte en legde het briefje van tien shilling in de geldlade, blij dat hij zijn deel van de transactie had voldaan.

9

De bel ging.

'Tijd om jullie uit te kleden,' zei de dienstdoende mentor in de slaapzaal van de nieuwe jongens. Het was de eerste avond van het nieuwe schooljaar. Wat zagen ze er allemaal klein en hulpeloos uit, dacht Harry. Een of twee van hen slikten duidelijk hun tranen weg, terwijl anderen om zich heen keken, onzeker over wat ze moesten doen. Een jongen stond bevend met zijn gezicht naar de muur. Harry liep vlug naar hem toe.

'Hoe heet jij?' vroeg Harry vriendelijk.

'Stevenson.'

'Goed, ik ben Clifton. Welkom op St. Bede's.'

'En ik ben Tewkesbury,' zei een jongen die aan de andere kant van Stevensons bed stond.

'Welkom op St. Bede's, Tewkesbury.'

'Dank je, Clifton. Mijn vader en grootvader zaten hier ook, voordat ze naar Eton gingen.'

'Daar twijfel ik niet aan,' zei Harry. 'En ik wed dat ze in Lord's aanvoerder van Eton waren tegen Harrow,' voegde hij eraan toe, onmiddellijk zijn woorden betreurend.

'Nee, mijn vader was een *wet bob*,' zei Tewkesbury onverstoorbaar, 'geen *dry bob*.'

'Een wet bob?' vroeg Harry.

'Hij voerde Oxford aan tegen Cambridge in de roeiwedstrijd.'

Stevenson barstte in huilen uit.

'Wat is er?' vroeg Harry terwijl hij naast hem op het bed ging zitten.

'Mijn pa is trambestuurder.'

Iedereen stopte met uitpakken en staarde naar Stevenson.

'O ja?' reageerde Harry. 'Dan zal ik jou een geheimpje verklappen,' voegde hij er hard genoeg aan toe zodat alle jongens in de slaapzaal hem konden horen. 'Ik ben de zoon van een dokwerker. Het zou mij niets verbazen als jij de nieuwe koorzanger met een beurs bent.'

'Nee,' zei Stevenson, 'ik ben zonder toelatingsvoorwaarden aangenomen.'

'Hartelijk gefeliciteerd,' zei Harry, en hij schudde hem de hand. 'Je volgt in een lange en nobele traditie.'

'Dank je. Maar ik heb een probleem,' fluisterde de jongen.

'En dat is, Stevenson?'

'Ik heb geen tandpasta.'

'Maak je daar maar niet ongerust over, beste kerel,' zei Tewkesbury, 'mijn moeder pakt altijd een extra tube in.'

Terwijl de tweede bel klonk, glimlachte Harry. 'Allemaal je bed in,' zei hij gedecideerd terwijl hij door de slaapzaal naar de deur liep.

Hij hoorde een stem fluisteren. 'Bedankt voor de tandpasta.'

'Graag gedaan, beste kerel.'

'Goed,' zei Harry terwijl hij het licht uitknipte, 'ik wil niets meer horen tot de bel morgenochtend om half zes gaat.' Hij wachtte nog enkele ogenblikken tot hij iemand hoorde fluisteren. 'Ik meen het, geen woord meer.' Met een glimlach op zijn gezicht liep hij de trap af om zich in de studeerkamer van de ouderejaars mentoren bij Deakins en Barrington te voegen.

Toen hij op de eerste schooldag in St. Bede's terugkwam, was Harry door twee dingen verrast. Hij was nog maar net door de voordeur naar binnen gelopen toen meneer Frobisher hem even apart nam.

'Gefeliciteerd, Clifton,' zei hij zacht. 'Het wordt pas tijdens de bijeenkomst morgenochtend aangekondigd, maar jij bent straks de nieuwe schoolaanvoerder.'

'Dat had Giles moeten zijn,' zei Harry zonder nadenken.

'Barrington zal sportaanvoerder zijn en...'

Op het moment dat hij het nieuws vernam dat zijn vriend naar St. Bede's zou terugkeren, had Harry een gat in de lucht gesprongen. Old Jack had gelijk gehad toen hij zei dat meneer Hugo wel een manier zou vinden om ervoor te zorgen dat zijn zoon voor de eerste dag van het nieuwe schooljaar terug was.

Toen Giles even later de grote hal binnenstapte, schudden de twee jongens elkaar de hand, en Harry verwees geen moment naar het onderwerp dat hen beiden moest hebben beziggehouden.

'Hoe zijn de nieuwe bugs?' vroeg Giles terwijl ze de studeerkamer betraden.

'Een van hen doet me aan jou denken,' zei Harry.

'Tewkesbury, ongetwijfeld.'

'Ken je hem?'

'Nee, maar paps zat tegelijk met zijn vader op Eton.'

'Ik heb hem verteld dat ik een dokwerkerszoon ben,' zei Harry terwijl hij neerplofte in de enige comfortabele stoel in de kamer.

'Echt?' reageerde Giles. 'En heeft-ie jou verteld dat hij de zoon van een minister is?'

Harry zei niets.

'Zijn er nog meer jongens die ik in de gaten moet houden?' vroeg Giles.

'Stevenson,' zei Harry. 'Hij is een kruising tussen Deakins en mij.'

'Dan kunnen we maar beter de deur naar de brandtrap op slot doen voordat hij een uitbreekpoging doet.'

Harry dacht vaak na over waar hij nu zou zijn als Old Jack hem die nacht niet had overgehaald om terug te gaan naar St. Bede's.

'Wat is onze eerste les morgenochtend?' vroeg Harry met een blik op zijn rooster.

'Latijn,' zei Deakins. 'Wat de reden is waarom ik Giles door de Eerste Punische Oorlog loods.'

'Van 264 tot en met 241 voor Christus,' zei Giles.

'Ik wed dat je daarvan geniet,' zei Harry.

'Ja, klopt,' zei Giles, 'en ik kan gewoon niet wachten op het vervolg, de Tweede Punische Oorlog.'

'Van 218 tot en met 201 voor Christus,' zei Harry.

'Ik verwonder me er telkens weer over dat die Grieken en Romeinen precies leken te weten wanneer Christus geboren zou worden,' zei Giles.

'Haha,' zei Harry.

Deakins lachte niet. 'En ten slotte,' zei hij, 'zullen we moeten stilstaan bij de Derde Punische Oorlog, tussen 149 en 146 voor Christus.'

'Moeten we ze echt alle drie kennen?' vroeg Giles.

St. Mary Redcliffe was afgeladen met burgerij en studenten die waren gekomen voor de viering van de advent, met acht lezingen en acht kerstliederen. Het koor kwam op door het schip en liep, '*O Come All Ye Faithful*' zingend, langzaam het middenpad af om daarna in de koorbanken plaats te nemen.

Het schoolhoofd deed de eerste lezing. Deze werd gevolgd door '*O Little Town of Bethlehem*'. Volgens het dienstboekje zou de solist voor het derde couplet *Master* Harry Clifton zijn.

'*How silently, how silently, the wondrous gift is given, while God*'...

Harry's moeder zat trots op de derde rij terwijl de oude dame naast haar iedereen in de gemeente wel wilde vertellen dat ze naar haar kleinzoon luisterden. De man aan de andere kant van Maisie kon er geen woord van horen, maar aan de tevreden glimlach op zijn gezicht zou je dat nooit hebben afgezien. Oom Stan was in geen velden of wegen te bekennen.

De sportaanvoerder deed de tweede lezing en toen Giles naar zijn plaats terugliep, zag Harry dat hij naast een gedistingeerde man met een bos zilvergrijs haar zat, Sir Walter Barrington, nam hij aan. Giles had hem wel eens verteld dat zijn grootvader in een nog groter huis dan dat van hem woonde, maar dat leek Harry onmogelijk. Aan de andere kant van Giles zaten zijn ouders. Mevrouw Barrington glimlachte naar hem, maar haar man keek niet één keer in zijn richting.

Toen het orgel de prelude voor 'We Three Kings' inzette, stond de kerkgemeente op om geestdriftig te zingen. De volgende lezing werd verzorgd door meneer Frobisher, waarna volgde wat volgens Miss Monday het hoogtepunt van de dienst zou zijn. De duizend zielen tellende gemeente verroerde zich niet terwijl Harry 'Silent Night' zong met een helderheid en zelfvertrouwen die zelfs bij het schoolhoofd een glimlach op het gezicht wisten te krijgen.

De hulpbibliothecaris deed de volgende lezing. Harry had het heilige woord van Marcus al enkele malen met hem doorgenomen. Deakins had geprobeerd onder de klus, zoals hij het tegen Giles had beschreven, uit te komen, maar meneer Frobisher had erop gestaan, de vierde lezing werd altijd door de bibliotheekassistent gedaan. Deakins was Giles niet, maar hij was niet slecht. Terwijl hij terug schuifelde naar zijn plaats naast zijn ouders gaf Harry hem een knipoog.

Terwijl de gemeente bleef zitten, stond het koor op om 'In dulci jubilo' te zingen. Dit vond Harry vanwege de onconventionele harmonieën een van de moeilijkste kerstliederen in hun repertoire.

Meester Holcombe sloot zijn ogen zodat hij de ouderejaars koorknaap beter kon horen. Harry zong 'Now let all hearts be singing' toen hij een gering, bijna onhoorbaar breukje in de stem meende op te vangen. Hij nam aan dat Harry verkouden was. Miss Monday wist wel beter. Ze had die eerste tekenen al zo vaak eerder gehoord. Ze bad dat ze zich vergiste, maar wist dat haar gebed niet verhoord zou worden. Harry zou de rest van de dienst wel doorkomen, waarbij slechts een handjevol mensen beseften wat er was gebeurd. En hij zou zelfs nog wel een paar weken, misschien maanden, kunnen doorgaan, maar met Pasen zou een ander kind 'Rejoice that the Lord Has Arisen' zingen.

Onder degenen die precies wisten wat er aan de hand was, bevond zich een oude man die pas was komen opdagen nadat de dienst was begonnen. Vlak voordat de bisschop de laatste zegen gaf, verliet Old Jack de kerk. Hij wist dat Harry hem pas de volgende zaterdag zou kunnen opzoeken, wat hem genoeg tijd zou geven om het antwoord op de onvermijdelijke vraag te bedenken.

'Clifton, zou ik je misschien onder vier ogen kunnen spreken?' vroeg meneer Frobisher toen de bel klonk voor het einde van het huiswerkuurtje. 'Misschien wil je even meekomen naar mijn studeerkamer.' De laatste keer dat Harry die woorden had gehoord, zou hij nooit vergeten.

Toen Harry de deur achter zich dichtdeed, wenkte zijn coördinator hem naar een zitplaats bij de haard, iets wat hij nog nooit had gedaan. 'Ik wilde je alleen geruststellen, Harry' – ook dit was voor het eerst – 'dat het feit dat je niet langer in het koor kunt zingen geen invloed zal hebben op je studietoelage. Op St. Bede's zijn we ons er zeer van bewust dat jouw bijdrage aan het schoolleven veel verder strekt dan de kapel.'

'Dank u, meneer,' zei Harry.

'We moeten nochtans jouw toekomst in ogenschouw nemen. De muziekmeester vertelt me dat het enige tijd zal duren voordat je stem geheel hersteld is, wat betekent dat we realistisch moeten zijn over je kansen op een beurs voor het gymnasium in Bristol, ben ik bang.'

'Die kans is er niet,' zei Harry kalm.

'Ik moet het met je eens zijn,' zei Frobisher. 'Tot mijn opluchting begrijp je de situatie. Maar,' ging hij door, 'ik wil je graag inschrijven voor een voor iedereen verkrijgbare beurs voor het gymnasium van Bristol. Echter,' voegde hij eraan toe voordat Harry kon reageren, 'gezien de omstandigheden zou je kunnen overwegen dat je een betere kans zou hebben op een toelage van, laten we zeggen, Colston's School of King's College Gloucester, die allebei veel minder zware toelatingsexamens hebben.'

'Nee, dank u, meneer,' zei Harry. 'Mijn eerste keus blijft Bristol.' Tegen Old Jack had hij de zaterdag ervoor, toen zijn mentor iets had gemompeld over dat je niet je schepen achter je moest verbranden, precies hetzelfde gezegd.

'Het zij zo,' zei meneer Frobisher, die geen andere reactie had verwacht, maar het toch als zijn plicht had beschouwd om met een alternatief te komen. 'Goed, laten we deze tegenslag in ons voordeel ombuigen.'

'Hoe stelt u zich voor dat ik dat doe, meneer?'

'Nou, aangezien je nu van je dagelijkse koorrepetities bent vrijgesteld, krijg je meer tijd om je op je toelatingsexamen voor te bereiden.'

'Ja, meneer, maar ik heb nog altijd mijn verantwoordelijkheden als...'

'En ik zal alles doen wat in mijn macht ligt om ervoor te zorgen dat jouw plichten als schoolaanvoerder in de toekomst minder drukkend zijn.'

'Dank u, meneer.'

'Trouwens, Harry,' zei Frobisher terwijl hij van zijn stoel kwam, 'ik heb net je essay over Jane Austen gelezen en ik werd geboeid door jouw suggestie dat als Miss Austen had kunnen studeren, ze misschien nooit een roman had geschreven, en zelfs als ze dat dan wel had gedaan haar werk waarschijnlijk niet zo inzichtelijk zou zijn geweest.'

'Soms is het een voordeel om benadeeld te worden,' zei Harry.

'Dat klinkt niet als Jane Austen,' zei meneer Frobisher.

'Klopt,' reageerde Harry. 'Het zijn de woorden van iemand anders die niet naar de universiteit ging,' voegde hij er zonder nadere uitleg aan toe.

Maisie wierp een blik op haar nieuwe horloge en glimlachte. 'Ik moet nu gaan, Harry, als ik niet te laat op mijn werk wil komen.'

'Natuurlijk, mam,' zei Harry, van zijn stoel opspringend. 'Ik loop met u mee naar de tramhalte.'

'Harry, heb je nagedacht over wat je gaat doen als je die beurs niet krijgt?' vroeg zijn moeder. Eindelijk had ze de vraag gesteld die ze al wekenlang had gemeden.

'Voortdurend,' zei hij, terwijl hij de deur voor haar openhield. 'Maar ik heb weinig keus. Ik zal gewoon terug naar Merrywood moeten en zodra ik veertien word van school gaan en werk moeten zoeken.'

10

'Ben je zover om je examinatoren onder ogen te komen, beste jongen?' vroeg Old Jack.

'Ik heb me zo goed mogelijk voorbereid,' reageerde Harry. 'Overigens, ik heb uw advies ter harte genomen en de examens van de afgelopen tien jaar doorgenomen. U had gelijk, er zit duidelijk een patroon in, waarbij een aantal vragen met regelmaat terugkomt.'

'Mooi. En hoe gaat het met je Latijn? We kunnen het ons niet veroorloven daar een onvoldoende voor te halen, hoe goed we het ook met je andere proefwerken doen.'

Harry glimlachte toen Old Jack 'we' zei. 'Dankzij Deakins haalde ik vorige week negenenzestig procent in een proefexamen, ook al liet ik Hannibal dan door de Andes trekken.'

'Je zat er maar zo'n tienduizend kilometer naast,' gniffelde Old Jack. 'Dus wat zal je grootste probleem zijn, denk je?'

'De veertig jongens van St. Bede's die ook dat examen doen, om nog maar te zwijgen van de tweehonderdvijftig van andere scholen.'

'Vergeet ze,' zei Old Jack. 'Als jij doet wat je kunt, zullen ze geen probleem vormen.'

Harry zweeg.

'En, hoe staat het met je stem?' vroeg Old Jack, die altijd op een ander onderwerp overstapte als Harry opeens zweeg.

'Niets nieuws te melden,' zei Harry. 'Het kan wel weken duren voordat ik weet of ik een tenor, een bariton of een bas ben, en zelfs dan is er geen garantie dat ik nog goed zal zijn. Eén ding is wel zeker: zolang ik net een paard met een gebroken been ben, zal het gymnasium in Bristol me geen beurs aanbieden.'

'Hou daar 's mee op,' zei Old Jack. 'Zo erg is het niet.'

'Het is erger,' zei Harry. 'Als ik een paard was, zouden ze me afschieten en me uit m'n lijden verlossen.'

Old Jack lachte. 'Wanneer zijn de examens?' vroeg hij, hoewel hij het antwoord al wel wist.

'Donderdag over een week. Om negen uur beginnen we met algemene kennis en verder zijn er die dag vijf andere proefwerken, waarvan Engels om vier uur het laatste is.'

'Het is goed dat je met je lievelingsvak eindigt,' zei Jack.

'Laten we het hopen,' zei Harry. 'Maar bid voor een vraag over Dickens, want dat is de afgelopen drie jaar niet gebeurd, wat de reden is waarom ik na het doven van de lichten zijn boeken heb gelezen.'

'In zijn memoires schreef Wellington dat wachten tot de zon opkomt het ergste moment van elke veldslag is,' zei Old Jack.

'Ik ben het helemaal eens met de IJzeren Hertog, wat betekent dat ik de komende paar weken weinig slaap zal krijgen.'

'Des te meer reden om mij volgende week zaterdag niet te komen opzoeken, Harry. Je kunt je tijd beter besteden. Bovendien, als ik het me goed herinner, ben je jarig.'

'Hoe wist u dat?'

'Ik moet opbiechten dat ik dat niet op de hofpagina van *The Times* heb gelezen. Maar aangezien het vorig jaar op dezelfde dag viel, waagde ik een gokje en kocht een cadeautje voor je.' Hij gaf Harry een pakje dat in een pagina uit een van de kranten van vorige week was gewikkeld.

'Dank u, meneer,' zei Harry terwijl hij het touwtje losmaakte. Hij verwijderde de krant, opende het kleine donkerblauwe doosje en staarde vol ongeloof naar het herenhorloge van Ingersoll, dat hij voor het laatst in de vitrine van meneer Deakins' winkel had gezien.

'Dank u wel,' zei Harry nogmaals terwijl hij het horloge om zijn pols deed. Hij kon zijn ogen er niet van afhouden en vroeg zich de hele tijd af hoe Old Jack zich zes shilling kon veroorloven.

Op de ochtend van de examens was Harry ruim voor zonsopkomst klaarwakker. Hij sloeg het ontbijt over omdat hij liever nog een aantal oude proefwerken algemene kennis doornam, de hoofdsteden van landen van Duitsland tot Brazilië nakeek, jaartallen van minister-presidenten van Walpole tot Lloyd George, en van koningen, van Alfred tot George de Vijfde. Een uur later had hij het gevoel er klaar voor te zijn.

Opnieuw kreeg hij een plaats op de voorste rij, tussen Barrington en Deakins. Was dit de laatste keer, vroeg hij zich af. Toen de klokkentoren tien uur sloeg, marcheerden enkele meesters langs de rijen bureaus en deelden de proefwerken algemene kennis uit aan veertig zenuwachtige jongens. Nou ja, negenendertig zenuwachtige jongens en Deakins.

Langzaam las Harry de vragen door. Toen hij bij nummer 100 was, verscheen er een glimlach op zijn gezicht. Hij pakte zijn pen op, doopte het kroontje in de inktpot en begon te schrijven. Veertig minuten later was hij weer bij vraag 100. Even keek hij op zijn horloge, hij had nog tien minuten om zijn antwoorden te controleren. Hij bleef bij vraag 34 hangen en herzag zijn eerste antwoord. Was het Oliver Cromwell of Thomas Cromwell die wegens hoogverraad naar de Tower van Londen werd gestuurd? Hij herinnerde zich het lot van kardinaal Wolsey en koos voor de man die diens plaats als voorzitter van het Hogerhuis had overgenomen.

Toen de klok opnieuw begon te slaan, was Harry bij vraag 92. Vlug keek hij zijn laatste acht antwoorden over voordat zijn proefwerk werd weggegrist, de inkt nog drogend bij zijn laatste antwoord: Charles Lindbergh.

In de twintig minuten durende pauze liepen Harry, Giles en Deakins langzaam over het cricketveld waar Giles nog maar een week geleden een century had gescoord.

'Amo, amas, amat,' zei Deakins terwijl hij zonder ook maar één keer *Kennedy's Latin Primer* te raadplegen nauwgezet met hen hun vervoegingen doornam.

'Amamus, amatis, amant,' herhaalde Harry terwijl ze terug naar de examenzaal liepen.

Toen Harry een uur later zijn proefwerk Latijn inleverde, was hij ervan overtuigd dat hij meer dan de vereiste zestig procent had gescoord, en zelfs Giles leek tevreden over zichzelf. Terwijl de drie jongens naar de eetzaal kuierden, sloeg Harry een arm om Deakins' schouder. 'Bedankt, beste makker,' zei hij.

Nadat Harry later die ochtend het proefwerk aardrijkskunde had doorgelezen, bedankte hij heimelijk zijn geheime wapen. Old Jack had door de jaren heen zo veel kennis aan hem doorgegeven zonder dat hij ooit het gevoel had gehad in een klaslokaal te zijn geweest.

Tijdens de lunch raakte Harry zijn mes of vork niet aan. Giles wist een half varkensvleespasteitje weg te krijgen, terwijl Deakins niet ophield met eten.

Geschiedenis was die middag het eerste proefwerk en dat baarde hem geen enkele zorg. Hendrik de Achtste, Elizabeth, Raleigh, Drake, Napoleon, Nelson en Welllington marcheerden allemaal naar het slagveld, en Harry leidde hen er weer af.

Wiskunde bleek veel gemakkelijker dan hij had verwacht en zelfs Giles dacht dat hij opnieuw een century gescoord kon hebben.

In de laatste pauze keerde Harry terug naar zijn studeerkamer en bekeek hij nog even zijn essay over *David Copperfield*, ervan overtuigd dat hij in zijn lievelingsvak zou uitmunten. Langzaam liep hij terug naar de examenzaal, telkens weer het favoriete woord van meester Holcombe herhalend. Concentratie.

Hij staarde naar het laatste proefwerk van de dag en zag dat dit jaar aan Thomas Hardy en Lewis Carroll toebehoorde. Hij had *De burgemeester van Casterbridge* en *Alice in Wonderland* gelezen, maar de Gekke Hoedenmaker, Michael Henchard en de Cheshire Cat waren hem minder bekend dan Peggotty, dr. Chillip en Barkis. Langzaam kraste zijn pen over het papier en toen de klok op het hele uur klonk, wist hij niet zeker of hij genoeg gedaan had. Hij liep de zaal uit en het zonlicht in en voelde zich ietwat gedeprimeerd, hoewel van de gezichten van zijn rivalen duidelijk af te lezen viel dat niemand het een gemakkelijk proefwerk had gevonden. Hierdoor vroeg hij zich af of hij toch nog steeds een kans maakte.

Hierna volgde wat meester Holcombe vaak had beschreven als het ergste onderdeel van elk examen, die dagen van eindeloos wachten tot de cijfers op het mededelingenbord verschenen, een periode waarin jongens dingen doen waar ze later spijt van zullen krijgen, bijna alsof ze liever van school worden gestuurd dan hun lot te vernemen. Een jongen werd betrapt op het drinken van appelwijn achter het fietshok, een ander op het roken van een Woodbine op het toilet terwijl een derde werd gezien toen hij na het doven van de lichten de plaatselijke bioscoop verliet.

De volgende zaterdag, zijn eerste speeldag van het seizoen, liep Giles zonder gescoord te hebben het veld af. Terwijl Deakins naar de bibliotheek terugkeerde, maakte Harry lange wandelingen, waarbij hij alle antwoorden telkens weer door zijn hoofd liet gaan. Het werd er allemaal niet beter op.

Zondagmiddag deed Giles een lange training in de netkooi, op maandag droeg Deakins vol tegenzin zijn verantwoordelijkheden over aan de nieuwe hulpbibliothecaris, en op dinsdag las Harry *Far from the Madding Crowd* van Thomas Hardy en vloekte hij hardop. Op woensdagavond praatten Giles en Harry tot in de kleine uurtjes terwijl Deakins vast sliep.

Lang voordat op die donderdagmorgen de klok tien keer sloeg, dwaalden veertig jongens al over de binnenplaats rond, met de handen in de zakken, de hoofden gebogen, terwijl ze wachtten tot het schoolhoofd verscheen. Hoewel iedereen wist dat dr. Oakshott geen minuut te vroeg of te laat zou zijn, staarden de meeste ogen om vijf voor tien verwachtingsvol naar de deur van de directeurswoning. De rest keek omhoog naar de klok op de grote zaal, alsof ze met wilskracht de grote wijzer sneller konden doen bewegen.

Op het eerste klokgelui opende de eerwaarde Samuel Oakshott zijn voordeur en stapte hij naar buiten het pad op. In de ene hand droeg hij een vel papier en in de andere vier vertinde kopspijkertjes. Niet een man die iets aan het toeval overliet. Aan het einde van het pad opende hij het hekje, om vervolgens in zijn gebruikelijke tempo de vierhoekige binnenplaats over te steken, zonder te letten op iedereen om hem heen. De jongens gingen snel aan de kant en creëerden zo een gang zodat het hoofd op geen enkele manier vertraagd zou worden. Op het moment dat de klok voor de tiende keer sloeg, kwam hij voor het mededelingenbord tot stilstand. Hij prikte de examencijfers op het bord en vertrok weer zonder een woord.

Veertig jongens dromden vlug samen voor het mededelingenbord. Niemand was verrast dat Deakins' naam boven aan de lijst prijkte, met 92 procent, en dat de Peloquin Scholarship voor de Bristol Grammar School aan hem was toegewezen. Giles zag 64 procent bij zijn naam staan en sprong een gat in de lucht, waarmee hij geen poging deed om zijn opluchting te verhullen.

Beide jongens draaiden zich om, zoekend naar hun vriend. Harry stond in zijn eentje, *far from the madding crowd*...

Maisie Clifton

1920-1936

11

Toen Arthur en ik onze bruiloft vierden, werd er bepaald niet met geld gesmeten, maar ja, de Tancocks noch de Cliftons hadden ook maar een cent te makken. Het koor bleek nog het duurst, een halve *crown*, maar zijn geld dubbel en dwars waard. Ik wilde altijd bij Miss Mondays koor, en ofschoon ze me vertelde dat mijn stem op zich goed genoeg was, kwam ik niet in aanmerking omdat ik niet kon lezen en schrijven.

De receptie, of wat ervoor doorging, werd gehouden in de rijtjeswoning van Arthurs ouders, in Still House Lane. Een vat bier, wat sandwiches met pindakaas en een stuk of tien varkensvleespasteitjes. Mijn broer Stan bracht zelfs zijn eigen fish-and-chips mee. En we moesten godbetert ook nog eens vroeg afscheid nemen om de laatste bus naar Weston-super-Mare te kunnen halen voor onze huwelijksreis. Arthur had die vrijdagavond voor ons een kamer geboekt in een pension aan zee. Aangezien het het hele weekend regende, zijn we nauwelijks de slaapkamer uit geweest.

Dat de tweede keer dat ik seks had ook in Weston-super-Mare was, voelde vreemd. Ik was geschokt toen ik Arthur voor de eerste keer naakt zag. Een dieprood, slordig gehecht litteken strekte zich diep en horizontaal uit over zijn maagstreek. Die verdomde Duitsers ook. Hij had nooit verteld dat hij tijdens de oorlog gewond was geraakt.

Het verraste me niet dat Arthur al meteen opgewonden raakte toen ik mijn slipje uittrok, maar het bevreemde me wel dat hij niet eerst even zijn laarzen uitdeed voordat we gingen vrijen.

Die zondagmiddag checkten we uit. We namen de bus terug naar Bristol, want de volgende dag moest Arthur weer om zes uur in de haven zijn.

Na de bruiloft trok Arthur bij mij en mijn ouders in. Totdat we zelf een woning konden betalen, zo liet hij mijn vader weten, wat doorgaans betekende: totdat een van onze ouders zou komen te overlijden. Hoe dan ook, onze families woonden al sinds mensenheugenis in Still House Lane.

Arthur was opgetogen toen ik zei dat ik in verwachting was, want hij wilde ten minste zes kinderen. Mijn zorg was of de eerste wel van hem was, maar aangezien alleen mijn moeder en ik het ware verhaal kenden, was er geen reden waarom Arthur achterdochtig zou moeten zijn.

Acht maanden later schonk ik het leven aan een jongetje, en goddank leek niets erop te wijzen dat het niet van Arthur kon zijn. We doopten hem Harold, tot plezier van mijn vader, want nu zou zijn naam weer een generatie voortleven.

Vanaf dat moment nam ik het voor lief dat ik, net als ma en oma, thuis zou zitten en om het jaar een kleine erbij kreeg. Immers, Arthur kwam uit een gezin van acht, en ik was zelf de vierde uit een gezin van vijf. Maar Harry zou mijn enige kind zijn.

Arthur kwam in de namiddag of 's avonds vanuit zijn werk meestal meteen naar huis om nog wat tijd met de baby te kunnen doorbrengen voordat ik hem naar bed bracht. Toen hij die vrijdagavond niet kwam opdagen, ging ik ervan uit dat hij met mijn broer de pub had opgezocht. Maar toen Stan even na middernacht wapperend met een stapel vijfjes strontlazarus binnenstrompelde, was Arthur in geen velden of wegen te bekennen. Stan gaf me zelfs een van zijn vijfpondbiljetten, waarbij ik me nog even afvroeg of hij soms een bank had beroofd. Maar toen ik hem vroeg waar Arthur uithing, klapte hij dicht.

Ik ben die avond niet gaan slapen, maar heb de hele nacht op de onderste tree op mijn man zitten wachten. Vanaf de allereerste dag dat we getrouwd waren, was hij nooit ook maar één nacht de hort op geweest.

Hoewel Stan de volgende ochtend weer nuchter in de keuken verscheen, zweeg hij tijdens het ontbijt als het graf. Toen ik hem weer vroeg waar Arthur was, beweerde hij dat hij hem niet meer had gezien nadat ze de vorige avond op het werk samen hadden uitgeklokt. Je hebt het meteen door wanneer Stan liegt, want dan kijkt-ie je niet in de ogen. Ik wilde net aandringen toen er hard op de voordeur werd gebonkt. Mijn eerste gedachte was: daar heb je Arthur, en dus haastte ik me naar de deur.

Toen ik opendeed beenden twee agenten de gang in, zo naar de keuken. Ze grepen Stan bij zijn lurven, sloegen hem in de handboeien en vertelden hem dat hij werd gearresteerd wegens inbraak. Nu wist ik waar hij die stapel vijfjes vandaan had.

'Ik heb helemaal niks gestolen!' riep hij. 'Ik heb dat geld van meneer Barrington gekregen!'

'Leuk verzonnen, Tancock,' zei een van de twee agenten.

'Maar het is de eerlijke waarheid, agent!' riep hij terwijl ze hem wegvoerden. Ditmaal wist ik dat Stan niet loog.

Ik liet Harry achter bij mijn moeder en rende het hele eind naar de haven, hopend dat Arthur zich gewoon bij de ochtendploeg had gemeld en me kon vertellen waarom Stan was opgepakt. Ik probeerde niet te denken aan de mogelijkheid dat Arthur ook achter de tralies zat.

De man bij de poort zei dat hij Arthur de hele ochtend niet had gezien. Maar na het ploegenrooster te hebben geraadpleegd keek hij opeens verwonderd. Arthur bleek de vorige avond niet te hebben uitgeklokt. 'Maar het is mijn schuld niet, ik had gisteravond geen dienst,' was het enige wat hij te zeggen had.

Pas later vroeg ik me af waarom hij het woord 'schuld' in de mond had genomen.

Ik ging terug naar de werf en wendde me tot een van Arthurs maten, maar die papegaaiden mekaar gewoon na: 'Heb hem niet meer gezien sinds-ie gisteravond uitklokte.' Om daarna snel weg te lopen. Net toen ik bij de gevangenis langs wilde gaan om uit te vinden of Arthur ook was opgepakt, zag ik een oude man met gebogen hoofd voorbijlopen.

Ik liep hem achterna, in de verwachting dat hij zou zeggen dat ik moest oplazeren, of dat hij geen idee had wat ik in hemelsnaam bedoelde. Maar toen ik hem bijhaalde bleef hij staan, deed zijn pet af en zei: 'Goedemorgen.' Zijn goede manieren verrasten me en gaven me het zelfvertrouwen om hem te vragen of hij Arthur die ochtend had gezien.

'Nee,' antwoordde hij. 'Ik heb hem gistermiddag voor het laatst gezien toen hij samen met uw broer in de middagploeg zat. Misschien dat u het hem eens moet vragen.'

'Dat gaat niet,' antwoordde ik. 'Hij is opgepakt en achter slot en grendel gezet.'

'Op beschuldiging waarvan?' vroeg Old Jack verwonderd.

'Ik zou het niet weten,' antwoordde ik.

Old Jack schudde zijn hoofd. 'Ik kan u helaas niet helpen, mevrouw Clifton, maar er zijn in ieder geval twee mensen die het hele verhaal weten.' Hij knikte naar het grote bakstenen gebouw dat Arthur altijd 'de directie' noemde.

Ik huiverde even toen ik een agent door de hoofdingang naar buiten zag komen, en toen ik weer omkeek was Old Jack opeens verdwenen.

Ik overwoog nog even om bij 'de directie', of Barrington House, zoals het eigenlijk heette, langs te gaan, maar zag ervan af.

Wat had ik moeten zeggen als ik oog in oog kwam te staan met Arthurs baas? Uiteindelijk slenterde ik maar weer naar huis en probeerde ik het een en ander op een rijtje te zetten.

Ik keek toe terwijl Hugo Barrington zijn getuigenis aflegde. Dezelfde zelfverzekerdheid, dezelfde arrogantie, dezelfde halve waarheden die met overtuiging naar de jury werden gebrald, precies zoals hij ze mij in de beslotenheid van de slaapkamer had toegefluisterd. Toen hij eenmaal uit het getuigenbankje stapte, wist ik dat Stan geen schijn van kans had.

In zijn resumé omschreef de rechter mijn broer als een ordinaire dief die zijn positie had misbruikt om zijn werkgever te kunnen bestelen. Hij sloot af met de opmerking dat hij geen andere keus had dan hem drie jaar achter tralies te zetten.

Ik had al die dagen in de rechtszaal gezeten, hopend op een beetje informatie dat me een hint kon geven over wat er die dag met Arthur was gebeurd. Maar toen de rechter ten slotte de 'zitting gesloten' verklaarde, was ik geen steek wijzer, hoewel ik er niet aan twijfelde dat mijn broer het een en ander achterhield. Het zou nog een hele tijd duren voordat ik zou weten waarom.

De enige die net als ik alle dagen present was, was Old Jack Tar, maar we spraken elkaar niet. Als Harry er niet was geweest zou ik hem misschien zelfs nooit meer hebben gezien.

Er was enige tijd voor nodig om uiteindelijk te aanvaarden dat Arthur nooit meer thuis zou komen.

Stan zat nog niet achter slot en grendel of ik leerde wat 'je kostje bijeenscharrelen' werkelijk inhield. Met de ene kostwinner in het gevang en de andere god weet waar, raakten we tamelijk letterlijk in broodnood. Gelukkig gold er een ongeschreven regel in Still House Lane: wanneer iemand 'op vakantie' was, deden de buren alles wat ze konden om zijn gezin te kunnen helpen.

Eerwaarde Watts kwam regelmatig langs en gaf ons zelfs wat geld terug dat we de afgelopen jaren in zijn collecteschaal hadden geworpen. Ook Miss Monday wipte zo nu en dan binnen met goede raad, om daarna steevast met een inmiddels lege boodschappenmand weer te vertrekken. Maar niets kon het verlies van een echtgenoot, een opgesloten maar onschuldige broer en een zoon die niet langer een vader had, compenseren.

Harry had onlangs zijn eerste stapjes gezet, maar ik vreesde zijn eerste woordjes al. Zou hij zich kunnen herinneren wie er altijd aan het hoofd van de tafel zat en vragen waarom deze man opeens weg was? Het was opa die een antwoord bedacht, stel dat Harry vragen ging stellen. We spraken af dat we hem allebei hetzelfde verhaal zouden vertellen en daar niet van afweken. Het was immers hoogst onwaarschijnlijk dat Harry Old Jack ooit tegen het lijf zou lopen.

Maar het meest nijpende probleem voor de familie Tancock in die dagen was hoe de wolf buiten de deur te houden, met andere woorden, de huurophaler en de deurwaarder. Toen ik door Stans vijfje heen was, ik mijn moeders verzilverde theezeef, mijn verlovingsring en ten slotte mijn trouwring had verpand, vreesde ik dat het niet lang meer zou duren voordat we uit huis werden gezet.

Dat laatste werd dankzij wederom een klop op de deur nog een paar weken uitgesteld. Ditmaal was het niet de politie, maar ene meneer Sparks, die me vertelde dat hij Arthurs vakbondsvertegenwoordiger was en dat hij wilde weten of we van het havenbedrijf enige compensatie hadden ontvangen.

Nadat ik meneer Sparks aan de keukentafel had gezet en een kopje thee voor hem had ingeschonken, antwoordde ik: ‘Geen penny. Ze zeggen dat hij zonder opzeggen is weggebleven en dat ze dus niet aansprakelijk zijn. En ik weet nog steeds niet wat er die dag werkelijk is gebeurd.’

‘Ik ook niet,’ was meneer Sparks’ antwoord. ‘Ze houden allemaal de kaken op elkaar. Niet alleen de directie, maar ook de arbeiders. Ik krijg geen woord uit ze. “M’n leven is me meer waard,” zei er een. Maar uw man heeft altijd netjes zijn lidmaatschap betaald,’ voegde hij eraan toe, ‘en dus hebt u recht op compensatie.’

Ik luisterde slechts, zonder ook maar een idee te hebben waar hij het over had.

Meneer Sparks haalde een document uit zijn koffertje, legde het op de keukentafel en bladerde naar de laatste pagina.

‘Hier tekenen,’ zei hij, en hij plaatste zijn wijsvinger op de stippellijn.

Na op de plek een kruisje te hebben gezet, trok hij een envelop uit zijn zak. ‘Het spijt me dat het niet wat meer is,’ zei hij terwijl hij me de envelop overhandigde.

Ik opende hem pas toen hij zijn thee ophad en weer vertrokken was.

Zeven pond, negen shilling en een sixpence bleek de waarde die ze aan Arthurs leven hadden toegekend. Hier, in mijn eentje aan de keukentafel, realiseerde ik me volgens mij dat ik mijn man nooit meer zou zien.

Die middag toog ik weer naar de lommerd en kocht ik mijn trouwring terug van meneer Cohen, het was het minste wat ik in Arthurs nagedachtenis kon doen. De volgende ochtend betaalde ik mijn huurachterstand en wat er bij de slager, de bakker en ja, de kaarsenmaker, nog op de lat stond. Er was nog net genoeg over om bij de kerkbazaar, voornamelijk voor Harry, nog wat tweedehands kleding te kopen.

Maar nog geen maand later gleed bij de slager, de bakker en de kaarsenmaker het krijtje al weer over de lei en het duurde niet lang of ik moest terug naar de lommerd om mijn trouwring wederom aan meneer Cohen te verpanden.

Toen de huurophaler aanklopte bij nummer 27, maar er niet werd opengedaan, zou niemand van de familie waarschijnlijk verrast opkijken als de deurwaarder de volgende bezoeker was. Dit was het moment waarop ik besloot dat het tijd was om werk te gaan zoeken.

12

Maisies zoektocht naar werk bleek niet mee te vallen, al helemaal niet omdat de regering onlangs een richtlijn had doen uitgaan naar werkgevers om voorrang te geven aan mannen die bij de strijdkrachten hadden gediend, alvorens andere sollicitanten de kans te bieden. Het strookte met Lloyd Georges belofte dat Britse soldaten zouden terugkeren in een land dat hen als helden behandelde.

Hoewel vrouwen boven de dertig, als dank voor hun geweldige inzet in de munitiefabrieken, bij de laatste verkiezingen mochten meestemmen, belandden ze in vredestijd weer achter in de rij. Maisie besloot dat ze het beste kon zoeken naar werk waar mannen voor pasten, ofwel omdat het een man onwaardig was, dan wel omdat het bespottelijk slecht betaalde. Met deze gedachte stelde ze zich op in de rij voor het pand van W.D. & H.O. Wills, de grootste werkgever van de stad. Toen ze eenmaal aan de beurt was, vroeg ze de chef: 'Klopt het dat u op zoek bent naar inpaksters voor de sigarettenfabriek?'

'Ja, maar jij bent te jong, schat,' antwoordde hij.

'Ik ben tweeëntwintig.'

'Je bent te jong,' herhaalde hij. 'Kom over een jaartje of twee, drie maar terug.'

Ze was op tijd weer thuis in Still House Lane om samen met Harry en haar moeder een kom kippenbouillon en een snee brood van de vorige week te delen.

De volgende dag sloot ze zich buiten voor wijnhandelaar Harvey's aan in een nog langere rij. Toen ze drie uur later eindelijk vooraan stond gaf een man met een gesteven boord en een smalle zwarte stropdas haar te verstaan dat ze alleen sollicitanten met ervaring aannamen.

'En hoe kan ik ervaring opdoen?' vroeg ze terwijl ze niet wanhopig probeerde te klinken.

'Door bij ons in de leer te gaan.'

'Dan doe ik dat,' antwoordde ze de gesteven boord.

'Hoe oud ben je?'

‘Tweeëntwintig.’

‘Dan ben je te oud.’

Bij een wat kariger kom van dezelfde bouillon, en een korstje van hetzelfde brood als de dag ervoor vertelde ze haar moeder die avond in geuren en kleuren over het sollicitatiegesprekje van een minuut.

‘Je kunt altijd nog de haven proberen,’ opperde haar moeder.

‘Wat had je in gedachten, ma? Me als stuwadoor aanmelden?’

Maisies moeder lachte niet, maar Maisie kon zich dan ook niet herinneren wanneer ze dat voor het laatst had gedaan. ‘Voor schoonmaaksters is er altijd wel werk,’ zei ze. ‘En God weet dat die lui bij je in het krijt staan.’

De volgende ochtend, al voordat de zon aan de hemel stond, was ze aangekleed en ging ze op een lege maag, er was immers te weinig te eten, van huis voor de lange wandeling naar de werf.

Daar aangekomen vertelde ze de man aan de poort dat ze op zoek was naar schoonmaakwerk.

‘Meld je bij mevrouw Nettles,’ zei hij met een knikje in de richting van het grote bakstenen gebouw waar ze eerder bijna naar binnen was gegaan. ‘Zij gaat over de schoonmakers.’ Het was duidelijk dat hij haar niet herkende van haar vorige bezoek.

Wat bevreesd liep ze naar het gebouw, maar bij de ingang aangekomen bleef ze plots staan. Een stoet keurig geklede heren met hoeden en jassen en paraplu’s betrad via de dubbele deuren het gebouw.

Rillend in de koude ochtendlucht bleef ze als aan de grond genageld staan terwijl ze de moed bijeenraapte om de mannen te volgen. Ze wilde zich net omdraaien toen ze een oudere vrouw in een overall zag die via een zijdeur naar binnen ging. Ze rende snel naar de vrouw toe.

‘Wat wil je?’ vroeg de vrouw achterdochtig toen Maisie haar bijhaalde.

‘Ik ben op zoek naar werk.’

‘Mooi,’ antwoordde de vrouw. ‘We kunnen wel wat jonge krachten gebruiken. Meld je bij mevrouw Nettles.’ Ze wees naar een smalle deur die gemakkelijk voor een bezemkast kon worden aangezien. Met ferme stappen liep Maisie naar de deur en klopte aan.

‘Binnen,’ reageerde een vermoeide stem.

Ze opende de deur en haar oog viel op een vrouw van ongeveer haar moeders leeftijd, zittend op de enige stoel in het kamertje en omringd door emmers, moppen en grote stukken zeep.

‘Ik zoek werk en moest me bij u melden.’

'Dat hebben ze je dan goed verteld. Tenminste, als je alle uren die God ons geeft wilt werken tegen een loon van likmevestje.'

'Wat zijn de uren en tegen welk loon?' vroeg Maisie.

'Je begint om drie uur 's ochtends, en tegen zevenen moet je weg zijn, voordat de zeikstralen binnenkomen die hun kantoor weer spic en span willen zien. Of je begint om zeven uur in de avond en dan door tot middernacht. Wat je het beste uitkomt. Het loon blijft hetzelfde, waar je ook voor kiest. Eén sixpence per uur.'

'Ik doe ze allebei,' besloot Maisie.

'Mooi,' reageerde de vrouw en ze pakte een emmer en een mop. 'Dan zie ik je hier vanavond zeven uur en dan maak ik je wegwijs. Ik ben Vera Nettles. En hoe heet jij?'

'Maisie Clifton.'

Waarop mevrouw Nettles de emmer en mop weer terugzette, naar de deur liep en deze openhield. 'Voor u is hier geen werk, mevrouw Clifton.'

De maand daarna probeerde Maisie in een schoenenwinkel aan de slag te komen, maar de chef had liever geen personeel met gaten in de schoenen. Bij een modiste ging het gesprek mis toen ze ontdekten dat ze niet kon optellen, en bij een bloemenwinkel diende het personeel een eigen tuin te hebben. Opa's groentetuintje telde niet mee. Wanhopig solliciteerde ze bij een buurtpub als barmeid, maar de cafébaas antwoordde: 'Sorry, schat, maar je tieten zijn te klein.'

Die zondag in de kerk van de Heilige Geboorte knielde Maisie in haar bankje en smeekte ze God om een helpende hand.

Die diende zich aan in de gedaante van Miss Monday, die haar vertelde dat een vriendin van haar een theesalon in Broad Street had en op zoek was naar een serveerster.

'Maar ik heb helemaal geen ervaring,' zei Maisie.

'Dat zou wel eens een voordeel kunnen zijn,' reageerde Miss Monday. 'Miss Tilly stelt hoge eisen en leidt haar personeel liefst zelf op.'

'Misschien vindt ze me te oud, of te jong.'

'Je bent noch te oud noch te jong,' oordeelde Miss Monday. 'En wees gerust, ik zou je nooit aanbevelen als ik vond dat je het niet aankunt. Alleen, wees gewaarschuwd, Maisie, want Miss Tilly houdt niet van laatkomers. Zorg dat je morgenochtend vóór achten in de zaak bent. Ben je te laat, dan is de eerste indruk die je maakt meteen de laatste.'

De volgende ochtend stond ze om zes uur al buiten voor Tilly's Tea Shop, waar ze twee uur lang netjes bleef wachten. Om vijf voor acht verscheen een mollige, keurig geklede vrouw van middelbare leeftijd, met het haar in een net knotje en een half brilletje op haar neus, achter de deur, draaide het bordje GESLOTEN om naar OPEN en liet een verkleumde Maisie binnen.

'U bent aangenomen, mevrouw Clifton,' waren de welkomstwoorden van haar nieuwe baas.

Als Maisie werkte, zorgde oma voor Harry. Hoewel Maisie slechts negen pence per uur verdiende, mocht ze de helft van haar fooien houden, wat betekende dat ze aan het eind van een goede week wel drie pond binnenbracht. Daarnaast was er nog een onverwachte bonus. Nadat 's avonds om zes uur het bordje OPEN weer werd omgedraaid naar GESLOTEN, mocht Maisie van Miss Tilly alle overgebleven etenswaren mee naar huis nemen. Immers, 'oudbakken' was een woord dat nimmer over de lippen van de klanten mocht rollen.

Een half jaar later was Miss Tilly zo ingenomen met Maisies vooruitgang dat ze haar de leiding gaf over haar eigen acht tafeltjes. Na nog eens zes maanden wensten meerdere vaste klanten alleen nog maar door Maisie bediend te worden. Miss Tilly loste het op door Maisie twaalf tafeltjes te geven en haar voortaan een shilling per uur te betalen. Met twee loonzakjes per week kon Maisie haar verlovings- én haar trouwring weer dragen en belandde de verzilverde theezeef weer terug op zijn vertrouwde plek.

Diep in haar hart moest Maisie bekennen dat Stans ontslag uit de gevangenis, al na anderhalf jaar wegens goed gedrag, niet echt een onverdeeld genoegen bleek.

Harry, inmiddels drieënhalf, moest terug in zijn moeders kamer en Maisie probeerde er maar niet aan te denken hoe rustig het tijdens Stans afwezigheid was geweest.

Tot haar verrassing kon Stan, alsof er niets was gebeurd, weer aan de slag op de kade. Wat haar betrof bewees het dat hij veel meer over Arthurs verdwijning wist dan hij liet blijken, hoe ze ook aandrong. Een keer toen ze te iets te lang doorvroeg, gaf hij haar een oplawaai en hoewel Miss Tilly de volgende ochtend Maisies blauwe oog negeerde, deden een paar klanten dat niet, en dus begon ze er tegen haar broer niet meer over.

Telkens wanneer de kleine Harry erover begon, bleef Stan bij zijn oude verhaal: 'Je pa sneuvelde in de oorlog. Ik stond naast hem toen-ie door een kogel werd geraakt.'

Maisie bracht zo veel mogelijk vrije tijd door met de kleine Harry. Ze nam aan dat, ze wat meer lucht kreeg zodra hij oud genoeg was om naar Merrywood, de lagere school, te gaan. Maar Harry 's ochtends naar school brengen betekende wel een tramkaartje kopen om op tijd op haar werk te kunnen zijn. Haar middagpauze benutte ze om hem weer van school te halen. Zodra ze hem zijn kop thee had gegeven, liet ze hem over aan de zorg van zijn oma om weer naar haar werk te gaan.

Harry zat nog maar een paar dagen op school toen ze tijdens zijn wekelijkse bad een paar striemen op zijn achterste zag.

'Wie heeft dat gedaan?' wilde ze weten.

'De bovenmeester.'

'Waarom.'

'Dat kan ik niet zeggen, mam.'

Toen ze een tijdje later alweer zes rode strepen zag terwijl de oude nog niet eens waren weggetrokken, vroeg ze het Harry opnieuw, maar ook nu kreeg ze geen antwoord. Bij de derde keer hees ze zich in haar jas en toog ze naar de school met de bedoeling zijn leraar eens een lesje te leren.

Meester Holcombe bleek heel anders dan ze had verwacht. Om te beginnen leek hij niet veel ouder dan zij en toen ze het lokaal binnenstapte, stond hij op van zijn stoel achter zijn lessenaar. Hij was heel anders dan de schoolmeesters die ze zich uit haar eigen schooltijd op Merrywood herinnerde.

'Waarom krijgt mijn zoon slaag van de bovenmeester?' vroeg ze nog voordat meester Holcombe de kans kreeg haar een stoel aan te bieden.

'Omdat hij maar blijft spijbelen, mevrouw Clifton. Zodra we 's ochtends met z'n allen naar binnen gaan, piept hij ertussenuit en hij is pas 's middags terug op tijd voor het partijtje voetbal.'

'Waar hangt hij de hele dag dan uit?'

'Bij de kades, lijkt me,' was meester Holcombes vermoeden. 'Misschien dat ú mij kunt vertellen waarom.'

'Omdat zijn oom daar werkt en hij hem altijd vertelt dat Harry vroeg of laat ook bij Barrington's zal belanden.'

'Ik hoop van niet.'

‘Waarom zegt u dat?’ wilde Maisie weten. ‘Voor z’n vader was het goed genoeg.’

‘Dat zou best kunnen, maar niet voor Harry.’

‘Hoe bedoelt u?’ vroeg Maisie verontwaardigd.

‘Harry is pienter, mevrouw Clifton. Heel pienter. Als ik hem kon overhalen om minder vaak te spijbelen, wie weet wat hij dan allemaal kan bereiken.’

Het maakte dat Maisie zich opeens afvroeg of ze ooit zou kunnen achterhalen wie van de twee mannen Harry’s echte vader was.

‘Sommige bolleboosjes ontdekken hun talenten pas als ze al van school af zijn,’ ging meester Holcombe verder, ‘en dan hebben ze hun leven lang spijt van die vergooide jaren. Ik wil er alles aan doen om te voorkomen dat Harry hetzelfde overkomt.’

‘Wat wilt u dat ik doe?’ vroeg ze terwijl ze eindelijk ging zitten.

‘Hem aanmoedigen om op school te blijven, in plaats van elke dag naar de kades te vluchten. Vertel hem hoe trots u op hem bent als hij goed presteert in de klas, en niet alleen tijdens het voetballen, dat, mocht het u zijn ontgaan, mevrouw Clifton, niet zijn fort is.’

‘Zijn fort?’

‘Ja, het spijt me dat ik het moet zeggen, maar zelfs voor Harry moet het nu wel duidelijk zijn dat hij nooit in het schoolelftal komt, laat staan dat hij voor Bristol City uit mag komen.’

‘Ik zal er alles aan doen om te helpen,’ beloofde Maisie.

‘Dank u, mevrouw Clifton,’ waren meester Holcombes woorden terwijl ze opstond om weer naar huis te gaan. ‘Als u zich in staat acht hem te stimuleren, dan twijfel ik er niet aan dat dit op lange termijn veel meer resultaat oplevert dan de stok van de bovenmeester.’

Vanaf die dag toonde Maisie veel meer belangstelling voor wat Harry op school allemaal uitvoerde. Ze genoot van zijn verhalen over meester Holcombe en wat hij die dag had geleerd, en nu de striemen wegbleven ging ze ervan uit dat hij niet langer spijbelde. Tot ze op een avond, vlak voor het slapengaan, nog even bij haar slapende kind keek en constateerde dat de striemen niet alleen weer terug waren, maar roder bovendien.

Ze hoefde echter niet nog eens bij meester Holcombe langs, want de volgende dag stapte hij de theesalon binnen.

‘Het lukte hem om een maand lang niet te spijbelen,’ vertelde hij, ‘en opeens verdween hij weer.’

‘Ik zou niet weten wat ik verder nog kan uitrichten,’ reageerde Maisie hulpeloos. ‘Hij krijgt al geen zakgeld meer, en hij hoeft ook geen penny van mij te verwachten zolang hij niet gewoon meedoet in de klas. Maar zijn oom Stan heeft veel meer invloed op hem dan ik.’

‘Hoe jammer toch,’ reageerde meester Holcombe. ‘Maar misschien heb ik een oplossing, mevrouw Clifton. Alleen, het heeft pas kans van slagen als u volledig meewerkt.’

Maisie vermoedde dat ze nooit meer zou trouwen, ook al was ze nog maar zesentwintig. Vergeleken met al die nog vrije, beschikbare meisjes stak een weduwe met een kind aan de arm immers maar magertjes af. Dat ze bovendien altijd haar verlovings- en trouwring droeg, zette waarschijnlijk ook een rem op de hoeveelheid aanzoeken die ze in de theesalon ontving, hoewel er een paar volhouders waren. Onder meer de lieve oude meneer Craddick, die alleen maar haar hand wilde vasthouden.

Een van Miss Tilly’s vaste klanten was meneer Atkins. Hij zat graag aan een van de tafeltjes die door Maisie werden bediend. De meeste ochtenden kwam hij binnen voor een kop zwarte koffie en een stukje vruchtencake. Op een ochtend, nadat hij had betaald, nodigde hij haar tot haar verrassing uit voor de bioscoop.

‘Greta Garbo in *Flesh and the Devil*,’ vertelde hij op spannende toon om het wat aanlokkelijker te maken.

Het was niet voor het eerst dat een klant haar mee uit had gevraagd, maar wel dat zo’n jonge en knappe man enige belangstelling toonde.

In het verleden had ze met haar standaardantwoord zelfs de meest volhardende vrijers af weten te schrikken. ‘Wat aardig van u, meneer Atkins, maar de schaarse vrije tijd die ik heb breng ik het liefst door met mijn zoontje.’

‘U kunt toch wel voor één avondje een uitzondering maken?’ vroeg hij, niet van zins het net zo snel op te geven als de meesten.

Ze wierp een steelse blik op zijn linkerhand. Geen trouwring te zien, of erger nog, een bleke lijn die de plek onthulde waar er ooit eentje gezeten had.

‘Het is heel aardig van u, meneer Atkins,’ hoorde ze zichzelf antwoorden, waarna ze voor donderdagavond afsprak, zodra ze Harry naar bed had gebracht.

‘Zeg maar Eddie,’ had hij gezegd, waarna hij een fooi van zes pence neerlegde.

Ze was onder de indruk toen Eddie in een Morris *flatnose* verscheen om haar naar de bioscoop te rijden. En het enige wat hij naast haar op de achterste rij in de zaal deed, was naar de film kijken. Ze had het heus niet erg gevonden als hij een arm om haar heen had geslagen. Sterker nog, ze mijmerde al over hoever ze hem op hun eerste afspraakje zou laten gaan.

Toen het doek zakte, zwol het orgel aan en stonden ze allemaal op om het volkslied te zingen.

'Nog wat drinken?' vroeg hij terwijl ze naar de uitgang liepen.

'Ik moet eigenlijk naar huis voordat de laatste tram gaat.'

'Met Eddie Atkins hoef je je over die laatste tram heus geen zorgen te maken, Maisie.'

'Goed, eentje dan,' antwoordde ze, waarna hij haar meetroonde naar de Red Bull aan de overkant van de straat.

'Wat doe je precies voor werk, Eddie?' vroeg ze even later toen hij een glas jus d'orange voor haar neerzette.

'Ik zit in de entertainmentwereld,' antwoordde hij zonder er verder op in te gaan, en hij verlegde de aandacht naar haar. 'En naar jouw werk hoef ik je natuurlijk niet te vragen.'

Na nog een tweede jus d'orange keek hij op zijn horloge. 'Ik moet morgen vroeg beginnen, dus ik kan je maar beter alvast naar huis brengen.'

Op de terugrit naar Still House Lane keuvelde ze over Harry en dat ze hoopte dat hij tot het koor van de kerk van de Heilige Geboorte werd toegelaten. Eddie leek oprecht geïnteresseerd en toen hij voor nummer 27 stopte bleef ze, wachtend op een kus, nog even zitten. Maar hij stapte gewoon uit, opende haar portier en liep met haar mee naar haar voordeur.

Aan de keukentafel vertelde ze haar moeder wat er die avond wel, en niet, was gebeurd. Waarop oma slechts reageerde met: 'Wat voert-ie in z'n schild?'

13

Toen Maisie meester Holcombe in gezelschap van een keurig geklede man de kerk van de Heilige Geboorte zag binnenstappen, was haar eerste gedachte dat Harry zich waarschijnlijk weer iets op de hals had gehaald. Toch verraste het haar, want ze had al een jaar lang geen striemen meer gezien.

Ze zette zich al schrap toen meester Holcombe haar kant op liep, maar op het moment dat hij haar zag, verscheen er enkel een verlegen glimlachje op zijn gezicht, waarna hij en zijn metgezel de derde rij aan de overzijde van het middenpad in doken.

Zo nu en dan keek ze even naar hen opzij, maar de andere man, een stuk ouder dan meester Holcombe, kwam haar onbekend voor. Ze vroeg zich af of hij soms de bovenmeester van de lagere school was.

Toen het koor opstond voor de eerste lofzang, wierp Miss Monday een blik in de richting van de twee mannen alvorens de organist met een knikje aan te geven dat ze klaarstond.

Wat Maisie betrof had Harry zichzelf deze ochtend overtroffen, maar ze keek verbaasd toe toen hij een paar minuten later in zijn eentje opstond voor een tweede solobeurt, en nóg verbaasder toen er een derde maal volgde. Iedereen wist dat alles bij Miss Monday een reden had, maar toch was het Maisie niet duidelijk wat in dit geval die reden kon zijn.

Nadat eerwaarde Watts aan het eind van de dienst zijn kudde had gezegend, bleef Maisie op haar plek en wachtte ze op Harry, in de hoop dat hij haar kon vertellen waarom hij drie solostukjes had mogen zingen. Terwijl Maisie wat afwezig met haar moeder kletste, hield ze meester Holcombe scherp in de gaten. Hij stelde nu zijn oudere metgezel aan Miss Monday en eerwaarde Watts voor.

Even later ging eerwaarde Watts de twee mannen voor naar de sacristie. Waarop Miss Monday met een vastberaden gezicht door het middenpad naar Maisie beende, wat het voor alle kerkgangers al meteen duidelijk maakte dat ze een heilig doel voor ogen had. 'Kan ik u even onder vier ogen spreken, mevrouw Clifton?' vroeg ze.

Ze gaf Maisie geen gelegenheid om te reageren, maar draaide zich slechts om en begaf zich via het middenpad naar de sacristie.

Eddie Atkins had zijn gezicht al een maand niet meer laten zien in de theesalon, maar op een ochtend dook hij weer op en nam hij plaats op zijn vertrouwde plek aan een van Maisies tafeltjes. Toen ze aan zijn tafeltje verscheen glimlachte hij breed, alsof hij nooit weg was geweest.

'Goedemorgen, meneer Atkins,' begroette ze hem terwijl ze haar blocnootje opensloeg. 'Wat kan ik u brengen?'

'Het gebruikelijke,' antwoordde hij.

'Het is al zo lang geleden, meneer Atkins, u zult mijn geheugen even moeten opfrissen, hoor.'

'Sorry dat ik zo lang niets van me heb laten horen, Maisie,' antwoordde Eddie, 'maar ik moest opeens naar Amerika, en ben sinds gisteravond pas terug.'

Ze wilde hem graag geloven. Tegen haar moeder had ze al bekend dat ze sinds hun filmuitje tot haar teleurstelling niets meer van hem had gehoord. Ze vond hem leuk gezelschap en het was best een gezellige avond geweest.

Sinds kort was er nog een andere man die regelmatig binnenwipte en net als Eddie steevast plaatsnam aan een van Maisies tafeltjes. Hoewel het haar niet ontging dat hij zich behoorlijk belangstellend toonde, ging ze er niet op in. Niet alleen was hij van middelbare leeftijd, maar hij droeg bovendien een trouwring. Hij had iets afstandelijks, als een notaris die een cliënt aandachtig opneemt, en als hij sprak, klonk het ietwat pompeus. Wat voert-ie in z'n schild? hoorde ze in gedachten haar moeder al zeggen. Toch probeerde hij nooit een gesprekje met haar aan te knopen, dus wie weet zat ze er helemaal naast.

Toen beide bewonderaars een week later op dezelfde ochtend binnenstapten voor een kop koffie en haar vroegen of ze haar wat later konden treffen, kon ze een grijns dan ook niet onderdrukken.

Eddie was de eerste en kwam direct ter zake. 'Kan ik je vanavond na je werk oppikken, Maisie? Ik wil je heel graag iets laten zien, namelijk.'

Ze wilde hem vertellen dat ze al een afspraakje had, gewoon om hem te laten voelen dat ze niet zomaar naar zijn pijpen wenste te dansen, maar toen ze even later met de rekening aan zijn tafeltje verscheen, hoorde ze zichzelf antwoorden: 'Goed, Eddie, dan zie ik je na het werk.'

Ze had nog steeds een glimlach op haar gezicht toen de andere klant vroeg: 'Hebt u een momentje, mevrouw Clifton?'

Ze vroeg zich af hoe het kwam dat hij haar naam wist.

'Wilt u misschien liever even de cheffin spreken, meneer...?'

'Frampton,' was het antwoord. 'Nee, dank u, ik wilde juist graag even met u praten. Mag ik voorstellen om vanmiddag in het Royal Hotel af te spreken? Het zal hooguit een kwartiertje van uw tijd vergen.'

'Alsof je eerst tevergeefs op een bus staat te wachten, waarna er opeens twee tegelijk stoppen,' klaagde ze een tijdje later tegen Miss Tilly. Die vertelde haar dat ze meneer Frampton weliswaar ergens van meende te herkennen, maar hem niet helemaal kon plaatsen.

Toen Maisie meneer Frampton de rekening overhandigde benadrukte ze nog eens dat ze slechts een kwartiertje de tijd had aangezien ze om vier uur bij de school moest zijn om haar zoon af te halen. Hij knikte alsof hij ook van dat laatste reeds doordrongen was.

Was het echt in Harry's belang om een toelage aan te vragen voor St. Bede's?

Met wie kon ze het bespreken? Stan zou geheid tegen het hele plan zijn en zou waarschijnlijk geen oor hebben voor het tegenargument. Miss Tilly was te innig bevriend met Miss Monday om met een objectief antwoord te komen, en eerwaarde Watts had haar al aangeraden om zich te laten leiden door de Heer, iets wat in het verleden niet echt tot goede resultaten had geleid. Meneer Frobisher had zo'n aardige man geleken, maar had haar duidelijk te verstaan gegeven dat het uiteindelijke besluit alleen bij haar lag. Meester Holcombe had haar zonder omhaal laten weten hoe hij ertegenaan keek.

Haar gedachten gleden pas weer naar meneer Frampton toen ze haar laatste klant had bediend en ze haar schort verruilde voor haar oude jas.

Vanachter het raam keek Miss Tilly toe terwijl Maisie in de richting van het Royal Hotel wandelde. Om onverklaarbare redenen voelde ze zich wat bezorgd.

Hoewel Maisie nog nooit in het Royal was geweest, wist ze dat het bekendstond als een van de best lopende hotels van het zuidwesten van Engeland, en de kans om het eens vanbinnen te kunnen bekijken was dan ook een van de redenen waarom ze op meneer Framptons verzoekje was ingegaan.

Vanaf het trottoir aan de overkant keek ze toe terwijl de gasten door de draaideuren in en uit liepen. Ze had zulke deuren nog nooit gezien. Pas toen ze zeker wist hoe ze werkten, stak ze over en liep ze naar de ingang.

Ze duwde iets te hard tegen de draaideur, waardoor ze merkte dat ze sneller de foyer in werd getrokken dan ze had verwacht.

Ze keek om zich heen en zag meneer Frampton in zijn eentje in een rustig hoekje van de foyer. Ze liep naar hem toe en hij stond meteen op, schudde haar de hand en ging zelf pas weer zitten toen ze op de stoel tegenover hem had plaatsgenomen.

'Kan ik een kop koffie voor u bestellen, mevrouw Clifton?' vroeg hij, om er direct aan toe te voegen: 'Ik moet u echter waarschuwen, hij is niet van dezelfde klasse als bij Tilly's.'

'Nee, dank u, meneer Frampton,' antwoordde ze. Ze wilde alleen maar weten waarom hij haar wilde spreken.

Meneer Frampton stak op zijn gemak een sigaret op en inhaleerde diep. 'Mevrouw Clifton,' begon hij, terwijl hij zijn sigaret op de rand van de asbak legde, 'het kan u niet zijn ontgaan dat ik sinds korte tijd een regelmatige klant bij Tilly's ben geworden.' Ze knikte. 'Ik moet bekennen dat dit alleen vanwege u was.' Ze had haar vertrouwde weerwoord al klaar om deze vrijerskandidaat meteen te kunnen afpoeieren. 'Al die jaren dat ik in het hotelvak zit,' ging hij verder, 'heb ik nog nooit iemand gezien die zo efficiënt te werk gaat als u. Waren alle serveersters hier, in dit hotel, maar zo bedreven.'

'Ik ben goed opgeleid,' antwoordde ze.

'Net als de andere serveersters in die theesalon, maar niemand van hen heeft uw flair.'

'Ik voel me gevleid, meneer Frampton, maar waarom vertelt u me...'

'Ik ben de baas van dit hotel en ik wil graag dat u de leiding over onze koffiesalon, beter bekend als het Palm Court, op u neemt. Zoals u ziet...' hij maakte een weids armgebaar, '... hebben we zo'n honderd couverts, maar meestal wordt slechts een derde van alle tafeltjes bezet. Niet echt een interessant rendement op onze investeringen. Ik twijfel er niet aan dat daar verandering in komt als u het hier overneemt. En ik denk dat ik er wel voor kan zorgen dat u er geen spijt van krijgt.'

Ze onderbrak hem niet.

'Ik zie niet in waarom uw uren hier veel zouden moeten afwijken van de uren die u nu maakt. Ik ben bereid u vijf pond per week te betalen, en van alle fooien die de serveersters van het Palm Court krijgen gaat de helft naar u. Als u in staat bent om klanten te lokken, dan zou dat wel eens heel lonend kunnen zijn. En dan wil ik...'

'Maar ik moet er niet aan denken om bij Miss Tilly weg te gaan,' onderbrak ze hem uiteindelijk toch. 'Ze is de afgelopen zes jaar zo goed voor me geweest.'

'Dat begrijp ik volkomen, mevrouw Clifton. Het zou mij dan ook hebben teleurgesteld als dit niet uw eerste reactie was geweest. Loyaliteit is iets wat ik hooglijk waardeer. Toch moet u niet alleen aan uw eigen toekomst denken, maar ook aan die van uw zoon, mocht hij een toelage voor St. Bede's willen aanvaarden.'

Maisie was sprakeloos.

Eenmaal klaar met haar werk voor de avond trof ze Eddie buiten wachtend in zijn auto voor de theesalon. Ze merkte dat hij ditmaal niet meteen uit zijn auto sprong om voor haar het portier te openen.

'Oke, waar breng je me naartoe?' vroeg ze toen ze naast hem instapte.

'Is nog een verrassing,' antwoordde hij terwijl hij op de startknop drukte, 'maar volgens mij zal het je niet teleurstellen.'

Hij zette de auto in zijn versnelling en reed naar een deel van de stad waar ze nog nooit was geweest. Een paar minuten later draaide hij een zijsteeg in en stopten ze voor een grote, eikenhouten deur met daarboven een lichtreclame waarop in felle rode letters EDDIES NIGHTCLUB te lezen viel.

'Dit is van jou?' vroeg ze.

'Elke vierkante centimeter,' antwoordde hij trots. 'Kom mee naar binnen en neem een kijkje.' Hij sprong de auto uit, deed de voordeur open en liet haar binnen. 'Dit was ooit een graanschuur,' legde hij uit terwijl hij haar langs een smalle trap omlaag leidde. 'Maar nu de schepen niet langer zo ver de rivier op kunnen, moest het bedrijf verkassen en kon ik voor een alleszins redelijke prijs de huur overnemen.'

Ze betrad een grote, schaarsverlichte ruimte en het duurde even voordat haar ogen aan het gedempte licht gewend waren. Een stuk of vijf mannen zaten op hoge leren krukken aan de bar, terwijl bijna evenveel serveersters om hen heen fladderden. De muur achter de bar was een grote spiegel, waardoor de ruimte een stuk groter leek dan hij in feite was. In het midden was een dansvloer, omringd door comfortabele fluwelen bankjes die net aan plaats boden aan twee. Achterin was een klein podium met een piano, een contrabas, een drumstel en verscheidene muziekstandaards.

Hij nam plaats op een kruk aan de bar en keek om zich heen. 'Dit is de reden waarom ik zo vaak in Amerika zat. In New York en Chicago springen speakeasy's als deze als paddenstoelen uit de grond en het geld stroomt binnen.' Hij stak een sigaar op. 'En ik garandeer je, dit is uniek voor Bristol. *That's for sure.*'

'That's for sure,' herhaalde ze terwijl ze zich naast hem aan de bar voegde, maar geen poging ondernam om zich op een van de hoge krukken te hijsen.

'Wat zal het zijn, *doll*?' vroeg Eddie met wat naar zijn verbeelding voor een Amerikaans accent moest doorgaan.

'Ik drink niet,' bracht ze hem in herinnering.

'Dat is dus een van de redenen waarom ik jou heb gekozen.'

'Gekozen?'

'Tuurlijk. Jij zou de ideale baas over de cocktailserveersters zijn. Niet alleen zou ik je zes pond per week betalen, maar als de boel gaat lopen, zijn de fooien alleen al meer dan wat je ooit bij Tilly's hoopt te beuren.'

'En dan moet ik me zó kleden?' vroeg Maisie, wijzend naar een van de serveersters met een rode blouse die de schouders vrijliet en een strak zwart rokje dat de knieën nauwelijks bedekte. Tot haar plezier stelde ze echter vast dat het dezelfde kleuren waren als het schooluniform van St. Bede's.

'Waarom ook niet? Je bent een lekker ding en de klanten betalen er dik voor om door iemand als jou te worden bediend. Natuurlijk heb je er wel eens een versierder tussen zitten, maar volgens mij weet je daar wel raad mee.'

'Waarom een dansvloer in een mannenclub?'

'Ook weer iets wat ik in de States heb gezien,' legde Eddie uit. 'Als je met een van de cocktailserveersters wil dansen, moet je betalen.'

'En wat zit daar verder nog bij inbegrepen?'

'Dat is aan hen,' antwoordde hij met een schouderophalen. 'Zolang het maar niet binnen deze muren is en het buiten mij om gaat,' voegde hij er met een iets te harde lach aan toe. Maisie lachte niet mee. 'Dus, wat dacht je ervan?'

'Ik denk dat ik maar beter kan opstappen,' antwoordde ze. 'Ik heb geen tijd gehad om Harry te vertellen dat ik wat later kom.'

'Je zegt het maar, *honey*,' zei Eddie. Hij sloeg een arm om haar schouder, leidde haar de bar uit en de trap weer op.

Terwijl hij haar terugreed naar Still House Lane ontvouwde hij zijn toekomstplannen. 'Ik heb al een tweede stek in de smiezen,' vertelde hij enthousiast. 'Dus, *the sky is the limit*.'

‘The sky is the limit,’ herhaalde Maisie toen ze weer stopten voor nummer 27.

Ze stapte uit en liep snel naar de voordeur.

‘Wil je een paar dagen bedenktijd?’ vroeg Eddie, terwijl hij haar snel achternaliep.

‘Nee, dank je, Eddie,’ antwoordde ze zonder te aarzelen. ‘Ik heb al een besluit genomen,’ voegde ze eraan toe terwijl ze de sleutel uit haar handtas tevoorschijn haalde.

Met een grijns sloeg hij een arm om haar heen. ‘Ik dacht al dat het kat in het bakkie zou zijn.’

Ze trok zijn arm weg, schonk hem een innemende glimlach en antwoordde: ‘Lief dat je aan me denkt, schat, maar ik denk dat ik het bij koffie serveren hou.’ Ze deed de voordeur open. ‘Maar toch bedankt.’

‘Je zegt het maar, pop. Mocht je van gedachten veranderen, mijn deur staat altijd voor je open.’

Waarop Maisie de voordeur achter zich dichttrok.

14

Uiteindelijk besloot ze langs te gaan bij juist die ene persoon die haar echte raad kon bieden, zich naar het haventerrein te begeven en bij hem aan te kloppen in de hoop dat hij thuis was.

Tegen Stan en Harry zei ze niets. De een zou haar willen tegenhouden, de ander zou zich verraden voelen.

Ze wachtte tot haar vrije dag en nadat ze Harry naar school had gebracht, nam ze de tram naar het havengebied. Het was laat in de ochtend en ze had het tijdstip zorgvuldig uitgekozen. Nu was hij hoogstwaarschijnlijk nog op zijn kantoor en zou Stan aan het andere eind van de kade nog druk bezig zijn met laden en lossen.

Ze vertelde de man aan de poort dat ze op zoek was naar een baantje als schoonmaakster. Ook nu weer herkende hij haar niet en wees hij ongeïnteresseerd naar het bakstenen gebouw.

Terwijl ze naar Barrington House liep, keek ze omhoog naar de ramen op de vijfde verdieping en vroeg ze zich af welk kantoor het zijne was. Ze dacht terug aan haar ontmoeting met mevrouw Nettles en de manier waarop ze haar al meteen de deur had gewezen toen ze zei hoe ze heette. Inmiddels had ze niet alleen een leuke, respectabele baan, maar ze had de afgelopen dagen ook nog eens twee nieuwe aanbiedingen gekregen. Terwijl ze het gebouw passeerde en over de kade verderliep dacht ze niet langer aan mevrouw Nettles.

Pas toen ze zijn woning zag, vertraagde ze haar pas. Ze kon maar moeilijk geloven dat iemand in een treinwagon wilde wonen en de vrees bekroop haar dat ze een verschrikkelijke vergissing beging. Waren Harry's verhalen over een eetkamer, slaapkamer en zelfs een bibliotheek wellicht overdreven? Het is nu te laat om om te keren, sprak ze zichzelf moed in, en vastberaden klopte ze aan.

'Kom binnen, mevrouw Clifton,' klonk het beminnelijk.

Ze opende de deur en haar oog viel op een man in een comfortabele fauteuil, omringd door boeken en andere bezittingen. Dat het er zo schoon was, verraste haar en het drong tot haar door dat, wat Stan ook beweerde, zij, en niet Old Jack, tot de derde klasse behoorde. Stan had een mythe in stand gehouden waar een onbevooroordeeld kind dwars doorheen had gekeken.

Old Jack hees zich meteen uit zijn stoel en gebaarde haar om tegenover hem plaats te nemen. 'Je bent vast gekomen om het eens over de jonge Harry te hebben,' zei hij.

'Ja, meneer Tar,' antwoordde ze.

'Laat me raden. Je twijfelt over of hij naar St. Bede's moet, of dat hij beter op Merrywood kan blijven.'

'Hoe weet u dat ik godsnaam?' vroeg ze.

'Omdat ik de afgelopen maand over hetzelfde heb zitten piekeren,' antwoordde Old Jack.

'Dus wat moet hij doen, denkt u?'

'Ik denk dat ondanks de tegenslagen die hem op St. Bede's ongetwijfeld te wachten staan, hij het de rest van zijn leven zou betreuren als hij deze kans laat lopen.'

'Misschien krijgt hij wel helemaal geen toelage en valt er voor ons niets meer te beslissen.'

'Die beslissing is ons al uit handen genomen,' vertelde Old Jack, 'namelijk op het moment dat meneer Frobisher de jonge Harry hoorde zingen. Maar ik heb zo het gevoel dat dit niet de enige reden voor je bezoek is.'

Ze begon te begrijpen waarom Harry deze man zo bewonderde. 'U hebt helemaal gelijk, meneer Tar. Ik wil graag uw advies over een andere zaak.'

'Uw zoon noemt me Jack, behalve wanneer hij boos op me is, dan noemt-ie me Old Jack.'

Maisie glimlachte. 'Ik was bang dat als hij die toelage kreeg, ik te weinig zou verdienen om hem de extraatjes te kunnen gunnen die voor de andere jongens op St. Bede's de gewoonste zaak van de wereld zijn. Maar gelukkig heb ik net een andere baan aangeboden gekregen, wat dus meer geld in het laatje betekent.'

'En nu ben je bang voor hoe Miss Tilly zal reageren als je haar vertelt dat je overweegt om ontslag te nemen?'

'Kent u Miss Tilly?'

'Nee, maar Harry heeft het al vaak over haar gehad. Ze is duidelijk uit hetzelfde hout gesneden als Miss Monday, en laat me je verzekeren dat dit soort mensen dun gezaaid is. Er is geen reden om je ongerust te maken.'

'Dat begrijp ik niet.'

'Sta me toe het je uit te leggen. Miss Monday heeft zich al heel wat tijd en inspanning getroost om ervoor te zorgen dat Harry niet alleen zijn toelage voor St. Bede's in de wacht sleept maar, veel belangrijker nog, dat hij bovendien gaat aantonen dat hij daar hoort. Ik durf erom te wedden dat ze alles tot in detail heeft doorgesproken met haar hartsvriendin, die toevallig Miss Tilly heet. Dus, zodra je haar over je nieuwe baan vertelt, zul je merken dat het haar niet echt koud op haar dak zal vallen.'

'Dank je, Jack. Wat een bofferd is Harry toch dat hij jou tot vriend mag rekenen... De vader die hij nooit heeft gekend,' voegde ze er zacht aan toe.

'Dat is het mooiste compliment dat ik in jaren heb gekregen,' reageerde Old Jack. 'Jammer alleen dat hij zijn vader onder zulke tragische omstandigheden moest verliezen.'

'Weet je hoe mijn man stierf?'

'Inderdaad,' antwoordde Old Jack en, beseffend dat hij het onderwerp met rust had moeten laten, voegde hij er meteen aan toe: 'Maar alleen omdat Harry me het heeft verteld.'

'Wat vertelde hij je dan?' vroeg ze behoedzaam.

'Dat zijn vader in de oorlog is gesneuveld.'

'Maar je weet dat dit niet waar is.'

'Inderdaad. En ik vermoed dat ook Harry weet dat zijn vader nooit in de oorlog kan zijn gesneuveld.'

'Waarom zegt hij dat dan niet?'

'Waarschijnlijk denkt hij dat er iets is wat jij hem niet wilt vertellen.'

'Maar ik weet zelf niet eens hoe het zit,' moest ze bekennen.

Old Jack zweeg.

Even later wandelde ze weer naar huis, met één vraag beantwoord en de andere nog altijd onopgelost. Toch twijfelde ze er niet aan dat Old Jack kon worden toegevoegd aan de lijst van namen van degenen die wel degelijk wisten wat er met haar man was gebeurd.

Wat Miss Tilly betrof bleek Old Jack het bij het rechte eind te hebben, want toen ze haar over meneer Framptons aanbod vertelde, was Miss Tilly vol enthousiasme en een en al begrip.

'We zullen je hier allemaal gaan missen,' zei ze, 'en eerlijk gezegd mag het Royal blij zijn met jou.'

'Hoe moet ik u in hemelsnaam bedanken voor alles wat u de afgelopen jaren voor me hebt gedaan?'

'Het is Harry die ú moet bedanken,' zei Miss Tilly, 'en ik vermoed dat het slechts een kwestie van tijd is voordat het tot hem doordringt.'

Een maand later begon Maisie met haar nieuwe baan. Ze had niet lang nodig om te ontdekken waarom het Palm Court nooit voor meer dan een derde gevuld was met klanten.

De serveersters beschouwden hun werk gewoon als een baantje, in tegenstelling tot Miss Tilly, die het als een roeping zag. Ze namen nooit de moeite de namen van de klanten of hun favoriete tafeltjes te onthouden. Erger nog, de koffie was vaak al koud op het moment dat hij werd geserveerd en zolang de cakejes niet werden verkocht, lagen ze oud te worden. Ze was ook niet verrast dat er geen fooien werden gegeven, die hadden ze gewoon niet verdiend.

Na de tweede maand begon het voor haar allengs duidelijker te worden hoeveel Miss Tilly haar allemaal had geleerd.

Na drie maanden had Maisie vijf van de zeven serveersters vervangen, zonder iemand bij Miss Tilly te hoeven wegkapen. Bovendien had ze voor al haar personeel mooie nieuwe uniformen aangeschaft, samen met nieuwe borden, kop-en-schotels en, belangrijker nog, een nieuwe koffieleverancier en cakebakker in de arm genomen, twee heren die ze wél bereid was van Miss Tilly te 'stelen'.

'Je kost me heel wat geld, Maisie,' zei meneer Frampton toen er weer een stapel rekeningen op zijn bureau belandde. 'Vergeet vooral niet wat ik zei over rendement op onze investeringen.'

'Gun me nog een half jaar, meneer Frampton, en dan ziet u wat het oplevert.'

Hoewel ze overdag en 's avonds werkte, vond ze telkens weer tijd om Harry 's ochtends naar school te brengen en hem 's middags weer op te halen, maar ze waarschuwde meneer Frampton dat ze binnenkort een keer te laat op haar werk zou zijn. Toen ze hem uitlegde waarom, gaf hij haar die dag helemaal vrij.

Vlak voordat ze haar woning verliet, bekeek ze zichzelf nog even in de spiegel. Ze was op haar zondags gekleed, maar ging niet naar de kerk. Ze glimlachte omlaag naar haar zoon, die er in zijn nieuwe rood met zwarte schooluniform zo keurig uitzag. Desalniettemin voelde ze zich bij de tramhalte toch wat opgelaten.

'Twee kaartjes voor Park Street,' zei ze tegen de conducteur terwijl tram 11 zich in beweging zette. Toen ze zag dat hij Harry eens aandachtig opnam, kon ze haar trots niet verbergen. Het overtuigde haar er nog eens van dat ze de juiste keus had gemaakt.

Bij de halte aangekomen stond Harry niet toe dat zijn moeder zijn koffer droeg. Maisie hield zijn hand vast terwijl ze langzaam heuvelop naar de school liepen en ze zich afvroeg wie van hen het meest nerveus was. Ze kon haar ogen niet afhouden van de chique taxi's en de auto's met chauffeur die de andere jongens voor hun eerste nieuwe schooldag afzetten. Ze hoopte maar dat er voor Harry op z'n minst één vriendje bij zou zitten. Immers, enkele van de kinderjuffen waren beter gekleed dan zij.

Terwijl het schoolhek dichterbij kwam begon Harry zijn pas in te houden. Maisie voelde zijn ongemak, of was het gewoon de angst voor het onbekende?

'Ik zeg je hier gedag,' zei ze en ze boog zich omlaag om hem een zoen te geven. 'Veel geluk, Harry. Zorg dat we trots op je kunnen zijn.'

'Tot ziens, mam.'

Terwijl ze hem nakeek merkte ze dat nog iemand anders de kleine Harry Clifton met enige belangstelling leek gade te slaan.

15

Maisie zou nooit die eerste keer vergeten dat ze een klant weg had moeten sturen.

‘Ik weet zeker dat er over een paar minuutjes een tafeltje vrijkomt, meneer.’

Ze was trots op het feit dat zodra een klant had betaald, haar personeel binnen vijf minuten de tafel kon afruimen en hem opnieuw kon dekken voor de volgende klant.

Het Palm Court raakte al snel zo in zwang dat ze een paar tafeltjes permanent gereserveerd moest houden voor het geval er onverwacht een vaste klant binnenstapte.

Ze geneerde zich een beetje dat een paar van haar oude klanten bij Tilly nu de overstap naar het Palm Court maakten, onder wie de lieve oude meneer Craddick, die Harry nog kende van diens krantenwijk. En dat Miss Tilly zelf even binnenkwam voor een kop koffie was zelfs een nog groter compliment.

‘Gewoon even kijken hoe het er bij de concurrent aan toegaat,’ zei ze. ‘Tussen haakjes, Maisie, je koffie is werkelijk uitstekend.’

‘Dat kan ook niet anders,’ reageerde Maisie, ‘het is de uwe.’

Zo nu en dan kwam ook Eddie Atkins even langs. Afgaand op de grootte van zijn sigaren, om maar te zwijgen van de omvang van zijn middel, was the sky inderdaad the limit.

Hoewel hij altijd vriendelijk was, vroeg hij Maisie nooit meer uit, maar benadrukte hij regelmatig dat zijn deur altijd voor haar openstond.

Niet dat het haar ontbrak aan bewonderaars die haar zo nu en dan op een avondje uit mochten trakteren, een etentje in een modieus restaurant, of soms een bezoekje aan het Old Vic Theatre of de bioscoop, vooral als er een film met Greta Garbo draaide. Maar aan het eind van de avond zat er voor hen niets meer in dan een kusje op de wang alvorens weer op huis aan te gaan. Althans, totdat ze Patrick Casey leerde kennen, die aantoonde dat de Ierse charme niet zomaar een cliché was.

Toen Patrick voor het eerst het Palm Court binnenstapte, was zij de enige die zich niet meteen omdraaide om hem wat beter te bekijken. Iets langer dan een meter tachtig, donker golvend haar en het lichaam van een atleet. Voor de meeste vrouwen zou dat al genoeg zijn geweest, maar voor Maisie was het vooral zijn glimlach die haar bekoorde, zoals, vermoedde ze, ook heel wat andere vrouwen vóór haar.

Patrick vertelde haar dat hij in het geldwezen zat, maar ja, Eddie had haar verteld dat hij in de entertainmentbusiness werkte. Zo een à twee keer per maand bracht zijn werk hem naar Bristol en mocht hij haar trakteren op een etentje, het theater of de bioscoop. Soms brak ze zelfs met haar eigen gouden regel en reed de laatste tram zonder haar naar Sill House Lane.

Het zou haar niet hebben verrast als hij thuis in Cork een vrouw en een half dozijn kinderen had, hoewel hij met de hand op het hart zwoer dat hij vrijgezel was.

Telkens wanneer meester Holcombe in het Palm Court binnenstapte, ging Maisie hem voor naar een tafeltje helemaal achterin, dat deels aan het zicht werd onttrokken door een grote pilaar en door de meeste klanten werd gemeden. Het was voldoende in de luwte om hem te kunnen bijpraten over hoe Harry het maakte.

Deze dag leek hij meer geïnteresseerd in de toekomst dan het verleden. 'Hebt u al besloten wat Harry gaat doen als hij van St. Bede's af komt?'

'Daar heb ik nog niet echt over nagedacht,' moest ze bekennen. 'Zover is het immers nog niet.'

'Daarmee kun je nooit te vroeg zijn,' reageerde meester Holcombe, 'en het zou me verbazen als u hem weer terug wilt op Merrywood.'

'Dat zeker niet,' reageerde ze vastberaden. 'Maar wat voor keus heb ik?'

'Harry zegt dat hij graag naar het gymnasium van Bristol wil, maar als hij geen beurs krijgt, is hij bang dat u het schoolgeld niet kunt betalen.'

'Dat laatste zal geen probleem zijn,' verzekerde ze hem, 'gezien mijn huidige loon en de fooien. Maar niemand hoeft te weten dat zijn moeder een serveerster is.'

'En wat voor een,' voegde meester Holcombe eraan toe terwijl zijn ogen even door de overvolle lounge gleden. 'Het verbaast me dat u niet voor uzelf bent begonnen.'

Ze lachte en dacht er verder niet meer aan, totdat ze onverwacht bezoek kreeg van Miss Tilly.

Elke zondag woonde Maisie in de St. Mary-parochiekerk van Redcliffe de ochtendmis bij om haar zoon te horen zingen. Miss Monday had haar gewaarschuwd dat het niet lang meer zou duren voordat Harry de baard in de keel kreeg en dat ze niet moest denken dat hij een paar weken later al tenorsolo's mocht zingen.

Ze probeerde zich te concentreren op de preek maar merkte dat haar gedachten afdwaalden. Ze keek opzij over het middenpad naar meneer en mevrouw Barrington met hun zoon Giles en twee jonge meisjes, van wie ze aannam dat ze hun dochters waren, maar wier namen ze niet kende. Het had haar verrast toen Harry vertelde dat Giles Barrington zijn beste vriend was. Hun alfabetisch op elkaar volgende achternamen hadden hen toevallig bij elkaar gebracht, had hij verteld. Ze hoopte dat ze hem nooit hoefde uit te leggen dat Giles wel eens meer dan alleen maar een goede vriend kon zijn.

Ze wenste vaak dat ze meer kon doen om Harry te helpen een toelage voor het gymnasium te bemachtigen. Hoewel Miss Tilly haar had geleerd menukaarten te lezen, haar had leren optellen en aftrekken en zelfs een paar woorden had laten schrijven, bezorgde de gedachte aan waar Harry zichzelf toe had verplicht haar de koude rillingen.

Miss Monday pepte Maisies zelfvertrouwen op door haar er telkens weer op te wijzen dat Harry het nooit zo ver had geschopt als zijn moeder niet bereid was om daar zo veel voor op te offeren. 'En u bent hoe dan ook net zo pienter als Harry,' voegde ze eraan toe. 'U hebt alleen niet dezelfde kansen gekregen.'

Meester Holcombe hield haar op de hoogte van wat hij als 'de timing' omschreef, en nu de examendag dichterbij kwam, werd ze al net zo zenuwachtig als de jonge examenkandidaat zelf. De waarheid van een van Old Jacks opmerkingen drong nu goed tot haar door, namelijk dat de buitenstaander vaak meer te lijden heeft dan de deelnemer.

Het Palm Court zat inmiddels elke dag boordevol, maar dat weerhield Maisie er niet van om, in het decennium dat door de pers als de *Frivolous Thirties* werd omschreven, nieuwe veranderingen door te voeren.

's Ochtends bood ze haar klanten bij de koffie nu diverse biscuitjes naar keuze aan en haar theemenu kon inmiddels niet meer stuk, vooral nadat Harry haar had verteld dat mevrouw Barrington had gevraagd of hij liever Indiase of Chinese thee wilde.

Haar voorstel om sandwiches met gerookte zalm op de kaart te zetten werd door meneer Frampton echter afgewezen.

Elke zondag knielde Maisie op haar kussentje voor haar enige gebed, dat aan duidelijkheid niets te wensen overliet: 'Heer, laat Harry alstublieft zijn beurs krijgen. Als dat lukt, zal ik bij U nooit meer om iets bidden.'

Met nog een week te gaan voor de examens merkte ze dat ze 's nachts de slaap niet kon vatten en lag te piekeren over hoe het met Harry ging. Talloze klanten wilden hem graag het allerbeste wensen: omdat ze hem in de kerk hadden horen zingen, omdat hij elke ochtend de krant had bezorgd, of gewoon omdat hun eigen kinderen het ook hadden doorgemaakt, of dat nog moesten. Voor Maisie leek het of half Bristol opeens examen deed.

Op de ochtend van de grote dag bood ze verscheidene vaste klanten een verkeerd tafeltje aan, serveerde ze meneer Craddick koffie in plaats van zijn gebruikelijke warme chocolademelk en gaf ze twee klanten zelfs de verkeerde rekening. Maar niemand klaagde.

Harry vertelde haar dat hij het gevoel had alleszins redelijk te hebben gepresteerd, maar of het ook goed genoeg was, wist hij niet zeker. Hij noemde een zekere Thomas Hardy, maar Maisie wist niet precies of hij daarmee een vriendje of een van de leraren bedoelde.

Toen de hoge staande klok in het Palm Court die donderdagochtend tien uur sloeg, wist ze dat de bovenmeester op het punt stond de resultaten op het mededelingenbord te prikken. Het duurde echter nog eens tweeëntwintig minuten voordat meester Holcombe binnenstapte en linea recta naar zijn vaste tafeltje achter de pilaar liep. Op zijn gezicht viel voor haar niet af te lezen hoe Harry had gepresteerd, en dus liep ze snel naar hem toe en nam ze voor het eerst in vier jaar plaats tegenover een klant, hoewel 'neerploffen' waarschijnlijk dichter in de buurt kwam.

'Harry is met vlag en wimpel geslaagd,' deelde meester Holcombe haar mee, 'maar ik ben alleen bang dat hij zijn beurs is misgelopen.'

'Hoe bedoelt u?' vroeg ze terwijl ze haar bevende handen onder controle probeerde te houden.

'De twaalf beste kandidaten hadden een score van tachtig procent of hoger en kregen allemaal een beurs zonder toelatingsvoorwaarden. Harry's vriend Deakins haalde tweeënnegentig procent en Harry zelf een prijzenswaardige negenenzeventig procent, en hij komt daarmee op nummer zeventien van de driehonderd kandidaten. Meneer Frobisher heeft me laten weten dat zijn opdracht voor Engels hem de das heeft omgedaan.'

'Hij had Hardy moeten lezen, in plaats van Dickens,' zei Maisie, een vrouw die zelf nog nooit een boek had gelezen.

'Hij zal dus een plek op het gymnasium aangeboden krijgen,' ging meester Holcombe verder, 'maar zonder de jaarlijkse toelage van honderd pond.'

Maisie stond op van haar stoel. 'Dan zal ik dus drie diensten moeten gaan draaien in plaats van twee, niet? Want hij gaat niet terug naar Merrywood, meneer Holcombe, dat kan ik u verzekeren.'

De dagen daarna was ze verrast hoeveel vaste klanten haar feliciteerden met Harry's geweldige prestatie. Bovendien ontdekte ze dat enkelen van hen zelf kinderen hadden die helaas gezakt waren, in één geval zelfs op een tiende punt. Zij zouden zich tevreden moeten stellen met hun tweede keus. Het maakte Maisie alleen maar vastberadener ervoor te zorgen dat Harry zich op de eerste schooldag van het nieuwe jaar hoe dan ook op het gymnasium van Bristol zou aanmelden.

De week daarna merkte ze tot haar bevreemding dat ze opeens twee keer zo veel fooi kreeg. De lieve oude meneer Craddick schoof haar een biljet van vijf pond toe met de woorden: 'Voor Harry. Dat hij zijn moeder maar tot eer mag strekken.'

Toen de dunne witte envelop in Still House Lane op de mat viel, een gebeurtenis op zich, trok Harry de brief eruit en las hem voor aan zijn moeder. 'Clifton, H.' werd toegelaten tot groep A van het Sint-Michielstrimester beginnende op 15 september. Bij de laatste alinea aangekomen, waarin mevrouw Clifton werd verzocht schriftelijk te bevestigen dat de kandidaat het aanbod accepteerde dan wel weigerde, keek hij haar nerveus aan.

'Je moet meteen terugschrijven dat je de toelating aanvaardt!' riep ze.

Hij sloeg zijn armen om haar heen en fluisterde: 'Leefde papa nog maar.'

Wie zal het zeggen, was Maisies gedachte.

Een paar dagen later viel er een tweede brief op de deurmat. Deze bevatte een lange lijst met benodigdheden die voor de eerste schooldag dienden te worden aangeschaft. Het viel haar op dat Harry alles dubbel moest hebben, sommige dingen zelfs driedubbel of meer, en van één artikel zelfs zes stuks: sokken. Grijs, tot aan de knie, plus sokophouders.

'Jammer dat je niet een paar van mijn jarretels kunt lenen,' zei ze, waarop Harry bloosde.

In een derde brief werd de leerlingen verzocht om uit een lijst, variërend van de automobielclub tot het officierstrainingskorps – voor enkele was een extra som van vijf pond vereist – drie buitenschoolse activiteiten te kiezen. Harry koos voor het koor, waarvoor niet extra hoefde te worden betaald, de toneelclub en het kunstklasje. De laatste met de mededeling dat een bezoek aan een galerie buiten Bristol extra kosten met zich meebracht.

Waren er maar wat meer meneer Craddicks te vinden, wenste Maisie, maar ze liet Harry geen moment doorschemeren dat er redenen tot zorg waren, ook al wees meester Holcombe haar erop dat haar zoon de komende vijf jaar op deze school ging doorbrengen. De eerste van de familie die in elk geval tot zijn veertiende naar school zou gaan, zo vertelde ze hem.

Ze zette zich schrap voor weer een bezoekje aan T.C. Marsh, Kleermakers bij Uitnemendheid.

Toen Harry eenmaal volledig was toegerust, klaar voor zijn eerste schooldag, was Maisie lopend naar haar werk gegaan, waarmee ze vijf pence per week aan tramkaartjes uitspaarde of, zoals ze haar moeder voorrekende: 'Da's een pond per jaar, genoeg voor een nieuw pak voor Harry.'

Ouders, zo had ze door de jaren heen geleerd, worden door hun kroost niet alleen als een vervelende noodzaak beschouwd, maar bovendien maar al te vaak als een bron van gêne.

Op haar eerste proclamatiedag op St. Bede's was ze de enige moeder geweest zonder hoedje. Daarna had ze er een bij een tweedehandswinkel gekocht en hoewel het ding geheid uit de mode zou raken zou ze het ermee moeten doen tot de dag waarop haar zoon het gymnasium zou verlaten.

Harry had erin toegestemd dat ze hem op zijn eerste schooldag zou vergezellen, maar zelf had ze al besloten dat hij oud genoeg was om 's avonds de tram naar huis te nemen. Haar grootste zorg was niet hoe haar zoon van en naar school moest komen, maar wat ze in de avonduren met hem aan moest nu hij een dagscholier was en niet langer op school sliep. Ze twijfelde er niet aan dat als hij weer een kamer met oom Stan moest delen, dit alleen maar in tranen zou eindigen. Terwijl ze zich voorbereidde op Harry's eerste nieuwe schooldag probeerde ze het uit haar hoofd te zetten.

Met haar hoed, haar enige zondagse en onlangs gereinigde jas, haar degelijke zwarte schoenen en het enige paar zijden kousen dat ze had, voelde ze zich gereed om zich aan de andere ouders te tonen. Ze liep de trap af. Harry wachtte al bij de deur. Hij zag er zo keurig uit in zijn nieuwe wijnrood met zwarte uniform dat ze hem het liefst door Still House Lane wilde laten paraderen, opdat de buren zouden weten dat iemand uit hun straat naar het gymnasium van Bristol ging.

Net als op zijn eerste dag naar St. Bede's namen ze weer de tram, alleen vroeg hij zijn moeder nu of ze een halte eerder, vóór University Road, konden uitstappen. Ze mocht inmiddels niet langer zijn hand vasthouden, maar wel trok ze nog meerdere malen even zijn pet en das recht.

'Ik kan je nu maar beter gedag zeggen, want anders ben ik te laat op mijn werk,' zei ze toen ze het eerste luidruchtige groepje jongemannen bij de schoolhekken zag staan. Harry vond het vreemd, want hij wist dat meneer Frampton haar de hele dag vrijaf had gegeven.

Ze gaf haar zoon snel een knuffel, maar keek hem bezorgd na terwijl hij heuvelop liep. De eerste die hem begroette, was Giles Barrington. Het verbaasde haar de jongen hier te zien, aangezien Harry haar had verteld dat hij waarschijnlijk naar Eton ging. Ze schudden elkaar de hand als twee volwassen kerels die net een belangrijke transactie hadden gesloten.

Verderop kon ze meneer en mevrouw Barrington zien staan. Leek het nu alsof hij haar blik meed? Een paar minuten later voegden meneer en mevrouw Deakins zich bij hen, vergezeld door hun zoon met zijn Peloquin Memorial-beurs. Nog meer handenschudden, in het geval van meneer Deakins, met de linker.

Toen de ouders afscheid namen van hun kinderen, sloeg Maisie meneer Barrington gade terwijl hij eerst zijn zoon en daarna Deakins de hand schudde, maar zich omdraaide toen Harry hem de hand aanbood. Mevrouw Barrington keek beschaamd weg en Maisie overwoog om, later die dag, Hugo te vragen waarom Barrington zijn zoons beste vriend had genegeerd. Voor haar stond het echter wel vast dat hij haar niet de ware reden zou vertellen. Ze vreesde dat het niet lang meer zou duren voordat Harry wilde weten waarom meneer Barrington hem altijd met de nek aankeek. Maar zolang slechts drie mensen wisten hoe de vork in de steel zat, leek het haar onwaarschijnlijk dat haar zoon de waarheid ooit zou achterhalen.

16

Miss Tilly was inmiddels al zo'n vaste klant in het Palm Court dat ze zelfs haar eigen tafeltje had.

Meestal kwam ze tegen vieren binnen en bestelde ze een kop thee (earl grey) en een komkommersandwich. Het ruime assortiment slagroomgebakjes, confituurtaartjes en chocolade-eclairs werd steevast genegeerd, maar zo nu en dan stond ze zichzelf een beboterde scone toe. Toen ze op een dag pas even voor vijven weer binnenstapte, was Maisie opgelucht dat haar vaste tafeltje vrij was.

'Als het kan, zou ik vandaag graag een wat discreter plekje willen, Maisie. Ik moet eventjes met je babbelen.'

'Natuurlijk, Miss Tilly,' antwoordde ze en ze ging haar voor naar meester Holcombes voorkeurstafeltje achter de pilaar, helemaal achterin. 'Over tien minuutjes ben ik klaar,' liet ze Miss Tilly weten. 'Dan kom ik erbij zitten.'

Toen collega Susan verscheen om haar af te lossen, legde ze uit dat ze een paar minuutjes Miss Tilly gezelschap zou houden maar niet bediend hoefde te worden.

'Zit de ouwe theetante iets dwars?' vroeg Susan.

'Die ouwe theetante heeft mij anders wel zo'n beetje alles geleerd,' reageerde Maisie met een grijns.

Toen de klok vijf uur sloeg, liep ze naar het tafeltje achterin en nam ze plaats tegenover Miss Tilly. Ze zat zelden bij een klant aan tafel, en die paar keren had ze zich dan ook opgelaten gevoeld.

'Wil je misschien een kopje thee, Maisie?'

'Nee, dank u, Miss Tilly.'

'Geen probleem, dat begrijp ik best. Ik zal het niet te lang maken, maar zou ik, voordat ik vertel waarom ik hier ben, even mogen vragen hoe het met Harry gaat?'

'Ik wou dat hij eens ophield met groeien,' antwoordde Maisie. 'Het lijkt wel of ik om de paar weken zijn broek moet verlengen. Als het zo doorgaat is zijn lange broek eind dit jaar weer een korte broek geworden.'

Miss Tilly lachte. 'En op school?'

'Op zijn laatste rapport stond te lezen...' ze zweeg even om het letterlijk te kunnen citeren, '"een heel goede start. Zeer hoopgevend." Hij was de beste in Engels.'

'Tikje ironisch, toch,' zei Miss Tiffy. 'Als ik me goed herinner was dat juist het vak waarin hij bij zijn toelatingsexamen het minst scoorde.'

Maisie knikte en probeerde maar niet te denken aan de financiële gevolgen van het feit dat Harry toch te weinig Thomas Hardy had gelezen.

'Je bent vast trots op hem,' ging Miss Tilly verder. 'Toen ik afgelopen zondag weer naar de kerk ging, zag ik tot mijn vreugde dat hij weer in het koor zingt.'

'Ja, maar hij moet zich nu tevredenstellen met een plekje achterin, tussen de andere baritons. Zijn dagen als solozanger zijn voorbij. Maar hij zit nu bij de toneelclub, en omdat er geen meisjes zijn, zal hij voor de uitvoering de rol van Ursula spelen.'

Much Ado About Nothing, stelde Miss Tilly vast. 'Maar goed, laat ik je tijd niet langer in beslag nemen, maar vertellen waarom ik je wilde spreken.' Ze nam een slokje van haar thee, alsof ze even tot rust wilde komen alvorens te beginnen. Waarna het hele verhaal als een stortvloed naar buiten kwam.

'Volgende maand word ik zestig, lieve schat, en ik denk er al een tijdje over om met pensioen te gaan.'

Het was nooit in Maisie opgekomen dat Miss Tilly er ooit een keer mee op zou houden.

'Miss Monday en ik denken eraan om naar Cornwall te verhuizen. We hebben ons oog laten vallen op een kleine cottage aan zee.'

Maar u mag helemaal niet weg uit Bristol! Ik ben dol op u allebei en bij wie kan ik dan terecht om raad? wilde Maisie eruitflappen.

'Afgelopen maand kwam het in een stroomversnelling,' ging Miss Tilly verder, 'toen een lokale zakenman een bod deed op de theesalon. Het schijnt dat hij die aan zijn groeiende imperium wil toevoegen. En hoewel Tilly's als onderdeel van een keten me niet echt aanstaat, was zijn bod te verleidelijk om meteen af te slaan.' Op Maisies lippen brandde slechts één vraag, maar zolang Miss Tilly op haar praatstoel zat, wilde ze haar niet onderbreken. 'Sindsdien heb ik er flink over nagedacht en heb ik besloten dat als jij met hetzelfde bod op de proppen komt, ik liever de zaak aan jou overdraag dan aan een vreemde.'

'Hoeveel bood hij?'

‘Vijfhonderd pond.’

Maisie zuchtte. ‘Het vleit me dat u zelfs maar aan me hebt gedacht, maar om eerlijk te zijn heb ik zelfs geen vijfhonderd pénny’s in kas, laat staan vijfhonderd pond.’

‘Daar was ik al bang voor,’ reageerde Miss Tilly. ‘Maar stel dat je een financier vindt, dan weet ik zeker dat hij het een goede investering zal vinden. Immers, de winst van afgelopen jaar bedroeg honderdtwaalf pond en tien shilling, mijn salaris niet meegeteld. Ik had je het graag voor minder willen aanbieden, maar we hebben in St Mawes een allerliefst huisje gevonden en de eigenaren vragen driehonderd, en geen penny minder. Miss Monday en ik zouden het met ons spaargeld net een jaartje of twee kunnen redden, maar omdat geen van ons twee op een pensioen kan terugvallen, zijn die tweehonderd pond extra wel zo hard nodig.’

Maisie wilde haar vertellen dat het – tot haar grote spijt – onmogelijk was, toen Patrick Casey plots binnenslenterde en zijn vaste tafeltje opzocht.

Pas nadat ze de liefde hadden bedreven, vertelde ze Patrick over Miss Tilly’s voorstel. Hij hees zich rechtop, stak een sigaret op en nam een flinke trek.

‘Zo’n bedrag ophoesten zal wel meevallen. We praten immers niet over Brunel die op zoek is naar geld voor de Clifton Suspension Bridge.’

‘Nee, maar wel mevrouw Clifton die op zoek is naar vijfhonderd pond omdat ze zelf geen penny heeft.’

‘Klopt, maar dan zou je dus moeten aantonen dat er een kasstroom is en er winst wordt gemaakt, om maar te zwijgen over de vraag of ze te goeder trouw is. En bovendien zal ik de boekhouding over de afgelopen vijf jaar moeten bekijken om zeker te weten dat er niets voor je is verzwegen.’

‘Miss Tilly zal nooit mensen bedriegen!’

‘Bovendien moet je kijken of er in de nabije toekomst geen huurverhoging zit aan te komen,’ ging hij verder, haar protesten negerend, ‘en dubbel controleren dat haar boekhouder niet met allerlei boeteclausules op de proppen komt op het moment dat je winst begint te maken.’

‘Zoiets zou Miss Tilly nooit doen,’ hield Maisie vol.

‘Je bent zo goed van vertrouwen, Maisie. Onthoud alleen dat Miss Tilly hier niet over gaat, maar een jurist die vindt dat-ie waar moet leveren voor z’n geld, en een boekhouder die de boeken kloppend wil hebben, stel dat je hem niet langer wilt aanhouden.’

'Je hebt Miss Tilly duidelijk nog nooit ontmoet.'

'Je vertrouwen in de oude dame roert me, Maisie, maar het is mijn taak om mensen als jij te beschermen. Honderdtwaalf pond en tien shilling winst per jaar zal voor jou niet genoeg zijn om van te leven in de wetenschap dat je je investeerder stap voor stap moet terugbetalen.'

'Miss Tilly verzekerde me dat haar salaris niet bij de winst was inbegrepen.'

'Dat zou best kunnen, maar dan nog weet je niet hoe hoog dat salaris is. Wil je het kunnen redden, dan zul je op z'n minst nog eens tweehonderdvijftig pond per jaar moeten binnenhalen, want anders zit niet alleen jij zonder geld, maar Harry zonder gymnasium.'

'Ik kan niet wachten tot je eens kennismaakt met Miss Tilly.'

'En de fooien? In het Royal is de helft van alle fooien voor jou, wat jaarlijks neerkomt op nog eens tweehonderdvijftig pond die tot nu toe onbelast zijn, hoewel een toekomstige regering daar ongetwijfeld werk van gaat maken.'

'Misschien dat ik Miss Tilly dan maar moet vertellen dat het risico te groot is. Want, zoals jij maar blijft benadrukken, in het Royal heb ik een vast inkomen, zonder risico's.'

'Klopt, maar als Miss Tilly zelfs maar half zo goed is als jij beweert, dan zou dit wel eens een buitenkansje kunnen zijn.'

'Neem een besluit, Patrick,' zei Maisie terwijl ze niet te wanhopig probeerde te klinken.

'Doe ik, zodra ik de boeken heb ingekeken.'

'Dat doe je zodra je met Miss Tilly hebt kennisgemaakt, want dan begrijp je pas echt wat te goeder trouw betekent.'

'Ik kan niet wachten om dit toonbeeld van deugd te ontmoeten.'

'Dus jij gaat mijn belangen behartigen?' vroeg ze.

'Ja,' antwoordde hij terwijl hij zijn sigaret uitdrukte.

'En hoeveel gaat u deze nooddruftige weduwe daarvoor in rekening brengen, meneer Casey?'

'Doe het licht uit.'

'Weet u zeker dat dit het risico waard is,' vroeg meneer Frampton, 'als u zo veel te verliezen hebt?'

'Mijn financieel adviseur denkt van wel,' antwoordde Maisie. 'Hij heeft me verzekerd dat niet alleen de cijfers kloppen, maar dat zodra ik de lening heb terugbetaald ik waarschijnlijk binnen vijf jaar winst zal maken.'

'Maar dat is wel de periode dat Harry op het gymnasium zit.'

'Daar ben ik me zeker van bewust, meneer Frampton, maar meneer Casey heeft als onderdeel van de transactie een aanzienlijk salaris ingeboekt en met de helft van de fooien erbij zal ik ongeveer hetzelfde verdienen als nu. En over vijf jaar ben ik ook nog eens de eigenaar van een bedrijf en zal alle winst vanaf dat moment voor mij zijn,' antwoordde ze terwijl ze zich Patricks woorden zo goed mogelijk probeerde te herinneren.

'Ik zie dat jouw besluit vaststaat,' stelde meneer Frampton vast. 'Maar luister goed, Maisie. Er is een groot verschil tussen de employé, die weet dat hij elke week zijn loonzakje krijgt, en een werkgever, die aan het eind van elke vrijdag weer moet zorgen dat hij al die loonzakjes kan vúllen. Om eerlijk te zijn, Maisie, is er geen betere dan jij, maar weet je zeker dat je niet langer een speler maar een aanvoerder wilt zijn?'

'Meneer Casey zal me blijven adviseren.'

'Casey is een capabele vent, dat moet ik toegeven, maar hij heeft over het hele land belangrijker cliënten zitten. Jij zult van dag tot dag de boel draaiende moeten houden. Stel, er gaat iets mis, dan zal hij niet altijd in de buurt zijn om jouw hand vast te houden.'

'Maar zo'n kans doet zich misschien nooit meer voor.' Ook weer een van Patricks uitspraken.

'Zo zij het, Maisie,' besloot Frampton. 'Vergeet vooral niet hoe we je hier, in het Royal, zullen missen. De enige reden waarom je toch vervangbaar bent, is omdat jij je plaatsvervanger zo goed hebt ingewerkt.'

'Susan zal u niet teleurstellen, meneer Frampton.'

'Daar ben ik van overtuigd, maar ze zal nooit een Maisie Clifton worden. Laat mij de eerste zijn die je alle succes toewenst in je nieuwe avontuur. En mochten de zaken anders lopen dan gepland, dan is er hier in het Royal altijd werk voor je.'

Meneer Frampton stond op vanachter zijn bureau en schudde Maisie de hand, precies zoals hij zes jaar daarvoor ook had gedaan.

17

Een maand later ondertekende ze, in aanwezigheid van meneer Prendergast, directeur van de National Provincial Bank in Corn Street, zes documenten. Maar pas nadat Patrick – blij te moeten toegeven dat hij fout was geweest door te twijfelen aan Miss Tilly's goeder trouw – haar regel voor regel had uitgelegd wat elke pagina inhield. Als iedereen zich zo eerzaam gedroeg als zij, dan zou hij moeten uitkijken naar een andere baan.

Op 19 maart overhandigde ze Miss Tilly een cheque van vijfhonderd pond, in ruil voor een theesalon en een innige omhelzing. Een week later vertrokken Miss Tilly en Miss Monday naar Cornwall.

Toen Maisie de volgende dag haar deuren opende, was dat nog altijd als 'Tilly's'. Patrick had haar geleerd om de vertrouwdheid van Tilly's naam ('sinds 1898') bij de klanten nooit te onderschatten en hij had geadviseerd om pas een naamsverandering te overwegen als Miss Tilly nog slechts een gekoesterde herinnering was, of zelfs minder dan dat. 'Vaste klanten houden niet van verandering, en al helemaal niet van de ene op de andere dag. Dus dring ze niets overhaasts op.'

Toch constateerde ze een paar minpuntjes die ze meteen wilde aanpakken, zonder dat de vaste klanten er aanstoot aan zouden nemen. Zo zouden nieuwe tafelkleden geen overbodige luxe zijn, vond ze, en ook de stoelen en zelfs de tafeltjes oogden inmiddels wat, tja, zonderling. En had Miss Tilly zelf ook al niet geconstateerd dat het tapijt wat sleets werd?

'Doe rustig aan,' drukte Patrick haar op het hart tijdens een van zijn maandelijkse bezoekjes. 'Onthoud dat het veel gemakkelijker is om geld uit te geven dan binnen te halen, en wees niet verbaasd als een paar ouwe zeurkousen opeens wegblijven en je minder verdient dan je voor de eerste maanden had verwacht.'

Hij bleek gelijk te hebben. Die eerste maand kwamen er minder klanten, en de maand daarop ook, wat aantoonde hoe geliefd Miss Tilly was geweest. Was het in de derde maand van hetzelfde laken een pak geweest, dan zou Patrick haar over de kasstroom en overdispositie hebben geadviseerd, maar de neergang 'bodemde uit', ook weer een van zijn uitdrukkingen, en zette zich de vierde maand om in een, hoewel bescheiden, opwaartse lijn.

Aan het eind van het eerste jaar had ze quitte gedraaid, maar niet genoeg winst behaald om ook maar iets van de banklening te kunnen aflossen.

'Maak je geen zorgen, schat,' zei Miss Tilly tijdens een van haar zeldzame bezoekjes aan Bristol. 'Het duurde jaren voordat ik zelf winst maakte.' Alleen, zo veel tijd had Maisie niet.

Het tweede jaar begon goed, met een paar van haar vaste klanten in het Royal die terugkeerden naar hun oude, vertrouwde plek. Eddie Atkins was inmiddels zo aangekomen en zijn sigaren waren nu zo dik dat ze alleen maar kon vermoeden dat de entertainmentbusiness floreerde. Meneer Craddick stapte elke ochtend om zeven uur binnen, steevast in zijn regenjas en de paraplu in de hand, wat voor weer het ook was. Ook meester Holcombe kwam zo nu en dan langs, altijd weer benieuwd naar hoe het Harry verging, en ze stond nooit toe dat hij betaalde. Als Patrick weer eens in Bristol was, ging hij altijd eerst naar Tilly's.

In haar tweede jaar had ze een keer van leverancier moeten veranderen omdat de vorige het verschil niet leek te weten tussen vers en oudbakken, en ze had een serveerster moeten ontslaan die er niet van overtuigd was dat de klant altijd gelijk had. Nu het steeds meer werd aanvaard dat ook vrouwen een baan hadden, solliciteerden verscheidene jongedames op de vacature. Maisie koos uiteindelijk voor een jongedame die Karen heette en gezegend was met weelderige blonde krullen, grote blauwe ogen en wat de modebladen een zandloperfiguur noemden. Ze had het gevoel dat Karen wellicht wat nieuwe, en wat jongere klanten zou lokken.

Een nieuwe cakeleverancier zoeken bleek lastiger, en hoewel verschillende bedrijven zich aanboden, was Maisie zeer veeleisend. Toen Bob Burrows van Burrows' Bakery (sinds 1935) aanklopte en haar vertelde dat Tilly's zijn eerste klant zou zijn, gunde ze hem een proeftijd van een maand.

Bob bleek een betrouwbare harde werker en, belangrijker nog, zijn producten waren steevast zo vers en verleidelijk dat haar klanten vaak zuchtten: 'Nou, nog ééntje dan.' Vooral zijn puddingbroodjes en fruitscones vielen in de smaak en de chocoladecakejes, de nieuwste rage, leken al ver voor het middaguur van de etagère te zijn verdwenen. Hoewel ze regelmatig aandrong, hield Bob vol dat meer er gewoon niet in zat.

Op een ochtend, toen Bob zijn bestelling had afgeleverd, maakte hij een wat verloren indruk, en dus zette ze hem aan tafel en schonk ze een kop koffie voor hem in. Hij vertelde dat ook hij het soort cashflowproblemen had die ze zelf in haar eerste jaar had gehad, maar dat hij erop vertrouwde dat het snel beter zou gaan, aangezien hij onlangs twee nieuwe winkeliers erbij had gekregen, hoewel hij benadrukte dat hij haar veel dank verschuldigd was omdat zij als eerste met hem in zee was gegaan.

Naarmate de weken verstreken, werden deze ochtendlijke koffiepauzes min of meer een vast ritueel. Toch kwam het voor haar als een volkomen verrassing toen Bob haar op een dag mee uit vroeg. Voor haar was hun onderlinge contact altijd beroepsmatig geweest. Hij had kaartjes voor *Glamorous Night*, een nieuwe musical die in het Hippodrome speelde. Eigenlijk had ze gehoopt dat Patrick haar mee zou nemen. Ze bedankte Bob voor de uitnodiging, maar vertelde hem dat ze hun werkrelatie graag zo wilde houden. Ze had eraan toe willen voegen dat er inmiddels al twee mannen in haar leven waren, eentje van vijftien die worstelde met zijn puistjes, en een Ier die slechts eens per maand naar Bristol kwam en zich niet leek te realiseren dat ze verliefd op hem was.

Maar met een 'nee' nam Bob geen genoegen. Een maand later werd ze nog meer in verlegenheid gebracht toen hij haar zomaar een marcasieten broche gaf. Ze gaf hem een zoen op de wang en vroeg zich af hoe hij erachter was gekomen dat ze die dag jarig was. 's Avonds borg ze het sieraad op in een la, waarmee voor haar de kous af zou zijn geweest als daarop niet regelmatig nóg meer cadeautjes waren gevolgd.

Patrick leek geamuseerd door de vasthoudendheid van zijn rivaal en op een avond tijdens het eten wees hij Maisie er nog eens op dat ze een aantrekkelijke vrouw met goede perspectieven was.

Ze lachte niet. 'Het moet gewoon afgelopen zijn.'

'Waarom zoek je dan niet een nieuwe leverancier?'

'Omdat die een stuk lastiger te vinden zijn dan minnaars. Hoe dan ook, Bob is betrouwbaar, zijn producten zijn de beste van de stad en hij is goedkoper dan al zijn concurrenten.'

'En hij is verliefd op je,' voegde Patrick eraan toe.

'Niet plagen, Patrick. Dit moet afgelopen zijn.'

'Er is iets veel belangrijkers wat eens afgelopen moet zijn,' zei Patrick. Hij boog voorover en knipte zijn koffertje open.

'Mag ik je erop wijzen,' riposteerde ze, 'dat dit als een romantisch etentje bedoeld is, en niet als een zakendiner?'

'Ik ben bang dat dit niet kan wachten,' zei hij terwijl hij een stapel papieren op tafel legde. 'Dit is jouw boekhouding over de afgelopen drie maanden, maar de inhoud stemt me niet vrolijk.'

'En je zei dat de zaken een stuk beter gaan.'

'Dat is zo. Het is je zelfs gelukt om je uitgaven binnen de door de bank aanbevolen limiet te houden, maar onverklaarbaar genoeg zijn je inkomsten in die periode gedaald.'

'Hoe kan dat nu?' wilde Maisie weten. 'De afgelopen maand hebben we meer klanten gehad dan ooit.'

'Daarom ben ik met de vlooienkam door al je rekeningen en facturen gegaan. Het klopt gewoon niet, en ik ben dan ook tot de vervelende conclusie gekomen, Maisie, dat een van je serveersters met de hand in de kas moet zitten. Dat gebeurt vaak genoeg in deze branche. Meestal is de barkeeper of de hoofdkelner de boosdoener, maar als het eenmaal begint, dan helpt er geen moedertje lief aan, totdat je de dader betrapt en hem ontslaat. Gebeurt dat niet snel genoeg, dan zul je weer een jaar zonder winst komen te zitten en weer geen penny kunnen aflossen, laat staan je krediet eindelijk eens te kunnen verlagen.'

'Wat raad je me aan?'

'Je zult vanaf nu je personeel beter in de gaten moeten houden, totdat een van de meiden zichzelf verraadt.'

'Hoe kan ik daarachter komen?'

'Je moet een aantal dingen in de gaten houden,' legde hij uit. 'Iemand die op te grote voet leeft, zeg, in een nieuwe jas of met een duur sieraad komt aanzetten, of een vakantie boekt die ze zich eigenlijk nooit zou kunnen veroorloven. Waarschijnlijk zal ze zeggen dat ze een nieuw vriendje heeft, maar...'

'O jee,' reageerde Maisie geschrokken. 'Volgens mij weet ik dan al wie het kan zijn.'

'Wie dan?'

'Karen. Ze werkt pas een paar maanden bij me, en sinds kort gaat ze elk weekend naar Londen. Afgelopen maandag verscheen ze met een jaloersmakende nieuwe sjaal en een paar leren handschoenen.'

'Niet te snel conclusies trekken,' waarschuwde Patrick haar, 'hou haar gewoon goed in de gaten. Of ze stopt de fooien in eigen zak, of ze zit met haar hand in de kas. Of allebei. En ik kan je één ding verzekeren: dit zal niet ophouden. In de meeste gevallen wordt de dief steeds zelfverzekerder, totdat hij of zij ten slotte tegen de lamp loopt. Je moet hier een eind aan maken, en snel, voordat jij eraan failliet gaat.'

Maisie vond het vreselijk om haar personeel te moeten bespioneren. De jongere serveersters had ze zelf aangenomen, terwijl de oudere al jaren bij Tilly's werkten.

Vooral Karen verloor ze geen moment uit het oog, maar op het eerste gezicht leek niets erop te wijzen dat ze stal. Patrick had haar echter gewaarschuwd dat dieven veel doortrapter waren dan eerlijke mensen, en voor Maisie was het onmogelijk om haar voortdurend in de gaten te houden.

Totdat het probleem zich als vanzelf oploste toen Karen ontslag nam met de aankondiging dat ze inmiddels verloofd was en ze aan het eind van de maand naar haar aanstaande man in Londen zou verhuizen. Wat Maisie betrof zag de verlovingsring er erg mooi uit, en ze vroeg zich onwillekeurig af met wiens geld hij was betaald. Maar ze zette het uit haar hoofd, opgelucht dat ze een probleem minder aan haar hoofd had.

Toen Patrick een paar weken later weer in Bristol was, waarschuwde hij Maisie echter dat haar maandopbrengst opnieuw gedaald was. Het kon Karen dus niet zijn geweest.

'Is dit het moment om de politie in te lichten?' vroeg ze.

'Nog niet. Het laatste wat je wilt, zijn valse beschuldigingen of geruchten die niet goed vallen bij je personeel. De politie mag de dievegge dan in de kraag vatten, maar voordat het zover is kun jij al een paar van je beste serveersters kwijt zijn omdat ze niet graag verdacht willen worden. En reken maar dat ook een paar klanten erachter zullen komen, waar je ook niet op zit te wachten.'

'Hoe lang kan ik me dit nog veroorloven?'

'Ik stel voor, geef het nog een maand. Als we de dader dan nog niet in de smiezen hebben, dan zul je de politie erbij moeten halen.' Hij schonk haar een stralende glimlach. 'Goed, genoeg gepraat over zaken. Laten we vooral niet vergeten dat we vandaag je verjaardag moeten vieren.'

'Dat was twee maanden geleden,' reageerde ze. 'En als Bob er niet was geweest, zou je het niet eens hebben geweten.'

Patrick knipte zijn koffertje weer open, maar ditmaal toverde hij een koningsblauwe doos tevoorschijn met daarop het bekende Swan & Edgar-logo. Hij schoof het naar haar toe. Ze nam alle tijd om hem te openen en trof ten slotte een paar zwarte leren handschoenen en een wollen Burberry-sjaal aan.

'Dus jij bent degene die me kaalplukt,' riep ze terwijl ze zich in zijn armen wierp.

Patrick zweeg.

'Wat is er?' vroeg ze.

'Ik moet je nog iets vertellen.' Ze keek in zijn ogen en vroeg zich af wat er in hemelsnaam verder nog aan de hand was in haar zaak. 'Ik heb promotie gemaakt. Ik word de nieuwe interim-manager op ons hoofdkantoor in Dublin. Ik zal meestentijds aan mijn bureau gekluisterd zijn. Iemand anders zal mijn taak hier dus overnemen. Ik zal je nog steeds kunnen opzoeken, alleen niet meer zo vaak.'

Liggend in zijn armen huilde ze de hele nacht. Ze had altijd gedacht dat ze niet meer wilde trouwen, totdat de man van wie ze hield niet langer beschikbaar was.

Toen ze de volgende ochtend te laat bij haar zaak verscheen, wachtte Bob al voor de deur. Ze deed open, waarna hij de ochtendbestelling uit zijn bestelauto haalde.

'Ik kom zo bij je,' zei Maisie terwijl ze naar het personeelstoilet verdween.

Ze had Patrick een laatste afscheidsgroet gegeven toen hij op Temple Meads in de trein stapte, waarop ze weer in huilen was uitgebarsten. Het zal er niet fraai uitzien en de vaste klanten mochten vooral niet de indruk krijgen dat er iets aan de hand was. 'Neem je persoonlijke problemen niet mee naar je werk,' had Miss Tilly haar serveersters er zo vaak op gewezen. 'Onze klanten hebben zelf al genoeg aan hun hoofd, op de jouwe zitten ze niet te wachten.'

Ze keek in de spiegel. Haar make-up was een ramp. 'Verdorie,' mopperde ze hardop toen ze zag dat ze haar handtas op de toonbank had laten staan. Terwijl ze de zaak in liep om hem te pakken, leek haar maag opeens een duikvlucht te maken. Bob stond met zijn rug naar haar toe gekeerd, en met één hand in de kas. Ze keek toe terwijl hij een handvol biljetten en munten in een broekzak propte, de kaslade geruisloos dichtschoof en naar zijn bestelauto liep om weer een plateau met cakejes uit te laden.

Maisie wist precies wat Patrick haar zou hebben geadviseerd. Ze liep de zaak in en stelde zich op bij de kassa toen Bob weer binnenslenterde. Ditmaal had hij geen plateau in zijn handen, maar een roodlederen doosje. Met een stralende glimlach liet hij zich voor haar op één knie vallen.

‘Jij verlaat onmiddellijk deze zaak, Bob Burrows,’ zei ze op een toon die zelfs haarzelf verraste. ‘Als ik je ooit ook maar in de buurt van mijn theesalon zie, dan waarschuw ik de politie.’

Ze verwachtte een stoet van verklaringen of krachttermen, maar Bob kwam slechts weer overeind, legde het gestolen geld op de toonbank en liep weg zonder een woord te zegen. Maisie plofte neer op de dichtstbijzijnde stoel. Op dat moment verscheen de eerste serveerster in de zaak.

‘Goeiemorgen, mevrouw Clifton. Mooi weertje hè, voor de tijd van het jaar.’

18

Telkens wanneer er op nummer 27 een dunne bruine envelop op de deurmat viel, ging Maisie ervan uit dat die afkomstig was van het gymnasium, met waarschijnlijk weer een rekening voor Harry's schoolgeld en 'extraatjes', zoals de armenzorg van Bristol het graag verwoordde.

Na het werk ging ze altijd even langs bij de bank om de dagopbrengst op de bedrijfsrekening en haar deel van de fooien op een aparte rekening, genaamd 'Harry', te storten, in de hoop dat ze aan het eind van het komende kwartaal de volgende schoolfactuur kon betalen.

Ze scheurde de envelop open en hoewel ze niet elk woord begreep, herkende ze de handtekening, met daarboven het bedrag van 37 pond en tien shilling. Het zou erom spannen, maar nadat meester Holcombe Harry's laatste rapport had voorgelezen, moest ze hem nageven dat deze investering vruchten begon af te werpen.

'Onthoud,' had hij haar gewaarschuwd, 'dat als hij van school komt, de onkosten niet lager zullen worden.'

'Hoezo niet?' had ze hem gevraagd. 'Na al die jaren van goed onderwijs zal het voor hem niet moeilijk zijn om een baan te vinden, waarna hij zijn eigen rekeningen kan gaan betalen.'

Meester Holcombe had echter mistroostig het hoofd geschud, alsof een van zijn mindere leerlingen een fout antwoord gaf. 'Ik hoop eigenlijk dat hij na het gymnasium naar Oxford wil om Engels te studeren.'

'En hoe lang gaat dat duren?' was Maisies vraag geweest.

'Drie jaar, misschien vier.'

'Nou, dan moet hij inmiddels wel genoeg Engels hebben gelezen, lijkt me.'

'In elk geval genoeg om een baan te krijgen.'

Ze was in de lach geschoten. 'Wie weet wordt-ie wel onderwijzer, net als u.'

'Hij zit anders in elkaar,' had meester Holcombe geantwoord. 'Als u het mij vraagt, wordt hij schrijver.'

'Kun je daarvan leven?'

'Als je succesvol bent, zeker. Maar zo niet, dan kunt u wellicht gelijk krijgen en eindigt hij uiteindelijk als onderwijzer, net als ik.'

'Dat zou ik leuk vinden,' had ze gezegd; de ironie was haar ontgaan.

Ze stopte de envelop in haar tas. Toen ze aan het eind van de middag bij de bank langsging, wilde ze er zeker van zijn dat er ten minste £37,10 op Harry's rekening stond voordat ze een cheque kon uitschrijven. Sta je rood, dan verdient alleen de bank eraan, had Patrick haar verteld. In het verleden had de school haar zo nu en dan twee à drie weken respijt gegeven, maar Patrick had uitgelegd dat ook de school, net als de theesalon, aan het eind van elk kwartaal de boeken op orde diende te hebben.

Ze hoefde niet lang te wachten op haar tram en nadat ze een plekje had gevonden, gleden haar gedachten terug naar Patrick. Tegen niemand, zelfs haar moeder niet, zou ze ooit bekennen hoe ze hem miste.

Haar gedachten werden verstoord door de sirenes van een brandweerauto die de tram inhaalde. Enkele trampassagiers keken de brandweer door het venster na. Toen deze uit het zicht verdwenen was, dacht ze na over Tilly's. Toen ze leverancier Bob Burrows de deur had gewezen, had de bankdirecteur haar laten weten dat de zaak maandelijks inmiddels een behoorlijke winst opleverde die zelfs Miss Tilly's recordopbrengst van £112,10 aan het eind van het jaar kon overstijgen, waarna Maisie een deel van de lening van vijfhonderd pond zou kunnen gaan aflossen. Wie weet bleef er nog genoeg over voor een nieuw paar schoenen voor Harry.

Aan het eind van Victoria Street stapte ze uit en ze liep verder over Bedminster Bridge. Ze keek op haar horloge, zijn eerste cadeautje voor haar, en dacht opnieuw aan haar zoon. Twee over half acht: nog voldoende tijd om de zaak alvast te openen en rond achten haar eerste klant te verwelkomen. Het gaf haar altijd weer een goed gevoel om al een paar klanten op het trottoir te zien wachten terwijl ze het bordje met GESLOTEN omdraaide naar OPEN.

Net voordat ze High Street bereikte, schoot er opnieuw een brandweerauto voorbij en haar oog viel op een zwarte rookpluim die zich hoog in de lucht verhief. Pas toen ze Broad Street insloeg begon haar hart te bonken. Buiten voor Tilly's stonden drie brandweerwagens en een politieauto in een halve cirkel geparkeerd.

Ze begon te rennen.

'Nee, niet Tilly's! Dat kan niet!' riep ze. Op dat moment zag ze een paar van haar serveersters aan de overkant van de weg bij elkaar staan.

Een van hen huilde. Nog slechts een paar meter verwijderd van waar haar voordeur ooit was, versperde een agent haar de weg.

'Maar ik ben de eigenaar!' riep ze verontwaardigd terwijl ze vol ongeloof naar de rokende restanten staarde van wat ooit de populairste theesalon van de stad was geweest. Haar ogen vulden zich met tranen en ze begon te hoesten nu de dikke zwarte rook haar omhulde. Ze staarde naar de verkoolde resten van de ooit zo glimmende toonbank. Een dikke laag as bedekte de vloer waarop de stoelen en de tafels met hun onberispelijke witte lakens nog hadden gestaan toen ze de vorige avond had afgesloten.

'Het spijt me, mevrouw,' zei de agent, 'maar voor uw veiligheid moet ik u verzoeken u bij uw personeel aan de overkant te voegen.'

Ze keerde Tilly's de rug toe en begon met tegenzin de weg over te steken. Nog voordat ze de overkant bereikte, zag ze hem aan de rand van de menigte. Op het moment dat hun ogen elkaar vonden, draaide hij zich om en liep weg.

Inspecteur Blakemore opende zijn notitieboekje en keek de verdachte aan de andere kant van de tafel aan.

'Kunt u me vertellen waar u zich om drie uur vanochtend bevond, mevrouw Clifton?'

'Thuis, in bed,' antwoordde Maisie.

'Kan iemand dat verifiëren?'

'Als u daarmee bedoelt of er iemand op dat tijdstip naast me in bed lag, dan is het antwoord nee. Waarom vraagt u dat?'

De inspecteur noteerde het, wat hem een paar seconden de tijd gaf om na te denken. 'Ik wil uitzoeken of er verder nog iemand bij betrokken was.'

'Waarbij betrokken?' vroeg Maisie.

'Brandstichting,' antwoordde de inspecteur terwijl hij haar aandachtig aankeek.

'Maar wie wil Tilly's in hemelsnaam afbranden?' reageerde ze verontwaardigd.

'Ik hoopte eigenlijk dat u me daar enige inzage in kon geven,' reageerde Blakemore. Hij zweeg, hopend dat mevrouw Clifton er iets aan zou toevoegen wat ze later zou betreuren. Maar ze zei niets.

Voor Inspecteur Blakemore viel niet vast te stellen of mevrouw Clifton een koele tante was of simpelweg naïef was. Gelukkig kende hij een persoon die die vraag wel zou kunnen beantwoorden.

Meneer Frampton stond op vanachter zijn bureau, schudde Maisie de hand en gebaarde haar plaats te nemen.

'Ik betreurde het zeer om van de brand bij Tilly's te moeten vernemen,' begon hij. 'Goddank is er niemand gewond geraakt.' God danken was er bij Maisie de laatste tijd ietwat bij ingeschoten. 'Ik hoop maar dat de zaak en het interieur goed zijn verzekerd,' voegde hij eraan toe.

'O, zeker,' antwoordde ze. 'Dankzij meneer Casey was alles goed gedekt, maar helaas weigert de verzekeraar ook maar een penny uit te keren voordat de politie kan bevestigen dat ik er niets mee te maken heb gehad.'

'Ik kan niet geloven dat de politie jou als verdachte beschouwt,' vond Frampton.

'Wie kan ze ongelijk geven, met mijn schulden?'

'Het zal slechts een kwestie van tijd zijn voordat ze erachter komen dat het helemaal nergens op slaat.'

'Maar ik heb geen tijd,' zei ze. 'Daarom ben ik hier. Ik moet werk vinden, en ik herinner me dat toen we elkaar voor het laatst in deze kamer spraken, u me vertelde dat als ik ooit weer in het Royal aan de slag...'

'En dat meende ik,' onderbrak meneer Frampton. 'Alleen, ik kan je niet meer je oude functie aanbieden, want Susan doet het uitstekend en bovendien heb ik onlangs drie voormalige serveersters van Tilly's aangenomen, dus wat Palm Court betreft heb ik geen vacatures openstaan. De enige functie die ik op dit moment beschikbaar heb is het nauwelijks waard om...'

'Ik pak alles aan, meneer Frampton,' zei ze. 'En daarmee bedoel ik álles.'

'Sommige van onze hotelgasten hebben ons kenbaar gemaakt dat ze graag nog iets willen eten als ons restaurant 's avonds al gesloten is,' legde meneer Frampton uit. 'Ik denk erover om een beperkte service voor koffie en sandwiches op te zetten voor na tienen, totdat de ontbijtzaal weer om zes uur 's ochtends opengaat. Ik zou je een aanvangsloon van niet meer dan drie pond kunnen bieden, hoewel alle fooien natuurlijk voor jou zijn. Uiteraard begrijp ik het als je liever...'

'Ik doe het.'

'Wanneer kun je beginnen?'

'Vanavond.'

Toen er bij nummer 27 weer een bruine envelop op de deurmat plofte, propte Maisie deze ongeopend in haar tas. Ze vroeg zich af hoe lang een tweede en wie weet een derde op zich zouden laten wachten, en uiteindelijk een dikke witte met daarin een brief – niet van de thesaurier, maar van de schooldirecteur zelf – met het verzoek aan mevrouw Clifton om haar zoon aan het eind van het trimester van school te halen. Ze vreesde het moment waarop Harry haar die brief zou moeten voorlezen.

Harry verwachtte in september aan zijn zesde jaar te kunnen beginnen en kon zijn enthousiasme niet verbergen wanneer hij haar met twinkelende ogen vertelde over 'door kunnen' naar Oxford om daar, onder de vleugels van Alan Quilter, een van de meest prominente wetenschappers van zijn tijd, Engels te gaan studeren. Maisie moest er niet aan denken hem te moeten meedelen dat dat laatste er niet langer in zat.

Haar eerste werkavonden in het Royal waren doodstil geweest, en de maand daarop werd het niet veel drukker. Ze haatte het nietsdoen, en als om vijf uur de volgende ochtend de schoonmaakploeg verscheen, bleek er voor hen vaak helemaal niets te doen in het Palm Court. Zelfs op haar drukste avond had ze hooguit een half dozijn klanten, waarvan er verscheidene vlak na middernacht uit de hotelbar waren geknikkerd en meer trek leken te hebben in haar dan in een kop koffie en een sandwich met ham.

De meeste klanten waren handelsreizigers die slechts voor één nacht hadden gereserveerd. De kans om hier een vaste klantenkring op te bouwen leek dan ook gering, en het beetje fooi kon haar verontrustheid over de bruine envelop, die nog altijd ongeopend in haar handtas zat, niet wegnemen.

Als Harry het gymnasium wilde kunnen afmaken om, wie weet, door te kunnen naar Oxford, was er maar één persoon die Maisie om hulp kon vragen. Als het moest, zou ze hem smeken.

19

‘Waarom denk je dat meneer Hugo je zou willen helpen?’ vroeg Old Jack terwijl hij achteroverleunde in zijn stoel. ‘Hij heeft in het verleden nooit de indruk gewekt iets om Harry te geven. Integendeel…’

‘Als er iemand is die zich om Harry’s toekomst zou moeten bekommeren, dan is hij het wel.’ Al meteen had ze spijt van haar woorden.

Old Jack zweeg een lang moment. ‘Verzwijg je soms iets voor me, Maisie?’

‘Nee,’ antwoordde ze net iets te snel. Ze had een hekel aan liegen, vooral tegen Old Jack, maar ze was vastberaden dit geheim in haar graf mee te nemen.

‘Heb je er al over nagedacht waar en wanneer je meneer Hugo wilt aanspreken?’

‘Ik weet precies wat ik ga doen. Hij verlaat zijn kantoor zelden voor zessen ’s avonds, en het meeste personeel is dan al naar huis. Ik weet dat zijn kantoor op de vijfde verdieping is, dat het de derde deur links is. Ik weet…’

‘Maar ben je ook bekend met Miss Potts?’ onderbrak Old Jack haar. ‘Zelfs al lukt het je om langs de receptie te komen en ongemerkt de vijfde verdieping te bereiken, dan nog kun je niet om haar heen.’

‘Miss Potts? Nooit van gehoord.’

‘Ze is al vijftien jaar de privésecretaresse van meneer Hugo. Ik kan je uit de eerste hand vertellen dat je met haar als secretaresse geen waakhond nodig hebt.’

‘Dan wacht ik gewoon totdat ze naar huis gaat.’

‘Miss Potts gaat nooit eerder naar huis dan haar baas, en ze zit steevast al een half uur achter haar bureau voordat hij ’s ochtends op kantoor verschijnt.’

‘Maar Manor House binnenkomen is nóg moeilijker,’ zei Maisie. ‘Daar hebben ze ook een waakhond, maar dan in de vorm van een butler die Jenkins heet.’

‘Dan moet je een plek en een tijdstip vinden waar en waarop meneer

Hugo in zijn eentje is, hij niet kan wegkomen en Miss Potts of Jenkins hem niet te hulp kan schieten.'

'Is er wel zo'n plek en moment te vinden?'

'O, zeker,' antwoordde Old Jack. 'Maar dan moet je het wel goed uitkienen.'

Maisie wachtte totdat het donker was voordat ze stilletjes uit Old Jacks wagon glipte. Op kousenvoeten trippelde ze over het grindpad, trok voorzichtig het achterportier open, stapte in en sloot het portier. Berustend in een lange wachttijd leunde ze comfortabel achterover op de leren achterbank. Via het zijraam kon ze het gebouw goed zien. Ze keek geduldig naar de lampen die binnen een voor een uitgingen. Old Jack had haar al gewaarschuwd dat de zijne zo'n beetje de laatste zouden zijn.

Ze benutte de tijd door de vragen nog eens langs te lopen die ze hem zou stellen. Vragen die ze al dagenlang had gerepeteerd alvorens ze die middag op Old Jack uit te proberen. Hij had nog een aantal suggesties gedaan die ze gretig had aanvaard.

Iets na zessen stopte er een Rolls-Royce voor het gebouw. Een chauffeur stapte uit en stelde zich op naast het voertuig. Even later beende Sir Walter Barrington, de directeur van het bedrijf, door de hoofdingang naar buiten, stapte achter in de Rolls in en verdween met een vaartje.

Er werden nog meer lampen uitgeknipt, totdat er ten slotte nog één brandde, als een ster boven op een kerstboom. Opeens ving Maisie het geknerp van grind onder schoenzolen op. Snel liet ze zich van de bank op de vloer vallen. Ze hoorde twee mannen diep in gesprek met elkaar die haar kant op kwamen. Daar had ze helemaal niet op gerekend. Op het moment dat ze het andere portier wilde openen om snel weg te glippen, bleven de mannen staan. '... maar ondanks dat,' zei een stem die ze herkende, 'zou ik het waarderen als mijn betrokkenheid strikt onder ons blijft.'

'Natuurlijk, meneer. U kunt op mij vertrouwen,' zei de andere stem, die ze wel eens eerder had gehoord, ook al herinnerde ze zich niet meer precies waar.

'Ik stel voor dat we contact houden, amice,' sprak de eerste stem. 'Ik twijfel er niet aan dat ik weer een beroep op de bank zal doen.'

Ze hoorde een van de twee weglopen en versteende toen het portier werd opengetrokken.

Hij gleed achter het stuur en trok het portier dicht. *Heeft geen chauf-*

feur, rijdt liever zelf in de Bugatti, vindt zich een hele piet achter het stuur, allemaal onbetaalbare informatie afkomstig van Old Jack.

Hij draaide het contactsleuteltje om en de auto kwam huiverend tot leven. Hij liet de motor een paar keer brullen voordat de versnellingspook kermend in zijn een gleed. De man aan de poort groette beleefd nu meneer Barrington de hoofdweg opsloeg en in de richting van de stad naar Manor House reed, zoals aan het eind van elke werkdag.

'Hou je verstopt totdat hij het centrum van de stad heeft bereikt,' was Old Jacks advies geweest. 'Daar zal hij niet durven stoppen, uit vrees dat iemand jullie samen zal zien en hem zal herkennen. Eenmaal aan de rand van de stad zal hij niet aarzelen om je eruit te gooien. Je hebt op z'n hoogst tien minuten tot een kwartier.'

'Meer heb ik ook niet nodig,' had ze hem laten weten.

Ze wachtte totdat hij de kathedraal was gepasseerd en over College Green reed, waar het rond deze tijd van de avond altijd druk was. Net toen ze overeind wilde komen en hem op de schouder wilde tikken, minderde de auto vaart en stopte. Het portier ging open. Hij stapte uit en het portier viel dicht. Ze tuurde tussen de voorstoelen naar buiten en constateerde tot haar grote schrik dat hij pal voor het Royal Hotel geparkeerd stond.

Talloze gedachten flitsten door haar hoofd. Moest ze snel de auto uit voordat het te laat was? Wat had hij hier te zoeken? Was het toeval dat het uitgerekend op haar vrije dag was? Ze besloot zich gedeisd te houden, uit angst te worden herkend zodra ze op deze drukke plek zou uitstappen. Bovendien kon dit wel eens haar laatste kans zijn om hem onder vier ogen te treffen voordat Harry's schoolgeld betaald moest zijn.

Het antwoord op een van haar vragen zou twintig minuten op zich laten wachten, maar al lang voordat hij weer achter het stuur gleed om weg te rijden, was het koude zweet haar uitgebroken. Ze had nooit geweten dat haar hart zo snel kon kloppen. Ze wachtte totdat hij zo'n zeshonderd meter had gereden, waarna ze overeind kwam en hem op zijn schouder tikte.

Geschrokken keek hij achterom. De geschokte blik maakte plaats voor herkenning, waarna het ten slotte tot hem doordrong wat dit te betekenen had. 'Wat wil je?' vroeg hij, enigszins van de schrik bekomen.

'Ik heb het gevoel dat je precies weet wat ik wil,' zei ze. 'Het gaat mij enkel om Harry, om zijn schoolgeld voor de komende twee jaar.'

'Kom maar eens met een goeie reden waarom ik het schoolgeld van jouw zoon moet betalen.'

'Omdat hij ook jouw zoon is,' was Maisies kalme antwoord.

'En wat maakt jou daar zo zeker van?'

'Ik keek naar je toen jij hem op St. Bede's voor het eerst onder ogen kreeg,' legde ze uit, 'en 's zondags als hij in het kerkkoor zong. Ik zag de blik in jouw ogen, dezelfde blik als op zijn eerste schooldag, toen je weigerde hem de hand te schudden.'

'Dat is geen bewijs,' riposteerde Barrington nu iets zelfverzekerder. 'Vrouwelijke intuïtie, meer niet.'

'Dan is het misschien tijd om een andere vrouw eens te vertellen wat jij op een bedrijfsuitje allemaal in je schild voert.'

'Waarom denk je dat ze jou zou willen geloven?'

'Vrouwelijke intuïtie, meer niet,' kaatste ze de bal terug, en even was hij uit het veld geslagen, wat haar aanmoedigde om door te gaan. 'En wie weet zou mevrouw Barrington ook wel eens willen weten waarom je al die moeite deed om na de dag van Arthurs verdwijning mijn broer te laten oppakken.'

'Puur toeval, meer niet.'

'Net als het feit dat er van mijn man sindsdien niets meer vernomen is?'

'Met Cliftons dood had ik helemaal niks te maken!' brieste Barrington terwijl de auto een slingerbeweging maakte en bijna op een tegenligger botste.

Verbijsterd door zijn woorden zat ze stijf overeind. 'Dus jij was verantwoordelijk voor de dood van mijn man.'

'Daar heb je geen bewijs voor,' reageerde hij standvastig.

'Ik heb al bewijs genoeg. Maar ondanks alles wat je mijn familie door de jaren heen hebt aangedaan, gun ik je een uitweg: jij betaalt Harry's opleiding zolang hij op het gymnasium zit, en dan val ik je niet meer lastig.'

Het duurde even voordat Barrington reageerde. 'Ik zal een paar dagen nodig hebben om uit te zoeken hoe ik de betalingen het beste kan verrichten.'

'Voor het liefdadigheidsfonds van het bedrijf zou zo'n gering bedrag geen probleem moeten zijn,' zei Maisie. 'Je vader is immers voorzitter van het bestuur.'

Ditmaal had hij zijn antwoord niet klaar. Vroeg hij zich soms af hoe ze aan deze informatie kwam? Hij was niet de eerste die Old Jack onderschatte. Maisie opende haar handtas, trok de dunne bruine envelop tevoorschijn en legde hem op de bijrijdersstoel.

De auto zwaaide een onverlichte steeg in. Barrington sprong uit de auto en opende het achterportier. Dolblij dat de confrontatie niet beter had kunnen eindigen, stapte Maisie uit. Op het moment dat haar voeten de straat raakten, greep hij haar bij de schouders en schudde hij haar ruw heen en weer.

'Luister eens hier jij, Maisie Clifton. En luister goed,' siste hij met woede in zijn ogen. 'Als jij me ooit weer chanteert, zorg ik er niet alleen voor dat jouw broer wordt ontslagen, maar ook dat hij in deze stad nooit meer emplooi vindt. En als jij de stommiteit begaat er tegenover mijn vrouw ook maar op te zinspelen dat ik de vader van die jongen ben, dan laat ik je arresteren en beland jij niet in een gevangenis, maar in een gesticht.'

Hij liet haar los, balde een hand tot een vuist en stompte haar hard in het gezicht. Ze viel neer op straat en rolde zich op tot een bal, uit vrees dat hij haar zou blijven schoppen. Maar er gebeurde niets. Ze keek op en zag hem boven haar uittorenen, bezig de dunne bruine envelop aan kleine stukjes te scheuren en ze als bruidsconfetti over haar neer te strooien.

Zonder verder nog een woord te zeggen, stapte hij snel zijn auto weer in en scheurde hij weg.

Toen de witte envelop op de deurmat plofte, wist ze dat ze verslagen was. Zodra Harry uit school was zou ze hem de waarheid moeten vertellen. Maar eerst moest ze naar de bank om haar schamele fooi van de vorige avond te laten bijschrijven en meneer Prendergast te vertellen dat er geen schoolgeld meer zou worden betaald, aangezien haar zoon aan het eind van het trimester van school ging.

Ze besloot te voet naar de bank te gaan en zo een penny voor een tramkaartje uit te sparen. Onderweg dacht ze aan al diegenen die ze zo had teleurgesteld. Zouden Miss Tilly en Miss Monday het haar ooit kunnen vergeven? Een aantal serveersters, vooral de wat oudere, had nog geen nieuw werk kunnen vinden. En dan waren haar ouders er nog, die zich altijd over Harry hadden ontfermd opdat zij naar haar werk kon, Old Jack, die alles had gedaan om haar zoon vooruit te helpen, en vooral Harry zelf, die, in de woorden van meester Holcombe, op het punt stond om met de lauweren van de victorie te worden gekroond.

Bij de bank aangekomen stelde ze zich op in de langste rij, aangezien ze vooral geen behoefte had om snel te worden geholpen.

'Goeiemorgen, mevrouw Clifton,' groette de loketbediende haar opgewekt toen het eindelijk haar beurt was.

'Goeiemorgen,' groette ze terug alvorens vier shilling en een sixpence op de balie te leggen.

De loketbediende telde het geld zorgvuldig en sorteerde de munten in verschillende bakjes onder de balie. Daarna schreef hij een kwitantie uit ter bevestiging van het bedrag dat mevrouw Clifton had laten bijschrijven en overhandigde deze. Daarna deed Maisie een stap opzij om de volgende klant de ruimte te geven terwijl ze de kwitantie in haar handtas deed.

'Mevrouw Clifton?' vroeg de kasbediende.

'Ja?'

'De chef wil u graag even spreken, als het kan.'

'Dat begrijp ik,' antwoordde ze. Ze hoefden haar niet uit te leggen dat er te weinig op de rekening stond om de laatste schoolfactuur te kunnen betalen. Het zou zelfs een opluchting zijn meneer Prendergast te laten weten dat er geen extra rekeningen voor buitenschoolse activiteiten zouden komen.

Zwijgend ging de jongeman haar voor door de grote hal en vervolgens door een lange gang. Bij het kantoor van de directeur aangekomen klopte hij zachtjes aan en duwde hij de deur open. 'Mevrouw Clifton voor u, meneer.'

'Ah, juist ja,' antwoordde meneer Prendergast. 'Ik moet echt even met u praten, mevrouw Clifton. Kom binnen.' Waar had ze die stem toch eerder gehoord?

'Mevrouw Clifton,' ging hij verder toen ze plaats had genomen. 'Het spijt me u te moeten meedelen dat we uw meest recente overmaking van zevenendertig pond en tien shilling, aan de armenzorg van Bristol, niet hebben kunnen honoreren. Mocht u dit bedrag opnieuw willen overmaken, dan vrees ik dat er nog altijd onvoldoende geld op uw rekening staat om aan het hele bedrag te kunnen voldoen. Tenzij, uiteraard, u op korte termijn nieuwe bijschrijvingen voorziet?'

'Nee,' was Maisies antwoord terwijl ze de witte envelop uit haar handtas tevoorschijn trok en die voor hem op zijn bureau legde. 'Misschien dat u zo vriendelijk wilt zijn om de school te laten weten dat ik alle overige kosten zal afbetalen die tijdens Harry's laatste trimester zijn gemaakt.'

'Dat spijt me heel erg te moeten horen, mevrouw Clifton. Kon ik u op de een of andere manier maar helpen.' Hij pakte de witte envelop op. 'Mag ik hem openen?'

'Natuurlijk,' zei Maisie, die de vraag hoeveel ze de school nog verschuldigd was, tot op heden voor zich uit had geschoven.

Meneer Prendergast pakte een dunne, zilveren briefopener van zijn bureau en sneed de envelop open. Vervolgens trok hij een cheque van de Bristol and West of England-verzekeringsmaatschappij tevoorschijn, zegge zeshonderd pond, over te maken aan mevrouw Maisie Clifton.

Hugo Barrington

1921-1936

20

Ik zou me zelfs haar naam niet hebben herinnerd als ze me later niet van de moord op haar man had beschuldigd.

Het begon allemaal toen mijn vader erop stond dat ik de arbeiders op hun jaarlijkse uitje naar Weston-super-Mare vergezelde. 'Goed voor hun moreel om te zien dat de zoon van de voorzitter belangstelling toont,' zei hij.

Ik was niet overtuigd en beschouwde de hele onderneming eerlijk gezegd als tijdsverspilling, maar als mijn oudeheer eenmaal iets heeft besloten, heeft het geen zin om ertegenin te gaan. En het zou ook tijdsverspilling zijn geweest als Maisie, zo'n gewone naam, niet was meegegaan. Het verraste me te merken hoe gretig ze was om met de zoon van de baas in bed te duiken. Ik ging ervan uit dat eenmaal terug in Bristol ik nooit meer iets van haar zou horen. Misschien zou dat ook gebeurd zijn, als ze niet met Arthur Clifton in het huwelijksbootje was gestapt.

Ik zat aan mijn bureau de offerte voor de *Maple Leaf* door te nemen, cijfers controlerend en nog eens controlerend, in de hoop om een manier te vinden die onze scheepvaartmaatschappij een beetje geld zou kunnen besparen. Maar hoezeer ik ook mijn best deed, het resultaat zag er niet goed uit. Dat het mijn beslissing was geweest om op het contract in te schrijven, hielp ook niet.

Mijn collega bij Myson had keihard onderhandeld, en na enkele vertragingen waar ik geen geld voor had uitgetrokken, liepen we vijf maanden achter op schema, met boeteclausules die in werking zouden treden als we er niet in slaagden voor 15 december de bouw te voltooien. Wat aanvankelijk op een droomcontract had geleken dat een mooie winst zou opleveren, veranderde in een nachtmerrie waaruit we op 15 december met zware verliezen zouden ontwaken.

Mijn vader was er al vanaf het begin op tegen geweest dat Barrington's het contract aannam en had zijn opvattingen duidelijk gemaakt. 'We moeten trouw blijven aan waar we goed in zijn,' herhaalde hij bij elke bestuursvergadering vanaf de voorzittersstoel. 'De afgelopen honderd jaar heeft Barrington's Shipping Line goederen naar en uit alle delen van de wereld vervoerd en konden onze concurrenten in Belfast, Liverpool en Newcastle zich beperken tot de bouw van schepen.'

Ik wist dat ik hem niet tot andere gedachten zou kunnen brengen, dus besteedde ik mijn tijd aan het overtuigen van de jongere directieleden dat we de afgelopen jaren enkele kansen hadden misgelopen terwijl anderen lucratieve contracten hadden binnengesleept die gemakkelijk onze kant op hadden kunnen komen. Eindelijk wist ik een kleine meerderheid te overtuigen mee te doen en met Myson een contract te tekenen voor de bouw van een vrachtschip om aan hun snelgroeiende vloot toe te voegen.

'Als we het goed doen en de *Maple Leaf* op tijd opleveren,' vertelde ik het bestuur, 'dan zullen er vast en zeker meer contracten volgen.'

'Laten we hopen dat we hier geen spijt van krijgen,' was mijn vaders enige commentaar nadat hij bij de bestuursvergadering niet genoeg stemmen haalde.

Ik had er al spijt van. Hoewel de Barrington Line voor 1921 recordwinsten voorspelde, begon het erop te lijken dat haar nieuwe dochtermaatschappij, Barrington Shipbuilding, de enige rode post op de jaarbalans zou zijn. Een aantal directieleden nam al afstand van de beslissing terwijl ze iedereen eraan herinnerden dat ze voor mijn vaders voorstel hadden gestemd.

Ik was nog maar kort geleden als directeur van het bedrijf aangesteld en kon me voorstellen wat er achter mijn rug werd gezegd. 'Zo vader, zo zoon,' lag duidelijk op niemands lippen. Een directeur was afgetreden en kon zijn mening niet duidelijker hebben geventileerd toen hij vertrok: 'Die jongen ontbeert inzicht,' waarschuwde hij mijn vader. 'Pas maar op dat hij het bedrijf niet naar een bankroet leidt.'

Maar ik had niet opgegeven. Ik bleef ervan overtuigd dat zolang we de klus op tijd voltooiden, we nog steeds quitte konden spelen en mogelijk een bescheiden winst zouden kunnen boeken. Er hing zo veel af van wat er de komende paar weken gebeurde. Ik had al bevolen om in drie ploegendiensten van acht uur de klok rond te werken en beloofde het personeel flinke bonussen als ze erin slaagden het contract op tijd af te krijgen. Immers, buiten de poort hingen genoeg mannen rond die wanhopig naar werk zochten.

Ik wilde net tegen mijn secretaresse zeggen dat ik naar huis ging toen hij onaangekondigd mijn kantoor binnenstormde.

Hij was een korte, gedrongen man met een zware schouderpartij en enorme spierbundels, de lichaamsbouw van een stuwadoor. Mijn eerste gedachte was de vraag hoe hij langs Miss Potts had weten te komen, die hem met een ongebruikelijk verhit gezicht op de voet volgde. 'Ik kon hem niet tegenhouden,' zei ze. Dat was me wel duidelijk. 'Zal ik de bewaker roepen?'

Ik keek de man in de ogen. 'Nee,' zei ik.

Miss Potts bleef bij de deur staan terwijl wij elkaar de maat namen, als een tijger en een slang, waarbij elk zich afvroeg wie eerst zou aanvallen. Vervolgens deed de man met tegenzin zijn pet af en begon te wauwelen. Het duurde even voordat ik verstond wat hij zei.

'Mijn beste maat gaat dood! Arthur Clifton gaat dood als u niets doet.'

Ik zei hem te kalmeren en uit te leggen wat het probleem was, toen opeens mijn bedrijfsleider kwam binnenhollen.

'Het spijt me dat Tancock u heeft gestoord, meneer,' zei hij nadat hij op adem was gekomen, 'maar ik kan u verzekeren dat alles onder controle is. Niets om u zorgen over te maken.'

'Wat is er allemaal onder controle?' vroeg ik.

'Tancock hier beweert dat zijn maat Clifton in de romp aan het werken was toen de ploegen van dienst wisselden. De nieuwe ploeg is er op een of andere manier in geslaagd om hem erin op te sluiten.'

'Kom dan zelf kijken!' riep Tancock. 'Je kunt hem horen kloppen!'

'Is dat mogelijk, Haskins?' vroeg ik.

'Alles is mogelijk, meneer, maar waarschijnlijker is dat Clifton opgedonderd is en al in de kroeg zit.'

'Waarom heeft hij dan niet getekend bij vertrek?' eiste Tancock.

'Niets ongebruikelijks aan, meneer,' zei Haskins zonder hem aan te kijken. 'Tekenen bij aankomst is belangrijker dan bij vertrek.'

'Als u niet zelf komt kijken,' zei Tancock, 'zult u zijn bloed aan uw handen hebben als u uw graf in gaat.' Deze uitbarsting bracht zelfs Haskins tot zwijgen.

'Miss Potts, ik loop even mee naar dok nummer een,' zei ik. 'Ik ben zo terug.'

De gedrongen kleine man rende zonder verder nog een woord mijn kantoor uit.

'Haskins, stap maar bij me in de auto,' zei ik. 'We kunnen onderweg bespreken wat er gedaan moet worden.'

'Er hoeft niets gedaan te worden, meneer,' hield hij vol. 'Het is allemaal klinkklare onzin.'

Pas toen we alleen in de auto zaten, vroeg ik het ronduit aan mijn ploegbaas. 'Is er een kans dat Clifton toch echt in de romp is opgesloten?'

'Geen kans, meneer,' zei Haskins vastberaden. 'Het spijt me alleen dat ik uw tijd verspil.'

'Maar de man lijkt vrij overtuigd,' zei ik.

'Hij weet ook altijd precies welk paard de half vier van Chepstow zal winnen.'

Ik lachte niet.

'Cliftons dienst eindigde om zes uur,' ging Haskins nu op serieuzere toon door. 'Hij moet geweten hebben dat de lassers zouden komen en de klus zouden voltooien voordat de volgende ploeg zich om twee uur in de morgen meldde voor hun dienst.'

'Wat deed Clifton trouwens in de romp?'

'De laatste controles voordat de lassers aan het werk gingen.'

'Kan hij zich niet gerealiseerd hebben dat zijn dienst erop zat?'

'Je kunt de hoorn in het centrum van Bristol nog horen,' zei Haskins terwijl we Tancock passeerden, die als een bezetene aan het rennen was.

'Ook als je je diep in de romp bevindt?'

'Ik denk dat hij het misschien niet kan hebben gehoord als hij zich in de dubbele bodem bevond, maar ik ben nog nooit een dokwerker tegengekomen die niet wist hoe laat zijn dienst eindigt.'

'Zolang hij een horloge heeft,' zei ik, kijkend of Haskins er een droeg. Hij had er geen. 'Als Clifton echt nog daar zit, hebben we dan de apparatuur om hem eruit te krijgen?'

'We hebben voldoende acetyleensnijders om door de romp te branden en een compleet segment te verwijderen. Het probleem is dat het uren zou duren, en als Clifton nog daarbeneden zit, zou er tegen de tijd dat we hem bereiken weinig kans zijn dat hij nog leeft. Bovendien zou het nog eens twee weken en misschien wel langer vergen om dat deel te vervangen. En zoals u me er voortdurend aan herinnert, baas, hebt u iedereen een bonus beloofd om tijd te besparen, niet te verspillen.'

Tegen de tijd dat ik mijn auto naast het schip tot stilstand bracht, was de nachtploeg al ruim in zijn tweede uur bezig. Er moesten wel meer dan honderd man aan boord zijn, die op volle kracht aan het werk waren, hamerend, lassend en klinknagels inslaand. Terwijl ik de loopplank beklom, zag ik Tancock op het schip af rennen. Toen hij me even later bijhaalde, moest hij met zijn handen op zijn dijbenen vooroverbuigen om bij te komen.

'En, wat verwacht je dat ik doe, Tancock?' vroeg ik toen hij weer op adem was.

'Laat ze allemaal stoppen met hun werk, baas, een paar minuten maar, dan zult u hem horen kloppen.'

Ik knikte instemmend.

Haskins haalde zijn schouders op, duidelijk niet in staat te geloven dat ik zo'n order zelfs maar zou overwegen. Hij had een paar minuten nodig om iedereen zijn gereedschap te laten neerleggen en de arbeiders tot stilte te manen. Iedere man op het schip en op de kade stond stil en luisterde aandachtig, maar op zo nu en dan wat gekrijs van een overvliegende meeuw of een rokershoestje na hoorde ik niets.

'Zoals ik al zei, meneer, dit is verspilling van iedereen z'n tijd,' zei Haskins. 'Clifton nipt inmiddels van zijn derde pint in de Pig and Whistle.'

Iemand liet een hamer vallen en het geluid echode rond in de werf. Daarna meende ik even, heel even maar, een ander geluid te horen, regelmatig en zacht.

'Dat is hem!' riep Tancock.

En vervolgens hield het geluid net zo plotseling als het was begonnen weer op.

'Hoorde iemand anders iets?' riep ik.

'Ik heb niks gehoord,' zei Haskins, en hij keek om zich heen naar de mannen, hen bijna uitdagend om hem tegen te spreken.

Een aantal van hen staarde terug terwijl een of twee mannen hun hamer dreigend oppakten, alsof ze wachtten tot iemand hen beval uit de loopgraven te komen.

Ik voelde me als een kapitein die een laatste kans kreeg om een muiterij de kop in te drukken. Ik kon hoe dan ook niet winnen. Als ik de mannen opdroeg om weer aan het werk te gaan, zouden de geruchten zich verspreiden totdat iedere man in de scheepswerf geloofde dat ik persoonlijk verantwoordelijk was voor Cliftons dood. Het zou weken, maanden, misschien wel jaren duren voordat ik mijn gezag kon herwinnen. Maar als ik de opdracht gaf om de romp open te breken, zou alle hoop op winst de grond in worden geboord en daarmee mijn kansen dat ik ooit voorzitter van het bestuur zou worden. Daar stond ik dan, hopend dat de aanhoudende stilte de mannen ervan zou overtuigen dat Tancock het bij het verkeerde eind had. Met elke seconde van stilte groeide mijn zelfvertrouwen.

'Het lijkt erop dat niemand iets heeft gehoord, meneer,' zei Haskins even later. 'Mag ik uw toestemming om de mannen weer aan het werk te zetten?'

Ze verroerden geen spier en bleven me alleen maar uitdagend aanstaren. Haskins staarde naar hen terug en een of twee van hen sloegen uiteindelijk de ogen neer.

Ik draaide me om naar de ploegbaas en gaf de order om weer aan het werk te gaan. In de korte stilte die daarop volgde, kon ik gezworen hebben dat ik een klop hoorde. Ik keek even naar Tancock, maar daarna werd het geluid overstemd door een duizendtal andere geluiden nu de mannen weer vol tegenzin aan het werk gingen.

'Tancock, waarom sodemieter jij niet even op naar de kroeg om te zien of je maat daar zit,' zei Haskins. 'En als je hem aantreft, geef hem dan een uitbrander voor het verspillen van iedereen z'n tijd.'

'En als hij daar niet is,' zei ik, 'ga dan bij hem thuis langs en vraag zijn vrouw of die hem heeft gezien.' Ik zag meteen mijn fout in en voegde er snel aan toe: 'Tenminste, als hij een vrouw heeft.'

'Ja, baas, dat heeft-ie,' zei Tancock. 'Ze is mijn zus.'

'Als je hem dan nog niet kunt vinden, meld je dan weer bij mij.'

'Dan zal het inmiddels te laat zijn,' zei Tancock terwijl hij zich omdraaide en met hangende schouders wegliep.

'Mocht je me nodig hebben, Haskins, dan ben ik in mijn kantoor,' zei ik voordat ik de loopplank af liep. Ik reed terug naar Barrington House, hopend dat ik Tancock nooit meer zou zien.

Ik keerde terug naar mijn bureau, maar kon me niet concentreren op de brieven die Miss Potts voor me had neergelegd om te tekenen. Nog steeds hoorde ik dat geklop in mijn hoofd, dat zich almaar herhaalde, als een populair liedje dat voortdurend in je hoofd blijft hangen en zelfs maakt dat je niet kan slapen. Ik wist dat als Clifton zich de volgende morgen niet op het werk meldde, ik hier nooit meer los van zou komen.

In het volgende uur begon ik me zekerder te voelen dat Tancock zijn maat moest hebben gevonden en het nu zou betreuren dat hij zichzelf zo voor schut had gezet.

Het was een van de zeldzame keren dat Miss Potts eerder naar huis ging dan ik, en ik was net bezig om de bovenste la van mijn bureau af te sluiten toen ik voetstappen de trap op hoorde rennen. Dat kon maar één man zijn.

Ik keek op en in de deuropening stond de man die ik gehoopt had nooit meer te zien, met ingehouden woede op zijn gezicht.

'Je hebt mijn beste vriend omgebracht, schoft die je bent,' zei hij zwaaiend met een vuist. 'Je had hem net zo goed met je blote handen kunnen vermoorden!'

'Rustig aan nu, Tancock, beste kerel,' zei ik. 'Voor zover we weten kan Clifton nog steeds in leven zijn.'

'Hij is zijn dood tegemoet gegaan zodat jij je verdomde opdracht op tijd af kunt hebben. Zodra men achter de waarheid komt, zal niemand nog op dat schip varen.'

'In de scheepsbouw komen dagelijks mannen om,' zei ik slap.

Tancock deed een stap in mijn richting. Hij was zo kwaad dat ik even dacht dat hij me ging slaan, maar hij stond daar gewoon, met de voeten uit elkaar, de vuisten gebald en een woeste blik naar mij. 'Zodra ik de politie heb verteld wat ik weet, zul je moeten toegeven dat je met één enkel woord zijn leven had kunnen redden. Maar omdat je alleen geïnteresseerd was in hoeveel geld je zou verdienen, ga ik ervoor zorgen dat niemand hier nog voor je zal willen werken.'

Ik wist dat als de politie erbij betrokken raakte half Bristol zou denken dat Clifton nog steeds in die romp zat en de vakbond zou eisen dat hij werd geopend. Als dat gebeurde, leed het voor mij geen twijfel wat ze zouden aantreffen.

Langzaam kwam ik van mijn stoel en liep naar de kluis aan de andere kant van mijn kantoor. Ik voerde de code in, draaide de sleutel om, trok de deur open, haalde er een dikke witte envelop uit en liep terug naar mijn bureau. Ik pakte een zilveren briefopener, sneed de envelop open en haalde er een briefje van vijf pond uit. Ik vroeg me zelfs af of Tancock er ooit eentje had gezien. Ik legde het op het vloeipapier voor hem en keek naar hoe zijn varkensogen met elke tel groter werden.

'Niets gaat je vriend terugbrengen,' zei ik terwijl ik op het eerste briefje een tweede legde. Zijn ogen weken geen moment van het geld. 'En trouwens, wie weet is hij een paar dagen ertussenuit geknepen. In zijn werk zou dat niet zo ongewoon worden gevonden.' Ik legde een derde briefje boven op het tweede. 'En als hij terugkomt, zullen je vrienden het jou nooit laten vergeten.' Een vierde briefje werd gevolgd door een vijfde. 'En jij zou er niet graag van worden beschuldigd dat je de tijd van de politie verknalt, of wel soms? Dat is een ernstig misdrijf waarvoor je naar de gevangenis kunt gaan.' Nog twee briefjes. 'En uiteraard zou je ook je baan verliezen.' Hij sloeg zijn ogen naar me op, zijn woede veranderde zichtbaar in angst. Nog drie briefjes. 'Van mij zou niet worden verwacht dat ik iemand in dienst houd die me van moord beschuldigt.' Ik legde de laatste twee briefjes boven op het stapeltje. De envelop was leeg.

Tancock wendde zich af. Ik haalde mijn portemonnee tevoorschijn en voegde nog een briefje van vijf pond, drie pond en tien shilling toe aan het stapeltje: in totaal 68 pond en tien shilling. Zijn blik ging weer naar het geld. 'En er is nog veel meer,' zei ik, in de hoop overtuigend over te komen.

Tancock liep langzaam naar mijn bureau en pakte zonder mij aan te kijken de briefjes op, propte ze in zijn zak en vertrok zonder een woord.

Ik liep naar het raam en zag hem het gebouw uit komen en langzaam naar de havenpoort lopen.

De kluis liet ik wijd openstaan, ik verspreidde wat van de inhoud over de vloer, liet de lege envelop op mijn bureau ploffen en verliet mijn kantoor zonder af te sluiten. Ik was de laatste die het pand verliet.

21

‘Inspecteur Blakemore, meneer,’ zei Miss Potts, waarna ze een stap opzij deed om de politieman binnen te laten in het kantoor van de directeur.

Hugo Barrington bekeek de inspecteur aandachtig. Hij kon niet veel langer zijn geweest dan de voorgeschreven minimumlengte van een meter vijfenzestig en hij had een paar pondjes overgewicht, maar oogde nog fit. Hij droeg een regenjas, die waarschijnlijk was gekocht toen hij nog een agent was, en een bruine vilten hoed van recenter datum, wat erop duidde dat hij nog niet zo lang inspecteur was.

De twee mannen schudden elkaar de hand en zodra Blakemore had plaatsgenomen, haalde hij een aantekenboekje en een pen uit een binnenzak van zijn jasje. ‘Zoals u weet, meneer, zet ik het onderzoek voort naar een vermeende diefstal die gisteravond in dit pand heeft plaatsgevonden.’ Het woord ‘vermeende’ stond Barrington niet aan. ‘Mag ik beginnen met de vraag wanneer u ontdekte dat het geld weg was?’

‘Ja natuurlijk, inspecteur,’ zei Barrington terwijl hij probeerde zo behulpzaam mogelijk te klinken. ‘Rond zeven uur vanmorgen kwam ik aan in de haven en reed ik direct door naar de loodsen om te controleren hoe de nachtdienst was verlopen.’

‘Is dat iets wat u elke ochtend doet?’

‘Nee, slechts zo nu en dan,’ antwoordde Hugo, in de war gebracht door de vraag.

‘En hoe lang bent u daar gebleven?’

‘Twintig minuten, misschien een half uur. Daarna ben ik naar mijn kantoor gegaan.’

‘Dus u zou rond tien voor half acht, half acht op z’n laatst, in uw kantoor zijn geweest.’

‘Ja, dat moet zo’n beetje kloppen.’

‘En was uw secretaresse op dat moment al aanwezig?’

‘Ja, klopt. Het lukt me zelden om hier eerder te zijn dan zij. Ze is een formidabele dame,’ voegde hij er met een glimlach aan toe.

'Juist,' zei de inspecteur. 'Dus het was Miss Potts die u vertelde dat de kluis was opengebroken?'

'Ja. Ze zei dat toen ze vanmorgen binnenkwam, ze de kluisdeur geopend had aangetroffen en dat een aantal dingen verspreid over de vloer lagen, dus ze belde onmiddellijk met de politie.'

'Ze belde niet eerst met u, meneer?'

'Nee, inspecteur. Ik zou op dat moment in de auto zitten, op weg hiernaartoe.'

'U zegt dus dat uw secretaresse vanmorgen vóór u arriveerde. En bent u gisteravond vóór haar weggegaan, meneer?'

'Dat weet ik niet meer,' zei Barrington. 'Maar het zou voor mij hoogst ongebruikelijk zijn om na haar te vertrekken.'

'Ja, dat heeft Miss Potts bevestigd,' zei de inspecteur. 'Maar ze heeft ook gezegd' – hij keek even naar zijn aantekenboekje – '"Gisteravond ben ik eerder naar huis gegaan dan hij, want er was een probleem ontstaan dat zijn aandacht opeiste."' Blakemore keek op. 'Kunt u mij vertellen wat dat probleem was, meneer?'

'Als je zo'n groot bedrijf leidt als dit ontstaan er voortdurend problemen.'

'Dus u herinnert zich niet welk specifiek probleem dat gisteravond was?'

'Nee, inspecteur.'

'Toen u vanmorgen in uw kantoor arriveerde en de kluisdeur open aantrof, wat was toen het eerste wat u deed?'

'Ik controleerde wat er ontbrak.'

'En wat ontdekte u?'

'Al mijn contante geld was weg.'

'Hoe weet u zeker dat álles weg was?'

'Omdat ik deze open envelop op mijn bureau vond,' zei Hugo, die hem de envelop aanreikte.

'En hoeveel zou er in de envelop hebben moeten zitten, meneer?'

'Achtenzestig pond en tien shilling.'

'U lijkt daar heel zeker van.'

'Ja, dat ben ik,' zei Hugo. 'Waarom zou dat u verrassen?'

'Nou ja, Miss Potts heeft me verteld dat er slechts zestig pond in de kluis lag, alles in briefjes van vijf. Misschien kunt u me vertellen waar de andere acht pond en tien shilling vandaan kwamen?'

Hugo gaf niet meteen antwoord. 'Soms bewaar ik een beetje los kleingeld in mijn bureaula, inspecteur,' zei hij ten slotte.

'Dat is een behoorlijk groot bedrag om als "een beetje los kleingeld" te beschrijven. Maar sta me toe om even naar de kluis terug te keren. Toen u vanmorgen uw kantoor betrad, was het eerste wat u opviel dat de kluisdeur openstond.'

'Dat klopt, inspecteur.'

'Hebt u een sleutel voor de kluis?'

'Ja, natuurlijk.'

'Bent u de enige die de code kent en in bezit is van een sleutel, meneer?'

'Nee. Miss Potts heeft ook toegang tot de kluis.'

'Kunt u bevestigen dat de kluis op slot zat toen u gisteravond naar huis ging?'

'Ja, hij zit altijd op slot.'

'Dan moeten we ervan uitgaan dat de inbraak door een beroeps werd uitgevoerd.'

'Waarom denkt u dat, inspecteur?' vroeg Barrington.

'Maar als hij een beroeps was,' zei Blakemore, de vraag negerend, 'dan begrijp ik niet waarom hij de kluisdeur open liet staan.'

'Ik begrijp niet wat u bedoelt, inspecteur.'

'Ik zal het uitleggen, meneer. Beroepsinbrekers zijn geneigd alles achter te laten zoals ze het hebben aangetroffen, zodat hun misdaad niet meteen zal worden ontdekt. Het geeft ze meer tijd om zich van de gestolen waar te ontdoen.'

'Meer tijd,' herhaalde Hugo.

'Een beroeps zou de kluisdeur hebben gesloten en de envelop hebben meegenomen, zodat er meer kans was dat het even zou duren voordat u ontdekte dat er iets ontbrak. Uit ervaring weet ik dat sommige mensen hun kluis dagen, zelfs weken niet openmaken. Alleen een amateur zou uw kantoor in zo'n wanorde hebben verlaten.'

'Dan was het misschien een amateur?'

'Hoe wist hij de kluis dan open te krijgen, meneer?'

'Misschien kreeg hij op een of andere manier de sleutel van Miss Potts te pakken?'

'En ook de code? Maar Miss Potts verzekert me dat ze elke avond haar sleutel mee naar huis neemt, net als u, begrijp ik.' Hugo zei niets. 'Mag ik even in de kluis kijken?'

'Ja, natuurlijk.'

'Wat is dat?' vroeg de inspecteur, wijzend naar een tinnen kistje op de onderste plank van de kluis.

‘Dat is mijn muntenverzameling, inspecteur. Een hobby van me.’

‘Zou u zo vriendelijk willen zijn om het te openen, meneer?’

‘Is dat echt nodig?’ vroeg Hugo ongeduldig.

‘Ja, ik vrees van wel, meneer.’

Met tegenzin maakte Hugo het kistje open en onthulde zo een voorraad gouden muntstukken die hij in de loop van vele jaren had verzameld.

‘Welnu, dit is een ander raadsel,’ zei de inspecteur. ‘Onze dief neemt zestig pond uit de kluis en acht pond en tien shilling uit uw bureaula mee, maar laat een kistje met gouden munten achter die aanzienlijk meer waard moeten zijn. En dan is er het probleem van de envelop.’

‘De envelop?’ vroeg Hugo.

‘Ja, meneer, de envelop waarvan u zegt dat die het geld bevatte.’

‘Maar die vond ik vanmorgen op mijn bureau.’

‘Daar twijfel ik niet aan, meneer, maar het zal u opvallen dat hij netjes open is gesneden.’

‘Vermoedelijk met mijn briefopener,’ zei Hugo, het ding triomfantelijk omhooghoudend.

‘Heel goed mogelijk, meneer, maar ik weet uit ervaring dat inbrekers geneigd zijn om enveloppen open te scheuren, niet ze netjes met een briefopener open te snijden alsof ze al weten wat erin zit.’

‘Maar Miss Potts vertelde me dat u de dief had gevonden,’ zei Hugo, die zijn best deed geen geërgerde indruk te wekken.

‘Nee, meneer. We hebben het geld gevonden, maar ik ben niet overtuigd dat we de schuldige partij hebben gevonden.’

‘Maar u hebt een deel van het geld in zijn bezit aangetroffen?’

‘Ja, dat hebben we, meneer.’

‘Wat wilt u dan nog meer?’

‘De zekerheid dat we de juiste man hebben.’

‘En wie is de man die u in staat van beschuldiging hebt gesteld?’

‘Ik heb niet gezegd dat ik hem in staat van beschuldiging heb gesteld, meneer,’ zei de inspecteur terwijl hij een velletje van zijn aantekenboekje omsloeg. ‘Een meneer Stanley Tancock, die een van uw stuwadoors blijkt te zijn. Komt die naam u bekend voor, meneer?’

‘Nee, dat kan ik niet zeggen,’ zei Hugo. ‘Maar als hij op de werf werkt, zou hij beslist hebben geweten waar mijn kantoor is.’

‘Meneer, ik weet wel zeker dat Tancock wist waar uw kantoor was, want hij zegt dat hij u rond zeven uur gisteravond kwam opzoeken om te zeggen dat zijn zwager, een meneer Arthur Clifton, opgesloten zat in de romp van een schip dat op de werf wordt gebouwd en dat als u niet de opdracht gaf hem daaruit te halen, hij zou doodgaan.'

'O ja, nu weet ik het weer. Ik ben gistermiddag inderdaad naar de werf gegaan, zoals mijn ploegbaas zal bevestigen, maar het bleek vals alarm en zo hebben we veel tijd verspild. Hij wilde kennelijk alleen maar weten waar de kluis staat, zodat hij later kon terugkomen en me beroven.'

'Hij geeft toe dat hij een tweede keer naar uw kantoor terugkeerde,' zei Blakemore terwijl hij een ander aantekenvelletje omsloeg, 'en hij beweert dat u hem achtenzestig pond en tien shilling aanbood als hij verder zijn mond zou houden over Clifton.'

'Ik heb nog nooit zo'n schandelijke suggestie gehoord.'

'Laat ons dan even het alternatief schetsen. Stel dat Tancock inderdaad naar uw kantoor terugkwam met de intentie om gisteravond ergens tussen zeven uur en half acht u te beroven. Na er op een of andere manier in geslaagd te zijn ongezien het gebouw te betreden, bereikt hij de vijfde verdieping, begeeft zich naar uw kantoor, maakt met uw sleutel of met die van Miss Potts de kluis open, voert de code in, verwijdert de envelop, snijdt deze netjes open en haalt het geld eruit, maar maalt niet om een kistje met gouden munten. Hij laat de kluisdeur openstaan, verspreidt wat van de inhoud op de vloer en legt de keurig geopende envelop op uw bureau, en vervolgens gaat hij als de rode pimpernel in rook op.'

'Het hoeft niet tussen zeven uur en half acht in de avond te zijn geweest,' zei Hugo uitdagend. 'Het kan de hele periode voor acht uur vanmorgen zijn geweest.'

'Dat denk ik niet, meneer,' zei Blakemore. 'Ziet u, Tancock heeft een alibi tussen acht en elf uur gisteravond.'

'Dit zogenaamde alibi is ongetwijfeld een vriend van hem,' zei Barrington.

'Eenendertig vrienden, volgens de laatste telling,' zei de inspecteur. 'Het lijkt erop dat hij na het stelen van uw geld rond acht uur in de Pig and Whistle-pub opdook, en niet alleen gaf hij iedereen een rondje, maar ook vereffende hij zijn schuld. Hij betaalde de waard met een nieuw briefje van vijf pond, dat ik in mijn bezit heb.'

De inspecteur pakte zijn portemonnee, haalde het briefje eruit en legde het op Barringtons bureau.

'De waard voegde er ook nog aan toe dat Tancock rond elf uur de kroeg verliet en zo bezopen was dat twee van zijn vrienden hem naar zijn woning in Still House Lane moesten vergezellen, waar wij hem vanmorgen aantroffen. Ik moet zeggen, meneer, dat als Tancock u heeft bestolen, wij een meestercrimineel te pakken hebben en ik trots zou wezen om de man te zijn die hem achter de tralies zet. Wat naar mijn vermoeden precies is wat u in gedachten had, meneer,' voegde hij eraan toe terwijl hij Barrington recht in de ogen keek, 'toen u hem het geld gáf.'

'En waarom zou ik dat in godsnaam doen?' vroeg Hugo, die zijn best deed om zijn stem kalm te houden.

'Omdat als Stanley Tancock werd aangehouden en naar de gevangenis zou worden gestuurd, niemand zijn verhaal over Arthur Clifton serieus zou nemen. Tussen twee haakjes, Clifton is sinds gistermiddag niet meer gezien. Dus ik zal mijn superieuren aanbevelen dat de romp zonder verder oponthoud wordt geopend, zodat we erachter kunnen komen of het echt vals alarm was en Tancock inderdaad iedereen z'n tijd aan het verspillen was.'

Hugo Barrington keek in de spiegel en trok zijn vlinderdas recht. Hij had zijn vader niet verteld over het incident rond Arthur Clifton noch over het bezoek van inspecteur Blakemore. Hoe minder de oude man wist, hoe beter. Het enige wat hij had gezegd, was dat er een beetje geld uit zijn kantoor was gestolen en dat een van zijn stuwadoors was gearresteerd.

Na zijn smokingjasje aangetrokken te hebben nam Hugo plaats op het voeteneind van het bed en wachtte tot zijn vrouw klaar was. Hij haatte het om te laat te komen, maar wist dat je met gezeur Elizabeth niet tot snelheid kon manen. Hij had even bij Giles en zijn jongere zusje Emma gekeken, en beide kinderen waren diep in slaap.

Hugo had twee zonen gewild, een erfgenaam en een reserve. Emma's komst was een grote teleurstelling geweest, wat inhield dat hij het opnieuw moest proberen. Zijn vader was een tweede kind en hij had zijn oudere broer verloren in de strijd tegen de Boeren in Zuid-Afrika. Hugo's oudere broer was gesneuveld bij Ieper, samen met de helft van zijn regiment. Dus Hugo kon verwachten dat hij op een gegeven moment zijn vader zou opvolgen als hoofd van het bedrijf en, wanneer zijn vader overleed, de titel en het familiefortuin zou erven.

Hij en Elizabeth zouden dus een nieuwe poging moeten doen. Niet dat de liefde bedrijven met zijn vrouw nog een genot was. Eigenlijk kon hij zich niet eens herinneren of dat ooit het geval was geweest. Onlangs had hij elders afleiding gezocht.

'Jouw huwelijk is in de hemel gesloten,' zei zijn moeder altijd. Zijn vader was praktischer ingesteld. Het bij elkaar brengen van zijn oudste zoon en de enige dochter van Lord Harvey had hij eerder een fusie dan een huwelijk gevonden. Toen Hugo's broer aan het westfront werd gedood, werd diens verloofde aan Hugo overgegeven. Niet langer een fusie, eerder een overname. Hugo werd niet verrast toen hij in de huwelijksnacht ontdekte dat Elizabeth nog maagd was, zijn tweede maagd, in feite.

Eindelijk kwam Elizabeth uit de kleedkamer, zoals altijd met een verontschuldiging voor het feit dat ze hem had laten wachten. De reis van Manor House naar Barrington Hall was slechts een paar kilometer en alle grond tussen de twee huizen was van de familie. Tegen de tijd dat Hugo en Elizabeth om een paar minuten over acht de salon van zijn ouders betraden, zat Lord Harvey al aan zijn tweede sherry. Hugo liet zijn blik langs de andere gasten glijden. Er was slechts één echtpaar dat hij niet herkende.

Zijn vader leidde hem direct mee en stelde hem voor aan kolonel Danvers, de onlangs aangestelde hoofdcommissaris van politie van het graafschap. Hugo besloot hem niets te zeggen over zijn gesprek die ochtend met inspecteur Blakemore, maar vlak voordat ze aan tafel gingen, nam hij zijn vader even terzijde om hem bij te praten over de diefstal, zonder ooit de naam Arthur Clifton in de mond te nemen.

Tijdens het diner van wildsoep, sappig lamsvlees met sperziebonen, gevolgd door crème brûlée, ging het gesprek van het bezoek van de prins van Wales aan Cardiff en diens minder gelukkige opmerkingen over dat hij meevoelde met de mijnwerkers, naar de laatste invoertarieven van Lloyd George en de gevolgen die ze zouden hebben voor de scheepsindustrie. En toen naar George Bernard Shaws *Heartbreak House*, dat onlangs na gemengde kritieken was geopend in het Old Vic Theatre, om ten slotte terug te keren naar de prins van Wales en de veelbesproken kwestie hoe voor hem een geschikte echtgenote te vinden.

Toen de bedienden na het dessert de tafel hadden afgeruimd, trokken de dames zich terug in de salon om van hun koffie te genieten terwijl de butler de heren een cognac of port aanbood.

'Door mij verscheept en door u geïmporteerd,' zei Sir Walter terwijl hij het glas hief naar Lord Harvey en de butler de tafel rondging met sigaren. Zodra Lord Harveys Romeo y Julieta naar tevredenheid was opgestoken, richtte hij zich tot zijn schoonzoon. 'Je vader vertelt me dat een of andere ellendeling in je kantoor heeft ingebroken en een aanzienlijke hoeveelheid contant geld heeft gestolen.'

'Ja, dat klopt,' reageerde Hugo. 'Maar tot mijn genoegen kan ik zeggen dat ze de dief hebben gepakt. Helaas bleek het om een van onze stuwadoors te gaan.'

'Is dat zo, Danvers?' vroeg Sir Walter. 'Jullie hebben de man gepakt?'

'Ik heb er wel iets over gehoord,' antwoordde de hoofdcommissaris, 'maar mij werd niet verteld dat er al iemand in staat van beschuldiging is gesteld.'

'Waarom niet?' vroeg Lord Harvey op dwingende toon.

'Omdat de man zegt dat ik hem het geld heb gegéven,' kwam Hugo tussenbeide. 'In feite, toen de inspecteur mij vanmorgen ondervroeg, begon ik me af te vragen wie van ons de crimineel was en wie de benadeelde partij.'

'Het spijt me te moeten horen dat u er zo over denkt,' zei kolonel Danvers. 'Mag ik vragen wie het onderzoek leidde?'

'Inspecteur Blakemore,' antwoordde Hugo. 'Ik kreeg de indruk dat hij wel eens een wrok tegen onze familie kon koesteren.'

'Als je zo veel mensen in dienst hebt als wij,' zei Sir Walter terwijl hij zijn glas terug op tafel zette, 'zit er altijd wel iemand tussen die een wrok koestert.'

'Ik moet toegeven,' zei Danvers, 'dat Blakemore niet bekendstaat om zijn tact. Maar ik zal me er eens in verdiepen en als ik vind dat hij de plank heeft misgeslagen, zal ik iemand anders op de zaak zetten.'

22

Je schooltijd is de gelukkigste tijd van je leven, beweerde R.C. Sherriff, maar dat was niet Hugo Barringtons ervaring geweest. Hoewel hij het gevoel had dat Giles, zoals zijn vader het verwoordde, er 'een groter succes' van zou maken.

Hugo probeerde te vergeten wat er op zijn eerste schooldag, zo'n vierentwintig jaar geleden, was gebeurd. Vergezeld door zijn vader, moeder en oudere broer Nicholas, die net tot schoolaanvoerder was aangesteld, was hij in een huurrijtuig naar St. Bede's gereden. Toen een andere nieuwe bug onschuldig had gevraagd: 'Klopt het dat jouw grootvader een dokwerker was?', was hij in tranen uitgebarsten. Sir Walter was trots dat zijn vader 'zich had opgewerkt', maar bij een achtjarige blijft zo'n eerste kennismaking hangen. 'Opa was een dokwerker! Opa was een dokwerker! Huilebalk! Huilebalk!' riep de rest van de slaapzaal.

Vandaag zou zijn zoon Giles in de Rolls-Royce van Sir Walter Barrington naar St. Bede's worden gereden. Hugo had hem met zijn eigen auto naar school willen brengen, maar zijn vader wilde er niets van horen. 'Drie generaties Barringtons zijn op St. Bede's en Eton opgeleid. Mijn erfgenaam moet in stijl arriveren.'

Hugo attendeerde zijn vader niet op het feit dat Giles nog geen plaats op Eton was aangeboden en dat het zelfs mogelijk was dat zijn zoon zo zijn eigen ideeën had over waar hij wilde worden opgeleid. 'De hemel verhoede het,' kon hij zijn vader al horen zeggen. 'Ideeën die rieken naar opstand dienen in de kiem te worden gesmoord.'

Giles had geen woord gezegd sinds ze van huis waren gegaan, hoewel zijn moeder het afgelopen uur voortdurend haar enige zoon had betutteld. Emma was begonnen te snikken toen ze te horen kreeg dat ze hen niet kon vergezellen, terwijl Grace – opnieuw een meisje, hij zou geen moeite meer doen voor nóg een poging – gewoon aan oma's hand had gehangen en boven aan het stoepje had staan zwaaien toen ze wegreden.

Terwijl de auto langzaam over de landweggetjes naar de stad reed, had Hugo andere dingen aan zijn hoofd dan de vrouwelijke tak van de familie. Stond hij op het punt om Harry Clifton voor de eerste keer te zien? Zou hij hem herkennen als de andere zoon die hij zich had gewenst maar nooit zou hebben of zou hij zodra hij de jongen zag, zeker weten dat hij niet zijn bloedverwant kon zijn?

Hugo zou moeten oppassen dat hij Cliftons moeder meed. Zou hij haar eigenlijk herkennen? Hij was er onlangs achter gekomen dat ze werkte als serveerster in het Palm Court van het Royal Hotel, waar hij vroeger geregeld kwam als hij werkbijeenkomsten in de stad had. Nu zou hij zich moeten beperken tot zo af en toe een bezoek in de avond, en dan alleen als hij zeker wist dat ze naar huis was.

Stan Tancock, Maisies broer, was na anderhalf jaar van zijn gevangenisstraf van drie jaar vrijgelaten. Hugo was nooit te weten gekomen wat er met inspecteur Blakemore was gebeurd, maar na het dinertje bij zijn vader had hij de man nooit meer gezien. Een jonge brigadier getuigde bij Tancocks rechtszaak en hij wist absoluut zeker wie de schuldige partij was.

Toen Tancock eenmaal veilig achter de tralies zat, verstomden de speculaties over wat er met Arthur Clifton was gebeurd al snel. In een bedrijfstak waar de dood gemeenplaats is, werd Arthur Clifton gewoon een statistisch feit. Toen Lady Harvey een half jaar later de *Maple Leaf* te water liet, kon Hugo er niets aan doen dat hij dacht dat *Davy Jones' Locker* een geschiktere naam voor het schip zou zijn geweest.

Toen de eindcijfers aan het bestuur werden gepresenteerd, lieten ze uiteindelijk een verlies van 13.712 pond op het project zien. Hugo stelde niet voor dat ze in de toekomst inschreven op nog meer scheepsbouwcontracten, en Sir Walter verwees nooit weer naar het onderwerp. In de daaropvolgende jaren keerde Barrington's terug naar zijn traditionele activiteiten als rederij en boekten ze het ene succes na het andere.

Nadat Stan naar de plaatselijke gevangenis was afgevoerd, was Hugo ervan uitgegaan dat hij nooit meer iets van hem zou horen. Maar kort voor de geplande vrijlating van Tancock belde de plaatsvervangende gevangenisdirecteur van HMP Bristol met Miss Potts en verzocht haar om een afspraak. Toen ze elkaar troffen, verzocht de man Barrington dringend om Tancock diens oude baan terug te geven, want anders zou hij weinig hoop hebben ooit nog ergens aan de slag te gaan. Aanvankelijk was Hugo blij geweest met dit nieuws, maar na er nog eens over nagedacht te hebben, veranderde hij van gedachten en stuurde hij zijn ploegbaas, Phil Haskins, erop uit om Tancock in de gevangenis op te zoeken en hem te zeggen dat hij zijn baan terug kon krijgen op één voorwaarde: hij mocht nooit meer de naam van Arthur Clifton noemen. Deed hij dat wel, dan kon hij zijn spullen pakken en elders op zoek naar werk gaan. Dankbaar had Tancock het aanbod geaccepteerd, en naarmate de jaren verstreken, werd duidelijk dat hij zich aan de afspraak had gehouden.

De Rolls-Royce stopte buiten de poort voor St. Bede's en de chauffeur sprong eruit om het achterportier te openen. Meerdere ogen draaiden in hun richting, sommige met bewondering, andere met afgunst.

Giles genoot duidelijk niet van alle aandacht en liep vlug weg, daarmee zowel de chauffeur als zijn ouders verloochenend. Zijn moeder rende achter hem aan, boog voorover en trok zijn sokken omhoog, om ten slotte zijn vingernagels aan een laatste inspectie te onderwerpen. Hugo keek intussen naar de gezichten van talloze kinderen, zich afvragend of hij iemand die hij nog nooit had gezien meteen zou herkennen.

En toen zag hij een jongen de heuvel op lopen, niet begeleid door een moeder of vader. Hij keek wat verder en zag een vrouw die naar hem stond te kijken, een vrouw die hij nooit kon vergeten. Ze moesten zich allebei hebben afgevraagd of hij één zoon had die zich voor zijn eerste dag op St. Bede's meldde, of twee.

Toen Giles waterpokken kreeg en een paar dagen in de ziekenzaal moest doorbrengen, besefte zijn vader dat dit wel eens zijn kans kon zijn om te bewijzen dat Harry Clifton niet zijn zoon was. Hij zei niet tegen Elizabeth dat hij Giles ging opzoeken in de ziekenzaal, omdat hij haar niet in de buurt wilde hebben als hij matron een schijnbaar onschuldige vraag stelde.

Zodra hij de ochtendpost had afgehandeld, liet Hugo Miss Potts weten dat hij even bij St. Bede's binnen zou wippen om zijn zoon te zien en dat ze hem ten minste een paar uur niet terug hoefde te verwachten. Hij reed de stad in en parkeerde voor Frobisher House. Hij herinnerde zich maar al te goed waar de ziekenzaal was, want toen hij op St. Bede's zat, had hij die regelmatig moeten bezoeken.

Giles zat rechtop in bed toen zijn vader de zaal in beende. Het gezicht van de jongen monterde direct op.

Matron stond naast het bed en controleerde de temperatuur van haar patiënt. 'Gezakt tot nog geen zevenendertighalf. We zullen jou op tijd voor de eerste les op maandagmorgen weer op de been hebben, jongeman,' deelde ze mee terwijl ze de thermometer schudde. 'Ik zal u nu alleen laten, meneer Barrington, zodat u wat tijd met uw zoon kunt doorbrengen.'

'Dank u, matron,' zei Hugo. 'Zou ik voordat ik weer ga even met u kunnen spreken, vroeg ik me af?'

'Natuurlijk, meneer Barrington. U vindt me in mijn kamer.'

'Je ziet er niet zo slecht uit, Giles,' zei Hugo zodra matron de kamer had verlaten.

'Ik voel me prima, paps. Eigenlijk hoopte ik dat matron me zaterdagmorgen zou ontslaan zodat ik kan gaan voetballen.'

'Ik zal straks voordat ik ga even met haar praten.'

'Dank u, paps.'

'En, hoe staat het met je werk?'

'Niet slecht,' zei Giles. 'Maar dat komt vooral doordat ik een studeerkamer deel met de twee knapste jongens in mijn klas.'

'En wie zijn dat?' vroeg zijn vader, het antwoord vrezend.

'Deakins, hij is de slimste jongen op school. Eigenlijk willen de andere jongens niet eens met hem praten, omdat ze hem een "studentje" vinden. Maar mijn beste vriend is Harry Clifton. Hij is ook slim, maar niet zo slim als Deakins. U hebt hem waarschijnlijk horen zingen in het koor. U zult hem zeker mogen.'

'Maar is Clifton niet de zoon van een stuwadoor?' vroeg Hugo.

'Ja, en net als opa verhult hij dat niet. Maar hoe wist u dat, paps?'

'Ik denk dat Clifton vroeger voor het bedrijf werkte,' antwoordde Hugo, maar hij betreurde zijn woorden direct.

'Dat moet dan wel voor uw tijd zijn geweest, paps,' zei Giles, 'omdat zijn vader in de oorlog is omgekomen.'

'Wie heeft je dat verteld?' vroeg Hugo.

'Harry's moeder. Die is serveerster in het Royal Hotel. Op zijn verjaardag hebben we daar de thee gebruikt.'

Hugo zou graag gevraagd hebben wanneer Clifton jarig was, maar was bang dat het wel eens een vraag te veel zou kunnen zijn. 'Je krijgt de groeten van je moeder,' zei hij daarom maar. 'Volgens mij zijn zij en Emma van plan om je later deze week te bezoeken.'

'Bah. Zit ik net op te wachten,' reageerde Giles. 'De waterpokken en een bezoek van mijn vreselijke zus.'

'Zo erg is ze niet,' zei zijn vader lachend.

'Ze is erger,' zei Giles. 'En het ziet er niet naar uit dat Grace een haar beter is. Moeten ze echt met ons mee op vakantie, paps?'

'Ja, natuurlijk.'

'Ik vroeg me af of Harry Clifton deze zomer met ons mee kan naar Toscane. Hij is nog nooit in het buitenland geweest.'

'Nee,' zei Hugo iets te resoluut. 'Vakanties zijn alleen voor familie, die deel je niet met vreemden.'

'Maar hij is geen vreemde,' zei Giles. 'Hij is mijn beste vriend.'

'Nee,' herhaalde Hugo, 'en daarmee uit.' Giles oogde teleurgesteld. 'Dus wat zou je voor je verjaardag willen, beste jongen?' Hugo stapte snel op een ander onderwerp over.

'De nieuwste radio,' zei Giles zonder enige aarzeling. 'Een Roberts Reliable wordt-ie genoemd.'

'Mag je op school een radio hebben?'

'Ja,' zei Giles, 'maar hij mag alleen in het weekend aan. Als je er na het doven van de zaallichten of in het weekend naar luistert en je wordt betrapt, wordt-ie afgepakt.'

'Ik zal kijken wat ik kan doen. Kom je ook naar huis op je verjaardag?'

'Ja, maar alleen voor de thee. Ik moet op tijd terug zijn voor het huiswerk.'

'Dan zal ik mijn best doen om even aan te lopen,' zei Hugo. 'Ik ga nu. Ik wil nog even met matron praten.'

'Vergeet niet haar te vragen of ik hier zaterdagmorgen weg mag,' zei Giles terwijl zijn vader de zaal verliet voor het echte doel van zijn bezoek.

'Ik ben zo blij dat u even langs kon komen, meneer Barrington. Giles zal er snel van opkikkeren,' zei matron toen hij haar kamer in kwam lopen. 'Maar zoals u kunt zien, is hij bijna geheel hersteld.'

'Ja, en hij hoopt dat u hem zaterdagmorgen ontslaat zodat hij kan voetballen.'

'Dat zal vast en zeker wel kunnen,' zei matron. 'Maar u zei dat er nog iets was waar u over wilde praten?'

'Ja, matron. Zoals u weet, is Giles kleurenblind. Ik wilde u alleen vragen of dat hem moeilijkheden bezorgt.'

'Niet dat ik me daarvan bewust ben. Als dat zo is, dan weerhoudt het hem er in elk geval niet van om een rode bal over een groen veld tot aan een witte *boundary* te slaan.'

Barrington lachte, om daarna zijn volgende goed voorbereide zin uit te spreken. 'Toen ik op St. Bede's zat, werd ik gepest omdat ik de enige jongen was die aan kleurenblindheid leed.'

'Laat me u dan geruststellen,' zei matron, 'niemand pest Giles. En hoe dan ook, zijn beste vriend is ook kleurenblind.'

Hugo reed terug naar zijn kantoor, met de gedachte dat er iets moest worden gedaan voordat de situatie uit de hand liep. Hij besloot nog eens met kolonel Danvers te gaan praten.

Eenmaal weer achter zijn bureau zei hij Miss Potts dat hij niet gestoord wilde worden. Hij wachtte totdat ze de deur dicht had gedaan voordat hij de telefoon pakte. Even later was de hoofdcommissaris aan de lijn.

'Kolonel, met Hugo Barrington.'

'Hoe gaat het, beste kerel?' vroeg de hoofdcommissaris.

'Goed, meneer. Ik vroeg me af of u mij in een privéaangelegenheid zou kunnen adviseren.'

'Brand maar los, kerel.'

'Ik ben op zoek naar een nieuw hoofd beveiliging en vroeg me af of u me misschien in de goede richting kon wijzen.'

'Nou, ik ken inderdaad iemand die geschikt zou kunnen zijn, maar ik weet niet zeker of die nog beschikbaar is. Ik zal erachteraan gaan en u erover bellen.'

De hoofdcommissaris was een man van zijn woord en belde de volgende morgen terug. 'De man die ik in gedachten had, heeft momenteel een deeltijdbaan, maar is op zoek naar iets vasts.'

'Wat kunt u me over hem vertellen?' vroeg Hugo.

'Hij werd voorbereid op hogere dingen in het korps, maar moest vertrekken toen hij zwaargewond raakte bij een poging tot aanhouding van een dader van een roofoverval op de Midland Bank. Waarschijnlijk herinnert u zich dat verhaal wel. Het haalde zelfs het landelijke nieuws. Naar mijn mening zou hij de ideale kandidaat zijn om uw beveiligingsteam te leiden, en eerlijk gezegd zou u geluk hebben als u hem kunt strikken. Als u nog steeds geïnteresseerd bent, zou ik u zijn gegevens kunnen doorgeven.'

Barrington belde Derek Mitchell van thuis, want hij wilde niet dat Miss Potts te weten kwam wat hij van plan was. Hij maakte voor maandagavond zes uur een afspraak met de voormalige politieman in het Royal Hotel, nadat mevrouw Clifton naar huis zou zijn en het Palm Court verlaten.

Hugo arriveerde een paar minuten te vroeg en begaf zich rechtstreeks naar een tafel aan de andere kant van de zaal, een plaats die hij normaliter niet zou overwegen. Hij koos een plekje achter de pilaar, waar zijn ontmoeting met Mitchell niet zou worden gezien of afgeluisterd. Al wachtend nam hij in zijn hoofd een lijst vragen door die beantwoord dienden te worden wilde hij vertrouwen stellen in een volstrekte vreemde.

Om drie minuten voor zes kwam een lange, goedgebouwde man met een militair voorkomen door de draaideur binnen. Zijn donkerblauwe blazer, grijze flanellen pantalon, korte haar en hoogglanzende schoenen wekten de indruk dat de man een gedisciplineerd leven leidde.

Hugo kwam overeind en bracht een hand omhoog alsof hij een ober wenkte. Langzaam liep Mitchell door de zaal, waarbij hij niets deed om een lichte mankheid te verhullen, het gevolg van een verwonding die volgens Danvers de reden was waarom Mitchell uit de actieve dienst was ontslagen.

Hugo herinnerde zich de laatste keer dat hij oog in oog had gestaan met een politiefunctionaris, maar ditmaal zou hij de vragen stellen.

'Goedenavond, meneer.'

'Goedenavond, Mitchell,' zei Hugo terwijl ze elkaar de hand schudden. Nadat Mitchell plaats had genomen, bekeek Hugo diens gebroken neus en bloemkooloren van dichterbij, en schoot hem, dankzij kolonel Danvers' aantekeningen, te binnen dat hij vroeger voor Bristol rugbyde.

'Mitchell, laat me om te beginnen zeggen dat wat ik met u wil bespreken van zeer vertrouwelijke aard is,' zei Hugo zonder tijd te verspillen, 'en echt onder ons moet blijven.' Mitchell knikte. 'Zelfs kolonel Danvers heeft geen idee van de echte reden waarom ik u wilde spreken, want ik ben beslist niet op zoek naar een nieuw hoofd beveiliging.'

Mitchells gezicht bleef ondoorgrondelijk terwijl hij wachtte op wat Hugo te zeggen had.

'Ik zoek iemand die als privédetective kan fungeren. Zijn enige taak zal zijn dat hij maandelijks verslag uitbrengt over de activiteiten van een vrouw die in deze stad woont, ze werkt in dit hotel.'

'Ik begrijp het, meneer.'

'Ik wil alles weten waar ze zich mee inlaat, zowel beroepsmatig als persoonlijk, hoe onbelangrijk het ook kan lijken. Ze mag nooit, ik herhaal, nooit weten van uw belangstelling voor haar. Dus voordat ik haar naam noem: acht u zich in staat zo'n opdracht uit te voeren?'

'Dit soort dingen is nooit makkelijk,' zei Mitchell, 'maar niet onmogelijk. Als jonge rechercheur werkte ik bij een undercoveroperatie die voor een bijzonder ellendig individu in een gevangenisstraf van zestien jaar resulteerde. Als hij hier nu binnenliep, weet ik zeker dat hij me niet zou herkennen.'

Voor het eerst verscheen er een glimlach op Hugo's gezicht. 'Voordat ik verderga, wil ik weten of u bereid zou zijn zo'n opdracht aan te nemen.'

'Dat zou van een aantal dingen afhangen, meneer.'

'Zoals?'

'Zou het een voltijdsbaan worden, want ik heb momenteel een baan als nachtwaker bij een bank.'

'Dien morgen uw ontslag in,' zei Hugo. 'Ik wil niet dat u voor iemand anders werkt.'

'En wat zijn de werkuren?'

'Dat laat ik aan u over.'

'En mijn salaris?'

'Ik zal u acht pond per week betalen, een maand vooruit, en ik zal ook alle redelijke onkosten dekken.'

Mitchell knikte. 'Mag ik voorstellen dat u de betalingen contant doet, meneer, zodat niets naar u herleid kan worden?'

'Dat lijkt me wel zo verstandig,' zei Hugo, die dat al had besloten.

'En zou u het maandelijkse verslag schriftelijk willen hebben of mondeling bij een persoonlijk onderhoud?'

'Mondeling. Ik wil zo weinig mogelijk op papier vastgelegd hebben.'

'Dan zouden we altijd op een andere plek moeten afspreken en nooit op dezelfde dag van de week. Op die manier zou niemand ons waarschijnlijk meer dan eens tegenkomen.'

'Daar heb ik geen problemen mee,' zei Hugo.

'Wanneer zou u willen dat ik begin, meneer?'

'U bent een half uur geleden begonnen,' was Barringtons antwoord. Uit een binnenzak haalde hij een strookje papier en een envelop met daarin tweeëndertig pond en hij gaf ze aan Mitchell.

Mitchell keek even aandachtig naar de naam en het adres op het papiertje en gaf het daarna terug aan zijn nieuwe baas. 'Ik zal ook uw privénummer nodig hebben, meneer, en bijzonderheden omtrent wanneer en waar ik contact met u kan leggen.'

'Alle avonden tussen vijf en zes uur op mijn kantoor,' zei Hugo. 'U dient nooit met mij thuis contact op te nemen, alleen in noodgevallen,' voegde hij eraan toe terwijl hij een pen pakte.

'Vertelt u me de nummers alleen maar, meneer, schrijf ze niet op.'

23

'Was u van plan om Master Giles' verjaardagsfeestje bij te wonen?' vroeg Miss Potts.

Hugo keek naar zijn agenda. *Giles, 12e verjaardag, 15.00 uur, Manor House* stond er vet geschreven boven aan de pagina.

'Heb ik tijd om op weg naar huis nog een cadeau op te halen?'

Miss Potts liep het kantoor uit en keerde even later terug met een groot pakket, in glanzend rood papier verpakt en met een lint eromheen gebonden.

'Wat zit erin?' vroeg Hugo.

'De nieuwste radio van Roberts, waar hij om vroeg toen u hem vorige maand in de ziekenzaal opzocht.'

'Dank u, Miss Potts,' zei Hugo. Hij keek even op zijn horloge. 'Dan kan ik nu maar beter gaan als ik op tijd wil zijn om hem de taart te zien aansnijden.'

Miss Potts liet een dik dossier in zijn aktetas glijden. 'Uw achtergrondinformatie voor de bestuursvergadering van morgenochtend,' zei ze voordat hij het kon vragen. 'Zodra Master Giles weer naar St. Bede's is vertrokken, kunt u dit doornemen. Dan hoeft u vanavond niet terug te komen.'

'Dank u, Miss Potts,' zei Hugo. 'U denkt ook aan alles.'

Terwijl hij op weg naar huis door de stad reed, viel het Hugo opeens op hoeveel meer auto's er op de grote weg leken te rijden dan een jaar geleden. Sinds de overheid de maximale snelheid naar vijftig kilometer per uur had verhoogd, staken voetgangers veel voorzichtiger de weg over. Terwijl Hugo een rijtuigje inhaalde, begon een paard te steigeren. Hij vroeg zich af hoeveel langer de paard-en-wagens konden hopen zich te handhaven nu de stadsraad de eerste taxivergunning had verstrekt.

Eenmaal de stadsgrens over trapte Hugo het gaspedaal in, want hij wilde niet te laat zijn voor het feestje van zijn zoon. Wat groeide die jongen hard. Hij was nu al langer dan zijn moeder. Zou hij ook langer worden dan zijn vader?

Zodra Giles St. Bede's achter zich zou laten en een plaatsje op Eton aanvaardde, zou zijn vriendschap met die jonge Clifton spoedig vergeten zijn. Maar Hugo was zich ervan bewust dat er vóór die tijd andere moeilijkheden aangepakt dienden te worden.

Terwijl hij door de poort van zijn landgoed reed, minderde hij vaart. Altijd weer genoot hij van de lange, met eiken omzoomde oprijlaan naar Manor House. Jenkins stond op het bordes toen Hugo uit de auto stapte. Hij hield de voordeur open. 'Mevrouw Barrington bevindt zich in de salon, meneer, met Master Giles en twee van zijn schoolvrienden.'

Terwijl hij de hal in liep, kwam Emma de trap af rennen en wierp haar armen om haar vader.

'Wat zit er in dat pakje?' vroeg ze nieuwsgierig.

'Een verjaardagscadeau voor je broer.'

'Ja, maar wat is het?'

'Dat zul je even moeten afwachten, jongedame,' zei haar vader met een glimlach terwijl hij zijn aktetas aan de butler gaf. 'Zou je deze in mijn studeerkamer willen zetten, Jenkins?' vroeg hij terwijl Emma hem bij de hand vastpakte en naar de salon begon te trekken.

Zodra hij de deur opende en zag wie er op de bank zat, verdween de glimlach van zijn gezicht.

Giles sprong overeind en rende op zijn vader af, die hem het pakje gaf. 'Gefeliciteerd, beste kerel.'

'Dank u, paps,' zei hij, waarna hij zijn vrienden voorstelde.

Hugo schudde Deakins de hand, maar toen Harry die van hem uitstak, zei hij slechts: 'Goedemiddag, Clifton.' Hij nam plaats in zijn lievelingsstoel.

Vol belangstelling keek Hugo toe hoe Giles het lint om het pakket verwijderde en ze het cadeau allebei voor het eerst zagen. Zelfs de tomeloze vreugde van zijn zoon over zijn nieuwe radio bracht geen glimlach om Hugo's mond. Hij zat met een vraag die hij Clifton nodig moest stellen, maar het moest niet lijken alsof het antwoord van de jongen enig belang had.

Terwijl de drie jongens om beurten op twee zenders afstemden en aandachtig luisterden naar de vreemde stemmen en muziek die uit de speaker kwamen, regelmatig gevolgd door gelach of applaus, zweeg Hugo.

Mevrouw Barrington kletste met Harry over een uitvoering van de *Messias*, die ze recentelijk had bijgewoond, eraan toevoegend dat ze zo enorm had genoten van zijn vertolking van 'I Know That My Redeemer Liveth'.

'Dank u, mevrouw Barrington,' zei Harry.

'Hoop je na je vertrek van St. Bede's naar het gymnasium van Bristol te gaan, Clifton?' vroeg Hugo, die dit een geschikt ogenblik achtte.

'Alleen als ik een beurs krijg, meneer,' antwoordde hij.

'Maar waarom is dat belangrijk?' vroeg mevrouw Barrington. 'Je krijgt toch zeker wel een plaats aangeboden, net als ieder ander?'

'Omdat mijn moeder zich het schoolgeld niet zou kunnen veroorloven, mevrouw Barrington. Ze is serveerster in het Royal Hotel.'

'Maar zou je vader niet...'

'Die is dood,' zei Harry. 'Hij werd gedood in de oorlog.'

'Het spijt me,' zei mevrouw Barrington. 'Dat wist ik niet.'

Op dat moment ging de deur open en kwam de tweede butler binnen met een grote taart op een zilveren dienblad. Nadat Giles erin was geslaagd om met één ademstoot alle twaalf kaarsjes uit te blazen, applaudisseerde iedereen.

'En wanneer ben jij jarig, Clifton?' vroeg Hugo.

'Dat was afgelopen maand, meneer,' antwoordde Harry.

Nadat Giles de taart had gesneden, kwam Hugo overeind en verliet hij zwijgend de salon.

Hij ging direct naar zijn studeerkamer, maar merkte dat hij zich niet kon concentreren op zijn documenten voor de vergadering van de volgende dag. Cliftons antwoord betekende dat hij advies zou moeten inwinnen van een in erfelijkheidswetten gespecialiseerde jurist.

Na ongeveer een uur hoorde hij stemmen in de hal, daarna het sluiten van de voordeur en het geluid van een wegrijdende auto. Een paar minuten later werd er op de deur geklopt en kwam Elizabeth binnengelopen.

'Waarom vertrok jij zo abrupt?' vroeg ze. 'En waarom kwam je niet even gedag zeggen? Je kon toch horen dat Giles en zijn gasten vertrokken?'

'Ik heb morgenochtend een heel lastige bestuursvergadering,' zei hij zonder op te kijken.

'Dat is nog geen reden om je zoon niet gedag te zeggen, vooral op zijn verjaardag.'

'Ik heb veel aan mijn hoofd,' zei hij, nog steeds naar zijn aantekeningen kijkend.

'Niets is toch zeker zo belangrijk dat je onbeleefd doet tegen gasten? Je deed meer kortaf tegen Harry Clifton dan je tegen een van de bedienden zou doen.'

Voor het eerst sloeg Hugo zijn ogen op. 'Dat komt dan misschien doordat ik Clifton vind onderdoen voor onze bediendend.' Elizabeth keek geschokt. 'Wist jij dat zijn vader dokwerker was en zijn moeder serveerster is? Ik weet niet of Giles met dat soort lieden zou moeten omgaan.'

'Giles denkt daar kennelijk anders over, en wat zijn achtergrond ook is, Harry is een alleraardigste jongen. Ik begrijp niet wat je op hem tegen hebt. Je behandelde Deakins niet zo, en zijn vader is een kioskhouder.'

'Hij heeft ook zonder toelatingseisen een beurs gekregen.'

'En Harry is de beste koorzanger van de school, zoals iedere kerkganger in Bristol weet. De volgende keer dat je hem tegenkomt, stel jij je een beetje beschaafder op, mag ik hopen.' Zonder verder nog een woord liep Elizabeth de kamer uit, en ze trok de deur stevig achter zich dicht.

Sir Walter Barrington bleef zitten aan het hoofd van de vergadertafel toen zijn zoon de kamer betrad.

'Ik maak me steeds meer zorgen om het wetsvoorstel van de regering voor invoertarieven,' zei Hugo terwijl hij rechts van zijn vader plaatsnam, 'en de gevolgen die het voor onze balans kan hebben.'

'Daarom hebben we een jurist in ons bestuur,' zei Sir Walter, 'zodat hij ons in dit soort zaken van advies kan voorzien.'

'Maar ik heb berekend dat het ons twintigduizend pond per jaar kan kosten als die wet erdoor komt. Vindt u niet dat we nog een andere mening zouden moeten zoeken?'

'Ik denk dat ik de volgende keer dat ik in Londen ben wel een woordje kan wisselen met Sir James Amhurst.'

'Ik reis dinsdag naar Londen voor het jaarlijkse diner van het Genootschap van Britse reders,' zei Hugo. 'Aangezien hij dé juridisch adviseur van de industrie is, zou ik misschien even met hem kunnen praten.'

'Alleen als je zeker weet dat het nodig is,' zei Sir Walter. 'En onthoud dat Amhurst per uur factureert, zelfs tijdens een etentje.'

Het diner van het Genootschap van Britse reders werd gehouden in Grosvenor House en werd bijgewoond door meer dan duizend leden en hun gasten.

Eerder had Hugo de secretaresse van het genootschap gebeld met de vraag of hij een plaatsje naast Sir James Amhurst kon krijgen. De secretaresse had een wenkbrauw opgetrokken, maar toegezegd de tafelschikking te veranderen. Immers, de oude Joshua Barrington was een van de medeoprichters van het genootschap geweest.

Nadat de bisschop van Newcastle had gebeden, deed Hugo geen poging om de eminente King's Counsel te onderbreken zolang hij met de man rechts van hem in een gesprek verwikkeld was. Maar toen de advocaat zijn aandacht eindelijk richtte op de onbekende die ze aan zijn linkerhand hadden gezet, verspilde Hugo geen seconde om ter zake te komen.

'Mijn vader, Sir Walter Barrington,' begon hij, waarmee hij direct de volle aandacht van zijn slachtoffer had, 'maakt zich tamelijk zorgen om het wetsvoorstel voor invoertarieven dat door het Lagerhuis gaat en de gevolgen die dat voor de branche kan hebben. Hij vraagt zich af of hij u bij zijn volgende bezoek aan Londen over dit onderwerp kan raadplegen.'

'Absoluut, beste kerel,' antwoordde Sir James. 'Vraag zijn secretaresse maar om mijn griffier te bellen, dan zorg ik ervoor dat ik vrij ben als hij weer in de stad is.'

'Dank u, meneer,' zei Hugo. 'Een luchtiger onderwerp, ik vroeg me af of u ooit iets van Agatha Christie hebt gelezen?'

'Dat kan ik niet zeggen, nee,' antwoordde Sir James. 'Is ze goed?'

'Ik geniet enorm van haar nieuwste boek, *Het testament*,' zei Hugo, 'maar ik betwijfel of de plot in een rechtszaal overeind zou blijven.'

'Wat stelt de dame voor?' vroeg Amhurst terwijl hem een plakje overgaar rundvlees op een koud bordje werd voorgezet.

'Volgens Miss Christie erft de oudste zoon van een erfelijke ridder automatisch de titel van zijn vader, zelfs als het kind buitenechtelijk is.'

'O, dat is inderdaad een interessant juridisch raadsel,' reageerde Sir James. 'In feite hebben de Hogerhuisleden met juridische bevoegdheden onlangs nog zo'n zaak herzien. Benson versus Carstairs, als ik het me goed herinner. Door de pers wordt het vaak "het amendement van de bastaard" genoemd.'

'En tot welke conclusie kwamen de edelachtbaren?' vroeg Hugo, die zijn best deed om een niet te geïnteresseerde indruk te wekken.

'Als in het oorspronkelijke testament geen mazen gevonden kunnen worden, kwamen ze uit ten faveure van de eerstgeborene, zelfs als de jongeman in kwestie buitenechtelijk was.' Weer een antwoord dat Hugo niet had willen horen. 'Echter,' ging Sir James door, 'de edelachtbaren besloten zich in te dekken door er een appendix aan toe te voegen dat elke zaak op zichzelf diende te worden beschouwd en dan alleen nadat ze door de wapenkoning van de Orde van de Kousenband was herzien. Typerend voor de Hogerhuisleden,' voegde hij eraan toe terwijl hij zijn mes en vork oppakte en zich op het vlees wierp. 'Te angstig om een precedent te scheppen, maar wat blij om de verantwoordelijkheid af te schuiven.'

Toen Sir James zijn aandacht weer verschoof naar de man aan zijn rechterhand dacht Hugo na over de implicaties als Harry Clifton erachter kwam dat hij wel eens het recht kon hebben om niet alleen de rederij van de Barringtons maar ook het familiebezit te erven. Te moeten toegeven dat hij een buitenechtelijke zoon had verwekt, zou al erg genoeg zijn, maar de gedachte dat Harry Clifton na zijn dood de familietitel zou erven en Sir Harry zou worden, was onverdraaglijk. Hij zou bereid zijn om alles te doen wat in zijn macht lag om ervoor te zorgen dat dat niet zou gebeuren.

24

Hugo Barrington zat aan het ontbijt toen hij de brief van het schoolhoofd van St. Bede's las. Hierin werden de details uiteengezet van een liefdadigheidsactie die de school lanceerde om duizend pond bijeen te krijgen voor de bouw van een nieuw cricketpaviljoen voor het First XL. Hij opende zijn chequeboekje en had net het bedrag '100' geschreven toen hij werd afgeleid door het geluid van een auto die op het grind buiten tot stilstand kwam.

Hugo liep naar het raam om te zien wie hem zo vroeg op de zaterdagmorgen kon komen bezoeken. Toen hij zijn zoon achter uit een taxi zag stappen, met een koffer in de hand, werd hij in verwarring gebracht. Hij had zich er juist op verheugd om hem die middag als slagman te zien openen voor de school in de laatste wedstrijd van het seizoen tegen Avonhurst.

Jenkins opende precies op tijd de voordeur terwijl Giles de bovenste tree van het bordes bereikte. 'Goedemorgen, Master Giles,' zei hij, alsof hij hem al had verwacht.

Vlug liep Hugo de ontbijtkamer uit, om zijn zoon in de hal aan te treffen, het hoofd gebogen, de koffer naast hem. 'Wat doe jij thuis?' vroeg hij. 'Is er niet nog een week te gaan voor het schooljaar erop zit?'

'Ik ben weggestuurd,' zei Giles alleen maar.

'Weggestuurd?' herhaalde zijn vader. 'En als ik vragen mag, wat heb je gedaan om dat te verdienen?'

Giles keek op naar Jenkins, die stil bij de voordeur stond. 'Ik zal de koffer van Master Giles naar zijn slaapkamer brengen,' zei de butler, waarna hij de koffer pakte en langzaam de trap op liep.

'Volg mij,' zei Hugo zodra de butler uit het zicht was.

Geen van beiden sprak een woord tot Hugo de deur van zijn studeerkamer achter zich had gesloten. 'Wat heb je gedaan dat de school zo'n drastische maatregel neemt?' vroeg hij terwijl hij in zijn stoel achterover zakte.

'Ik ben betrapt op stelen uit het snoepwinkeltje,' zei Giles, die midden in de kamer stond.

'Is daar een eenvoudige verklaring voor? Een misverstand misschien?'

'Nee, die is er niet, paps,' antwoordde Giles, vechtend tegen de tranen.

'Heb je ter verdediging nog iets te zeggen?'

'Nee, paps.' Giles aarzelde. 'Behalve...'

'Behalve wat?'

'Ik heb de snoep altijd weggegeven, paps. Ik heb het nooit voor mezelf gehouden.'

'Aan Clifton, ongetwijfeld.'

'En ook aan Deakins,' zei Giles.

'Was het Clifton die jou ertoe aanzette?'

'Nee,' antwoordde Giles resoluut. 'Toen hij eenmaal ontdekte wat ik had gedaan, was het juist Harry die de snoep die ik hem en Deakins had gegeven terug naar het snoepwinkeltje bracht. Toen meneer Frobisher hem van diefstal beschuldigde, heeft hij zelfs de schuld op zich genomen.'

Er volgde een lange stilte. 'Dus,' zei zijn vader ten slotte, 'je bent weggestuurd, maar niet echt van school gestuurd.'

Giles knikte.

'Denk je dat je volgend schooljaar terug mag komen?'

'Dat betwijfel ik,' zei Giles.

'Waarom betwijfel je dat?'

'Omdat ik het schoolhoofd nog nooit zo kwaad heb gezien.'

'Niet half zo kwaad als je moeder zal zijn zodra ze hierachter komt.'

'Vertel het haar alstublieft niet, paps,' smeekte Giles, en hij barstte in tranen uit.

'En hoe verwacht jij dat ik haar straks uitleg waarom je een week te vroeg thuis bent en volgend jaar misschien niet eens naar St. Bede's terug mag keren?'

Giles deed geen poging tot een antwoord, maar bleef zachtjes snikken.

'En God weet wat je grootouders zullen zeggen,' ging zijn vader door, 'wanneer ik ze zal moeten vertellen dat je helemaal niet naar Eton zult gaan.'

Er volgde nog een lange stilte.

'Ga naar je kamer en haal het niet in je hoofd om naar beneden te komen voordat ik het zeg.'

'Ja, paps,' zei Giles. Hij draaide zich om.

'En wat je ook doet, je bespreekt dit met niemand, zeker niet in het bijzijn van de bedienden.'

'Ja, paps,' zei Giles, die de trap op rende en daarbij bijna in botsing kwam met Jenkins.

Hugo boog zich voorover in zijn stoel en probeerde te bedenken of er misschien een manier was om de situatie om te buigen voordat hij het onvermijdelijke telefoontje van het schoolhoofd kon verwachten. Hij plaatste zijn ellebogen op het bureau en zijn hoofd in zijn handen, maar het duurde nog even voordat zijn ogen zich op de cheque richtten.

Er verscheen een glimlach om zijn mond terwijl hij een extra nul achter het bedrag zette en de cheque tekende.

25

Mitchell zat in de verre hoek van de wachtkamer en las de *Bristol Evening Post* toen Hugo aangelopen kwam en naast hem ging zitten. Het was zo tochtig dat Hugo zijn handen in zijn zakken hield.

'De persoon in kwestie probeert vijfhonderd pond bijeen te krijgen voor een zakelijke onderneming,' zei Mitchell, nog steeds naar zijn krant kijkend.

'In wat voor onderneming zou zij nou geïnteresseerd kunnen zijn?'

'Tilly's Tea Shop,' antwoordde Mitchell. 'Het lijkt erop dat de persoon daar werkte voordat ze naar het Palm Court in het Royal verhuisde. Miss Tilly heeft onlangs van een meneer Edward Atkins een aanbod gekregen van vijfhonderd pond voor de zaak. Miss Tilly mag Atkins niet graag en heeft de persoon duidelijk gemaakt dat als zij hetzelfde bedrag bij elkaar kon krijgen ze liever zou zien dat zij de zaak overnam.'

'Waar zou ze eventueel hopen zo veel geld te krijgen?'

'Misschien bij iemand die financiële controle over haar wenste te hebben, die in een later stadium voordelig zou kunnen uitpakken?'

Hugo zweeg. Mitchells blik bleef voortdurend op de krant gericht.

'Heeft ze iemand benaderd om het geld bij elkaar te krijgen?' vroeg Hugo ten slotte.

'Momenteel wint ze advies in van een meneer Patrick Casey, die Dillon and Co. vertegenwoordigt, een in Dublin gevestigde financieringsmaatschappij. Ze zijn gespecialiseerd in het uitschrijven van leningen aan particuliere cliënten.'

'Hoe kom ik in contact met Casey?'

'Dat zou ik niet adviseren,' zei Mitchell.

'Waarom niet?'

'Hij bezoekt Bristol ongeveer één keer in de maand en verblijft altijd in het Royal.'

'We zouden niet in het Royal hoeven afspreken.'

'Hij is een intieme persoonlijke verhouding met de persoon begonnen. Telkens wanneer hij in de stad is, neemt hij haar mee uit eten of naar het theater, en onlangs is ze gezien terwijl ze met hem naar het hotel terugkeerde, waar ze samen in kamer 371 de nacht doorbrachten.'

'Fascinerend,' reageerde Hugo. 'Verder nog iets?'

'Misschien interesseert het u ook dat de persoon een bankrekening heeft bij de National Provincial, Corn Street nummer 49. De directeur is een meneer Prendergast. Haar lopende rekening laat een saldo zien van twaalf pond en negen shilling.'

Hugo zou graag hebben gevraagd hoe Mitchell aan die informatie was gekomen, maar stelde zich tevreden met de woorden: 'Voortreffelijk. Zodra je meer te weten komt, hoe onbelangrijk ook, bel je mij.' Hij haalde een dikke envelop uit de zak van zijn overjas en schoof hem naar Mitchell toe.

'De trein die nu op perron negen binnenloopt, is die van acht voor half acht uit Taunton.'

Mitchell stak de envelop in zijn zak, vouwde zijn krant op en liep de wachtkamer uit. Geen moment had hij zijn werkgever aangekeken.

Toen Hugo de ware reden achterhaalde waarom Giles geen plaats op Eton aangeboden had gekregen, had hij zijn woede niet kunnen verbergen. Hij had het schoolhoofd gebeld, die zijn telefoontjes weigerde aan te nemen, de coördinator, die meeleefde maar geen hoop op redding bood, en zelfs het hoofd van het college, dat zei dat hij terug zou bellen maar dat niet deed. Hoewel Elizabeth en de meisjes geen idee hadden waarom Hugo de laatste tijd en zonder aanwijsbare reden zo vaak zijn zelfbeheersing verloor, ondergingen ze de gevolgen van Giles' misdrijven gelaten.

Met tegenzin vergezelde Hugo zijn zoon op de eerste schooldag naar het gymnasium van Bristol, hoewel hij niet zou toestaan dat Emma of Grace met hen meeging, ondanks een in tranen uitbarstende en mokkende Emma.

Toen Hugo in College Street de auto tot stilstand bracht, was Harry Clifton de eerste die hij buiten de schoolpoort zag staan. Zelfs voordat hij op de rem had getrapt, was Giles al de auto uit gesprongen om naar zijn vriend te rennen en hem te begroeten.

Hugo meed de andere ouders, met wie Elizabeth maar wat graag leek te kletsen, en toen hij onbedoeld Clifton tegen het lijf liep, gaf hij hem nadrukkelijk geen hand.

Op de reis terug naar Manor House vroeg Elizabeth haar man waarom hij Giles' beste vriend met zo veel laatdunkendheid behandelde. Hugo herinnerde zijn vrouw eraan dat hun zoon naar Eton had moeten gaan, waar hij met andere heren zou zijn omgegaan en niet met de zonen van plaatselijke winkeliers en, in Cliftons geval, veel erger. Elizabeth trok zich terug in de betrekkelijke veiligheid van het stilzwijgen, zoals ze de laatste tijd zo vaak had gedaan.

26

‘Plaatselijke theesalon in de as gelegd! Brandstichting vermoed!’ brulde de krantenjongen op de hoek van de Broad.

Hugo trapte op de rem, sprong uit zijn auto en gaf de knaap een halve penny. Teruglopend naar zijn auto begon hij de voorpagina te lezen.

Tilly’s Tea Shop, bij iedereen in en om Bristol bekend en veel bezocht door lokale inwoners, is in de vroege ochtenduren volledig verwoest. De politie heeft een plaatselijke man van begin dertig gearresteerd en van brandstichting beschuldigd. Miss Tilly, die thans in Cornwall woont…

Toen hij de foto zag van Maisie Clifton en haar personeel, staand op de stoep en ontmoedigd de uitgebrande resten van Tilly’s overziend, glimlachte Hugo. De goden waren hem kennelijk goedgezind.

Hij klom weer in zijn auto, legde de krant op de passagiersstoel en vervolgde zijn reis naar de dierentuin van Bristol. Hij zou een vroege afspraak met meneer Prendergast moeten maken.

Mitchell had hem geadviseerd dat als hij het feit dat hij de financier van de persoon was vertrouwelijk hoopte te houden, alle afspraken met Prendergast in de burelen van Barrington’s gehouden dienden te worden en bij voorkeur nadat Miss Potts naar huis was gegaan. Hugo deed geen poging om Mitchell uit te leggen dat hij niet zeker wist of Miss Potts ’s avonds naar huis ging. Hij verheugde zich op de ontmoeting met Prendergast, wanneer hij de laatste slag zou toedienen, maar voordat hij dat kon doen, was er nog iemand anders die hij moest zien.

Toen hij arriveerde, was Mitchell bezig om Rosie te voeren.

Hugo liep langzaam naar hem toe, leunde op de reling en deed alsof hij zich interesseerde voor de Indische olifant, die de Bristol Zoo onlangs had verworven en die al een groot aantal bezoekers trok. Mitchell wierp een homp brood omhoog, die Rosie in haar slurf opving en in een vloeiende beweging naar haar bek bracht.

'De persoon is weer gaan werken in het Royal Hotel,' zei Mitchell alsof hij het tegen de olifant had. 'Van tien uur 's avonds tot zes uur de volgende ochtend doet ze de late dienst in het Palm Court. Ze krijgt drie pond per week betaald, plus wat ze aan fooien weet te verdienen, wat al met al niet veel is aangezien er 's nachts weinig klanten zijn.' Hij wierp een broodkorst naar de olifant. 'Er is een zekere Bob Burrows aangehouden en beschuldigd van brandstichting,' ging hij door. 'Burrows was haar leverancier van gebakjes voordat ze hem de laan uit stuurde. Hij heeft een volledige bekentenis afgelegd en zelfs toegegeven dat hij van plan was de persoon een huwelijksaanzoek te doen. Hij had een verlovingsring gekocht, maar ze had hem afgewezen, tenminste, dat is zijn verhaal.'

Er kwam een glimlach om Hugo's mond. 'En wie leidt deze zaak?'

'Een inspecteur Blakemore,' zei Mitchell. Hugo's glimlach maakte plaats voor een bedenkelijke frons. 'Hoewel Blakemore aanvankelijk dacht dat de persoon wel eens een medeplichtige van Burrows kon zijn,' vervolgde Mitchell, 'heeft hij inmiddels de verzekeringsmaatschappij Bristol and West of England laten weten dat zij niet langer een verdachte is.'

'Dat is jammer,' reageerde Hugo, nog steeds met een fronsende blik.

'Niet noodzakelijkerwijs,' zei Mitchell. 'De verzekeringsmaatschappij zal mevrouw Clifton een cheque verstrekken voor zeshonderd pond in totaal en een finale schikking van haar claim.' Hugo glimlachte.

'Ik vraag me af of ze het haar zoon heeft verteld,' zei Hugo, bijna tegen zichzelf.

Mocht Mitchell de opmerking hebben gehoord, dan negeerde hij die. 'Het enige andere stukje informatie dat voor u van enig belang zou kunnen zijn,' ging hij door, 'is dat meneer Patrick Casey op vrijdagavond in het Royal Hotel inboekte en de persoon naar Plimsoll Line meenam voor een etentje. Na afloop keerden ze terug naar het hotel, waar ze hem naar zijn kamer, nr. 371, vergezelde en pas de volgende morgen om zeven uur vertrok.'

Er volgde een lange stilte, altijd een teken dat Mitchell aan het eind van zijn maandelijkse verslag was gekomen. Hugo haalde een envelop uit een binnenzak en schoof deze naar Mitchell toe, die niet op de transactie reageerde terwijl hij zijn laatste stuk brood naar een tevreden Rosie wierp.

'Een meneer Prendergast voor u,' zei Miss Potts, waarna ze opzij stapte om de bankier het kantoor van de directeur binnen te laten.

'Fijn dat u helemaal hiernaartoe wilde komen,' zei Hugo. 'Ik ben ervan overtuigd dat u wel begrip zult hebben voor de reden waarom ik zo'n uiterst vertrouwelijke zaak niet in de bank wilde bespreken.'

'Ik begrijp het volkomen,' zei Prendergast, die al voordat hij had plaatsgenomen zijn Gladstone-tas had geopend en er een dik dossier uit had gehaald. Hij schoof een enkel vel papier over het bureau naar meneer Barrington.

Hugo controleerde het saldo en ging gemakkelijk zitten in zijn stoel.

'Even kort samengevat, als u mij toestaat,' zei Prendergast. 'U hebt een hoofdsom beschikbaar gesteld van vijfhonderd pond, welke mevrouw Clifton in staat stelde om het bedrijf onder de naam Tilly's, een theesalon in Broad Street, aan te schaffen. Het overeengekomen contract was voor het volledige bedrag, plus de rente op rente van vijf procent per jaar, binnen een periode van vijf jaar aan de volmachtgever terug te betalen. Hoewel Tilly's in mevrouw Cliftons eerste jaar een kleine winst wist te boeken en in haar tweede jaar opnieuw, bleef er nooit genoeg over om de rente af te lossen of een deel van de hoofdsom terug te betalen, dus ten tijde van de brand was mevrouw Clifton u 572 pond en zestien shilling verschuldigd. Hier moet ik de kosten van de bank à twintig pond bij optellen, zodat het totaal op 592 pond en zestien shilling komt. Dit zal uiteraard gedekt zijn door de verzekering, wat betekent dat hoewel uw investering veilig is, mevrouw Clifton met praktisch niets zal overblijven.'

'Hoe onfortuinlijk,' zei Hugo. 'Mag ik vragen waarom het eindbedrag geen enkele post omvat voor bewezen diensten door meneer Casey?' vroeg hij na de cijfers aandachtiger bekeken te hebben.

'Omdat meneer Casey de bank heeft laten weten dat hij voor zijn diensten geen rekeningen zal indienen.'

Hugo keek bedenkelijk. 'Dat is in elk geval een beetje goed nieuws voor de arme vrouw.'

'Inderdaad. Desalniettemin ben ik bang dat ze het schoolgeld van haar zoon voor het gymnasium van Bristol komend schooljaar niet langer kan betalen.'

'Wat verdrietig,' zei Hugo. 'Dus de jongen zal van school gestuurd moeten worden?'

'Dat is de onontkoombare conclusie, moet ik tot mijn spijt zeggen,' zei meneer Prendergast. 'Het is doodzonde, want ze is verzot op het kind, en ik geloof dat ze bijna alles zou opofferen om hem daar te houden.'

'Doodzonde,' herhaalde Hugo terwijl hij het dossier dichtklapte en uit zijn stoel oprees. 'Ik zal u niet langer ophouden, meneer Prendergast.

Over ongeveer een half uur heb ik een afspraak in de stad. Misschien kan ik u een lift aanbieden?'

'Dat is heel aardig van u, meneer Barrington, maar dat zal niet nodig zijn. Ik ben zelf komen rijden.'

'Waar rijdt u in?' vroeg Hugo terwijl hij zijn aktetas pakte en naar de deur liep.

'Een Morris Oxford,' zei Prendergast, die vlug een aantal documenten terug in zijn Gladstone-tas propte en Hugo het kantoor uit volgde.

'De volksauto,' zei Hugo. 'Ik heb gehoord dat die, net als u, meneer Prendergast, zeer betrouwbaar is.' Beide mannen lachten terwijl ze samen de trap af liepen. 'Trieste zaak, mevrouw Clifton,' zei Hugo toen ze het gebouw verlieten. 'Anderzijds weet ik niet helemaal zeker of ik het wel goed vind dat vrouwen in zaken gaan. Het is niet natuurlijk.'

'Helemaal mee eens,' zei Prendergast nu de twee mannen Barringtons auto bereikten. 'Bedenk wel,' voegde hij eraan toe, 'dat u niet meer had kunnen doen voor de arme vrouw.'

'Wat aardig dat u dat zegt, Prendergast,' zei Hugo. 'Maar ondanks dat zou ik het waarderen als mijn betrokkenheid strikt onder ons blijft.'

'Natuurlijk, meneer,' zei Prendergast terwijl de twee mannen elkaar de hand schudden, 'u kunt op mij vertrouwen.'

'Ik stel voor dat we contact houden, amice,' zei Hugo terwijl hij instapte. 'Ik twijfel er niet aan dat ik weer een beroep op de bank zal doen.' Prendergast glimlachte.

Terwijl Hugo naar de stad reed, keerden zijn gedachten terug naar Maisie Clifton. Hij had haar een klap uitgedeeld waarvan ze vermoedelijk niet zou herstellen, maar nu wilde hij de knock-out uitdelen.

Hij reed Bristol in en vroeg zich af waar ze op dat moment zou zijn. Waarschijnlijk was ze bij haar zoon om hem uit te leggen waarom hij aan het eind van de zomer het gymnasium in Bristol zou moeten verlaten. Had ze zelfs maar even gedacht dat Harry zijn studie zou kunnen voortzetten alsof er niets was gebeurd? Hugo besloot het onderwerp niet ter sprake te brengen met Giles erbij, tenzij de jongen hem zelf het trieste nieuws vertelde dat zijn vriend Harry na de vakantie niet naar het gym zou terugkeren om zich bij hem aan te sluiten in de zesde klas.

De gedachte dat zijn zoon naar het gymnasium in Bristol ging, maakte hem nog steeds woedend, maar nooit had hij Elizabeth of zijn vader de ware reden verteld waarom Giles geen plaats op Eton had weten te bemachtigen.

Toen hij langs de kathedraal was gereden, vervolgde hij over College Green om daarna de ingang van het Royal Hotel in te draaien. Hij was enkele minuten te vroeg voor zijn afspraak, maar wist zeker dat de directeur hem niet zou laten wachten. Hij liep door de draaideur de hal in en had niemand nodig om hem te vertellen waar het kantoor van meneer Frampton was.

Zodra hij de ruimte betrad, sprong de directiesecretaresse op. 'Ik zal meneer Frampton laten weten dat u er bent,' zei ze, waarna ze het belendende kantoor bijna in rende. Even later verscheen de directeur.

'Meneer Barrington, wat een genoegen om u te ontvangen,' zei hij terwijl hij hem zijn kantoor binnenleidde. 'Ik hoop dat u en mevrouw Barrington het goed maken.' Hugo knikte en nam plaats tegenover de hoteldirecteur, maar gaf hem geen hand.

'Toen u om een onderhoud verzocht, heb ik de vrijheid genomen om de afspraken omtrent het jaarlijkse diner van uw onderneming te controleren,' zei Frampton. 'Er worden iets meer dan driehonderd gasten verwacht, begrijp ik?'

'Ik ben niet geïnteresseerd in hoeveel gasten er komen,' zei Hugo. 'Daar ben ik niet voor gekomen, Frampton. Ik wens een privékwestie te bespreken die ik hoogst onaangenaam vind.'

'Ik betreur het ten zeerste om dat te vernemen,' zei Frampton, die rechtop ging zitten.

'Een van onze niet-leidinggevende directieleden verbleef donderdagnacht in het hotel en de volgende dag kwam hij met een zeer ernstige aantijging. Ik acht het niet meer dan mijn plicht om dit onder uw aandacht te brengen.'

'Ja, uiteraard,' zei Frampton terwijl hij zijn zwetende handpalmen over zijn broek wreef. 'Het laatste wat wij zouden willen is een van onze meest gewaardeerde klanten tegen de haren in strijken.'

'Ik ben blij dat te horen,' zei Hugo. 'De heer in kwestie is na sluiting van het restaurant in het hotel ingecheckt en het Palm Court in gelopen in de hoop op een lichte verfrissing.'

'Een dienst die ik persoonlijk heb ingesteld,' zei Frampton met een geforceerde glimlach.

Hugo negeerde de opmerking. 'Hij deed zijn bestelling bij een jongedame die de leiding leek te hebben.'

'Ja, dat zou onze mevrouw Clifton moeten zijn.'

'Ik heb geen idee wie het was,' zei Hugo. 'Echter, toen ze hem een kop koffie en wat sandwiches bracht, betrad een andere heer het Palm Court, plaatste een bestelling en vroeg of deze naar zijn kamer kon worden gebracht. Het enige wat mijn vriend zich verder van de man kan herinneren is dat hij met een licht Iers accent sprak. Mijn vriend zette vervolgens zijn handtekening op de rekening en trok zich terug voor de nacht. De volgende morgen stond hij vroeg op, omdat hij wilde ontbijten en nog voor de bestuursvergadering zijn documenten wilde doornemen. Toen hij zijn kamer uit kwam, zag hij dezelfde vrouw, nog steeds gekleed in haar hoteluniform, kamer 371 verlaten. Ze liep naar het einde van de gang, klom door het raam naar buiten en de brandtrap op.'

'Ik verneem dit echt met ontzetting, meneer. Ik...'

'Het betrokken bestuurslid heeft verzocht om voortaan wanneer hij naar Bristol gaat in een ander hotel te worden geboekt. Nu wens ik geen al te preutse indruk te wekken, Frampton, maar het Royal is altijd een hotel geweest waar ik mijn vrouw en kinderen graag mee naartoe neem.'

'Meneer Barrington, u kunt ervan opaan dat de persoon in kwestie met onmiddellijke ingang zal worden ontslagen en geen referenties mee zal krijgen. Mag ik eraan toevoegen dat ik dankbaar ben dat u dit onder mijn aandacht hebt gebracht.'

Hugo kwam overeind. 'Uiteraard zou ik willen dat er op geen enkele wijze naar mij of het bedrijf wordt verwezen, mocht u het nodig achten om de dame in kwestie te ontslaan.'

'U kunt op mijn discretie vertrouwen,' zei Frampton.

Voor het eerst glimlachte Hugo. 'Om wat positiever te eindigen, mag ik even zeggen hoezeer we ons verheugen op het jaarlijkse diner, dat ongetwijfeld weer van uw gebruikelijke hoge kwaliteit zal zijn. Volgend jaar bestaat het bedrijf honderd jaar, dus ik weet zeker dat mijn vader dat uitbundig zal willen vieren.' Beide mannen lachten net iets te hard.

'U kunt op ons rekenen, meneer Barrington,' zei Frampton terwijl hij zijn cliënt het kantoor uit volgde.

'En nog iets, Frampton,' zei Hugo in de hal aangekomen. 'Ik heb liever dat u hierover niets tegen Sir Walter zegt. Mijn vader kan een tikkeltje ouderwets zijn in dit soort dingen, dus ik denk dat we het beter onder ons kunnen houden.'

'Ik ben het helemaal met u eens, meneer Barrington,' zei Frampton. 'U kunt ervan opaan dat ik deze kwestie persoonlijk zal afhandelen.'

Terwijl Hugo door de draaideur naar buiten liep, vroeg hij zich af hoeveel uren Mitchell precies in het Royal moest hebben doorgebracht voordat hij hem van zo'n onbetaalbaar stukje informatie kon voorzien.

Hij sprong in zijn auto, startte de motor en vervolgde zijn weg naar huis. Zijn gedachten waren nog steeds bij Maisie Clifton toen hij opeens een tikje op zijn schouder voelde. Even ervoer hij een moment van blinde paniek toen hij zich omdraaide en zag wie er op de achterbank zat. Hij vroeg zich zelfs af of ze op een of andere manier over zijn afspraak met Frampton te weten was gekomen.

'Wat wil je?' vroeg hij, niet afremmend uit vrees dat iemand hen samen zou kunnen zien.

Terwijl hij luisterde naar haar eisen kon hij zich slechts afvragen hoe ze zo goed geïnformeerd kon zijn. Toen ze uitgepraat was, ging hij dadelijk akkoord met haar voorwaarden, wetend dat dit de gemakkelijkste manier was om haar de auto uit te krijgen.

Mevrouw Clifton legde een dunne bruine envelop op de passagiersstoel. 'Ik wacht op een bericht van je,' zei ze.

Hugo stak de envelop in een binnenzak. Hij remde alleen af toen hij bij een onverlichte steeg kwam, maar stopte pas toen hij zeker wist dat niemand hen kon zien. Hij sprong de auto uit en opende het achterportier. Toen hij de blik op haar gezicht zag, was het duidelijk dat zij voelde dat ze meer dan haar doel had bereikt.

Hugo gunde haar een moment van triomf, waarna hij haar bij de schouders vastgreep en door elkaar schudde alsof hij een hardnekkige appel van een boom wilde krijgen. Toen hij haar duidelijk had gemaakt wat er zou gebeuren als ze hem ooit nog lastigviel, stompte hij haar met al zijn kracht in het gezicht. Ze zakte in elkaar op de grond en hield niet op met trillen, opgerold tot een bal. Hugo overwoog nog een schop in haar buik, maar wilde niet riskeren dat een voorbijganger hem zag. Zonder verder nog aan haar te denken reed hij weg.

Old Jack Tar

1925-1936

27

Het was op een zwoele donderdagmiddag in Noord-Transvaal toen ik elf man doodde en een dankbare natie mij het Victoriakruis toekende voor bewezen moed. Sindsdien heb ik geen nacht meer rustig kunnen slapen.

Had ik in mijn vaderland een Engelsman gedood, dan zou de rechter me hebben veroordeeld tot ophanging tot de dood erop volgt. In plaats daarvan heb ik levenslang gekregen, want ik zie de gezichten van die beklagenswaardige jongemannen elke dag weer voor me, als een beeltenis op een munt die nooit vervaagt. Ik heb vaak zelfmoord overwogen, maar dat zou een laffe uitweg zijn.

In het in *The Times* gepubliceerde stuk stond vermeld dat dankzij mijn daden twee officieren, vijf onderofficieren en zeventien soldaten van de Royal Gloucesters het leven werd gered. Een van die officieren, luitenant Walter Barrington, heeft ervoor gezorgd dat ik mijn straf nog met enige waardigheid kon uitdienen.

Al na enkele weken werd ik op de boot naar Engeland gezet, en een paar maanden later kreeg ik, na wat nu zou worden omschreven als een zenuwinzinking, eervol ontslag uit de militaire dienst. Na een half jaar in een legerhospitaal te hebben doorgebracht, werd ik weer losgelaten in de vrije wereld. Ik veranderde mijn naam, vermeed mijn woonplaats Wells in Somerset en toog naar Bristol. In tegenstelling tot de verloren zoon weigerde ik de paar kilometer extra te reizen naar het naburige graafschap, waar ik in het huis van mijn vader helemaal tot rust had kunnen komen.

Overdag zwierf ik door de straten van Bristol en zocht ik in vuilnisbakken naar restjes eten; 's nachts was het park mijn slaapkamer, een bankje mijn bed, een krant mijn deken, en de eerste kwinkelerende vogel die kond gaf van het nieuwe ochtendgloren mijn eerste aanspraak. Bij koud of nat weer verschanste ik me in de wachtruimte van een plaatselijk station, waar ik onder de bank tukte en al weer opstond voordat de eerste trein de volgende ochtend binnentufte. Toen de nachten langer werden, meldde ik me bij het Leger des Heils in Little George Street, waar lieve dames voor een dikke boterham en wat dunne soep zorgden en ik daarna liggend op een paardenharen matras en bedekt onder één deken indutte. Pure luxe.

Naarmate de jaren verstreken, hoopte ik dat mijn voormalige dienstmakkers en collega-officieren ervan uit zouden gaan dat ik was heengegaan. Ik zat er niet op te wachten dat ze zouden ontdekken dat dit mijn zelfverkozen gevangenis was om mijn levenslange straf in uit te zitten. En zo zou het waarschijnlijk ook zijn geschied als er niet op een dag een Rolls-Royce met piepende banden pardoes was gestopt. Waarna het achterportier openzwaaide en er een man naar buiten sprong die ik in geen jaren had gezien.

'Kapitein Tarrant!' riep hij terwijl hij op me af liep. Ik keek weg, hopend dat hij zou denken dat hij zich had vergist. Ik herinnerde me echter maar al te goed dat Walter Barrington geen man was die aan zichzelf twijfelde. Hij pakte me bij de schouders en keek me een moment indringend aan, alvorens te zeggen: 'Hoe is dit in hemelsnaam mogelijk, *old fellow*?'

Hoe meer ik hem op het hart drukte dat ik zijn hulp niet nodig had, hoe vastberadener hij werd om zich als mijn redder op te werpen. Uiteindelijk gaf ik me gewonnen, maar niet voordat hij had ingestemd met mijn voorwaarden.

Aanvankelijk smeekte hij me om bij hem en zijn vrouw mijn intrek te nemen in Manor House, maar ik was inmiddels al zo gewend geraakt aan een dakloos bestaan dat dergelijk comfort alleen maar als een last voelde. Hij bood me zelfs een plek in de raad van bestuur van de rederij die zijn naam droeg.

'Hoe zou ik in hemelsnaam van nut kunnen zijn?' vroeg ik.

'Je aanwezigheid alleen al, Jack, zou voor ons allemaal een inspiratie zijn.'

Ik bedankte hem, maar legde hem uit dat ik mijn straf voor de moord op elf man er nog niet op had zitten. Nog steeds gaf hij zich niet gewonnen.

Ten slotte ging ik akkoord met een baan als nachtwaker op het haventerrein, voor drie pond per week plus accommodatie: een verlaten Pullman-rijtuig werd nu mijn cel. En zo zou ik mijn levenslange straf waarschijnlijk tot mijn dood hebben uitgezeten als ik jongeheer Harry Clifton niet tegen het lijf was gelopen.

Jaren later zou Harry beweren dat ik zijn leven had vormgegeven. In werkelijkheid was hij degene die het mijne had gered.

Toen ik hem voor het eerst ontmoette, zal hij niet ouder dan vier à vijf jaar zijn geweest. 'Kom binnen, knul,' riep ik toen ik hem op zijn knieën naar de wagon had zien sluipen. Maar hij was meteen overeind gesprongen en weggerend.

De zaterdag daarop had hij door het raam durven turen. Ik probeerde het nogmaals. 'Waarom kom je niet even binnen, beste knul? Ik bijt je heus niet,' riep ik in de hoop hem wat gerust te stellen. Ditmaal aanvaardde hij de uitnodiging en opende hij de deur, maar nadat we wat woorden hadden gewisseld, nam hij weer de benen. Was ik dan zo afschrikwekkend?

De volgende zaterdag trok hij niet alleen de deur open, maar bleef hij, met de benen standvastig iets uit elkaar, me vanuit de deuropening opstandig aankijken. Een uur lang praatten we over van alles, van het elftal van Bristol City tot waarom slangen vervellen en wie de architect van de Clifton Suspension Bridge was, waarna hij ten slotte zei: 'Ik moet er nu vandoor, meneer Tar. Mijn moeder verwacht me voor de thee.' Ditmaal wandelde hij weg, maar keek daarbij wel verscheidene malen achterom.

Daarna bezocht hij me elke zaterdag, totdat hij naar Merrywood, de lagere school ging en bijna elke ochtend langswipte. Het duurde enige tijd voordat ik de jongen ervan kon overtuigen dat hij niet moest spijbelen maar vooral zijn best moest blijven doen op school om te leren lezen en schrijven. Eerlijk gezegd zou me zelfs dat zonder de hulp van Miss Monday, meester Holcombe en Harry's geestdriftige moeder niet zijn gelukt. Er was een formidabel team voor nodig om Harry Clifton zichzelf waar te laten maken. Toen hij zich voorbereidde om als koorknaap naar St. Bede's te kunnen en dus weer tijd had om me elke zaterdagochtend op te zoeken, wist ik dat onze inspanningen waren geslaagd.

Toen hij eenmaal op zijn nieuwe school was begonnen, verwachtte ik hem pas in de kerstvakantie weer te zien, maar tot mijn verrassing stond hij de eerste vrijdagavond iets voor elven weer voor mijn deur.

Hij vertelde me dat hij St. Bede's was ontvlucht omdat een mentor hem koeioneerde – hoe heette die ellendeling toch? – en hij naar zee wilde. In dat laatste geval zou de knaap het waarschijnlijk tot admiraal hebben geschopt, maar gelukkig nam hij mijn goede raad ter harte en was hij de volgende ochtend weer op tijd present voor het ontbijt.

Omdat hij voorheen altijd samen met Stan Tancock naar de kades ging, duurde het even voordat het tot me doordrong dat Harry de zoon van Arthur Clifton was. Op een dag vroeg hij me of ik zijn vader had gekend. Ja, zei ik, en ook dat hij een goede, beschaafde vent was met een heldhaftig oorlogsverleden. Daarna vroeg Harry of ik wist hoe hij was gestorven. Ik zei dat ik dat niet wist. Het was de enige keer dat ik tegen de jongen heb gelogen. Wie was ik om de wensen van zijn moeder te negeren?

Ik stond op de kade toen er van ploeg werd gewisseld. Niemand die me opmerkte, het was bijna alsof ik niet bestond en ik wist dat sommigen gewoon dachten dat ik écht niet bestond. Ik nam geen enkele moeite hen op andere gedachten te brengen, aangezien ik zo op anonieme wijze mijn straf kon uitzitten.

Arthur Clifton was een goede ploegbaas geweest, een van de besten, en hij had zijn werk dan ook serieus opgevat. In tegenstelling tot zijn beste kameraad, Stan Tancock, wiens eerste aanloophaven na het werk steevast de Pig and Whistle was.

Ik keek naar Arthur Clifton terwijl hij het ruim van de *Maple Leaf* in dook voor een laatste controle, alvorens de lassers aan het werk gingen om de dubbele scheepswand te dichten. Waarschijnlijk heeft het helse kabaal van de fluit iedereen afgeleid: de ene ploeg komt, de andere gaat en de lassers moesten snel aan de slag wilden ze de klus voor het eind van hun dienst klaar hebben en hun toeslag kunnen incasseren. Niemand die keek of Clifton al weer tevoorschijn was geklommen, mezelf inbegrepen.

We gingen er allemaal van uit dat hij de stoomfluit moest hebben gehoord en zich tussen de honderden dokwerkers bevond die nu door de poort naar buiten marcheerden, op weg naar huis. In tegenstelling tot zijn zwager stopte Clifton onderweg zelden voor een pint in Pig and Whistle, maar ging hij liever meteen naar zijn huis in Still House Lane om bij zijn vrouw en kind te kunnen zijn. In die dagen kende ik zijn gezin nog niet en dat zou misschien wel zo zijn gebleven als Arthur Clifton die avond gewoon was thuisgekomen.

De tweede shift was inmiddels flink aan het werk toen ik Tancock opeens hoorde tieren. Ik zag dat hij naar de romp van het schip wees. Maar Haskins, de ploegbaas, bonjourde hem gewoon weg alsof hij een irritante wesp was.

Toen het tot Tancock doordrong dat er met Haskins niet te praten viel, rende hij het gangboord op en over de kade in de richting van Barrington House. Op het moment dat Haskins zich realiseerde wat Tancock van plan was, stoof hij de man achterna en hij had Tancock bijna te pakken toen deze via de draaideur het hoofdkantoor van de werf binnenstormde.

Tot mijn verbazing zag ik Tancock een paar minuten later weer naar buiten komen, en ik was nog verbaasder toen ik zag dat Haskins en de directeur hem in zijn kielzog volgden. Ik kon maar niet bedenken wat meneer Hugo kon hebben overtuigd om al na zo'n kort gesprek met Stan Tancock achter zijn bureau vandaan te komen.

Daar kwam ik echter snel genoeg achter, want op het moment dat meneer Hugo op de werf verscheen, beval hij iedereen het gereedschap neer te leggen, te stoppen met werken en stil te zijn alsof het herdenkingsdag was. Waarna Haskins een minuut later de mannen opdracht gaf weer aan het werk te gaan.

Dat was het moment waarop ik besefte dat Arthur Clifton nog altijd tussen de dubbele scheepswand kon zitten. Geen man kon toch zo onverschillig zijn om zomaar weg te lopen terwijl hij ook maar het geringste vermoeden had dat iemand misschien levend gevangenzat in een stalen graf dat hij zelf had geconstrueerd?

Toen de lassers weer aan het werk gingen, zei meneer Hugo nog iets tegen Tancock, waarna Tancock door de werfpoort weg marcheerde en uit het zicht verdween. Ik keek achterom om te zien of Haskins hem weer achternakwam, maar die joeg als een galeimeester zijn werkers liever op tot het uiterste om de verloren tijd te kunnen inhalen. Even later liep meneer Hugo over de loopplank naar beneden, stapte in zijn auto en reed naar Barrington House.

Toen ik even later opnieuw door het raam van mijn spoorrijtuig naar buiten keek, zag ik Tancock de poort weer binnenrennen en op Barrington House af stormen. Ditmaal bleef hij tenminste een half uur weg. Toen hij weer verscheen, leek hij kalmer en was de ergste woede inmiddels van zijn gezicht verdwenen. Ik maakte hieruit op dat hij Clifton inmiddels had gevonden en meneer Hugo gewoon op de hoogte had gebracht.

Ik keek omhoog naar het kantoor van meneer Hugo en zag dat hij vanachter zijn raam Tancock nakeek, die op dat moment de werf verliet. Hij keek hem net zo lang na totdat Tancock uit het zicht verdwenen was. Een paar minuten later verscheen meneer Hugo zelf uit het gebouw, liep naar zijn auto en reed weg.

Ik zou er verder niet meer aan hebben gedacht als Arthur Clifton de volgende ochtend gewoon weer had ingeklokt, maar dat deed hij niet en dat zou hij ook nooit meer doen.

De volgende ochtend kreeg ik bezoek van een zekere inspecteur Blakemore. Je kunt iemands karakter vaak duiden door te kijken naar hoe hij zijn omgeving tegemoet treedt. Blakemore was een van die zeldzame types die verder keken dan hun neus lang was.

'U zegt dat u Stanley Tancock Barrington House gisteravond tussen zeven uur en half acht zag verlaten?'

'Ja, dat heb ik gezien,' antwoordde ik.

'Leek hij haast te hebben, was hij ongerust, of probeerde hij stiekem weg te glippen?'

'Integendeel,' zei ik. 'Ik weet nog dat ik op dat moment vond dat hij, gezien de hele situatie, een opmerkelijk zorgeloze indruk leek te maken.

'"Gezien de hele situatie?"' vroeg Blakeman.

'Nog geen uur daarvoor liep hij nog te brullen dat zijn kompaan Arthur Clifton tussen de dubbele scheepswanden onder in de *Maple Leaf* gevangenzat en dat er niets werd gedaan om hem te hulp te schieten.'

Blakemore noteerde mijn woorden in zijn opschrijfboekje.

'Enig idee waar Tancock uiteindelijk naartoe is gegaan?'

'Nee,' antwoordde ik. 'Toen ik hem voor het laatst zag, liep hij met een arm om een van zijn maten de poort uit.'

'Dank u, meneer,' zei de inspecteur. 'U hebt ons goed te woord gestaan.' Het was een lange tijd geleden sinds iemand mij met 'meneer' had aangesproken. 'Vindt u het erg om, wanneer het u uitkomt, naar het bureau te komen voor een schriftelijke verklaring?'

'Om persoonlijke redenen doe ik dat liever niet, inspecteur,' antwoordde ik. 'Maar ik wil met alle plezier zelf een verklaring op schrift zetten die u, wanneer het u uitkomt, kunt komen ophalen.'

'Heel goed, meneer.'

De inspecteur opende zijn koffertje, trok een getuigenformulier tevoorschijn en gaf het aan me. Daarna lichtte hij zijn hoed met de woorden: 'Dank u wel, meneer. Ik hou contact.' Maar daarna heb ik hem nooit meer gezien.

Zes weken later werd Stan Tancock wegens diefstal veroordeeld tot drie jaar gevangenisstraf, waarbij meneer Hugo optrad als de hoofdgetuige à charge. Ik woonde alle zittingsdagen bij en wat mij betrof leed het geen twijfel wie van de twee de ware schuldige was.

28

'Probeer niet te vergeten dat je mijn leven hebt gered.'

'Dat is wat ik de afgelopen zesentwintig jaar juist heb wíllen vergeten,' hielp Old Jack hem herinneren.

'Maar je redde ook nog eens vierentwintig van je West Countrymen-kompanen. In deze stad zul je altijd een held blijven, maar dat lijkt totaal niet tot je door te dringen. Ik moet het je dus vragen, Jack: hoe lang wil je jezelf zo blijven martelen?'

'Totdat ik die elf man niet langer zo haarscherp voor mijn geest zie als nu.'

'Maar je deed meer dan alleen je plicht,' weerlegde Sir Walter hem.

'Zo zag ik het destijds ook, ja,' moest Jack toegeven.

'Wat is er dan veranderd?'

'Als ik die vraag kon beantwoorden, dan hadden we dit gesprek nooit gevoerd.'

'Maar je kunt nog altijd zo veel voor je medemens betekenen. Neem nu die jonge vriend van je. Je vertelt me dat hij maar blijft spijbelen, maar als hij nu eens zou ontdekken dat jij kapitein Jack Tarrant van het Royal Gloucestershire Regiment bent, onderscheiden met het Victoriakruis, denk je dan niet dat hij zelfs met nog meer respect naar je zal luisteren?'

'Hij kan ook net zo goed weer de benen nemen,' antwoordde Jack. 'Hoe het ook zij, voor de jonge Harry Clifton heb ik andere plannen.'

'Clifton. Clifton... Waarom komt die naam me bekend voor?' mompelde Sir Walter.

'Harry's vader raakte opgesloten in de dubbele scheepswand van de *Maple Leaf* en niemand schoot hem te...'

'Dat is niet wat ík heb gehoord,' onderbrak Sir Walter hem en zijn toon was opeens anders. 'Mij werd verteld dat Clifton zijn vrouw had verlaten omdat ze, laten we er maar niet omheen draaien, een lichtekooi was.'

'... dan ben je misleid,' reageerde Jack, 'want ik kan je vertellen dat mevrouw Clifton een knappe, intelligente vrouw is en dat de man die het geluk had met haar getrouwd te kunnen zijn, haar nooit zou hebben willen verlaten.'

Sir Walter keek oprecht geschokt en het duurde even voordat hij verder sprak. 'Je gelooft toch zeker niet dat dat kletsverhaal over die dubbele wand waar is?' vroeg hij zacht.

'Ik ben bang van wel, Walter. Want weet je, ik heb het allemaal met eigen ogen gezien.'

'Waarom heb je toen niet je mond opengetrokken?'

'Dat heb ik wel degelijk gedaan. De dag daarna werd ik ondervraagd door inspecteur Blakemore. Ik heb hem toen alles verteld wat ik had gezien en heb op zijn verzoek een schriftelijke verklaring opgesteld.'

'Maar waarom werd die tijdens de zitting dan niet als bewijsmateriaal opgevoerd?' wilde Sir Walter weten.

'Omdat ik Blakemore daarna nooit meer heb gezien. En toen ik me op het politiebureau meldde, kreeg ik te horen dat hij niet langer op de zaak zat, en zijn vervanger weigerde me te spreken.'

'Ik liet Blakemore van de zaak halen,' bekende Sir Walter. 'Die verdomde kerel beweerde bijna dat Tancock dat geld van Hugo had gekregen om een onderzoek naar dat Clifton-voorval te vermijden.'

Old Jack zweeg.

'Laten we het daar niet meer over hebben,' besloot Sir Walter. 'Ik weet dat mijn zoon verre van perfect is, maar ik kan niet geloven...'

'Of misschien *wíl* je het niet geloven,' wierp Old Jack tegen.

'Jack, aan wiens kant sta jij eigenlijk?'

'Aan de kant van de gerechtigheid. Net als jij, toen we elkaar leerden kennen.'

'Aan die kant sta ik nog steeds,' reageerde Sir Walter, maar hij zweeg vervolgens, om er ten slotte aan toe te voegen: 'Ik wil dat je me iets belooft, Jack. Mocht je ooit iets over Hugo ontdekken wat volgens jou de naam van de familie kan schaden, dan moet je me dat direct laten weten.'

'Je hebt mijn woord.'

'En jij het mijne, kerel, dat ik bij het geringste vermoeden dat hij de wet wel eens kan hebben overtreden, niet zal aarzelen Hugo over te dragen aan de politie.'

'Laten we hopen dat er vanaf nu niets meer aan het licht komt wat zoiets onvermijdelijk maakt,' wenste Old Jack.

'Mee eens, kerel. Laten we het eens over wat aangenamere zaken hebben. Heb je op het moment nog iets nodig? Ik kan nog steeds...'

‘Heb je misschien nog wat oude kleren waaraan je niet langer behoefte hebt?’

Sir Walter trok een wenkbrauw op. ‘Mag ik weten waarom?’

‘Nee, dat mag je niet,’ antwoordde Old Jack. ‘Maar goed, ik moet op bezoek bij een zeker heerschap en daarvoor dien ik passend gekleed te zijn.’

Old Jack was met de jaren zo mager geworden dat Sir Walters kleren als vlas aan een spinstok langs zijn lijf hingen. Bovendien was hij een stuk langer dan zijn oude vriend, en dus had hij de omslag van zijn broekspijpen los laten tornen. Toch raakten zijn pijpen nauwelijks zijn enkels, maar wat hem betrof zouden het tweedpak, het geruite overhemd en de gestreepte das goed van pas komen bij dit bezoek.

Terwijl Old Jack voor het eerst sinds jaren het haventerrein verliet, keken een paar vertrouwde gezichten de gesoigneerde vreemdeling nog eens na.

Toen om vier uur de schoolbel luidde, stapte Old Jack terug in de schaduw terwijl het luidruchtige, onstuimige grut door het hek van Merrywood naar buiten rende alsof het een gevangenisuitbraak betrof.

Mevrouw Clifton wachtte al tien minuten. Toen Harry zijn moeder zag, liet hij zich met tegenzin bij de hand nemen. Echt een schoonheid om te zien, dacht Old Jack bij zichzelf terwijl hij de twee nakeek en Harry zoals gewoonlijk met de energie van een stoomlocomotief al kwebbelend naast haar meehuppelde.

Old Jack wachtte totdat de twee uit het zicht waren, waarna hij de straat overstak en het schoolplein betrad. In zijn gewone kloffie zou hij al ver voordat hij de ingang ook maar had kunnen bereiken zijn tegengehouden. Hij wierp een blik door de gang met de klaslokalen en zag dat een van de onderwijzers kwam aangelopen.

‘Sorry dat ik u stoor,’ verontschuldigde Old Jack zich, ‘maar ik ben op zoek naar meester Holcombe.’

‘Derde deur links, kerel,’ antwoordde de man, wijzend met een vinger.

Bij de deur van meester Holcombes lokaal aangekomen, klopte hij zachtjes aan.

‘Binnen.’

Old Jack stapte naar binnen en trof een jonge man, zittend aan een lessenaar tegenover rijen lege tafeltjes en stoelen. Hij was gekleed in een zwarte toga die onder het witte krijtstof zat en was bezig met het nakijken van schoolschriften. ‘Sorry dat ik u stoor,’ zei hij. ‘Ik ben op zoek naar meester Holcombe.’

'Dan hoeft u niet verder te zoeken,' antwoordde de onderwijzer terwijl hij zijn pen neerlegde.

'Mijn naam is Tar,' zei Old Jack terwijl hij een stap naderbij kwam, 'maar mijn vrienden noemen me Jack.'

Hocombes gezicht fleurde op. 'Dan moet u degene zijn bij wie Harry Clifton elke ochtend even langsgaat.'

'Ik vrees dat u gelijk hebt,' moest Old Jack bekennen. 'Mijn excuses.'

'Niet nodig,' stelde Holcombe hem gerust. 'Had ik maar net zo'n invloed op hem als u.'

'Daarom ben ik hier, meneer Holcombe. Ik ben ervan overtuigd dat Harry een bijzonder kind is en alle kans verdient om zijn talenten zo goed mogelijk te kunnen ontwikkelen.'

'Daarover zijn we het helemaal met elkaar eens,' reageerde Holcombe. 'En ik vermoed zelfs dat hij over een talent beschikt dat u zelfs nog niet hebt ontdekt.'

'En wat mag dat dan wel zijn?'

'Hij zingt als een engel.'

'Harry is anders geen engel, hoor,' reageerde Old Jack met een grijns.

'Inderdaad, maar dat talent kan ons de beste kans bieden om tot hem door te dringen.'

'Wat had u in gedachten?' wilde Old Jack weten.

'Er bestaat een kans dat hij gevraagd wordt voor het koor van de kerk van de Heilige Geboorte. Dus, als u hem kunt overhalen om wat vaker present te zijn, dan staat het voor mij vast dat ik hem kan leren lezen en schrijven.'

'Waarom is dat zo belangrijk voor een kerkkoor?'

'Het is verplicht, en Miss Monday, de koordirigent, weigert hierop een uitzondering te maken.'

'Dan zal ik er dus voor moeten zorgen dat de knaap uw lessen niet verzuimt, nietwaar?' concludeerde Old Jack.

'Zelfs meer dan dat. Op de dagen dat hij niet op school zit, zou u hem het een en ander kunnen bijbrengen.'

'Maar daarvoor ben ik helemaal niet gekwalificeerd.'

'Kwalificaties zeggen Harry Clifton helemaal niets en we weten allebei dat hij naar u luistert. Misschien dat we de handen ineen moeten slaan.'

'Maar als Harry ontdekt wat we in ons schild voeren, zullen u en ik hem nooit meer zien.'

'Wat kent u hem toch goed,' stelde de schoolmeester met een zucht vast. 'We moeten er dus voor zorgen dat hij dat nooit te weten komt.'

'Dat kan wel eens lastig worden,' antwoordde Old Jack, 'maar ik ben bereid het te proberen.'

'Dank u, meneer,' zei meester Holcombe, waarna de onderwijzer even een stilte liet vallen, om er vervolgens aan toe te voegen: 'Zou ik u misschien de hand mogen schudden?' Old Jack keek verrast toe terwijl de schoolmeester zijn hand uitstak. Old Jack aanvaardde de uitgestoken hand en schudde hem hartelijk. 'Het was mij een eer u te mogen spreken, kapitein Tarrant.'

Verschrikt keek Old Jack hem aan. 'Hoe kunt u in hemelsnaam weten hoe ik...'

'Mijn vader heeft nog altijd een foto van u aan de muur van onze woonkamer.'

'Maar, waarom?'

'Omdat u hem het leven hebt gered, kapitein.'

De weken daarna werden Harry's bezoekjes aan Old Jack minder frequent, totdat ze elkaar alleen nog de zaterdagochtenden zagen. Voor Old Jack werd het duidelijk dat meester Holcombes plan was geslaagd toen Harry hem vroeg of hij de eerstvolgende zondag naar de kathedraal wilde komen om hem te horen zingen.

Die zondagochtend stond Old Jack vroeg op en hij begaf zich naar Sir Walters privéruimte op de vijfde verdieping van Barrington House om te douchen – een nieuwe uitvinding – zijn baard te trimmen en zich in het pak te hijsen dat Sir Walter hem had geschonken.

Aangekomen bij de kathedraal, nam hij vlak voor aanvang van de dienst plaats op het hoekje van de achterste kerkbank. Hij zag mevrouw Clifton op de derde rij, overduidelijk tussen haar vader en moeder in. En Miss Monday zou hij zelfs uit duizenden hebben herkend.

Wat Harry's zangstem betrof, had meester Holcombe niets te veel gezegd. Hij deed niet onder voor wat Old Jade zich uit zijn tijd in Wells Cathedral kon herinneren. Al bij de eerste klanken van *Lead Me, Lord*, twijfelde Old Jack er niet aan dat zijn protegé over een bijzondere gave beschikte.

Eerwaarde Watts had zijn laatste zegen nog niet gegeven, of Old Jack glipte de kathedraal uit en liep snel weer terug naar het haventerrein. Hij zou tot de zaterdag daarop moeten wachten om de jongen te kunnen vertellen hoe hij van zijn zangkunst had genoten.

Onderweg gleden zijn gedachten terug naar Sir Walters verwijtende woorden: 'Je zou zo veel meer voor Harry kunnen betekenen als je eens ophield jezelf zo te verloochenen.' Hij liet de woorden diep bezinken maar was nog niet klaar om de ketenen van schuld van zich af te werpen. Toch kende hij een man die Harry's leven zou kunnen veranderen, een man die erbij was geweest op die verschrikkelijke dag, een man die hij al meer dan vijfentwintig jaar niet had gesproken. Een man die lesgaf op een school die het St. Mary in Redcliffe van koorknapen voorzag. Helaas maakte Merrywood geen deel uit van het jachtterrein voor nieuwe koorknapen die aanspraak konden maken op de jaarlijkse toelage, en dus diende deze man te worden bijgestuurd.

Old Jacks enige vrees was dat luitenant Frobisher zich hem niet meer zou herinneren.

29

Old Jack wachtte totdat Hugo zijn kantoor had verlaten, maar het duurde nog een half uur voordat in het kantoortje van Miss Potts het licht eindelijk uitging.

Jack stapte de wagon uit en liep langzaam naar Barrington House, wetend dat hij slechts een half uurtje had voordat de schoonmaaksters aan het werk gingen. Hij glipte het verduisterde gebouw in en nam de trap naar de vijfde verdieping; na vijfentwintig jaar waarin Sir Walter de andere kant op had gekeken, wist hij als een kat in het donker zijn weg te vinden naar de deur met daarop het bordje DIRECTEUR.

Hij nam plaats aan Hugo's bureau en knipte de lamp aan. Als iemand het zou zien, zou hij of zij waarschijnlijk denken dat Miss Potts nog wat overwerkte. Hij bladerde door het telefoonboek, totdat hij bij de 'St.' belandde: het St. Andrew's, St. Bertholomew's, St. Beatrice's, St. Bede's.

Voor het eerst van zijn leven nam hij de hoorn van de haak, niet helemaal zeker wetend wat hij nu moest doen. Er klonk een stem. 'Het nummer, alstublieft.'

'TEM 8612,' antwoordde hij, met zijn wijsvinger pal onder de cijferreeks.

'Dank u.'

Terwijl hij wachtte, werd hij allengs nerveuzer. Wat moest hij zeggen zodra hij verbinding had? Hij zou de hoorn gewoon weer op de haak leggen. Hij trok een papiertje uit zijn broekzak tevoorschijn, vouwde het open en legde het voor zich op het bureaublad. Nu hoorde hij een beltoon, gevolgd door een klik en een mannenstem: 'Frobisher House.'

'Spreek ik met Noel Frobisher?' vroeg hij, zich herinnerend dat elke afdeling was vernoemd naar de huidige coördinator. Hij keek op zijn papiertje. Elke zin was zorgvuldig voorbereid en eindeloos geoefend.

'Spreekt u mee,' antwoordde Frobisher, duidelijk verrast met zijn voornaam te worden aangesproken door een stem die hij niet herkende. Er viel een lange stilte. 'Hallo, is daar iemand?' vroeg Frobisher daarop ietwat korzelig.

'Ja, met kapitein Jack Tarrant.'

De stilte die nu viel was zelfs nog langer, waarna Frobisher ten slotte reageerde met: 'Goedenavond, meneer.'

'Vergeef me dat ik op dit late uur bel, kerel, maar ik heb je advies nodig.'

'Geen probleem, meneer. Het is een groot voorrecht na al die jaren weer eens met u te kunnen spreken.'

'Aardig van je,' reageerde Old Jack. 'Ik zal het kort houden: voorziet St. Bede's de St. Mary-kathedraal van Redcliffe nog altijd van jongenssopranen voor het kerkkoor?'

'Zeker weten, meneer. Ondanks alle moderne veranderingen blijft deze traditie onveranderd.'

'In mijn tijd,' ging Old Jack verder, 'werden uitmuntende koorknapen jaarlijks door de school beloond met een studietoelage.'

'En nog steeds, meneer. Toevallig zullen we ons de komende weken weer over de aanvraagformulieren buigen.'

'Van scholen uit heel het land?'

'Ja, van elke school die een uitmuntende jongenssopraan kan voordragen, maar die moet dan wel over een solide basis beschikken.'

'Wel, in dat geval,' zei Old Jack, 'wil ik graag een kandidaat ter overweging voordragen.'

'Natuurlijk, meneer. Welke school wordt door deze knaap op dit moment bezocht?'

'Lagere school Merrywood.'

Weer een lange stilte. 'Ik moet bekennen dat het voor het eerst zou zijn dat we vanuit deze school een aanvraag ontvangen. Weet u toevallig de naam van zijn muziekleraar?'

'De school beschikt niet over een muziekleraar,' antwoordde Old Jack. 'Je kunt beter contact opnemen met zijn onderwijzer, meester Holcombe, die je zal laten kennismaken met zijn koorleidster.'

'Mag ik weten hoe de jongen heet?' vroeg Frobisher.

'Harry Clifton. Als je hem wilt horen zingen, dan beveel ik je de ochtenddienst van aanstaande zondag in de kerk van de Heilige Geboorte aan.'

'Zult u erbij zijn, meneer?'

'Nee,' antwoordde Old Jack.

'Hoe kan ik u bereiken nadat ik de jongen heb horen zingen?' was Frobishers volgende vraag.

'Dat zal niet gaan,' antwoordde Old Jack ferm, waarna hij de hoorn weer op de haak legde. Terwijl hij zijn papiertje weer opvouwde en terug stopte kon hij zweren dat hij buiten voetstappen op het grind hoorde knerpen. Snel knipte hij de lamp uit en glipte hij de gang op.

Hij hoorde een deur opengaan en stemmen op de trap. Hier op de vijfde verdieping te worden aangetroffen, verboden voor eenieder behalve de directie en Miss Potts, was wel het laatste wat hij wilde. Hij wilde Sir Walter vooral niet in verlegenheid brengen.

Snel liep hij de trap af. Op het moment dat hij de derde verdieping bereikte zag hij mevrouw Nettles zijn kant op lopen, met een mop in de ene en een emmer in de andere hand, en in gezelschap van een hem onbekende vrouw.

'Goeienavond, mevrouw Nettles,' groette hij haar. 'Wat een mooie avond weer voor m'n ronde.'

'Goeie, Old Jack,' groette ze terug terwijl ze snel verder liep. Zodra hij de hoek om was bleef hij staan en hij spitste de oren. 'Dat is Old Jack,' hoorde hij mevrouw Nettles zeggen. 'De zogenaamde nachtwaker. Zo gek als een deur, maar hij doet je niks. Dus, mocht je hem tegenkomen, gewoon negeren…' Old Jack grinnikte zacht terwijl haar stem met elke nieuwe stap verder wegstierf.

Terugwandelend naar zijn wagon vroeg hij zich af hoe lang het zou duren voordat Harry zou aankloppen met de vraag of hij zich als koorknaap moest opgeven voor een beurs voor St. Bede's.

30

Harry klopte aan op de deur van de wagon, slenterde naar binnen en nam plaats in de eerste klasse tegenover Old Jack.

Tijdens de trimesters op St. Bede's had hij Old Jack alleen op de zaterdagochtenden kunnen bezoeken. Waarop Jack als dank de ochtenddienst in de St. Mary-kathedraal van Redcliffe had bijgewoond en, gezeten op de achterste kerkbank, met plezier naar meneer Frobisher en meester Holcombe had gekeken die glimmend van trots naar zijn protegé luisterden.

Tijdens de schoolvakanties wist Old Jack nooit precies wanneer Harry weer aanklopte, want de jongen beschouwde het spoorrijtuig inmiddels als een tweede thuis. Telkens wanneer hij aan een nieuw trimester begon, miste Old Jack zijn gezelschap. Dat mevrouw Clifton hem de vader noemde die Harry had moeten ontberen, vervulde hem van trots. De waarheid was dat Harry de zoon was die hij altijd zelf had gewild.

'Nu al klaar met je krantenwijk?' vroeg Old Jack terwijl hij zich in de ogen wreef en even knipperde toen de jongen die zaterdagochtend het rijtuig binnenliep.

'Nee, je bent gewoon ingedommeld, ouwe,' zei Harry terwijl hij hem een exemplaar van de *Times* van de vorige dag gaf.

'En jij wordt met de dag brutaler, jongeman,' gaf Old Jack hem met een grijns te verstaan. 'Dus, hoe gaat het met je krantenwijk?'

'Volgens mij wel goed. Ik denk dat ik genoeg bij elkaar kan sparen om voor mam een horloge te kopen.'

'Een verstandig cadeau, gezien haar nieuwe baan. Maar kun je je dat wel veroorloven?'

'Ik heb al vier shilling bij elkaar,' antwoordde Harry. 'En ik denk dat ik aan het eind van de vakantie ongeveer zes shilling heb.'

'Weet je al wat voor horloge het gaat worden?'

'Ja. Hij ligt in de vitrine bij meneer Deakins, maar dat duurt niet lang meer,' antwoordde Harry met een grijns.

Deakins, het was een naam die Old Jack nooit zou vergeten. 'Hoeveel kost-ie?'

‘Geen idee,’ antwoordde Harry. ‘Ik vraag het meneer Deakins pas op de laatste dag voordat ik weer naar school ga.’

Old Jack vroeg zich af hoe hij het de jongen duidelijk kon maken dat zes shilling niet genoeg zou zijn voor een horloge, en dus veranderde hij van onderwerp. ‘Ik hoop dat die krantenwijk je niet van je schoolwerk af houdt. Ik hoef je er natuurlijk niet op te wijzen dat de examens elke dag weer een stukje dichterbij komen.’

‘U bent nog erger dan de Frob,’ reageerde Harry, ‘maar u zult het fijn vinden om te horen dat ik met Deakins elke ochtend twee uur en de meeste middagen ook nog eens twee uur in de bibliotheek zit.’

‘De mééste midddagen?’

‘Nou, Giles en ik gaan soms wel eens naar de bios, en Gloucestershire speelt volgende week thuis tegen Yorkshire. Kunnen we Herbert Sutcliffe zien batten.’

‘Je zult Giles wel missen als hij naar Eton gaat,’ zei Old Jack.

‘Hij probeert zijn vader nog steeds zover te krijgen dat ik en Deakins mee kunnen naar het gymnasium van Bristol.’

‘Deakins en ik,’ verbeterde Old Jack hem. ‘En wees gewaarschuwd: als meneer Hugo zijn besluit eenmaal heeft genomen, dan is er heel wat meer nodig dan een Giles om hem op andere gedachten te kunnen brengen.’

‘Meneer Barrington moet mij niet,’ zei Harry opeens.

‘O, waarom denk je dat?’

‘Hij behandelt me heel anders dan de andere jongens van St. Bede’s. Alsof ik niet goed genoeg ben om met zijn zoon bevriend te kunnen zijn.’

‘Dat zul je je hele leven blijven tegenkomen, Harry,’ zei Old Jack. ‘De Engelsen zijn de grootste snobs op aarde en goeddeels zonder reden. Hoe minder talent, hoe snobistischer, heb ik ervaren. Het is de enige manier waarop de zogenaamde upper class hoopt te kunnen overleven. Wees gewaarschuwd, mijn jongen, ze zitten niet te wachten op een vlegel als jij die zonder invitatie zomaar binnenwandelt.’

‘Maar u niet.’

‘Dat komt omdat ik geen upper class ben,’ legde Old Jack hem lachend uit.

‘Misschien niet,’ reageerde Harry, ‘maar mijn moeder vindt u topklasse, en zo wil ik ook worden.’

Het hielp niet dat Old Jack hem niet de ware reden kon onthullen waarom meneer Hugo altijd zo kortaf tegen hem deed. Was hij zelf destijds maar op het verkeerde tijdstip op de verkeerde plek geweest en had hij maar geen getuige hoeven te zijn van wat er op die dag van zijn vaders overlijden echt was gebeurd.

'Dommel je nu alweer in, ouwe?' vroeg Harry. 'Want ik kan niet de hele dag hier zitten keuvelen, hoor. Ik heb mijn moeder beloofd haar bij Clarks in Broad Street te treffen, want ze wil een nieuw paar schoenen voor me kopen. Hoewel ik me afvraag wat er mis is met dit paar.'

'Een bijzondere dame, die moeder van je,' merkte Old Jack op.

'Daarom krijgt ze ook een horloge van me.'

De bel boven de deur rinkelde terwijl hij de winkel betrad. Old Jack hoopte maar dat er voldoende tijd was verstreken en soldaat Deakins zich hem niet meer zou herinneren.

'Goedemorgen, meneer. Waarmee kan ik u helpen?'

Old Jack herkende meneer Deakins al meteen. Hij glimlachte, liep naar de vitrine en bekeek de twee horloges op het bovenste planchetje. 'Ik wil alleen maar even weten hoeveel deze Ingersoll kost.'

'Het dames- of het herenmodel, meneer?' vroeg meneer Deakins terwijl hij achter de toonbank vandaan stapte.

'Het damesmodel,' antwoordde Old Jack.

Met één hand ontgrendelde Deakins geroutineerd de vitrine en pakte het horloge van zijn statiefje. Hij keek op het labeltje en antwoordde: 'Zestien shilling, meneer.'

'Mooi,' zei Old Jack, en hij legde een biljet van tien shilling op de toonbank, waarop meneer Deakins zelfs nog verbaasder keek. 'Als Harry Clifton u vraagt hoe duur het horloge is, meneer Deakins, zeg dan dat de prijs zes shilling bedraagt, want dat zal hij inmiddels hebben opgespaard als hij stopt met zijn baantje bij u, en ik weet namelijk dat hij het voor zijn moeder wil kopen.'

'Dan moet u Old Jack zijn,' zei Deakins. 'Hij zal zo geroerd zijn dat u...'

'Maar u zwijgt als het graf,' onderbrak Old Jack hem terwijl hij meneer Deakins recht in de ogen keek. 'Ik wil dat hij niet beter weet dan dat het horloge zes shilling kost.'

'Ik begrijp het,' reageerde meneer Deakins terwijl hij het horloge weer in het standaardje plaatste.

'En hoeveel kost het herenmodel?'

'Eén pond.'

'Staat u mij toe dat ik nogmaals tien shilling aanbetaal en dat ik de rest wekelijks met een halve crown aflos, totdat ik eind volgende maand het hele bedrag heb betaald?'

'Lijkt me alleszins redelijk, meneer, maar wilt u hem eerst niet even passen?'

'Nee, dank u,' antwoordde Old Jack. 'Hij is niet voor mij. Ik geef hem aan Harry zodra hij zijn beurs voor het gymnasium binnen heeft.'

'Ik was hetzelfde van plan,' vertelde meneer Deakins, 'stel dat mijn zoon Algy het geluk heeft een beurs te bemachtigen.'

'Dan zou ik maar snel een tweede exemplaar bestellen,' raadde Old Jack hem aan, 'want als ik Harry mag geloven, dan is het voor uw zoon een gelopen race.'

Meneer Deakins lachte en bekeek Old Jack eens wat aandachtiger. 'Hebben wij elkaar al eens eerder ontmoet, meneer?'

'Ik denk van niet,' antwoordde Old Jack en zonder nog een woord te zeggen verliet hij de winkel.

31

Als Mohammed niet naar de berg wil komen...

Old Jack glimlachte inwendig terwijl hij opstond om meester Holcombe te begroeten en hem een stoel aan te bieden.

'Komt u even mee naar de restauratiewagen voor een kopje thee?' vroeg hij. 'Mevrouw Clifton was zo vriendelijk om me van een uitstekende doos earl grey te voorzien.'

'Nee, dank u,' antwoordde meester Holcombe. 'Ik heb net ontbeten.'

'Goed, de jongen is dus een beurs misgelopen,' begon Old Jack, ervan uitgaand dat dit de reden was van de schoolmeester zijn bezoek.

'Gezákt, is hoe Harry ertegenaan kijkt, ook al is hij zeventiende van de driehonderd en mag hij in september in groep A aan de slag.'

'Maar kan hij het aanbod aanvaarden? Voor zijn moeder zal het een extra financiële last zijn.'

'Zolang er geen adders onder het gras zitten, moet ze in staat zijn om Harry de komende vijf jaar op school te houden.'

'Toch zal hij zich de kleine extraatjes, die de meeste jongens voor lief nemen, niet kunnen veroorloven.'

'Misschien, maar het is me gelukt om een paar van de bijkomende kosten voor mijn rekening te nemen en hij zal deel kunnen nemen aan ten minste twee van de drie buitenschoolse activiteiten waarvoor hij zich vast zal opgeven.'

'Laat me raden,' zei Old Jack. 'Het koor, de toneelclub en...'

'Het kunstklasje,' antwoordde Holcombe. 'Miss Monday en Miss Tilly zijn verantwoordelijk voor alle excursies die voor het koor misschien op het programma staan, ik neem de toneelclub voor mijn rekening, en...'

'... ik het kunstklasje,' antwoordde Old Jack. 'Zijn nieuwe passie. Over Rembrandt en Vermeer sta ik mijn mannetje nog wel. Nu probeert hij me te interesseren voor een Spanjaard die Picasso heet, maar ik zie er nog niet veel in.'

'Nooit van gehoord,' moest meester Holcombe bekennen.

'En ik betwijfel of dat ooit gaat gebeuren,' voegde Old Jack eraan toe, 'maar dat hoeft Harry niet te weten.' Hij pakte een klein, blikken doosje, opende het en haalde er drie biljetten en bijna al het muntgeld uit dat hij bezat.

'Nee, nee,' protesteerde Holcombe, 'dit is niet de reden van mijn bezoek. Sterker nog, ik wil later deze middag nog even bij meneer Craddick langs en ik weet zeker dat hij...'

'U ziet dat ik vóór meneer Craddick kom,' zei Old Jack en gaf hem het geld.

'Dat is heel genereus van u.'

'Dat geld wordt goed besteed,' zei Old Jack, 'al is het maar een kleine bijdrage. Het zou in elk geval mijn vaders instemming hebben,' voegde hij eraan toe.

'Uw vader?' vroeg Holcombe.

'De kanunnik van Wells Cathedral.'

'Dat wist ik niet,' reageerde Holcombe. 'Dan bent u dus in staat om hem bij tijd en wijle te bezoeken.'

'Helaas niet. Ik vrees dat ik een moderne verloren zoon ben,' legde Old Jack uit. 'Eentje die de goddelijke weg niet langer wil bewandelen. Dus, vertel eens, jongeman, wat brengt jou hier?'

'Ik kan me niet meer herinneren wanneer ik voor het laatst met "jongeman" ben aangesproken.

'Wees blij dat iemand het nog doet,' grapte Old Jack.

Holcombe lachte. 'Ik heb wat kaartjes voor de schoolvoorstelling, *Julius Caesar*. Aangezien Harry meespeelt, dacht ik dat u me wellicht zou willen vergezellen naar de premiere.'

'Ik wist wel dat hij auditie mocht doen,' zei Old Jack. 'Welke rol heeft hij gekregen?'

'Die van Cinna.'

'Dan herkennen we hem aan zijn loopje.'

Holcombe boog respectvol het hoofd. 'Betekent dit dat u met me meegaat?'

'Ik vrees van niet,' antwoordde Old Jack terwijl hij een hand omhoog bracht. 'Allervriendelijkst van je om aan me te denken, Holcombe, maar ik ben nog niet toe aan een uitvoering, zelfs niet als deel van het publiek.'

Tot zijn teleurstelling had Old Jack Harry's optreden in de toneelvoorstelling moeten missen en had hij zich moeten troosten met Harry's eigen verhalen over hoe het was gegaan. Het jaar daarop, toen Holcombe opperde dat Old Jack eigenlijk niet kon verzaken aangezien Harry een steeds groter aandeel kreeg, gaf hij zich bijna gewonnen. Pas toen Harry weer een jaar later de rol van Puck speelde, stond hij zichzelf toe de droom eindelijk bewaarheid te laten worden.

Hoewel nog altijd bevreesd voor grote menigten had hij besloten om stilletjes achter in het auditorium plaats te nemen, waar niemand hem zou zien of, erger nog, hem zou herkennen.

Terwijl hij in de wasruimte van het personeel op de vijfde verdieping van Barrington House zijn baard bijknipte, viel zijn oog op een vette kop in het sufferdje dat iemand had laten liggen. TILLY'S TEA SHOP IN DE AS GELEGD. BRANDSTICHTING VERMOED. Toen hij de foto eronder zag, voelde hij zich misselijk worden: vanaf het trottoir en omringd door haar personeel staarde mevrouw Clifton naar de restanten van haar nering. VOOR HET VOLLEDIGE BERICHT, ZIE PAGINA 11. Hij volgde de instructie op, maar pagina 11 ontbrak.

Snel verliet hij de wasruimte in de hoop de ontbrekende pagina op het bureau van Miss Potts aan te treffen, maar het verraste hem niet dat haar bureau was opgeruimd en de prullenmand geleegd. Aarzelend opende hij de deur van de werkkamer van meneer Hugo, keek naar binnen en zag de ontbrekende pagina opengeslagen op diens bureau. Hij nam plaats in de leren stoel met hoge rugleuning en begon te lezen.

Eenmaal klaar vroeg hij zich al meteen af of Harry nu alsnog van school moest.

Het bericht vermeldde dat tenzij de verzekeringsmaatschappij volledig uitkeerde, mevrouw Clifton voor een faillissement zou staan. De journalist schreef verder dat een woordvoerder van de verzekeringsmaatschappij duidelijk had gemaakt dat er geen penny zou worden uitgekeerd voordat de politie alle verdachten van de lijst had geschrapt. Zou het nog erger voor deze vrouw kunnen uitpakken? vroeg hij zich af.

De schrijver van het artikel had de naam Maisie omzichtig gemeden, maar Old Jack twijfelde niet aan de reden waarom haar foto zo pontificaal op de voorpagina prijkte. Hij las verder. Dat inspecteur Blakemore op de zaak zat, zo bleek, gaf hem wat meer hoop. Deze achtenswaardige heer zou waarschijnlijk niet lang nodig hebben om vast te stellen dat mevrouw Clifton iemand was die zaken opbouwde, en niet afbrandde.

Pas toen hij even later de krant teruglegde op het bureau van meneer Hugo viel zijn oog op een brief. Hij zou hem hebben genegeerd – het ging hem immers niet aan – als in de eerste alinea de naam 'mevrouw Clifton' niet te lezen viel.

Hij begon te lezen en kon nauwelijks geloven dat het Hugo Barrington was geweest die het voor mevrouw Clifton mogelijk had gemaakt om met vijfhonderd pond Tilly's over te nemen. Waarom zou hij Maisie hebben willen helpen, vroeg Old Jack zich af. Bezorgde de dood van haar man hem enige wroeging? Of schaamde hij zich ervoor dat door zijn toedoen een man achter de tralies was beland die niets met deze misdaad te maken had gehad? Toen Tancock weer vrijkwam, had Barrington hem hoe dan ook weer aangenomen. Moest hij Hugo misschien het voordeel van de twijfel gunnen? Hij herinnerde zich de woorden van Sir Walter: 'Hij heeft ook z'n goede kanten, weet je.'

Hij las de brief nogmaals. Hij was van de hand van meneer Prendergast, de directeur van de National Provincial Bank, die schreef dat hij er bij de verzekeraar op had aangedrongen om de contractuele verplichtingen na te komen en mevrouw Clifton de volledige polissom van zeshonderd pond uit te keren. Mevrouw Clifton, zo benadrukte Prendergast, was hier de onschuldige partij en inspecteur Blakemore had de bank laten weten dat ze niet langer deel uitmaakte van zijn onderzoek.

In de slotparagraaf stelde Prendergast voor om elkaar binnenkort eens te treffen om de zaak op te lossen opdat mevrouw Clifton het volledige bedrag kon innen waar ze recht op had. Old Jack keek op nu het klokje op het bureau zeven uur sloeg.

Hij knipte de lamp uit, rende de gang op en vloog de trappen af. Hij mocht vooral niet te laat zijn voor Harry's optreden.

32

Toen Old Jack later die avond thuiskwam pakte hij het exemplaar van *The Times* op dat Harry eerder die week voor hem had meegenomen. De lezersadvertenties op de voorpagina sloeg hij altijd over, aangezien hij geen behoefte had aan een nieuwe bolhoed, sokophouders of eerste editie van *Wuthering Heights*.

Hij sloeg op naar de volgende pagina en trof een foto van koning Edward de Achtste, genietend van een vakantie op zijn jacht op de Middellandse Zee. Naast hem stond een Amerikaanse vrouw die mevrouw Simpson heette. Het verslag blonk uit in vaagheden, maar zelfs '*The Thunderer*', zoals de bijnaam voor *The Times* luidde, viel het zwaar om de jonge koning bij te vallen in zijn wens het huwelijk aan te gaan met een gescheiden vrouw. Het maakte Old Jack verdrietig, want hij bewonderde Edward, vooral na zijn bezoek aan de Welse mijnwerkers toen hun situatie hem zo had bekommerd. Maar, zoals zijn oude nanny altijd zei: dat wordt huilen voor het slapengaan.

Daarna las hij uitvoerig een verslag over de *Tariff Reform Bill,* die onlangs door het parlement na een tweede stemming was aangenomen, ondanks stokebrand Winston Churchills uitspraak dat het hier 'vlees noch vis' betrof en dat niemand er voordeel uit zou putten, de regering meegerekend, wanneer het op verkiezingen zou aankomen. Hij kon niet wachten om Sir Walters ongezouten mening over dit onderwerp te horen.

Hij sloeg om en las dat de British Broadcasting Corporation vanuit het Alexandra Palace zijn eerste tv-uitzending had verzorgd. Het was een concept dat hij maar niet kon bevatten. Hoe kon een beeld in hemelsnaam naar jouw huis worden overgestraald? Hij had zelfs niet eens een radio en voelde al helemaal geen behoefte om een tv te bezitten.

Hij sloeg op naar de sportpagina's en trof daar een foto van een elegant geklede Fred Perry, met erboven de kop: DRIEVOUDIG WIMBLEDONKAMPIOEN GETIPT VOOR HET AMERICAN OPEN. Waarop de tenniscorrespondent opperde dat enkele buitenlandse deelnemers op Forest Hills in korte broek gekleed zouden gaan, ook weer iets wat Jack moeilijk te begrijpen vond.

Zoals altijd wanneer hij *The Times* doorbladerde, bewaarde hij de overlijdensberichten voor het laatst. Het was een gewoonte die was ontstaan toen mannen jonger dan hij het leven lieten, en niet alleen in oorlogen.

Toen hij de bladzij omdraaide, trok hij plots wit weg. Aandachtig las hij het overlijdensbericht van eerwaarde Thomas Alexander Tarrant, kanunnik van Wells Cathedral, in de aanhef getypeerd als een godvruchtig man. Na het te hebben gelezen, voelde hij zich beschaamd.

'Zeven pond en vier shilling?' herhaalde Old Jack. 'Maar de Bristol and West of England Insurance Company heeft je toch een cheque van zeshonderd pond gestuurd? "ten volle uitgekeerd", als ik me het goed herinner.'

'Dat klopt,' antwoordde Maisie, 'maar na aflossing van de oorspronkelijke lening, plus de rente op rente en ook de banktarieven, hield ik zeven pond en vier shilling over.'

'Wat ben ik toch naïef. En dan te bedenken dat ik eventjes, heel even maar, zowaar geloofde dat Barrington hulpvaardig probeerde te zijn.'

'Je bent niet half zo naïef als ik,' zei Maisie. 'Want als ik ook maar een moment zou hebben bevroed dat die man wel eens een vinger in de pap kon hebben, dan zou ik nooit ook maar een penny van zijn poen hebben aangenomen. Maar ik deed het, en nu ben ik alles kwijt. Zelfs mijn werk in het hotel.'

'Waarom dan?' wilde Old Jack weten. 'Meneer Frampton zei altijd dat je onvervangbaar was.'

'Nou, niet meer, zo lijkt het. Toen ik hem vroeg waarom hij me ontsloeg, wilde hij niets zeggen, behalve dan dat hij van een "onberispelijke bron" een klacht over me had ontvangen. Het kan geen toeval zijn dat toen deze "onberispelijke bron" het Royal binnenstapte voor een gesprekje met de directeur, ik een dag later mijn congé kreeg.'

'Heb je Barrington het hotel binnen zien gaan?' vroeg Old Jack.

'Nee, maar ik heb hem wel naar buiten zien komen. Vergeet niet dat ik stiekem op de achterbank van zijn auto op hem wachtte.'

'O ja,' herinnerde Old Jack zich. 'Dus wat gebeurde er toen je hem aansprak over Harry?'

'In de auto,' vertelde Maisie, 'bekende hij feitelijk dat hij verantwoordelijk was voor Arthurs dood.'

'Na al die jaren?' reageerde Old Jack ongelovig.

'Niet helemaal. Het floepte er min of meer uit, maar toen ik die envelop met de factuur voor het komend schooljaar naast hem op de voorste stoel legde, stopte hij hem in zijn zak met de woorden dat hij zou kijken wat hij kon doen.'

'En jij trapte erin?'

'Met boter en suiker,' moest Maisie bekennen. 'Want toen hij de auto aan de kant zette, stapte hij zelfs uit om het achterportier voor me open te houden. Op het moment dat ik uitstapte, sloeg hij me tegen de grond, verscheurde hij de factuur en reed weg.'

'Ben je zo aan dat blauwe oog gekomen?'

Ze knikte. 'En hij dreigde me ook in een gesticht te laten opnemen als ik het ook maar waagde om in contact te komen met zijn vrouw.'

'Dat is gewoon bluf, meer niet,' stelde Old Jack vast, 'want zelfs hij zou daar niet mee wegkomen.'

'Misschien heb je gelijk,' reageerde ze, 'maar dat risico wil ik niet nemen.'

'Stel dat je mevrouw Barrington zou vertellen dat haar man voor Arthurs dood verantwoordelijk is, dan hoeft hij haar alleen maar te verduidelijken dat jij Stan Tancocks zus bent, en zal ze het meteen van tafel vegen,' vulde Old Jack haar aan.

'Mogelijk. Maar niet als ik haar vertel dat haar man wel eens Harry's vader kan zijn...'

Zwijgend en verbouwereerd liet Old Jack de implicaties van Maisies woorden tot zich doordringen. 'Ik ben niet alleen naïef,' wist hij even later uit te brengen, 'maar ook oliedom. Het zal Hugo Barrington koud laten of zijn vrouw al dan niet weet dat hij een aandeel in de dood van jouw man heeft gehad. Zijn grootste angst is dat Harry er ooit achter komt dat hij misschien wel zijn vader kan zijn...'

'Alleen, dat zou ik Harry nooit vertellen,' zei Maisie. 'Het laatste wat ik wil is dat hij zich de rest van z'n leven afvraagt wie zijn echte vader is.'

'Dat is precies waar Barrington op rekent. En nu hij jou heeft gebroken, is hij vastbesloten korte metten te maken met Harry's leven.'

'Maar waarom? Mijn zoon heeft hem niks aangedaan.'

'Natuurlijk niet, maar als Harry kan aantonen dat hij Hugo Barringtons oudste zoon is, dan kan hij er wel eens als eerste voor in aanmerking komen om niet alleen de titel, maar ook alle vruchten daarvan te erven, en hoeft Giles nergens meer op te rekenen.'

Nu was het Maisies beurt om sprakeloos te zijn.

‘Nu we de ware reden hebben ontdekt waarom Barrington vastbesloten is om Harry van het gymnasium af te krijgen, is het misschien tijd om Sir Walter een bezoekje te brengen en hem wat onverkwikkelijke feiten over zijn zoon toe te vertrouwen.’

‘Nee, doe dat alsjeblieft niet,’ smeekte Maisie hem.

‘Waarom niet? Het zou wel eens onze enige kans kunnen zijn om Harry op het gymnasium te houden.’

‘Misschien, maar dan is het zeker dat mijn broer Stan op straat komt te staan, en god mag weten waartoe Barrington nog meer in staat is.’

Het duurde even voordat Old Jack hierop reageerde, maar uiteindelijk kwam het antwoord. ‘Als jij niet wil dat ik Sir Walter de waarheid vertel, dan moet ik gaan ronddolen in het riool waarin Hugo Barrington tegenwoordig huist.’

33

‘U wenst wát?’ vroeg Miss Potts, niet helemaal zeker of ze het wel goed had verstaan.

‘Een persoonlijk onderhoud met meneer Hugo,’ herhaalde Old Jack.

‘En mag ik u vragen wat het doel van dit onderhoud zoal behelst?’ vroeg ze terwijl ze haar best deed het sarcasme in haar stem te onderdrukken.

‘De toekomst van zijn zoon.’

‘Wacht u hier een moment, dan zal ik kijken of meneer Barrington bereid is om met u te praten.’

Miss Potts klopte voorzichtig op de deur van het directeurskantoor en verdween naar binnen, om even later met een verbaasde blik weer op te duiken.

‘Meneer Barrington kan u nu te woord staan,’ zei ze en ze hield de deur voor hem open.

Terwijl Old Jack langs haar liep kon hij een glimlach niet onderdrukken. Hugo Barrington keek op vanachter zijn bureau maar bood de oude man geen stoel aan en nam niet de moeite om hem de hand te schudden.

‘Wat voor belang kunt u in hemelsnaam in Giles’ toekomst hebben?’ was Barringtons vraag.

‘Geen,’ moest Old Jack bekennen. ‘Het gaat mij om de toekomst van je andere zoon.’

‘Waar héb je het over!’ reageerde Barrington net iets te luid.

‘Als je dat niet wist, dan had je me nooit binnengelaten,’ riposteerde Old Jack op minachtende toon.

Het gezicht van Barrington trok wit weg. Old Jack vreesde zelfs dat de man elk moment kon flauwvallen. ‘Wat wil je van me?’ vroeg Barrington ten slotte.

‘Je bent je hele leven een handelaar geweest,’ zei Old Jack. ‘Ik heb iets wat jij graag wilt verhandelen.’

‘En wat mag dat in hemelsnaam zijn?’

‘De dag na Arthur Cliftons mysterieuze verdwijning, toen Stan Tancock werd opgepakt voor een vergrijp dat hij niet had gepleegd, verzocht inspecteur Blakeman mij om een getuigenverklaring op te stellen over alles wat ik die avond had gezien. Omdat jij Blakemore van de zaak liet halen, is deze verklaring in mijn bezit gebleven. In de verkeerde handen zou het wel eens interessant leesvoer kunnen opleveren.'

'Dan zul je ontdekken dat dit chantage is, heb ik zo het vermoeden,' reageerde Barrington. 'Iets waarvoor je een flinke tijd achter de tralies zult belanden.'

'Er zijn misschien mensen die het gewoon als hun burgerplicht beschouwen om een dergelijk document openbaar te maken.'

'En wie, denk je, zou geïnteresseerd zijn in het geraaskal van een ouwe vent? Niet de pers, in elk geval, nadat mijn raadsmannen hun de juridische gevolgen inzake laster hebben uitgelegd. En aangezien de politie dit dossier al enkele jaren geleden heeft gesloten, zie ik de hoofdcommissaris zich niet de moeite getroosten het tegen elke prijs te heropenen vanwege een ouwe vent die op z'n best als excentriek en op z'n ergst wellicht als kierewiet wordt beschouwd. Rest mij dus de vraag, met wie wens je deze belachelijke aantijgingen verder te delen?'

'Je vader,' blufte Old Jack, maar Barrington wist niets van Old Jacks belofte aan Maisie.

Barrington zakte terug in zijn stoel, zich maar al te bewust van de invloed die Old Jack op zijn vader had, ook al had hij nooit begrepen waarom. 'Hoeveel verwacht je dat ik voor dat document betaal?'

'Driehonderd pond.'

'Klinkklare diefstal!'

'Niets meer of minder dan het bedrag nodig om de schoolkosten en de kleine extraatjes te kunnen betalen opdat Harry Clifton de komende twee jaar op het gymnasium kan blijven.'

'En als ik gewoon aan het begin van elk trimester zijn kosten betaal, net als ik voor mijn eigen zoon doe?'

'Omdat je dan, zodra je mijn verklaring in handen hebt, stopt met het betalen van een van jouw zoons' schoolkosten.'

'Je zult akkoord moeten gaan met contant geld,' zei Barrington terwijl hij een sleuteltje uit zijn zak trok.

'Nee, dank je,' antwoordde Old Jack. 'Ik ben bepaald niet vergeten wat Stan Tancock overkwam nadat je hem die dertig zilverlingen had gegeven. Ik zie er niet naar uit om de komende drie jaar achter de tralies te moeten zitten voor iets wat ik niet heb gedaan.'

‘Goed, maar als ik dus voor zo’n bedrag een cheque moet uitschrijven, zal ik mijn bank moeten bellen.’

‘Ga je gang,’ zei Old Jack terwijl hij naar de telefoon op Barringtons bureau gebaarde.

Barrington aarzelde even alvorens de hoorn op te pakken. Hij wachtte even op de stem aan de andere kant van de lijn, en zei: ‘TEM 3731, graag.’

Weer even wachten, waarna een andere stem opklonk: ‘Ja?’

‘Ben jij dat, Prendergast?’

‘Nee, meneer,’ antwoordde de stem.

‘Mooi, dan bent jij degene die ik zoek,’ antwoordde Barrington. ‘Ik stuur komend uur ene meneer Tar bij je langs met een cheque voor driehonderd pond, over te maken aan de armenzorg van Bristol. Kun je ervoor zorgen dat dit ogenblikkelijk gebeurt, en me daarna terugbellen?’

‘Als u wilt dat ik u terugbel, dan zegt u gewoon: “ja, dat klopt” en dan bel ik u over een paar minuten terug,’ instrueerde de stem.

‘Ja, dat klopt,’ herhaalde Barrington en hij legde de hoorn weer op de haak.

Hij trok een bureaula open, pakte een chequeboekje en noteerde: *Armenzorg Bristol*, met daaronder, op een nieuwe regel: *driehonderd pond.* Ten slotte ondertekende hij de cheque en gaf hem aan Old Jack, die hem zorgvuldig bestudeerde en ten slotte knikte.

‘Ik stop hem wel even in een envelop,’ zei Barrington en hij drukte op de zoemer onder zijn bureau, waarna Old Jack even opzij keek nu Miss Potts binnenkwam.

‘Ja, meneer?’

‘Meneer Tar gaat nu naar de bank,’ zei Barrington terwijl hij de cheque in de envelop deed, hem dichtlikte en hem adresseerde aan meneer Prendergast en er in grote blokletters PRIVÉ aan toevoegde. Daarna gaf hij de envelop aan Old Jack.

‘Dank je,’ zei deze. ‘Zodra ik terug ben, kom ik het document persoonlijk bij je bezorgen.’

Barrington knikte en op dat moment rinkelde de telefoon op zijn bureau. Hij wachtte even totdat Old Jack het kantoor uit was en nam op.

Old Jack besloot de tram te nemen, met de gedachte dat deze gelegenheid een dergelijke uitgave wel rechtvaardigde. Toen hij twintig minuten later voor het bankloket verscheen, liet hij de jonge baliemedewerker weten dat hij een brief voor de heer Prendergast had. De medewerker leek niet bepaald onder de indruk, totdat Old Jack eraan toevoegde: 'Van de heer Hugo Barrington.'

Al meteen verliet de jongeman zijn post, ging Old Jack voor door de hal en vervolgens door een lange gang naar het directeurskantoor. Daar aangekomen gaf hij een klopje op de deur met de woorden: 'Deze meneer heeft een brief van meneer Barrington voor u, meneer.'

Meneer Prendergast sprong op vanachter zijn bureau, schudde de oude man de hand en begeleidde hem naar de stoel tegenover hem. Met de woorden 'De heer Barrington heeft mij verzocht u dit persoonlijk te overhandigen,' gaf Old Jack Prendergast de brief.

'Dat zie ik, ja,' reageerde Prendergast, die al meteen het vertrouwde handschrift van een van zijn meest gewaardeerde cliënten herkende. Hij sneed de envelop open, trok een cheque tevoorschijn, bestudeerde hem even en zei: 'Dit moet een vergissing zijn.'

'Dit is géén vergissing,' benadrukte Old Jack. 'Meneer Barrington wenst dat het totale bedrag aan de armenzorg van Bristol wordt overgemaakt. Zo snel als mogelijk is, zoals hij u net een half uur geleden telefonisch heeft opgedragen.'

'Maar ik heb de heer Barrington deze ochtend helemaal niet gesproken,' zei Prendergast terwijl hij Old Jack de cheque teruggaf.

Die staarde vol ongeloof naar de blanco cheque, waarna het al snel tot hem doordrong dat Barrington, op het moment dat Miss Potts binnenkwam, snel de cheques moest hebben verwisseld. Het geniaalste was wel om de brief te adresseren aan de heer Prendergast en hem als privé aan te merken, waardoor de brief pas zou worden geopend nadat deze aan de directeur was overhandigd. Het enige mysterie dat Old Jack niet kon doorgronden was: van wie was de stem aan de andere kant van de lijn geweest?

Zonder nog een woord tegen Prendergast te zeggen, haastte Old Jack zich het kantoor uit, liep door de grote hal naar de uitgang en beende snel de straat op. Al na een paar minuutjes verscheen de tram naar het haventerrein. Hij was misschien een dik uur weg geweest toen hij via de poort het haventerrein weer op liep.

Een man die hij niet herkende beende recht op hem af. Hij had iets martiaals over zich en Old Jack vroeg zich even af of diens manke loopje wellicht was veroorzaakt door een verwonding die hij in de Grote Oorlog had opgelopen.

Old Jack haastte zich verder over de kade. Tot zijn opluchting zag hij dat de deur van zijn wagon nog altijd dichtzat, en hij was nog meer opgelucht toen bleek dat binnen alles nog bij het oude was. Hij liet zich op zijn knieën zakken en trok de punt van het vloerkleed omhoog, maar de getuigenverklaring lag er niet meer. Inspecteur Blakemore zou de diefstal hebben omschreven als het werk van een professional.

34

Old Jack nam plaats op de vijfde rij tussen de kerkgangers, in de hoop dat niemand hem zou herkennen. De kathedraal zat zo vol dat degenen die geen plek hadden kunnen vinden in de zijkapellen achter in de kerk en in de middenpaden opeengepakt stonden.

De bisschop van Bath en Wells wist Old Jack te ontroeren met zijn verhaal over het niet-aflatende vertrouwen in God dat zijn vader koesterde en dat de kanunnik, na het vroegtijdig overlijden van zijn vrouw, zichzelf ten dienste had gesteld van de gemeenschap. 'En dat zich laat zien,' sprak de bisschop terwijl hij de armen spreidde naar de bomvolle kerk, 'aan u, broeders en zusters van alle rangen en standen die hier in zo groten getale aanwezig zijn om hem te eren. En hoewel ijdelheid hem vreemd was, kon hij een zekere trots aangaande zijn enige zoon niet helemaal verbergen: Jack, wiens onzelfzuchtige moed, dapperheid en bereidheid zijn eigen leven op te offeren tijdens de Boerenoorlog in Zuid-Afrika zo veel van zijn kompanen het leven redde en hem het Victoriakruis opleverde.' De bisschop zweeg even en keek naar de vijfde rij. 'Het vervult mij dan ook met vreugde hem vandaag onder ons te zien.'

Verscheidene kerkgangers keken nu om zich heen, zoekend naar een man die ze nog nooit eerder hadden gezien. Jack boog gegeneerd het hoofd.

Na afloop van de dienst klampten velen kapitein Tarrant aan om hem te vertellen hoe ze zijn vader hadden bewonderd. Woorden als 'toegewijd', 'onbaatzuchtig', 'genereus', en 'liefdevol' werden door iedereen gebruikt.

Jack voelde zich trots om de zoon van zijn vader te mogen zijn, maar schaamde zich omdat hij de man, net als zijn medesoldaten, uit zijn leven gebannen had.

Bij het verlaten van de kerk meende hij een oudere heer te herkennen die bij het grote hek duidelijk wachtte om een woordje met hem te kunnen wisselen. De man deed een stap naar voren en lichtte zijn hoed. 'Kapitein Tarrant?' vroeg hij met een stem waaruit gezag leek te spreken.

Jack beantwoordde het beleefde gebaar op dezelfde wijze. 'Ja, meneer?'

'Mijn naam is Edwin Trent. Ik had het voorrecht om als raadsman voor uw vader te mogen werken en tevens, zo mag ik graag denken, een van zijn oudste en beste vrienden te mogen zijn.'

Jack schudde hem warm de hand. 'Ik herinner me u zeer zeker, meneer. U bracht mij uw liefde voor Trollope bij en opende mijn ogen voor de fijnere kneepjes van het spinbowlen bij cricket.'

'Aardig van u dat u zich dat nog herinnert,' grinnikte Trent. 'Ik vroeg me af of ik u op weg naar het station mag vergezellen?'

'Natuurlijk, meneer.'

'Zoals u wel weet,' stak Trent van wal terwijl ze in de richting van de stad begonnen te lopen, 'was uw vader de afgelopen negen jaar kanunnik van deze kathedraal. U weet bovendien dat wereldlijke bezittingen hem niets zeiden en dat hij zijn schamele bezit zelfs nog deelde met minder fortuinlijken. Zou hij gecanoniseerd worden, dan zou hij welzeker als de patroonheilige van alle vagebonden worden opgenomen.'

Old Jack glimlachte. Hij herinnerde zich dat hij op een ochtend zonder ontbijt naar school moest omdat er drie landlopers in de gang sliepen die, om zijn moeder aan te halen, huis en haard hadden opgegeten.

'Zodra zijn testament wordt voorgelezen,' ging Trent verder, 'zal blijken dat hij de wereld met niets heeft verlaten, net als dat hij met niets ter wereld is gekomen. Dat wil zeggen, op een paar duizend vrienden na, wat hij als een waarlijk fortuin zou hebben opgevat. Voordat hij overleed vertrouwde hij mij een kleine taak toe, voor het geval dat u zijn begrafenis zou bijwonen, namelijk u de laatste brief uit zijn leven te overhandigen.' Vanuit een binnenzak van zijn jas trok hij een envelop tevoorschijn en hij gaf hem aan Old Jack. Opnieuw ham hij zijn hoed af. 'Ik heb hiermee zijn verzoek ingewilligd en het vervult me van trots om zijn zoon weer te hebben mogen ontmoeten.'

'Dank u zeer, meneer. Ik had alleen liever gewenst dat hij me niet had hoeven schrijven.' Daarop lichtte ook Jack zijn hoed en gingen de twee mannen ieder huns weegs.

Hij besloot zijn vaders brief pas in de trein te lezen zodra de terugreis naar Bristol was begonnen. Terwijl de locomotief puffend en dikke grijze wolken uitblazend het station verliet, leunde hij achterover op de bank van de derdeklascoupé. Hij herinnerde zich nog dat hij als kind zijn vader vroeg waarom ze altijd derde klas reisden, waarop deze had geantwoord: 'Omdat er geen vierde klas bestaat.' Het was ironisch dat de eerste klasse al dertig jaar lang Jacks thuis was.

Toen hij ten slotte de brief openvouwde en het stevige, vertrouwde rondschrift in diepzwarte inkt zag, rees een tweede vloed aan herinneringen naar boven. Hij begon te lezen.

The Close
Wells Cathedral
Wells, Somerset

26 augustus 1936

Mijn beminde zoon,
Mocht je zo aardig zijn geweest om mijn begrafenis bij te wonen, dan ben je nu vast deze brief aan het lezen. Sta me toe je eerst te bedanken voor je aanwezigheid in de kerk.

Old Jack keek op en wierp een blik naar het voorbijglijdende landschap. Opnieuw voelde hij zich schuldig over zijn achteloze onverschilligheid jegens zijn vader, en nu was het te laat om hem om vergeving te vragen. Zijn ogen lazen weer verder.

Toen jij het Victoriakruis opgespeld kreeg, was ik de meest trotse vader van Engeland en jouw eervolle vermelding hangt nog altijd boven mijn bureau. Maar in de loop der jaren maakte mijn geluk plaats voor verdriet en vroeg ik onze Heer wat ik had gedaan om niet alleen te worden bestraft met het verlies van jouw lieve moeder, maar ook van jou, mijn enige kind.

Ik aanvaard dat je een nobele reden hebt om je met hoofd en hart van deze wereld af te keren, maar ik had graag gewild dat je die reden met mij had gedeeld. Mocht je deze brief lezen, misschien dat je me nog een laatste wens toestaat.

Old Jack trok een zakdoek uit zijn borstzakje en veegde zijn ogen droog, totdat hij weer in staat was om verder te lezen.

God schonk jou de opmerkelijke gave van het leiderschap en het vermogen om je medemens te inspireren, en dus smeek ik je om niet het graf in te gaan in de wetenschap dat wanneer jouw tijd gekomen is, jij, gelijk de parabel van Matteüs 25, vers 14-30, zult moeten bekennen dat jij dat ene talent in de grond hebt begraven dat Hij jou schonk.

Integendeel, gebruik die gave ten voordele van je medemens, opdat wanneer jouw tijd is gekomen – ook jij ontkomt daar niet aan – en diezelfde kameraden jouw begrafenis bijwonen, het Victoriakruis niet het enige zal zijn wat zij zich zullen herinneren zodra ze de naam Jack Tarrant horen.

Je liefhebbende vader

'Alles goed, schat?' vroeg een mevrouw, die opstond van haar plek aan de overzijde van het gangpad en naast hem kwam zitten.

'Ja, hoor. Dank u,' antwoordde hij terwijl de tranen over zijn gezicht stroomden. 'Alleen, ik heb vandaag de gevangenis heb mogen verlaten, ziet u.'

Giles Barrington

1936-1938

35

Ik was opgetogen toen ik op de eerste dag van het nieuwe schooljaar Harry het schoolplein op zag lopen. Tijdens de zomervakantie zat ik in onze villa in Toscane, en dus was ik er niet bij toen thuis in Bristol Tilly's afbrandde. Ik kwam het pas te weten toen ik het weekend voorafgaand aan het nieuwe schooljaar in Engeland terugkeerde. Ik had het leuk gevonden als Harry met ons mee was gegaan naar Italië, maar daar wilde mijn vader niets van weten.

Ik ben nog nooit iemand tegengekomen die een hekel aan Harry had, behalve mijn vader dan, die thuis zelfs zijn naam niet wil horen vallen. Op een keer vroeg ik moeder of ze het kon uitleggen, maar voor haar was het al net zo'n raadsel als voor mij.

Ik vroeg er maar niet over door bij de ouweheer, aangezien ik in zijn ogen niet bepaald een uitblinker was. Ik werd bijna van de lagere school gestuurd wegens diefstal, God mag weten hoe hij dat heeft kunnen oplossen, waarna ik hem teleurstelde door mijn toelatingsexamen voor Eton te verknallen. Na afloop vertelde ik vader dat ik superhard mijn best had gedaan, wat de waarheid was. Of eigenlijk, de halve waarheid. Ik zou ermee zijn weggekomen als mijn medesamenzweerder gewoon zijn mond had gehouden. Het leerde me in elk geval een eenvoudige les: ga je in zee met een klungel, wees dan niet verbaasd als hij loopt te klungelen.

Die medesamenzweerder was Percy, zoon van de graaf van Bridport. Hij verkeerde in een zelfs nog lastigere situatie dan ik, aangezien zeven generaties Bridports vóór hem op Eton hadden gezeten en het erop leek dat de jonge Percy dit alleszins uitmuntende slaggemiddelde om zeep ging helpen.

Eton staat bekend om zijn toegeeflijkheid ten aanzien van de aristocratie en zal zo nu en dan een ezel binnen zijn deuren toelaten, wat dan ook de reden is waarom ik juist Percy voor mijn snode plannetje had gekozen. Toen ik de Frob tegen een andere frik had horen zeggen: 'Als Bridport iets meer hersens had gehad, zou hij voor een halvegare hebben kunnen doorgaan', wist ik dat mijn zoektocht naar een handlanger voorbij was.

Percy aasde net zo wanhopig op een plek op Eton als dat ik die boot wilde missen, en dus beschouwde ik het louter als een kans voor ons beiden om ons doel te bereiken.

Ik heb mijn plannetje niet met Harry of Deakins besproken. Harry zou het ongetwijfeld hebben afgekeurd, hij is moreel zo rechtdoorzee, en Deakins zou nooit kunnen begrijpen waarom iemand zou willen zakken.

Op de dag voor het toelatingsexamen bracht mijn vader me naar Eton in zijn mieterse nieuwe Bugatti, die honderdzestig kilometer per uur haalde, hetgeen hij bewees nadat we de A4 op waren gereden. We overnachtten in de Swann Arms, hetzelfde hotel waar hij twintig jaar geleden ook verbleef toen hij zelf zijn toelatingsexamen deed. Tijdens het avondeten liet paps er geen twijfel over bestaan dat hij maar wat graag wilde dat ik naar Eton ging. Bijna had ik eieren voor mijn geld gekozen, maar ik had Percy Bridport mijn woord gegeven en ik vond dat ik hem niet mocht laten stikken.

Op St. Bede's hadden Percy en ik ons plan met een handdruk bezegeld, met de afspraak dat als we de examenzaal betraden we tegenover de examenleider van naam zouden wisselen. Ik vond het best tof om door iedereen met 'my lord' te worden aangesproken, ook al was het maar voor een paar uurtjes.

Het toelatingsexamen voor Eton was minder zwaar dan het gymnasiumeindexamen van twee weken daarvoor. Wat mij betrof had ik dan ook meer dan voldoende mijn best gedaan om ervoor te zorgen dat Percy in september definitief naar Eton kon. Tegelijkertijd waren ze moeilijk genoeg om erop te vertrouwen dat *his lordship* me niet zou teleurstellen.

Na onze opdrachten te hebben ingeleverd en onze eigen identiteit weer te hebben aangenomen, reed ik met vader naar Windsor voor de middagthee. Toen hij me vroeg hoe het was gegaan, antwoordde ik dat ik mijn uiterste best had gedaan. Het leek hem tevreden te stellen en hij begon zich zelfs wat te ontspannen, wat mijn schuldgevoel alleen maar verergerde. De terugrit naar Bristol gaf me weinig plezier en toen ik eenmaal thuis van moeder dezelfde vraag te horen kreeg, voelde ik me nog ellendiger.

Tien dagen later ontving ik een het-spijt-ons-u-te-moeten-meedelenbrief van Eton. Ik had een percentielscore van slechts tweeëndertig. Percy had een score van zesenvijftig en kreeg, tot grote vreugde van zijn vader en stomme verbazing van de Frob, een plek voor het Sint-Michielssemester.

Alles zou op rolletjes zijn gelopen als Percy niet tegen een vriendje uit de school was geklapt over hoe hij op Eton terecht was gekomen. Het vriendje briefte het door naar een ander vriendje, dat het weer doorbriefte aan nog een vriendje, dat het ten slotte aan Percy's vader vertelde. De graaf van Bridport, drager van het Militaire Kruis en een eerbiedwaardig man, stelde meteen de rector van Eton op de hoogte. Met uiteindelijk gevolg dat Percy al van Eton werd weggestuurd voordat hij er zelfs maar een stap binnen had kunnen zetten. Als de Frob niet persoonlijk had ingegrepen, zou ik op mijn middelbare school hetzelfde lot hebben moeten ondergaan.

Mijn vader probeerde de rector van Eton ervan te overtuigen dat het simpelweg een administratieve vergissing betrof en dat aangezien ik feitelijk een score van zesenvijftig had, Bridports plek mij toebehoorde. Dit stukje logica werd per omgaande afgewezen aangezien Eton geen behoefte had aan een nieuw cricketpaviljoen. En dus meldde ik me op de eerste dag van het nieuwe schooljaar op het gymnasium van Bristol.

In mijn eerste jaar redde ik mijn reputatie enigszins door voor de Colts drie century's te scoren en aan het eind van het speelseizoen een vaste plek in het team te hebben veroverd. Harry speelde Ursula in *Much Ado About Nothing*. Deakins was gewoon Deakins en niemand was dan ook verrast dat hij tot beste eerstejaars werd uitgeroepen.

In mijn tweede jaar werd ik me meer bewust van de financiële beperkingen waarmee Harry's moeder kampte toen ik op een dag merkte dat zijn schoenveters loszaten en hij bekende dat zijn schoenen zo krap zaten dat ze pijn deden.

Toen slechts een paar weken voordat we dienden aan te treden voor ons zesde jaar theesalon Tilly's afbrandde, verbaasde het me niet echt dat Harry vreesde dat hij zijn school niet zou kunnen afmaken. Ik overwoog mijn vader te vragen of hij misschien kon helpen, maar moeder liet me weten dat het vergeefse moeite zou zijn. Vandaar dus mijn blijdschap toen ik hem op die eerste dag van het nieuwe schooljaar het schoolplein op zag lopen.

Hij vertelde me dat zijn moeder een nieuwe baan in het Royal Hotel had. Ze werkte nu 's nachts en het zou veel lucratiever uitpakken dan ze ooit voor mogelijk had gehouden.

Zodra de zomervakantie zich aandiende, zou ik Harry graag opnieuw hebben willen uitnodigen in Toscane, maar ik wist dat mijn vader het zelfs niet in overweging zou willen nemen. Aangezien het kunstklasje, waarvan Harry inmiddels de secretaris was, een reisje naar Rome voorbereidde, spraken we af elkaar daar te treffen, al betekende het wel dat ik een bezoek moest brengen aan de Villa Borghese.

Hoewel we in de West Country in onze eigen bubbel leefden, konden de gebeurtenissen op het Europese continent ons niet ontgaan.

De opkomst van de nazi's in Duitsland en de fascisten in Italië leek van weinig invloed op de gemiddelde Brit, die op zaterdag nog altijd genoot van zijn cider en zijn kaassandwich in zijn stamkroeg alvorens diezelfde middag op het dorpsveld een wedstrijdje cricket te gaan bekijken of, zoals in mijn geval, te spelen. Jarenlang had deze gezegende toestand kunnen voortbestaan, want nóg een oorlog tegen Duitsland, daar moest je niet aan denken. Onze vaders hadden meegevochten in de oorlog die een einde moest maken aan alle oorlogen, maar nu leek het onuitspreekbare op ieders lippen bestorven te liggen.

Harry gaf me overduidelijk te kennen dat als de oorlog werd uitgeroepen, hij niet ging studeren maar zich direct bij het leger zou aanmelden, net als zijn vader en oom twintig jaar daarvoor hadden gedaan. Mijn vader was de oorlog 'misgelopen', zoals hij het verwoordde, omdat hij helaas kleurenblind was en de hoge heren meenden dat hij een betere bijdrage aan de oorlogsinspanningen kon leveren door gewoon een belangrijke rol in de haven te blijven spelen. Hoewel me nooit helemaal duidelijk is geworden wat die rol precies was.

In ons laatste jaar van het gymnasium besloten Harry en ik ons aan te melden voor Oxford. Deakins had inmiddels al een beurs voor Balliol College aangeboden gekregen. Ik wilde eigenlijk naar de Angustine House-campus van de Christchurch University in Canterbury, maar de toelatingsmentor deelde me uiterst beleefd mee dat Christchurch zelden jongens van gewone middelbare scholen toeliet, en dus koos ik voor Brasenose, Oxford, dat door Bertie Wooster ooit was omschreven als een universiteit 'waar hersens van generlei belang zijn'.

Omdat Brasenose daarnaast gold als de universiteit met de meeste crickettegenslagen en ik in mijn laatste jaar als captain van ons schoolteam drie century's had gescoord, waaronder eentje op de Lord's Cricket Ground voor een kostschoolteam, moest ik wel een goede kans maken, zo leek me. Toen ik moest opdraven voor mijn toelatingsgesprek voorspelde mijn klassenleraar, dr. Paget, dat zodra ik binnenkwam ze me waarschijnlijk een cricketbal zouden toewerpen: ving ik hem, dan werd ik toegelaten. Ving ik hem met één hand, dan kreeg ik een beurs. Dit was, zo bleek, niet het geval. Toch kan ik niet ontkennen dat tijdens een borreltje de rector me meer over cricketer Hutton vroeg dan over dichter Horatius.

Er waren nog andere pieken en dalen tijdens mijn laatste twee jaar op school: Jesse Owens, die op de Olympische Spelen in Berlijn, vlak onder Hitlers neus, vier gouden medailles won, en met als ontegenzeglijk dieptepunt de troonsafstand van Edward de Zevende omdat hij met een gescheiden Amerikaanse vrouw wenste te trouwen.

Het land leek verdeeld over de vraag of de koning troonsafstand had moeten doen, zoals Harry en ik vonden. Voor mij was het een raadsel hoe een man die geboren was om koning te worden zijn troon wilde opgeven voor een gescheiden vrouw. Harry toonde zich een stuk empathischer, en zei dat we pas konden begrijpen wat deze arme man doormaakte als we zelf verliefd zouden zijn. Ik deed het af als lariekoek, maar ons reisje naar Rome zou ons beider levens gaan veranderen.

36

Mocht Giles hebben gedacht dat hij zijn laatste dagen op St. Bede's hard gewerkt had, de laatste twee jaren van het gymnasium maakten hij en Harry kennis met de lange uren waar alleen Deakins vertrouwd mee was.

Dr. Paget, de leraar van de zesde klas, wond er geen doekjes om: als de twee een plek op Oxford of Cambridge wilden bemachtigen, moesten alle overige bezigheden worden geschrapt en dienden ze elke minuut van de dag te besteden aan de voorbereiding voor de toelatingsexamens.

Giles hoopte in zijn laatste jaar aanvoerder van het Eerste te kunnen zijn, terwijl Harry aasde op de hoofdrol in het toneelstuk dat zou worden opgevoerd. Bij dr. Paget leidde het tot gefronste wenkbrauwen, ook al was *Romeo en Julia* dat jaar de verplichte literatuur voor Oxford. 'Schrijf je in elk geval niet voor nog meer dingen in,' waarschuwde hij ferm.

Harry nam met tegenzin afscheid van het koor, wat hem twee extra vrije avonden per week opleverde om te kunnen studeren. Er was echter één activiteit waar geen enkele leerling aan ontkwam: elke dinsdag en donderdag dienden alle jongens, als lid van het Officer Training Corps, zich om vier uur 's middags in volledig ornaat op het paradeplein op te stellen voor inspectie.

'De Hitlerjugend moet vooral niet denken dat wij niet klaarstaan om met ze af te rekenen als Duitsland zo dom is om ons een tweede keer de oorlog te verklaren!' bulderde de regimentssergeant-majoor.

Telkens wanneer regimentssergeant-majoor buiten dienst Roberts deze woorden sprak, trok er een siddering door de gelederen en drong het tot de schooljongens door dat het allengs waarschijnlijker werd dat ze ergens in de wereld als onderofficieren aan het front zouden dienen, in plaats van op een universiteit te belanden.

Harry knoopte de woorden van de regimentssergeant-majoor in zijn oren en schopte het al snel tot cadetofficier. Giles vatte het allemaal wat minder serieus op, wetend dat wanneer hij voor zijn nummer op moest, hij zich net als zijn vader op zijn kleurenblindheid kon beroepen en zo de vijand niet in de ogen hoefde te kijken.

Ook Deakins toonde weinig interesse in het hele gedoe en verklaarde met een overtuiging waar niets tegen in te brengen viel: 'Als je bij het inlichtingenkorps zit, hoef je helemaal niet te weten hoe je een Bren uit elkaar haalt.'

Nu de dagen begonnen te lengen, was iedereen wel toe aan een vakantie, waarna het laatste schooljaar voor de deur stond en ze uiteindelijk opnieuw tegenover hun examinatoren zouden plaatsnemen. Nog geen week na de laatste schooldag waren ze alle drie naar hun zomerbestemming vertrokken: Giles naar zijn familie in de villa in Toscane, Harry naar Rome met het kunstklasje, terwijl Deakins zich in de Central Library van Bristol had verschanst om elk contact met de medemens te vermijden, ook al was hem al een plek op Oxford in het vooruitzicht gesteld.

Door de jaren heen was het voor Giles wel duidelijk geworden dat als hij Harry ook tijdens de zomervakanties wilde zien, hij ervoor moest zorgen dat zijn vader niet zou weten wat hij in zijn schild voerde want, zoals Steinbeck schreef: '*the best laid schemes of mice and men often go awry…*' Maar hiervoor moest hij wel zus Emma bij het plan betrekken, en die wist hem steevast flink te laten dokken alvorens hem terwille te zijn.

'Als jij tijdens het avondeten het voortouw neemt, dan haak ik erop in,' zei hij na haar zijn nieuwste plan te hebben voorgelegd.

'Zo gaat het toch altijd?' merkte Emma minachtend op.

Nadat de eerste gang was opgediend, vroeg ze haar moeder op onschuldige toon of ze haar de volgende dag alsjeblieft naar de Villa Borghese mee kon nemen, want haar tekenlerares had gezegd dat het verplichte kost was. Emma wist echter allang dat mams al andere plannen had.

'Heel vervelend, lieverd,' antwoordde deze, 'maar je vader en ik hebben morgen in Arezzo een lunch met de Hendersons. Natuurlijk mag je met ons mee, als je dat wilt.'

'Giles kan je natuurlijk ook gewoon meenemen naar Rome,' opperde vader aan de overkant van de tafel.

'Moet dat echt?' vroeg Giles, die juist precies hetzelfde had willen voorstellen.

'Ja, dat moet,' reageerde zijn vader ferm.

'Maar wat heeft dat voor zin, paps? Zodra we er zijn, moeten we al weer terug. Het is de reis nauwelijks waard.'

'Wel als jullie in het Plaza overnachten. Ik bel ze morgenochtend vroeg en dan reserveer ik twee kamers voor jullie.'

'Weet je zeker dat ze daar al oud genoeg voor zijn?' vroeg mevrouw Barrington lichtelijk bezorgd.

'Giles wordt over een paar weken achttien. Het is tijd dat-ie een beetje volwassen en een beetje verantwoordelijk wordt.' Giles boog deemoedig het hoofd, alsof hij braafjes gehoorzaamde.

De volgende ochtend bracht een taxi hen naar het plaatselijke station, waarna ze de vroege ochtendtrein naar Rome namen.

'En pas goed op je zus,' waren vaders laatste woorden voordat ze de villa verlieten.

'Doe ik,' had Giles beloofd toen ze wegreden.

Enkele mannen boden Emma hun plek aan toen ze de coupé betrad en Giles moest de hele treinreis staan. Na aankomst in Rome namen ze een taxi naar de Via del Corso. Na in hun hotel te hebben ingecheckt, gingen ze op weg naar de Villa Borghese. Giles constateerde verbaasd hoeveel jongemannen die niet veel ouder waren dan hij in uniform liepen, terwijl op zo'n beetje elke lantaarnpaal en pilaar wel een affiche van Mussolini te zien was.

Nadat de taxi hen had afgezet, begaven ze zich door de tuinen, met nog meer mannen in uniform en nog meer affiches van Il Duce, waarna ze ten slotte de majestueuze Villa Borghese bereikten.

Harry had geschreven dat ze om tien uur aan de officiële rondleiding zouden beginnen. Giles keek op zijn horloge: een paar minuten over elf. Met een beetje geluk zou de rondleiding bijna ten einde zijn. Hij kocht twee kaartjes, gaf er een aan Emma, vloog de treden naar de museumzalen op en ging op zoek naar het kunstklasje. Emma, die geen enkele haast had, nam de tijd om de beelden van Bernini te bewonderen, die de eerste vier vertrekken domineerden. Giles vloog van zaal naar zaal en trof uiteindelijk een groepje jongemannen in bruinrode jasjes en zwartflanellen broeken die zich schaarden rond een klein portret van een oudere man in een crèmekleurige, zijden toga en een witte mijter op het hoofd.

'Daar zijn ze,' zei hij, maar Emma was in geen velden of wegen te zien. Hij schonk er geen aandacht aan en stapte op het aandachtig luisterende groepje af. Op het moment dat hij haar zag, verdween de ware reden van zijn komst naar Rome spontaan uit zijn hoofd.

'In 1605 kreeg Caravaggio opdracht om paus Paulus de Vijfde te portretteren,' vertelde ze met een licht accent. 'Jullie kunnen zien dat het niet af is. Dat komt omdat de schilder uit Rome moest vluchten.'

'Waarom, juffrouw?' vroeg een jongeman vooraan, duidelijk vastbesloten om vroeg of laat in Deakins' voetsporen te treden.

'Omdat hij betrokken raakte bij een dronkenmansruzie waarbij hij uiteindelijk een man vermoordde.'

'Werd hij gearresteerd?' vroeg dezelfde jongen.

'Nee,' antwoordde de gids. 'Caravaggio wist altijd weer naar de volgende stad te vluchten voordat de lange arm der wet hem te pakken kreeg, maar uiteindelijk besloot de Heilige Vader hem te pardonneren.'

'Waarom?' vroeg dezelfde jongen weer.

'Omdat hij voor Caravaggio nog meer opdrachten in petto had. Enkele daarvan bevinden zich tussen de zeventien werken die nu nog steeds in Rome te zien zijn.'

Op dat moment viel Harry's oog op Giles, die als betoverd in de richting van het schilderij staarde. Hij stapte weg van het groepje en liep naar Giles toe. 'Hoe lang sta je hier al?' vroeg hij.

'Lang genoeg om verliefd te worden,' antwoordde Giles nog altijd starend naar de gids.

Harry lachte nu hij doorhad dat Giles niet naar het schilderij staarde, maar naar de elegante, zelfverzekerde jonge vrouw die haar verhaal afstak. 'Volgens mij valt ze een beetje buiten jouw leeftijd,' merkte hij op. 'En ook buiten je prijsklasse.'

'Dat risico wil ik wel nemen,' zei Giles terwijl de gids het groepje voorging naar de volgende zaal. Hij gehoorzaamde braaf en stelde zich zo op dat ze in zijn vizier bleef terwijl de rest aandachtig het beeld van Paolina Borghese van Canova bekeek. 'Misschien wel de beste beeldhouwer van zijn tijd,' zei ze, en Giles was niet van plan daar ook maar iets tegen in te brengen.

'Goed, dan is de rondleiding hiermee ten einde,' deelde ze mee. 'Maar als jullie nog vragen hebben, doe dat dan vooral, want ik ben hier nog een paar minuutjes.'

Giles aarzelde geen moment.

Harry keek geamuseerd toe terwijl zijn vriend op de jonge Italiaanse vrouw af liep en een gesprekje met haar aanknoopte alsof ze oude vrienden waren. Zelfs het knaapje helemaal vooraan durfde hem niet te onderbreken. Een paar minuten later voegde Giles zich met een brede grijns op het gezicht weer bij Harry.

'Ik mag haar vanavond mee uit eten nemen.'

'Ik geloof er niks van,' reageerde Harry.

'Maar nu doet zich een probleem voor,' voegde Giles eraan toe, de ongelovige blik van zijn vriend negerend.

'Meer dan één, vermoed ik.'

'... dat met jouw hulp kan worden voorkomen.'

'Je zoekt een chaperon, voor het geval dat het uit de hand loopt.'

'Nee, ezel. Ik wil dat jij je over mijn zus ontfermt als Caterina me kennis laat maken met het nachtleven van Rome.'

'Vergeet het maar,' zei Harry. 'Ik ben niet helemaal naar Rome gekomen om de babysitter van je zus te kunnen zijn.'

'Maar je bent mijn beste vriend,' smeekte Giles. 'Bij wie kan ik anders terecht?'

'Waarom probeer je Paolina Borghese niet? Ik betwijfel of zij al plannen voor vanavond heeft.'

'Je hoeft haar alleen maar mee uit eten te nemen en ervoor te zorgen dat ze om tien uur in bed ligt.'

'Vergeef me dat ik het je in herinnering breng, Giles, maar was jij niet naar Rome gekomen om met míj ergens wat te gaan eten?'

'Ik geef je duizend lire als je me van haar verlost. En dan kunnen we morgenochtend altijd nog ontbijten in mijn hotel.'

'Zo gemakkelijk laat ik me niet omkopen, hoor.'

'En,' voegde Giles er als troefkaart aan toe, 'je krijgt mijn plaat van *La Bohème* door Caruso.'

Harry keek opzij en zag dat een jong meisje naast hem was verschenen.

'O, tussen haakjes,' zei Giles, 'dit is mijn zus Emma.'

'Hallo,' groette Harry haar en hij keek Giles weer aan. 'Afgesproken.'

De volgende ochtend voegde Harry zich in het Palace Hotel aan tafel voor zijn ontbijt met Giles, die hem begroette met de onbeschaamde grijns die steevast op zijn gezicht prijkte als hij een century had gescoord.

'Dus, hoe was Caterina?' vroeg Harry, zonder het antwoord echt te willen weten.

'Ze overtrof mijn stoutste dromen.'

Harry wilde toch wat meer doorvragen, toen een ober aan hun tafeltje verscheen. '*Cappuccino, per favore*,' zei hij en stelde vervolgens de belangrijkste vraag. 'Dus, hoever mocht je gaan?'

'*All the way*,' was Giles' antwoord.

Harry's mond viel open, maar hij bleef sprakeloos. 'Heb je...'

'Heb ik wát?'

'Heb je...' probeerde hij nogmaals.

'Ja?'

'... haar naakt gezien?'

'Ja, natuurlijk.'

'Van top tot teen?'

'Uiteraard,' antwoordde Giles terwijl Harry een kop koffie voorgezet kreeg.

'Onder én boven?'

'Alles,' zei Giles. 'En dan bedoel ik ook álles.'

'Heb je haar borsten aangeraakt?'

'Ik heb zowaar haar tepels gelikt,' onthulde Giles, waarna hij een slokje van zijn koffie nam.

'Je hebt wát?'

'Je hoorde me wel.'

'Maar heb je, ik bedoel, heb je...'

'Ja, dat heb ik.'

'Hoe vaak?'

'Ben de tel kwijtgeraakt,' antwoordde Giles. 'Ze wist van geen ophouden. Zeven keer, misschien acht. Ik mocht gewoon niet slapen van haar. Als ze zo meteen om tien uur in het Vaticaan Museum de volgende pluk snotaapjes niet hoefde te gidsen, zou ze nog steeds bezig zijn geweest.'

'Maar stel dat ze zwanger raakt,' zei Harry.

'Niet zo naïef, Harry. Vergeet niet dat ze Italiaanse is,' wees Giles hem erop en hij nam weer een slokje van zijn koffie. 'En,' vroeg hij op zijn beurt. 'Hoe heeft mijn zus zich gisteren gedragen?'

'Het eten was heerlijk en jij bent me je Caruso-plaat verschuldigd.'

'Was het zo erg? Tja, we kunnen niet allemaal winnaar zijn.'

Geen van tweeën had Emma zien binnenkomen, totdat ze aan hun tafel verscheen. Harry sprong overeind en bood haar zijn stoel aan. 'Sorry dat ik weg moet,' verontschuldigde hij zich, 'maar ik moet om tien uur in het Vaticaan Museum zijn.'

'Doe Caterina de groeten!' riep Giles hem na terwijl Harry de ontbijtzaal bijna uit rende.

Giles wachtte totdat zijn vriend uit het zicht was verdwenen. 'En, hoe was het gisteravond?' vroeg hij zijn zus.

'Had erger gekund,' antwoordde ze terwijl ze een croissantje pakte. 'Beetje serieus wel, hè?'

'Je zou Deakins eens moeten ontmoeten.'

Ze lachte. 'Nou, het eten was in elk geval lekker. Maar vergeet niet, die grammofoon van je is nu van mij.'

37

Giles omschreef het later als de meest memorabele avond van zijn leven, om alle verkeerde redenen.

De jaarlijkse toneelopvoering was een van de belangrijkste evenementen op de jaarkalender van het gymnasium, niet in het minst dankzij de mooie toneeltraditie van de stad, en 1937 zou dan ook een prachtjaar worden.

Zoals op zo veel middelbare scholen in het land was Shakespeare ook hier verplichte kost. De keus ging tussen *Romeo en Julia* en *Een Midzomernachtsdroom*. Dr. Pagets keus viel op de tragedie in plaats van de komedie, al was het maar omdat hij wel over een Romeo, maar niet over een Bottom kon beschikken.

Voor het eerst in de geschiedenis van de school werden de meisjes van de Red Maids' School, aan de andere kant van de stad, uitgenodigd om te auditeren voor de meisjesrollen. Maar niet voordat er uitgebreid was overlegd met Miss Webb, het schoolhoofd, wier basisregels op een moeder-overste nog indruk zouden hebben gemaakt.

Het stuk zou aan het eind van het trimester op drie achtereenvolgende avonden worden opgevoerd. Zoals altijd was de zaterdagavond het eerst uitverkocht, aangezien oud-leerlingen en de ouders van de acteurs graag de slotopvoering wilden bijwonen.

In de foyer wierp Giles herhaaldelijk een blik op zijn horloge terwijl hij gespannen en ongeduldig op zijn ouders en jongere zus wachtte. Hij hoopte maar dat Harry weer een puike acteerprestatie zou leveren en dat zijn vader de jongen eindelijk eens zou accepteren.

De recensent van de *Bristol Evening World* had Harry's acteerwerk al eens omschreven als zijnde 'opvallend volwassen voor zijn leeftijd', maar had zijn grootste complimenten gereserveerd voor Julia, wier sterfscène zelfs aangrijpender was dan wat hij in Stratford had gezien.

Toen meneer Frobisher de foyer binnenwandelde, schudde Giles hem de hand, waarna zijn oude coördinator hem aan zijn gast voorstelde, een zekere meneer Holcombe, en ze het auditorium in liepen om een plek te zoeken.

Toen kapitein Tarrant zich even later via het middenpad naar zijn stoel op de voorste rij begaf, steeg er even een geroezemoes op. Zijn recente aanstelling in het schoolbestuur had alom bijval geoogst. Terwijl hij even opzij leunde om met de bestuursvoorzitter te spreken, viel zijn oog op Maisie Clifton, een paar rijen achter hem. Hij wierp haar een warme glimlach toe, maar de man naast wie ze zat herkende hij niet. De volgende verrassing diende zich aan toen hij de rolverdeling las.

Het schoolhoofd en mevrouw Barton waren zo'n beetje de laatsten die de grote zaal betraden. Ze namen plaats naast Sir Walter Barrington en kapitein Tarrant op de voorste rij.

Giles werd met de minuut nerveuzer en begon zich inmiddels af te vragen of hun ouders nog zouden verschijnen voordat het doek opging.

'Het spijt me zo, Giles,' verontschuldigde zijn moeder zich toen ze eindelijk binnenkwamen. 'Helemaal mijn schuld. Ik was de tijd compleet vergeten,' voegde ze eraan toe terwijl zij en Grace zich de zaal in haastten. Zijn vader volgde in hun kielzog en hij trok een wenkbrauw op nu hij zijn zoon hier zag. Omdat het een verrassing moest blijven gaf Giles hem geen programmaboekje, ook al had hij het geheim aan zijn moeder toevertrouwd. Net als hij hoopte ze dat haar man Harry eindelijk eens als familievriend in plaats van een buitenstaander zou gaan beschouwen.

Ze hadden nog niet plaatsgenomen of het doek ging op en een stilte daalde neer over het verwachtingsvolle publiek.

Op het moment dat Harry voor het eerst het toneel betrad, keek Giles even zijn vaders kant op. Die leek niet te schrikken en dus kon Giles zich eindelijk wat ontspannen. Zijn tevreden gevoel was echter van korte duur, slechts tot aan de balkonscène, waarin zowel Romeo als Hugo Barrington voor het eerst Julia te zien kreeg.

Links en rechts van de Barringtons begon een aantal mensen geïrriteerd te raken door een ongedurig heerschap dat hun genot verstoorde met zijn harde gefluister en zijn commanderende verzoek om een programmaboekje. Het werd zelfs nog erger na Romeo's 'Is zij niet Capulets dochter?' waarop Hugo Barrington opstond en zich ruw en zonder er acht op te slaan op wiens tenen hij danste, zich langs de stoelen naar het middenpad wurmde, om vervolgens de zaal uit te benen, de klapdeuren open te rukken en de avond in te verdwijnen. Het duurde even voordat Romeo weer helemaal terug in zijn rol was.

Sir Walter deed alsof hij niet in de gaten had wat er achter hem gebeurde, en hoewel zich op kapitein Tarrants voorhoofd een frons aftekende, bleven zijn ogen op het podium gericht. Had hij achteromgekeken, dan had hij kunnen zien dat ook mevrouw Clifton het vertrek van Barrington negeerde en zich concentreerde op elk woord dat de twee jonge minnaars elkaar te zeggen hadden.

In de pauze ging Giles op zoek naar zijn vader, maar die bleek onvindbaar. Hij controleerde het parkeerterrein, maar de Bugatti was nergens te zien. Hij liep de foyer weer in en zag dat zijn grootvader zijn moeder iets in het oor fluisterde.

'Is Hugo soms krankzinnig geworden?' vroeg Sir Walter.

'Nee, hij is nog bij zijn volle verstand,' antwoordde Elizabeth, die haar woede niet onder stoelen of banken schoof.

'Wat bezielt hem dan in hemelsnaam?'

'Ik heb geen idee.'

'Kan het iets te maken hebben met die jongen van Clifton?'

Ze zou hem hebben geantwoord als Jack Tarrant niet naast hen was verschenen.

'Je dochter is opvallend getalenteerd, Elizabeth,' complimenteerde hij haar met een handkusje. 'En ook nog eens gezegend met jouw schoonheid.'

'En jij bent een ouwe vleier, Jack,' reageerde ze, om eraan toe te voegen: 'Ik geloof niet dat je mijn zoon Giles al kent.'

'Goedenavond, meneer,' groette Giles beleefd. 'Een grote eer om met u kennis te maken. Mag ik u feliciteren met uw recente aanstelling?'

'Dank je, jongeman,' reageerde Tarrant. 'En hoe vind jij het optreden van je vriend?'

'Buitengewoon, maar wist u dat...'

'Goedenavond, mevrouw Barrington.'

'Goedenavond, meneer de directeur.'

'Ik sta hier vast in een lange rij van mensen die graag hun...'

Giles zag dat kapitein Tarrant soepel wegglipte om zich bij Harry's moeder te voegen en hij vroeg zich af waar die twee elkaar van kenden.

'Fijn u te zien, kapitein Tarrant.'

'En u, mevrouw Clifton, en wat ziet u er ravissant uit vanavond. Als Gary Grant had geweten wat voor schoonheid er hier in Bristol te vinden was, zou hij ons nooit voor Hollywood hebben verruild.' Hij zweeg even en voegde er op zachte toon aan toe: 'Had je enig idee dat Emma Barrington Julia zou spelen?'

'Nee. Harry heeft me daar niets over verteld,' antwoordde ze. 'Maar ja, waarom zou hij?'

'Laten we hopen dat de genegenheid die ze voor elkaar tentoonspreiden gewoon goed geacteerd is, want als dit hun ware gevoelens zijn, dan kunnen we wel eens met een nog groter probleem opgezadeld zitten.' Hij keek even opzij om zeker te weten dat niemand stiekem meeluisterde. 'Ik neem aan dat je Harry nog niets hebt verteld?'

'Geen woord,' verzekerde Maisie hem. 'En aan Barringtons lompe gedrag te zien lijkt het erop dat ook hij werd verrast.'

'Goedenavond, kapitein Tarrant,' groette Miss Monday hem, en ze raakte even zijn arm aan. Miss Tilly verscheen naast haar. 'Wat goed van u om helemaal vanuit Londen naar uw beschermeling te komen kijken.'

'En ook de uwe, mijn lieve Miss Monday,' groette Tarrant terug. 'En hij zal maar wat verrast zijn dat u helemaal vanuit Cornwall bent gekomen om zijn optreden bij te wonen.' Miss Monday straalde en op dat moment ging de bel om het publiek te verzoeken zich weer naar de zaal te begeven.

Nadat iedereen zijn plek weer gevonden had, ging het doek op voor het tweede bedrijf, hoewel er op de zesde rij één plek opvallend leeg bleef. Sommigen die in het openbaar nog nooit een traan hadden geplengd konden zich bij de sterfscène niet langer beheersen, en Miss Monday had nog nooit zo gehuild sinds Harry de baard in de keel kreeg.

Toen het doek ten slotte viel, stond het publiek als één man op en terwijl Harry en Emma zich hand in hand voor het doek opstelden rees een stormachtig applaus op en juichten zelfs volwassen mannen, die zelden hun gevoelens toonden, hen toe.

Toen ze zich opzij draaiden om naar elkaar te buigen, verscheen er een glimlach op mevrouw Barringtons blozende gezicht. 'Hemeltjelief, dat was geen acteren meer,' hoorde Giles haar hardop zeggen, en diezelfde gedachte was ook Maisie Clifton en Jack Tarrant al bekropen, al ver voordat de twee acteurs hun laatste buiging maakten.

Mevrouw Barrington, Giles en Grace begaven zich achter de coulissen, waar ze Romeo en Julia nog altijd hand in hand aantroffen terwijl mensen om hen heen dromden om hen met complimenten te overladen.

'Je was grandioos,' complimenteerde Giles zijn vriend met een flinke schouderklop.

'Ik was goed,' zei Harry, 'maar Emma was echt geweldig.'

'Dus, wanneer is het allemaal begonnen?' fluisterde Giles.

'In Rome,' moest Harry met een schalkse grijns bekennen.

'En dan te bedenken dat ik mijn Caruso-plaat moest opofferen, om maar te zwijgen van mijn grammofoon, om jullie te koppelen.'

'En ons eerste etentje hebt betaald.'

'Waar is pap?' vroeg Emma om zich heen kijkend.

Grace stond op het punt om haar zus te vertellen wat er was gebeurd toen kapitein Tarrant verscheen.

'Gefeliciteerd, mijn jongen,' zei hij. 'Je was echt uitstekend.'

'Dank u, meneer,' zei Harry, 'maar u hebt de échte ster van vanavond, geloof ik, nog niet ontmoet.'

'Nee, maar laat ik u verzekeren, jongedame, dat als ik veertig jaar jonger was geweest mijn rivalen geen kans zouden hebben.'

'Mijn affectie voor u kent anders geen rivalen, hoor,' verzekerde Emma hem. 'Harry vertelt me keer op keer hoeveel u voor hem hebt gedaan.'

'Dat is wederzijds,' antwoordde Old Jack terwijl Harry zijn moeder zag en haar omhelsde.

'Ik ben zo trots op je,' zei ze.

'Dank je, mam, maar laat me je voorstellen aan Emma Barrington,' zei hij en hij sloeg een arm om Emma's middel.

'O, maar nu weet ik waarom uw zoon er zo goed uitziet,' zei Emma terwijl ze Harry's moeder de hand schudde. 'Mag ik mijn moeder aan u voorstellen?'

Het was een confrontatie die Maisie al jarenlang bezig had gehouden, maar dit scenario was nooit in haar opgekomen. Gespannen schudde ze Elizabeth Barrington de hand, maar de glimlach waarmee ze werd begroet was zo vriendelijk dat het voor Maisie al snel duidelijk werd dat mevrouw Barrington niets afwist van een mogelijke connectie tussen hen.

'Dit is meneer Atkins,' zei Maisie en ze stelde de man voor die tijdens de opvoering naast haar had gezeten.

Het was voor het eerst dat Harry zijn naam hoorde. Kijkend naar de bontjas van zijn moeder vroeg hij zich af of Atkins wellicht de reden was waarom hij nu drie paar schoenen bezat.

Hij wilde net iets tegen meneer Atkins zeggen toen hij werd onderbroken door dr. Paget, die hem maar al te graag wilde voorstellen aan professor Henry Wyld. Harry herkende de naam al meteen.

'Ik hoor dat je graag naar Oxford wilt om Engels te studeren,' zei Wyld.

‘Alleen als ik van u les krijg, meneer.’

‘Nou, nou, ik merk dat Romeo’s charme niet op het toneel is achtergebleven.’

‘En dit is Emma Barrington, meneer.’

De hoogleraar Engelse taal- en letterkunde van Merton College in Oxford boog even het hoofd. ‘U was zeer indrukwekkend, jongedame.’

‘Dank u, meneer,’ antwoordde Emma. ‘Ook ik hoop ooit door u te worden gedoceerd,’ voegde ze eraan toe. ‘Ik heb me voor komend jaar ingeschreven op Somerville.’

Jack Tarrant keek even opzij naar mevrouw Clifton en de openlijke afschuw in haar ogen ontging hem niet.

‘Grootvader,’ zei Giles, nu de voorzitter van het schoolbestuur zich bij hen voegde, ‘ik geloof niet dat u al hebt kennisgemaakt met mijn vriend Harry Clifton.’

Sir Walter schudde hem vriendelijk de hand, waarna hij zijn kleindochter omhelsde. ‘Jullie twee hebben van mij een trotse oude man gemaakt.’

Voor Jack en Maisie begon het pijnlijk duidelijk te worden dat deze geliefden ‘wier lot hun ongunstig gezind is’ geen idee hadden van wat voor problemen ze zich op de hals hadden gehaald.

Sir Walter gaf zijn chauffeur opdracht om mevrouw Barrington en de kinderen terug te rijden naar Manor House. Onderweg naar Chew Valley deed Emma’s moeder, Emma’s triomf ten spijt, geen moeite haar humeur te verbergen. Terwijl ze het hek passeerden en via de oprit naar de villa reden, zag Giles dat er in de woonkamer nog licht brandde.

Nadat de chauffeur hen had afgezet werden Giles, Emma en Grace door hun moeder – op een toon die ze al jaren niet meer van haar hadden gehoord – gesommeerd om naar bed te gaan, waarna ze zelf de woonkamer opzocht. Met tegenzin begaven Giles en Emma zich via de brede trap naar boven. Terwijl Grace gehoorzaam haar slaapkamer opzocht en hun moeder uit het zicht verdween, verschansten Giles en Emma zich op de bovenste tree. Giles vroeg zich zelfs af of zijn moeder de kamerdeur misschien expres open had laten staan.

Op het moment dat Elizabeth de kamer betrad, nam haar man geen moeite om op te staan. Haar oog viel op een halve fles whisky en een tumbler op het bijzettafeltje bij zijn stoel.

‘Je zult ongetwijfeld een verklaring hebben voor je onvergeeflijke gedrag van vanavond.’

‘Ik ben jou helemaal geen verantwoording schuldig.’

‘Emma is er zowaar in geslaagd om jouw alleszins onwaardige gedrag te ontstijgen.’

Barrington schonk zichzelf nog wat whisky in en nam een fikse slok. ‘Ik heb geregeld dat Emma per onmiddellijke ingang Red Maids verlaat. Ze zal worden ingeschreven op een school die ver genoeg uit de buurt is om die jongen nooit meer te kunnen zien.’

Boven aan de trap barstte Emma in snikken uit. Giles sloeg een arm om haar heen.

‘Wat kan Harry in hemelnaam hebben gedaan waardoor jij je zo schandelijk gedraagt?’

‘Dat gaat jou niets aan.’

‘Nou en of mij dat iets aangaat,’ reageerde Elizabeth terwijl ze haar kalmte probeerde te bewaren. ‘We hebben het hier over onze dochter en de beste vriend van onze zoon. Als Emma verliefd is geworden op Harry, wat ik vermoed, dan kan ik me geen voorkomender en beschaafdere jongeman bedenken aan wie ze haar hart kan verliezen.’

‘Harry Clifton is de zoon van een hoer. Daarom heeft haar man haar verlaten. En ik zeg het nogmaals: het zal voor Emma verboden zijn om ooit nog met die kleine bastaard om te gaan.’

‘Ik ga naar bed, voordat ik mijn kalmte verlies,’ zei Elizabeth. ‘En denk maar niet dat jij je in deze staat bij me kunt voegen.’

‘Dat ben ik in geen énkele staat van plan,’ gaf Barrington haar te verstaan terwijl hij zichzelf opnieuw inschonk. ‘Al zo lang ik me kan herinneren doe je geen enkele poging me in de slaapkamer te behagen.’

Emma sprong overeind, rende naar haar kamer en deed de deur achter zich op slot. Giles bleef als versteend zitten.

‘Je bent overduidelijk dronken,’ zei Elizabeth. ‘We praten er morgenochtend wel over, als je weer nuchter bent.’

‘Er valt morgenochtend helemaal niets te bepraten,’ reageerde Barrington op beschonken toon terwijl zijn vrouw de kamer verliet. Even later viel zijn hoofd achterover tegen de rugleuning en begon hij te snurken.

Toen Jenkinks tegen achten de volgende ochtend de gordijnen van de woonkamer opentrok toonde hij zich niet verrast toen hij de heer des huizes onderuitgezakt en nog altijd gekleed in zijn smoking slapend in een fauteuil aantrof.

Het zonnige ochtendlicht maakte dat Barrington zich verroerde, knipperend de ogen opende en even naar zijn butler tuurde alvorens een blik op zijn horloge te werpen.

'Over een klein uur zal er een auto verschijnen om Miss Emma op te halen, Jenkins. Zorg er dus voor dat ze gepakt en wel gereedstaat.'

'Miss Emma is afwezig, meneer.'

'Wat? Waar hangt ze dan uit?' wilde Barrington weten terwijl hij zich uit zijn stoel worstelde, wat wankelend op de benen bleef staan en weer terug plofte.

'Ik heb geen idee, meneer. Ze heeft samen met mevrouw Barrington de woning iets na middernacht verlaten.'

38

'Waar zijn ze naartoe gegaan, denk je?' vroeg Harry nadat Giles had verteld wat er na hun thuiskomst op Manor House was voorgevallen.

'Geen flauw vermoeden,' antwoordde deze. 'Ik sliep. Het enige wat ik uit Jenkins los kon peuteren, was dat een taxi ze vlak na middernacht naar het station bracht.'

'En je vader was dronken toen jullie gisteravond thuiskwamen?'

'Ladderzat. En toen ik vanochtend voor het ontbijt verscheen, was hij nog lang niet nuchter. Schold en schreeuwde tegen eenieder die zijn pad kruiste. Hij probeerde mij zelfs de schuld in de schoenen te schuiven. Dat was het moment waarop ik besloot naar mijn grootouders te verkassen.'

'Denk je dat je grootvader weet waar ze zijn?'

'Ik betwijfel het, ook al leek hij niet al te verrast toen ik vertelde wat er was gebeurd. Grootmoeder zei dat ik zo lang mocht blijven als ik wilde.'

'Als die taxi ze naar het station bracht, kunnen ze niet in Bristol zijn gebleven,' concludeerde Harry.

'Ze kunnen overal zijn,' was Giles het ermee eens.

Allebei zwegen ze even, totdat er bij Harry plots een licht opging. 'Jullie villa in Toscane, misschien?'

'Niet waarschijnlijk,' zei Giles. 'Dat zou het eerst in vader opkomen, dus daar zouden ze niet lang veilig zijn.'

'Het moet dus een plek zijn waarvan je vader zich wel tweemaal bedenkt om erheen te gaan.' Ze zwegen weer, totdat Harry plots weer het woord nam. 'Ik ken iemand die heel misschien weet waar ze zijn.'

'En wie is dat?'

'Old Jack,' antwoordde Harry, voor wie 'kapitein Tarrant' nog altijd iets ongemakkelijks had. 'Ik weet dat hij met jouw moeder bevriend is geraakt, en ze vertrouwt hem.'

'Heb je een idee waar hij op dit moment kan zijn?'

'Iedereen die *The Times* leest kan dat weten,' antwoordde Harry smalend.

Giles stompte zijn vriend tegen de arm. 'Nou, waar is-ie dan, wijsneus?'

'Op zijn kantoor in Londen. Op Soho Square, als ik het me goed herinner.'

'Ik heb altijd al een excuus gewild om een dagje naar Londen te kunnen,' zei Giles. 'Jammer alleen dat ik al mijn geld thuis heb laten liggen.'

'Geen probleem,' stelde Harry hem gerust. 'Ik ben liquide. Die Atkins gaf me een vijfje, hoewel ik het van hem aan boeken moest besteden.'

'Geen zorgen,' stelde Giles hem gerust. 'Ik weet wel een alternatief.'

'Zoals?' vroeg Harry benieuwd.

'We kunnen gewoon wachten totdat Emma jou een brief schrijft.'

Nu was het Harry's beurt om zijn vriend een stomp te verkopen. 'Oké, maar we kunnen nu maar beter wegwezen, voordat iemand erachter komt.'

'Derde klas reizen is niet echt mijn gewoonte,' merkte Giles op terwijl de trein uit station Temple Meads wegtufte.

'Nou, zolang ik betaal, kun je er maar beter aan wennen,' zei Harry.

'Dus, vertel me eens. Wat spookt jouw vriend kapitein Tarrant zoal uit? Ik weet dat de overheid hem heeft aangesteld als directeur van het Bureau voor Ontheemden. Klinkt heel indrukwekkend, maar wat hij precies doet is me een beetje een raadsel.'

'Waar het op neerkomt,' legde Harry uit, 'is dat hij verantwoordelijk is voor de behuizing van vluchtelingen, met name gezinnen die voor de tirannie van nazi-Duitsland zijn gevlucht. Hij zegt dat-ie het werk van zijn vader voortzet.'

'Goeie vent, die kapitein Tarrant van je.'

'Je weet niet half.'

'Kaartjes alstublieft.'

Onderweg praatten ze vooral over waar Emma en mevrouw Barrington konden zijn, maar toen ze uiteindelijk Paddington Station binnenreden, was het antwoord op deze vraag nog niet gevonden.

Ze namen de metro naar Leicester Square, doken op in het zonlicht en gingen op zoek naar Soho Square. Lopend naar het West End raakte Giles zo afgeleid door de felle neonlichten en etalages vol artikelen dat Harry hem zo nu en dan weer aan het eigenlijke doel van hun bezoek moest herinneren.

Op Soho Square aangekomen kon de gestage stroom haveloze mannen, vrouwen en kinderen hun niet ontgaan die aan de overzijde van het plein met gebogen hoofd via de deur van een groot gebouw naar binnen en naar buiten sloften.

Terwijl ze naar binnen liepen en de pijlen volgden die hen naar de derde verdieping gidsten, vielen de twee jongemannen met hun blazers en grijze flanellen pantalons vreemd uit de toon. In de veronderstelling dat ze twee functionarissen waren, deden verscheidene vluchtelingen een stap opzij om hen door te laten.

Giles en Harry sloten zich aan bij de lange rij voor het directeurskantoor en zouden daar de rest van de dag misschien zijn blijven staan als een secretaresse, die naar buiten kwam, hen niet had herkend. Ze liep recht op Harry af en vroeg of hij soms voor kapitein Tarrant was gekomen.

'Ja,' antwoordde Harry. 'Hij is een oude vriend van me.'

'Ik weet het,' zei de vrouw. 'Ik herkende u al meteen.'

'Hoe kan dat?' vroeg Harry.

'Hij heeft een foto van u op zijn bureau. Loop maar mee. Kapitein Tarrant zal in zijn sas zijn u te zien.'

Het gezicht van Old Jack klaarde onmiddellijk op toen de twee jongens – hij moest eens ophouden de twee als jongens te beschouwen, jongemannen waren ze nu – zijn kantoor betraden. 'Leuk jullie beiden te zien,' zei hij terwijl hij vanachter zijn bureau opsprong om hen te begroeten. 'Vertel eens, voor wie zijn jullie ditmaal op de loop?' vroeg hij met een glimlach.

'Mijn vader,' antwoordde Giles zacht.

Old Jack liep naar de deur, sloot hem en liet de twee jongemannen plaatsnemen op een ongemakkelijke bank. Daarna trok hij er voor zichzelf een stoel bij en luisterde aandachtig terwijl ze hem alles vertelden wat er sinds de opvoering van de vorige avond allemaal was gebeurd.

'Ik heb je vader natuurlijk de aula zien verlaten,' zei Old Jack, 'maar ik zou nooit hebben gedacht dat hij je moeder en zus zo schandalig durft te behandelen.'

'Hebt u enig idee waar ze zouden kunnen zijn, meneer?' vroeg Giles.

'Nee, maar als ik het moest raden, dan zou ik antwoorden dat ze bij je grootvader zijn.'

'Nee, meneer. Ik was vanochtend bij grootvader en zelfs hij weet niet waar ze zijn,' zei Giles.

'Ik zei niet wélke grootvader.'

'Lord Harvey?' opperde Harry.

'Dat zou mijn vermoeden zijn,' zei Jack. 'Bij hem zullen ze zich veilig voelen, in de wetenschap dat Barrington zich wel tweemaal zal bedenken voor hij ze komt halen.'

'Maar grootvader heeft ten minste drie huizen, voor zover ik weet,' zei Giles. 'Ik zou niet weten waar ik moest beginnen.'

'Wat stom van me,' zei Harry opeens. 'Ik weet precies waar hij is.'

'O?' vroeg Giles. 'Waar dan?'

'Op zijn landgoed in Schotland.'

'Je klinkt behoorlijk zelfverzekerd,' zei Jack.

'Dat komt doordat hij vorige week Emma belde om uit te leggen waarom hij de opvoering niet kon bijwonen. Het schijnt dat hij december en januari altijd in Schotland doorbrengt. Als ik me verdorie dat adres maar kon herinneren.'

'Mulgelrie Castle, bij Mulgelrie, in de Highlands,' zei Giles.

'Petje af,' complimenteerde Jack hem.

'Hoeft niet, meneer. Het komt doordat ik al mijn hele leven van mama op tweede kerstdag mijn familie bedankjes moest schrijven. Maar omdat ik nog nooit in Schotland ben geweest, zou ik niet weten waar het is.'

Old Jack stond op en pakte een grote atlas van de boekenplank achter zijn bureau. Achter in de index zocht hij Mulgelrie op, hij sloeg een aantal pagina's op en legde de atlas opengeslagen voor hem neer. Zijn vinger gleed van Londen omhoog naar Schotland. 'Jullie zullen met de nachttrein naar Edinburgh moeten en van daaruit met een gewone trein naar Mulgelrie.'

'Ik denk niet dat we genoeg geld over hebben,' zei Harry terwijl hij de inhoud van zijn portemonnee bekeek.

'Dan zal ik jullie beiden van een volmacht moeten voorzien, ja toch?' zei Jack. Hij trok zijn bureaula open, haalde er een groot vaalgeel formulierblok uit, scheurde twee vellen af, vulde ze in en zette er een stempel op. 'Immers,' voegde hij eraan toe, 'het lijdt geen twijfel dat jullie statenloze vluchtelingen zijn die een thuis zoeken.'

'Dank u, meneer,' zei Giles.

'Nog een laatste woord van goede raad,' zei Old Jack terwijl hij weer vanachter zijn bureau opstond. 'Hugo Barrington is geen man die met zich laat sollen, en hoewel ik er tamelijk zeker van ben dat hij Lord Harvey zal ontzien, geldt dat niet per se voor jou, Harry. Wees dus op je hoede totdat je veilig binnen de muren van Mulgelrie Castle bent.

Mocht je op welk moment dan ook op een man stuiten die mank loopt, wees dan gewaarschuwd. Hij werkt voor Giles' vader. Hij is intelligent en vindingrijk, maar belangrijker nog, hij is enkel zijn betaalmeester verantwoording schuldig.'

39

Ook nu werden Giles en Harry naar een derdeklaswagon geleid, maar ze waren zo moe dat ze ondanks de herhaaldelijk openglijdende en dichtvallende coupédeuren, het geratel van wielen over wissels en de regelmatige salvo's van de stoomfluit, die nacht goed sliepen.

Toen de trein de volgende ochtend even voor zessen Newcastle binnenreed, werd Giles verschrikt wakker. Hij keek uit het raam en werd begroet met een muisgrijze lucht en de aanblik van rijen soldaten die klaarstonden om in te stappen. Een sergeant salueerde tegen een tweede luitenant die niet veel ouder leek dan Giles. 'Permissie om aan boord te gaan, luitenant?' Waarop de jongeman terug salueerde en op zachtere toon antwoordde: 'Ga uw gang, sergeant,' waarna de soldaten in rijen aan boord gingen.

De niet-aflatende dreiging van een oorlog en de vraag of hij en Harry nog voordat ze de kans hadden om op Oxford te belanden een uniform zouden dragen, sluimerden in Giles' achterhoofd. Zijn oom Nicholas, die hij nooit had ontmoet, had net als de jongeman op het perron een peloton soldaten geleid en was in Ieper gesneuveld. Giles vroeg zich af welke slagvelden in het vervolg jaarlijks met klaprozen herdacht zouden worden als er nóg een grote oorlog in aantocht was die een eind moest maken aan alle oorlogen.

Zijn gedachten werden onderbroken door een reflectie in het coupéraam. Met een ruk draaide hij zich om, maar de gestalte was al verdwenen. Nam hij de waarschuwing van kapitein Tarrant te serieus op of was dit gewoon toeval?

Hij wierp even een blik op Harry, tegenover hem, die nog altijd in diepe slaap verkeerde; hij had de afgelopen twee nachten waarschijnlijk geen oog dichtgedaan. Terwijl de trein van spoor wisselde en koers zette naar Berwick-on-Tweed, zag hij dezelfde gestalte hun coupé passeren. De man wierp snel een blik naar binnen. Dit was geen toeval meer. Wilde hij soms weten op welk station ze zouden uitstappen?

Eindelijk werd Harry wakker. Met knipperende ogen rekte hij zich uit. 'Ik rammel.'

Giles boog zich naar hem toe. 'Volgens mij is er iemand aan boord die ons in de gaten houdt,' fluisterde hij.

'Hoe kom je daarbij?' vroeg Harry, opeens klaarwakker.

'Ik heb diezelfde persoon iets te vaak voorbij zien lopen.'

'Kaartjes alstublieft!'

Giles en Harry overhandigden de conducteur hun volmacht. 'Hoe lang stopt deze trein op elk station?' vroeg Giles nadat de man een knip had gezet.

'Tja, dat hangt natuurlijk af van of we op tijd zijn of niet,' antwoordde de conducteur enigszins vermoeid, 'maar volgens onze regelementen mag dat nooit korter dan vier minuten zijn.'

'Wat is het volgende station?' vroeg Giles.

'Dunbar. Daar zouden we over een half uur moeten binnenlopen. Maar u hebt beiden een volmacht voor Mulgelrie,' voegde hij eraan toe, waarna hij de volgende coupé binnenstapte.

'Waar ben je mee bezig?' vroeg Harry.

'Ik probeer uit te vinden of we gevolgd worden. En voor mijn tweede plannetje heb ik jou nodig.'

'Welke rol speel ik ditmaal?' vroeg Harry op de rand van zijn bankje.

'Nou, in elk geval niet die van Romeo,' antwoordde Giles. 'Als we in Dunbar stoppen, wil ik dat jij even uitstapt zodat ik kan kijken of iemand je volgt. Zodra je op het perron bent, loop je snel naar het draaihek, draai je je om en loop je de wachtruimte in voor een kop thee. Vergeet niet dat je maar vier minuten de tijd hebt voordat de trein weer vertrekt. En kijk geen moment achterom, want dan weet-ie dat we hem in de smiezen hebben.'

'Maar als we worden geschaduwd, dan is-ie toch zeker veel meer in jou geïnteresseerd dan in mij?'

'Dat denk ik niet,' antwoordde Giles. 'En al helemaal niet als kapitein Tarrant gelijk heeft, want ik heb een vermoeden dat je vriend meer weet dan hij wenst toe te geven.'

'Dat geeft me bepaald geen gerust gevoel,' merkte Harry op.

Een half uur later kwam de trein huiverend tot stilstand in Dunbar. Harry opende het coupédeurtje, stapte op het perron en begaf zich naar de uitgang.

Giles ving slechts een glimp op van de man die nu snel achter Harry aan liep.

'Hebbes,' zei Giles. Hij leunde achterover en sloot de ogen, erop vertrouwend dat zodra het voor de man duidelijk werd dat Harry alleen maar een kopje thee wilde kopen, hij slechts even Giles' kant op zou kijken om zich ervan te vergewissen dat die het rijtuig niet ook had verlaten.

Giles opende zijn ogen weer toen Harry even later terugkeerde met een reep chocola.

'En?' vroeg hij. 'Iemand gezien?'

'Nou en of,' antwoordde Giles. 'Sterker nog, hij stapt nu net weer in.'

'Hoe ziet-ie eruit?' vroeg Harry, die zijn best deed niet al te verontrust te klinken.

'Ik heb hem maar heel even kunnen zien, maar ik zou zeggen, zo rond de veertig, iets langer dan een meter tachtig, goed gekleed en heel kort geknipt. En zijn manke loopje is niet te missen.'

'Dan weten we nu dus met wie we te maken hebben, Sherlock. Wat nu?'

'Om te beginnen, Watson, is het belangrijk om te beseffen dat een aantal dingen in ons voordeel werkt.'

'Ik kan er niet één bedenken,' moest Harry bekennen.

'Wel, ten eerste weten *wíj* dat we worden geschaduwd, maar hij niet. We weten bovendien wat onze bestemming is, iets wat hij duidelijk ook niet weet. Daarnaast zijn we fit en nog niet half zo oud als hij. En met dat manke loopje van hem is-ie helemaal niet zo snel.'

'Je hebt talent, jij,' stelde Harry vast.

'Ik heb in elk geval een ingebouwd voordeel,' legde Giles uit. 'Ik ben de zoon van mijn vader.'

Toen ze uiteindelijk station Waverly in Edinburgh binnenreden, had Giles zijn plan al een stuk of tien keer met Harry doorgenomen. Ze stapten de wagon uit en slenterden op hun gemak over het perron naar het draaihek.

'Haal het vooral niet in je hoofd om achterom te kijken,' waarschuwde Giles terwijl hij zijn volmacht tevoorschijn trok en naar een rij taxi's liep.

'Het Royal Hotel, graag,' zei hij tegen de taxichauffeur. 'En kunt u me waarschuwen als we door een andere taxi worden gevolgd?' voegde hij eraan toe, alvorens naast Harry op de achterbank plaats te nemen.

'Voor de bakker,' reageerde de *cabbie* terwijl hij zich voorzichtig uit de rij losmaakte en in het verkeer invoegde.

‘Hoe weet je dat er een Royal Hotel in Edinburgh is?’ wilde Harry weten.

‘Omdat er in elke stad wel een Royal Hotel te vinden is,’ antwoordde Giles.

‘Ik kan het mis hebben,’ liet de chauffeur hen even later weten, ‘maar de volgende taxi rijdt niet ver achter ons.’

‘Mooi,’ antwoordde Giles. ‘Hoeveel is het naar het Royal?’

‘Twee shilling, meneer.’

‘U krijgt er vier van me als u hem weet af te schudden.’

Waarop de chauffeur onmiddellijk het gaspedaal intrapte en beide passagiers tegen de rugleuning werden gedrukt. Giles herstelde zich al meteen en keek door het achterraam, om te constateren dat ook de taxi achter hen vaart meerderde. Ze hadden weliswaar een kleine zeventig meter gewonnen, maar Giles besefte dat het van korte duur zou zijn.

‘Cabbie, neem de volgende afslag links en neem wat gas terug. Zodra we naar buiten zijn gesprongen wil ik dat u gewoon doorrijdt en pas stopt als u bij het Royal bent aangekomen.’ Een arm strekte zich naar hen uit en Harry legde twee munten van twee shilling in zijn hand.

‘Zodra ik uit de taxi spring,’ zei Giles, ‘doe je precies hetzelfde als ik.’ Harry knikte.

De taxi dook de hoek om en minderde eventjes vaart, waarop Giles het portier opende, naar buiten sprong, neerviel op het trottoir, snel overeind krabbelde, de dichtstbijzijnde winkel in dook en zich binnen op de grond wierp. Harry volgde hem op de hielen, smeet het portier dicht en belandde even later plat naast zijn vriend, vlak voordat de tweede taxi in volle vaart de hoek om kwam.

‘Kan ik u helpen?’ vroeg een verkoopster met de handen op de heupen terwijl ze omlaag keek naar de twee jongemannen languit op de vloer.

‘Dat hebt u al gedaan,’ antwoordde Giles terwijl hij overeind krabbelde en haar een warme glimlach schonk. Hij klopte zich een beetje af, om daarna met slechts een ‘dank u’ de winkel weer te verlaten.

Ook Harry stond op, en bevond zich plots oog in oog met een ranke etalagepop gekleed in slechts een corsetje. Met een hoogrood gezicht stoof hij de winkel uit en haalde Giles op het trottoir bij.

‘Ik denk niet dat de manke de nacht in het Royal zal doorbrengen,’ zei Giles, ‘dus kunnen we maar beter opschieten.’

‘Mee eens,’ zei Harry terwijl Giles een volgende taxi aanhield. ‘Waverly Station,’ zei hij tegen de chauffeur, waarna hij op de achterbank plofte.

'Waar heb je dit allemaal geleerd?' voeg Harry bewonderend terwijl ze in de richting van het station reden.

'Weet je, Harry, jij zou eens wat minder Joseph Conrad en wat meer John Buchan moeten lezen als je wilt weten hoe je in Schotland je weg wilt vinden met een vileine snoodaard op je hielen.'

De reis naar Mulgelrie verliep aanmerkelijk trager en minder enerverend dan die naar Edinburgh was geweest, en van een manke man viel geen spoor te bekennen. Toen de locomotief uiteindelijk al puffend zijn vier wagons en twee passagiers het kleine stationnetje binnensleurde, was de zon al achter de hoogste berg verdwenen. Toen ze uit de laatste trein van deze dag stapten, wachtte de stationschef al bij de uitgang om de kaartjes te controleren.

'Zit er nog een taxi voor ons in?' vroeg Giles terwijl ze hun volmachten toonden.

'Nee, meneer,' antwoordde de stationschef. 'Jock gaat tegen zessen naar huis voor de thee en blijft nog wel een uurtje weg.'

Giles overwoog om de stationschef te wijzen op de 'logica' van Jocks handelen, maar koos eieren voor zijn geld. 'Misschien dat u ons dan kunt vertellen hoe we naar Mulgelrie Castle kunnen komen?'

'Jullie zullen moeten lopen,' was het behulpzame antwoord.

'En welke in welke richting zou dat moeten zijn?' vroeg Giles, die zijn best deed om beleefd te blijven.

'Ongeveer vijf kilometer ginder,' antwoordde de stationschef terwijl hij naar een heuvel wees. 'Je ziet het vanzelf.'

Dat 'ginder' bleek het enige houvast dat de stationschef hen had geboden, want nadat ze al meer dan een uur hadden gelopen, was het inmiddels pikkedonker en viel er van een kasteel nog niets te bespeuren.

Giles begon zich af te vragen of ze hun eerste nacht in een veld in de Hooglanden moesten doorbrengen, met enkel een kudde schapen als gezelschap, toen Harry opeens riep: 'Daar is het!'

Giles tuurde door de grauwe nevel en hoewel hij de contouren van een kasteel nog altijd niet kon ontwaren, monterde het flakkerende licht achter verscheidene ramen hem al meteen op. Ze liepen verder totdat ze voor een reusachtig smeedijzeren hek belandden, dat niet vergrendeld bleek. Lopend over de lange oprit ving Giles geblaf op, maar hij zag geen enkele hond. Na nog eens zo'n anderhalve kilometer te hebben gelopen bereikten ze een slotbrug die naar een zware, eikenhouten deur voerde die niet bepaald gastvrij oogde.

‘Laat mij het woord maar doen,’ zei Giles terwijl ze behoedzaam de brug overstaken en voor de deur bleven staan.

Giles beukte driemaal met zijn vuist tegen de deur, waarna deze al bijna meteen werd geopend en er een man, gekleed in een kilt, een dofgroen jasje, een wit overhemd en een witte strik in de deuropening verscheen.

De butler bekeek de twee vermoeide, verfomfaaide gestalten voor hem. ‘Goedenavond, meneer Giles,’ groette hij, hoewel Giles de man nog nooit had gezien. ‘Mijnheer wacht al een tijdje op uw komst en vroeg zich af of u aan wilt schuiven voor de avonddis.’

40

GILES EN HARRY CLIFTON OP WEG
NAAR MULGELRIE – STOP – *KOMEN VERM. ZO*
ROND ZESSEN AAN – STOP –

Lord Harvey gaf het telegram aan Giles en grinnikte. 'Afkomstig van onze wederzijdse vriend, kapitein Tarrant. Alleen de aankomsttijd had hij verkeerd.'

'We moesten vanaf het station het hele eind lopen,' protesteerde Giles tussen twee grote happen door.

'Ja, ik heb nog overwogen om een auto te sturen om jullie af te halen, maar voor een goede eetlust gaat er niets boven een verkwikkende wandeling door de Hooglanden.'

Harry glimlachte. Sinds ze naar beneden waren gekomen voor het avondeten had hij nauwelijks iets gezegd, en aangezien Emma aan het hoofd van de tafel had plaatsgenomen, had hij zich tevreden moeten stellen met wat steelse, verlangende blikken. Ondertussen vroeg hij zich af of ze nog een moment met elkaar alleen gelaten zouden worden.

De eerste gang was een *Highland broth*, een stevige soep, die Harry iets te snel naar binnen werkte, maar toen Giles nog eens kreeg opgediend, liet ook hij zijn kom nog eens vullen. Hij zou zich zelfs nog een derde maal hebben laten opscheppen als de anderen niet beleefd hadden doorgekeuveld terwijl ze wachtten totdat hij en Giles klaar waren zodat het hoofdgerecht kon worden opgediend.

'Jullie hoeven je geen zorgen te maken over de vraag of anderen weten waar jullie zijn,' stelde Lord Harvey hen gerust, 'want ik heb Sir Walter en mevrouw Clifton al per telegram verzekerd dat jullie veilig en ongedeerd zijn,' om er zonder verdere uitleg aan toe te voegen: 'Ik heb me verder niet de moeite getroost ook je vader in te lichten, Giles.' Giles keek even naar zijn moeder aan de andere kant van de tafel, die zuinigjes haar lippen tuitte.

Even later zwaaiden de deuren van de eetkamer open, waarna verscheidene gelivreide bedienden binnenkwamen die snel de soepkommen weghaalden. Nog eens drie bedienden verschenen nu met zilveren dienbladen waarop, zo vermoedde Harry, zes kleine kippen lagen.

'Ik hoop dat u van Schotse sneeuwhoen houdt, meneer Clifton,' zei Lord Harvey – de eerste persoon in zijn leven die hem met 'meneer' aansprak – terwijl een vogel voor hem werd neergezet. 'Ik heb deze zelf geschoten.'

Harry kon even geen passend antwoord bedenken en keek toe terwijl Giles zijn mes en vork pakte en kleine stukjes vlees begon af te snijden. Het riep herinneringen op aan hun eerste maaltijd samen op St. Bede's. Toen de borden even later werden weggehaald, had Harry net aan drie hapjes kunnen wegwerken en vroeg hij zich af of hij het ooit zou kunnen maken om te kunnen zeggen: 'Nee, dank u, ik heb liever nog een kom soep.'

Het werd wat beter toen er even later een grote schaal gevarieerd fruit, waarvan hij sommige vruchten nog nooit eerder had gezien, midden op tafel werd gezet. Hij had zijn gastheer graag willen vragen hoe ze heetten en uit welke landen ze afkomstig waren, maar de herinneringen aan zijn eerste banaan schoten hem weer te binnen, wat een uitglijer eersteklas was geweest. Hij stelde zich tevreden met Giles' voorbeeld te volgen en goed te kijken welke vrucht gepeld, gesneden dan wel eenvoudig weggehapt moest worden.

Toen hij klaar was, zette een bediende een kommetje water naast zijn bord. Hij wilde het oppakken en naar zijn mond brengen voor een slokje, toen hij zag dat Lady Harvey haar vingers in het hare doopte, waarna een bediende haar een linnen servetje overhandigde om de handen af te drogen. Harry doopte nu ook zijn vingers in zijn kommetje, waarna er als bij toverslag meteen een servetje verscheen.

Na het avondeten trokken de dames zich terug in de zitkamer. Harry wilde ook mee, om bij Emma te zijn en haar alles te vertellen over wat er was gebeurd sinds ze zichzelf op het toneel had vergiftigd. Maar ze was de eetkamer nog niet uit of Lord Harvey ging weer zitten, wat voor de tweede butler het teken was om de heer des huizes een sigaar aan te bieden, terwijl een andere bediende hem een groot glas cognac inschonk.

Na een slokje te hebben genomen, knikte hij even, waarna Giles en Harry ook een glas voorgezet kregen. De butler sloot de humidor en vulde hun glazen met cognac.

'Goed,' begon Lord Harvey na een paar weldadige trekjes van zijn sigaar. 'Begrijp ik het goed dat jullie beiden naar Oxford willen?'

'Harry zit gebakken,' antwoordde Giles, 'maar ik moet van de zomer nog een paar century's scoren, en het liefst op Lord's, als ik wil dat de examinatoren mijn meer in het oog springende tekortkomingen door de vingers willen zien.'

'Giles is wat bescheiden, meneer,' zei Harry. 'Hij maakt net zo veel kans op een plekje als ik. Want hij is niet alleen captain van het cricketteam, maar ook nog eens schoolvertegenwoordiger.'

'Nou, als het jullie lukt, dan kan ik je verzekeren dat je de drie mooiste jaren van je leven tegemoet gaat. Althans, als *Herr* Hitler niet zo dom is om een reprise van de laatste oorlog te eisen, in de ijdele hoop dat hij ditmaal de uitkomst kan omdraaien.'

Gedrieën hieven ze het glas en Harry nam zijn eerste slokje cognac. De smaak beviel hem niet, maar terwijl hij zich afvroeg of het onbeleefd zou overkomen als hij het niet opdronk, redde Lord Harvey hem uit de brand.

'Misschien dat het tijd is om ons bij de dames te voegen,' zei hij. Hij dronk zijn laatste beetje cognac op, legde zijn sigaar in de asbak, rees op van zijn stoel en beende, zonder zijn gasten erin te kennen, voortvarend de eetkamer uit. De twee jongemannen volgden hem door de gang naar de zitkamer.

Daar aangekomen nam Lord Harvey plaats naast Elizabeth, terwijl Giles zich met een knipoog naar Harry naast zijn grootmoeder voegde, waarna Harry naast Emma op de bank ging zitten.

'Wat galant van je om dat hele eind hierheen te komen, Harry,' zei ze terwijl ze zijn hand even aanraakte.

'Het spijt me zo van wat er na afloop van de opvoering allemaal is gebeurd. Ik hoop maar dat het niet allemaal door mij komt,' zei hij.

'Hoe kun jij hier in hemelsnaam de schuld van zijn, Harry? Je hebt nooit ook maar iets gedaan waardoor mijn vader zo tegen moeder zo kon uitvaren.'

'Maar het is geen geheim dat jouw vader vindt dat wij niet samen horen te zijn, zelfs niet op het toneel.'

'Laten we daar morgenochtend verder over praten,' fluisterde Emma. 'We kunnen een lange wandeling maken in de heuvels, met alleen de Highland-koeien die ons kunnen horen.'

'Daar verheug ik me op,' zei Harry. Hij had graag haar hand in de zijne willen nemen, maar er waren gewoon te veel ogen die voortdurend hun kant op keken.

'Jullie twee zullen na zo'n uitputtende reis wel hondsmoe zijn,' zei Lady Harvey. 'Waarom gaan jullie niet lekker naar bed, en dan zien we jullie morgenochtend weer terug bij het ontbijt.'

Harry wilde helemaal niet naar bed, hij wilde bij Emma blijven en uitvinden of ze misschien had ontdekt waarom haar vader zo tegen hun samenzijn was. Maar Giles stond al meteen op, gaf zijn moeder en grootmoeder een kus op de wang en zei welterusten, waarna Harry geen andere keus restte dan Giles' voorbeeld te volgen. Hij boog zich opzij en kuste Emma op de wang, bedankte zijn gastheer voor de heerlijke avond en volgde Giles de kamer uit.

In de gang bleef Harry even staan om een stilleven, een kom met fruit van een schilder die Peploe heette, te bewonderen, toen Emma opeens de gang op stormde, haar armen om zijn hals sloeg en hem zacht op de lippen kuste.

Giles liep verder de trap op alsof hij het niet had gemerkt, terwijl Harry ondertussen zijn blik angstvallig op de deur van de zitkamer gericht hield. Op het moment dat Emma de deur achter haar hoorde opengaan verbrak ze snel de omhelzing.

'Slaap zacht, slaap zacht. Scheiden brengt zo'n zoete pijn,' fluisterde ze.

'... dat ik slaap zacht zeg tot de ochtendschijn,' maakte hij de zin af.

'Ho, waar gaat dat heen?' wilde Elizabeth Barrington weten toen ze de volgende ochtend uit de eetkamer verscheen.

'We gaan Crag Cowen beklimmen,' antwoordde Emma. 'Wacht maar niet op ons, want wie weet zie je ons nooit meer terug.'

Haar moeder lachte. 'Zorg dan dat je je goed inpakt, want in de Hooglanden vatten zelfs de schapen kou.' Ze wachtte totdat Harry de deur achter hen had dichtgedaan. 'Giles, je grootvader verwacht je om tien uur in zijn studeerkamer.' Voor Giles klonk het eerder als een bevel dan een verzoek.

'Ja, moeder,' antwoordde hij alvorens een blik uit het raam te werpen en Harry samen met Emma over het pad naar Crag Cowen te zien lopen. Ze hadden nog geen paar meter gelopen of Emma pakte Harry's hand. Giles glimlachte terwijl ze een hoek omsloegen en achter een rij dennen uit het zicht verdwenen.

Toen de klok in de hal begon te slaan, moest hij vaart maken door de gang wilde hij zijn grootvaders studeerkamer nog voor de tiende klokslag hebben bereikt. Op het moment dat hij binnenstapte, staakten zijn grootouders en zijn moeder hun gesprek. Ze hadden duidelijk op hem gewacht.

'Pak een stoel, mijn jongen,' zei zijn grootvader.

'Dank u, grootvader,' zei Giles en hij nam plaats tussen zijn moeder en zijn grootmoeder.

'Ik denk dat we dit het best kunnen omschrijven als een krijgsraad,' stak Lord Harvey van wal terwijl hij, gezeten op zijn leren stoel met hoge rugleuning, de ogen even opsloeg alsof hij een vergadering voorzat. 'Ik zal mijn best doen om iedereen bij te praten voordat we besluiten wat de beste strategie is.' Giles voelde zich gevleid dat zijn grootvader hem nu als volwaardig lid van de familie beschouwde.

'Gisteravond heb ik Walter gebeld. Hij was al net zo ontsteld over Hugo's gedrag tijdens de opvoering als ik nadat Elizabeth het me vertelde, hoewel ik hem bij moest praten over wat er na haar terugkeer op Manor House gebeurde.' Giles' moeder boog beschaamd het hoofd, maar zei niets. 'Ik vertelde hem dat ik daarop een lang gesprek met mijn dochter had en dat er wat ons betrof slechts twee mogelijke strategieën zijn.'

Giles leunde achterover in zijn stoel, maar ontspande zich niet.

'Ik heb Walter klaarhelder laten weten dat voordat Elizabeth ook maar zou overwegen terug te keren naar Manor House, Hugo meerdere concessies zal moeten doen. Ten eerste dient hij zich expliciet te verontschuldigen voor zijn wanstaltige gedrag.'

Giles' grootmoeder knikte instemmend.

'Ten tweede zal hij nooit, ik herhaal, nooit meer opperen dat Emma haar school dient te verlaten en zal hij haar volledig steunen in haar pogingen een plek aan Oxford in de wacht te slepen. God weet hoe moeilijk het tegenwoordig voor een jongeman is om daarin te slagen, maar voor een vrouw is het schier onmogelijk.

Mijn derde en belangrijkste eis, en hier stond ik op, was dat hij ons allemaal eens uitlegt waarom hij Harry Clifton zo schandalig blijft behandelen. Ik vermoed dat het iets te maken heeft met zijn oom die geld van Hugo stal. De zonden van een vader, dat is één ding, maar een oom…? Ik weiger te aanvaarden dat hij Clifton, zoals hij Elizabeth al zo vaak heeft uitgelegd, als te min beschouwt om hem met zijn kinderen te laten omgaan, enkel omdat zijn vader een havenarbeider was en zijn moeder serveerster is. Wellicht is Hugo vergeten dat mijn grootvader een manusje van alles bij een wijnhandelaar was en dat zíjn grootvader op zijn twaalfde van school ging om net als de vader van de jonge Clifton als havenarbeider aan de slag te gaan. En mocht iemand het zijn ontgaan, ik ben de eerste Lord Harvey in deze familie, en wat is er meer *nouveau* dan dit?'

Giles kon wel juichen.

'Welnu, eenieder van ons zal het zijn opgevallen,' vervolgde Lord Harvey zijn verhaal, 'hoe Emma en Harry elkaar zijn toegenegen, hetgeen nauwelijks verrassend is, aangezien we hier te maken hebben met twee heel bijzondere jonge mensen. Als mettertijd hun relatie opbloeit, zal dit niemand blijer stemmen dan Victoria en mij. Wat dat laatste betreft was Walter het helemaal met me eens.'

Giles glimachte. De gedachte dat Harry een lid van de familie werd, stond hem wel aan, ook al geloofde hij niet dat zijn vader dat ooit zou aanvaarden.

'Ik vertelde Walter,' ging zijn grootvader verder, 'dat als Hugo zich niet in staat acht om zich bij deze voorwaarden neer te leggen, Elizabeth geen andere keus zou resten dan onmiddellijk een echtscheidingsprocedure in gang te zetten. Zelf zou ik uit de raad van bestuur van Barrington's moeten stappen en mijn redenen daarvoor openbaar moeten maken.'

Het stemde Giles verdrietig, want hij wist dat er in beide families nog nooit sprake was geweest van een echtscheiding.

'Walter was zo vriendelijk om te beloven dat hij me over een paar dagen, zodra hij het een en ander met zijn zoon heeft kunnen bepraten, zal terugbellen. Hij liet me nu al weten dat Hugo inmiddels beloofd heeft te stoppen met drinken en oprecht berouw lijkt te hebben. Laat me dan nu afsluiten met jullie er nogmaals op te wijzen dat het hier om een familieaangelegenheid gaat die onder geen voorwaarde met buitenstaanders besproken dient te worden. Laten we hopen dat het hier slechts om een onfortuinlijk incident handelt dat snel tot het verleden zal behoren.'

De volgende ochtend hing Giles' vader aan de telefoon, met het verzoek zijn zoon te spreken. Na de jongen omstandig zijn excuses te hebben aangeboden over hoe het hem speet dat hij Giles de schuld had gegeven voor iets wat geheel en al bij hem lag, smeekte hij zijn zoon er alles aan te doen om zijn moeder en Emma over te halen weer naar Gloucestershire terug te keren zodat het gezin op Manor House de kerstdagen kon vieren. Daarnaast hoopte hij, precies zoals zijn schoonvader al had vermoed, dat het hele incident snel vergeten zou zijn. Over Harry Clifton repte hij met geen woord.

41

Na op station Temple Meads de trein te hebben verlaten, wachtten Giles en zijn moeder in de auto terwijl Emma afscheid nam van Harry.

'Ze hebben net negen dagen met elkaar doorgebracht,' verzuchtte Giles. 'Zijn ze soms vergeten dat ze elkaar morgen ook weer zullen zien?'

'En overmorgen, waarschijnlijk,' voegde zijn moeder eraan toe. 'Maar vergeet niet dat het jou, hoe onwaarschijnlijk het misschien ook lijkt, op een dag ook kan overkomen.'

Ten slotte stapte ook Emma in, maar terwijl ze wegreden, tuurde ze net zo lang door het achterraam en bleef ze net zo lang wuiven totdat Harry uit het zicht was verdwenen.

Giles wilde graag naar huis om eindelijk eens uit te vinden wat Harry op zijn geweten kon hebben waardoor zijn vader hem al die jaren zo akelig behandelde. Het kon toch niet erger zijn dan stelen uit de snoepwinkel of opzettelijk zakken voor je examens? Hij had al tientallen scenario's onderzocht, maar geen daarvan sneed hout. Nu hoopte hij eindelijk de waarheid te kunnen achterhalen. Hij keek opzij naar zijn moeder, en hoewel ze zelden haar emoties toonde, raakte ze allengs ontstemder nu ze Chew Valley naderden.

Giles' vader wachtte hen al op de bovenste trede op toen de auto voor de villa stopte. Jenkins viel in geen velden of wegen te bekennen. Al meteen verontschuldigde hij zich tegen Elizabeth en de kinderen, om er in één adem aan toe te voegen hoe hij hen had gemist.

'De thee staat klaar in de zitkamer,' zei hij. 'Kom er alsjeblieft bij zitten zodra jullie klaar zijn.'

Giles was als eerste beneden en nam met een opgelaten gevoel plaats tegenover zijn vader. Wachtend totdat Emma en zijn moeder zich bij hen voegden, beperkte zijn vader zich tot de vraag of Giles van Schotland had genoten en legde hij uit dat Grace met Nanny naar Bristol was gegaan om een schooluniform te kopen. Over Harry werd hoegenaamd niet gesproken. Toen zijn moeder en zus een paar minuten later in de zitkamer verschenen, stond zijn vader onmiddellijk op uit zijn stoel. Nadat ze waren gaan zitten, schonk hij voor iedereen thee in. Het was wel duidelijk dat hij niet wilde dat de bedienden zouden horen wat hij op het punt stond te onthullen.

Toen iedereen was voorzien, schoof hij naar het puntje van zijn stoel en stak hij op zachte toon van wal.

'Laat ik beginnen met te zeggen hoe onaanvaardbaar ik me heb gedragen op de avond die door iedereen als de avond van Emma's grote triomf is omschreven. Dat je vader er niet bij was voor het applaus was al erg genoeg, Emma,' zei hij terwijl hij zijn dochter aankeek, 'maar de manier waarop ik je moeder bejegende nadat jullie weer thuis waren, is tamelijk onvergeeflijk geweest en ik realiseer me dat het nog wel een tijdje zal duren voordat zo'n diepe wond geheeld is.'

Hugo Barrington nam zijn hoofd in zijn handen en Giles zag dat hij beefde. Ten slotte kalmeerde hij.

'Jullie hebben allemaal jullie eigen redenen om te willen weten waarom ik Harry Clifton al die jaren zo akelig heb behandeld. Het is inderdaad waar dat ik zijn aanwezigheid niet kan verdragen, maar dat ligt geheel aan mijzelf. Als ik het uitleg, wie weet dat jullie het dan zullen begrijpen en misschien met me zullen meevoelen.'

Giles keek even naar zijn moeder, die als versteend in haar stoel zat. Aan niets viel af te lezen hoe ze zich voelde.

'Jaren geleden,' ging Barrington verder, 'toen ik net algemeen directeur was, wist ik de raad van bestuur ervan te overtuigen dat we, ondanks mijn vaders bedenkingen, moesten uitbreiden naar de scheepsbouw. Ik tekende een contract met een Canadese werf voor een koopvaardijschip genaamd de *Maple Leaf*. Het bleek niet alleen een financieel debacle voor het bedrijf, maar voor mij bovendien een persoonlijke catastrofe, die ik eigenlijk nooit te boven ben gekomen en waarvan ik betwijfel of dat ooit nog gaat lukken. Sta me toe het uit te leggen...

Op een middag stormde een dokwerker mijn kantoor binnen. Hij schreeuwde dat zijn maat in de romp van de *Maple Leaf* was ingesloten en dat als ik niet snel het bevel gaf om de romp te laten opensnijden, hij het leven zou laten. Natuurlijk ben ik onmiddellijk naar de werf gegaan, waar de ploegbaas me verzekerde dat er van dit verhaal helemaal niets klopte. Toch stond ik erop dat de mannen hun gereedschap neerlegden zodat we konden luisteren of er vanuit de romp geluiden opklonken. Ik luisterde geruime tijd, maar omdat ik niets hoorde gaf ik iedereen het bevel weer aan de slag te gaan, aangezien we al enkele weken achterlagen.

Ik ging ervan uit dat de dokwerker in kwestie zich de volgende dag weer gewoon voor zijn ploegendienst zou melden. Niet alleen kwam hij die dag echter niet opdagen, er werd zelfs nooit meer iets van hem vernomen. Dat hij misschien wel dood is, heeft vanaf die dag mijn geweten geteisterd.' Hij zweeg en keek zijn gezin aan. 'De man heette Arthur Clifton. En Harry is zijn enige zoon.'

Emma begon te snikken.

'Ik wil dat jullie proberen, voor zover dat mogelijk is, mee te voelen met wat er telkens wanneer ik die jongeman zie, door me heen gaat, en ook hoe hij zich zal voelen als hij erachter komt dat ik voor de dood van zijn vader verantwoordelijk ben. Dat Harry Clifton zich nu tot Giles' beste vriend mag rekenen en verliefd is geworden op mijn dochter, is stof voor een Griekse tragedie.'

Weer nam hij zijn hoofd in de handen en hij zweeg even. 'Als jullie soms vragen hebben,' zei hij toen hij zijn ogen weer opsloeg, 'zal ik die zo goed mogelijk proberen te beantwoorden.'

Giles wachtte opdat zijn moeder als eerste het woord zou nemen. 'Liet jij een onschuldige gevangenzetten voor een vergrijp dat hij niet beging?' vroeg Elizabeth zacht.

'Nee, mijn schat,' antwoordde Barrington. 'Ik hoop dat je me inmiddels goed genoeg kent om te weten dat ik tot zulke dingen niet in staat ben. Stan Tancock was een ordinaire dief die in mijn kantoor inbrak en me beroofde. Omdat hij Arthur Cliftons zwager was, en alleen daarom, mocht hij op de dag van zijn vrijlating van mij weer aan de slag.' Voor het eerst verscheen er een glimlach op Elizabeths gezicht.

'Vader, misschien dat ik ook een vraag mag stellen?' zei Giles.

'Maar natuurlijk.'

'Liet jij Harry en mij schaduwen op onze reis naar Schotland?'

'Ja, dat is zo, Giles. Ik móést weten waar je moeder en Emma waren, zodat ik ze mijn excuses kon aanbieden voor mijn schandelijke gedrag. Probeer me alsjeblieft te vergeven.'

Nu keek iedereen naar Emma, die nog niets had gezegd. Toen ze het woord nam, verraste ze iedereen. 'Je zult Harry alles moeten vertellen wat je ons hebt verteld,' fluisterde ze, 'en als hij bereid is je te vergeven, moet je hem verwelkomen in ons gezin.'

'Ik zou verheugd zijn hem in ons gezin te mogen verwelkomen, mijn schat, hoewel het te begrijpen valt als hij nooit meer een woord tegen me wil zeggen. Alleen, ik kan hem niet de waarheid vertellen over wat zijn vader is overkomen.'

'En waarom niet?' wilde Emma weten.

'Omdat Harry's moeder me te verstaan heeft gegeven dat Harry nooit mag weten hoe zijn vader is overleden. Want hij is grootgebracht met het verhaal dat zijn vader als dappere soldaat is gesneuveld in de oorlog. Tot zo-even heb ik me aan mijn belofte gehouden om niemand te vertellen wat zich op die verschrikkelijke dag heeft voltrokken.'

Elizabeth Barrington stond op van haar stoel, liep naar haar man en gaf hem een liefdevolle kus. Barrington brak en snikte. Even later voegde Giles zich bij zijn ouders en sloeg een arm om zijn vaders schouders.

Emma bleef zitten.

42

'Is je moeder altijd al zo aantrekkelijk geweest,' vroeg Giles, 'of is het gewoon omdat ik ouder word?'

'Geen idee,' antwoordde Harry. 'Het enige wat ík kan zeggen, is dat jóúw moeder er altijd zo elegant uitziet.'

'Hoeveel ik ook van het lieve mens hou, vergeleken met de jouwe oogt ze vooral prehistorisch,' meende Giles terwijl Elizabeth Barrington met een parapluutje in de ene en een handtas in de andere op hen af liep.

Zoals iedere jongen moest ook Giles er niet aan denken in wat voor uitmonstering zijn moeder wel eens kon komen opdraven. Wat de hoedjeskeuze betrof, was het nog erger dan op Ascot, waar alle moeders en dochters elkaar probeerden af te troeven.

Harry bekeek zijn moeder eens wat aandachtiger. Ze was in gesprek met dr. Paget, en hij moest bekennen dat ze meer aandacht trok dan de meeste andere moeders, wat een beetje gênant was. Toch was hij blij dat ze niet langer leek te worden gekweld door geldzorgen, hij nam aan dat de man die naast haar stond daar het een en ander mee te maken had.

Hoe dankbaar hij meneer Atkins ook was, van hem hoefde de man niet zijn stiefvader te worden. Meneer Barrington mocht in het verleden zijn dochter dan iets te angstvallig hebben beschermd, maar Harry kon niet ontkennen dat hij zichzelf al net zo beschermend voelde ten aanzien van zijn moeder.

Ze had hem onlangs verteld dat meneer Frampton zo ingenomen was met haar hotelwerkzaamheden dat hij haar tot nachtchef had gepromoveerd, met een loonsverhoging als gevolg. Harry hoefde inderdaad niet langer eerst uit zijn lange broek te groeien voordat deze eindelijk eens werd vervangen. Toch was zelfs hij verrast geweest toen ze met geen woord had geklaagd over de kosten van zijn reisje naar Rome met het kunstklasje.

'Wat leuk je te zien, Harry, op jouw grote dag,' groette mevrouw Barrington hem. 'Twee prijzen, maar liefst, als ik het juist heb. Het spijt me dat Emma niet mee is om in jouw glorie te kunnen delen, maar zoals

Miss Webb al heeft uitgelegd, kan er van de meiskes niet worden verwacht dat ze de ochtend vrijaf nemen voor de proclamatiedag bij de jongens, zelfs al is haar eigen broer de schoolvertegenwoordiger.'

Nu voegde ook meneer Barrington zich bij hen. Giles keek aandachtig toe nu zijn vader Harry de hand schudde. De kilte was nog altijd niet verdwenen, hoewel het niet te ontkennen viel dat zijn vader er alles aan deed om die zo goed mogelijk weg te stoppen.

'En, wanneer verwacht je iets van Oxford te horen, Harry?' vroeg Barrington.

'Komende week, meneer.'

'Ik weet zeker dat je wordt aangenomen, hoewel ik vrees dat het voor Giles kantjeboord gaat worden.'

'U moet niet vergeten dat ook hij heeft geglorieerd,' wees Harry hem erop.

'Daar weet ik niets van,' zei mevrouw Barrington.

'Ik geloof dat Harry hier verwijst naar de century die ik op Lord's scoorde, mam.'

'Hoe bewonderenswaardig ook, ik zie niet in hoe je daarmee een plek aan Oxford kunt verwerven,' zei zijn vader.

'Normaliter zou ik het daarmee eens zijn, vader,' zei Giles. 'Ware het niet dat de leraar geschiedenis toen naast de president van de Marylebone Cricket Club zat.'

Hun gelach werd overstemd door klokgelui, waarop de jongens zich snel in de richting van het auditorium begaven, met hun ouders gehoorzaam in hun kielzog.

Giles en Harry namen hun plek in tussen de mentors en prijswinnaars op de voorste drie rijen.

'Herinner je je onze eerste dag op St. Bede's nog?' vroeg Harry. 'Toen we allemaal op de voorste rij zaten te beven voor dr. Oakshott?'

'Ik kneep hem nooit voor de Shot,' antwoordde Giles.

'Nee, jij niet, natuurlijk,' reageerde Harry.

'Maar ik weet nog dat jij tijdens het ontbijt, de volgende ochtend, je kom met pap schoonlikte.'

'En ik dat jij zwoer dat je daar nooit meer over zou beginnen,' fluisterde Harry.

'En dat beloof ik opnieuw,' reageerde Giles hardop. 'Hoe heette die vreselijke bullebak ook alweer die jou al op je eerste avond met de pantoffel afdroogde?'

'Fisher. En het was trouwens de tweede avond.'

'Vraag me af wat-ie tegenwoordig doet.'

'Waarschijnlijk de baas over een nazi-jeugdkamp.'

'Een goed excuus voor een oorlog,' grapte Giles nu iedereen opstond om de voorzitter en leden van het dagelijks bestuur te verwelkomen.

De stoet van keurig geklede heren naderde statig door het middenpad en beklom het podium. De laatste die ging zitten, was meneer Barton, de rector, maar niet voordat hij de eregast op de middelste stoel had laten plaatsnemen.

Nadat iedereen was gaan zitten, stond de rector op om alle ouders en gasten welkom te heten, alvorens het jaarverslag te presenteren. Hij begon met de mededeling dat 1938 een topjaar was, waarna hij twintig minuten lang zijn claim onderbouwde met een lijst van alle sport- en schoolprestaties. Ten slotte nodigde hij de Zeer Geachte Winston Churchill, parlementslid, hoofd van de universiteit van Bristol en tevens parlementslid voor de stad Epping, uit om de aanwezigen toe te spreken en de prijzen uit te reiken.

Meneer Churchill verhief zich langzaam van zijn stoel en liet zijn blik even door de zaal glijden alvorens te beginnen.

'Er zijn eregasten die beginnen met hun gehoor toe te vertrouwen dat ze als leerling zelf nooit prijzen hebben gewonnen, sterker nog, dat ze steevast de slechtste van de klas waren. Zelf kan ik dat niet zeggen: hoewel ik zeer zeker nooit een prijs in de wacht heb gesleept, was ik in elk geval nimmer de slechtste van de klas; ik was de op één na slechtste.' De jongens schaterden en joelden, en de docenten glimlachten. Alleen Deakins vertrok geen spier.

Toen de zaal weer stil werd, verscheen er een dreigende frons op Churchills voorhoofd. 'Onze natie staat wederom voor een van die grote momenten in de geschiedenis, waarbij het Britse volk opnieuw kan worden gevraagd het lot van de vrije wereld te bepalen. Velen van u hier aanwezig in dit auditorium...' hij concentreerde zich nu op de jongens op de voorste rijen zonder naar hun ouders te kijken en vervolgde op zachtere toon, '... die de Grote Oorlog hebben meegemaakt, zullen de tragische opoffering van levens die onze natie moest verdragen en welk effect dit op een hele generatie heeft gehad, nooit vergeten. Van de twintig jongens uit in mijn klas op Harrow die aan het front dienden, leefden er drie lang genoeg om een stem uit te brengen. Ik hoop dat degene die over twintig jaar dit auditorium toespreekt niet langer hoeft te verwijzen naar het barbaarse en zinloze bloedvergieten van de Eérste Wereldoorlog. Met deze enige hoop wens ik u allen een lang, gelukkig en geslaagd leven toe.'

Giles was een van de eersten die opstonden om de eregast, die zijn plek weer opzocht, een staande ovatie te geven. Mocht Engeland geen andere keus hebben dan een oorlog in te gaan, dan was dit wat hem betrof de man die Neville Chamberlain af moest lossen en premier moest worden. Even later, toen iedereen weer was gaan zitten, nodigde de rector meneer Churchill uit om de prijzen uit te reiken.

Giles en Harry riepen hoera toen meneer Barton niet alleen meedeelde dat Deakins leerling van het jaar was geworden, maar er nog aan toevoegde: 'Vanochtend ontving ik een telegram van de rector van Balliol College, Oxford, met de mededeling dat Deakins een beurs is toegekend voor een doctoraalstudie klassieke talen. En ik mag daaraan toevoegen,' vervolgde meneer Barton, 'dat hij de eerste leerling is in de vierhonderd jaar lange geschiedenis van deze school die deze eer te beurt valt.'

Giles en Harry sprongen meteen applaudisserend overeind toen de slungelige, lange knaap met jampotglazen en gekleed in een pak dat van zijn schouders hing alsof het zijn kleerhanger nooit had verlaten, traag naar het podium liep. Vader Deakins wilde het liefst overeind springen om een plaatje te schieten van zijn zoon op het moment dat deze van meneer Churchill een prijs overhandigd kreeg, maar zag er toch maar van af, vrezend dat het hem op afkeurende blikken kwam te staan.

Harry viel een warm applaus ten deel terwijl hij de prijs voor het vak Engels en die voor de voordrachtskunst overhandigd kreeg. 'Niemand van ons zal zijn rol van Romeo ooit vergeten,' voegde de rector eraan toe. 'Laten we allen hopen dat Harry een van de gelukkigen zal zijn die volgende week een telegram ontvangt waarin hem een plek op Oxford wordt aangeboden.'

Op het moment dat meneer Churchill hem zijn prijs overhandigde, fluisterde deze: 'Zelf heb ik nooit gestudeerd. Had ik het maar gekund. Laten we hopen dat jij dat telegram krijgt, Clifton. Succes.'

'Dank u, meneer,' zei Harry.

Maar het grootste gejuich was voor Giles Barrington toen het zijn beurt was om uit handen van de rector de prijs voor schoolvertegenwoordiger en aanvoerder van het cricketteam in ontvanst te nemen. Tot verrassing van de eregast sprong de voorzitter van het schoolbestuur al meteen van zijn stoel om Giles de hand te schudden voordat de knaap meneer Churchill had bereikt.

'Mijn kleinzoon, meneer,' verduidelijkte Sir Walter blakend van trots.

Churchill glimlachte, pakte Giles stevig bij de hand, keek hem aan, en sprak: 'Zorg ervoor dat je je net zo uitmuntend inzet voor je vaderland als je zo evident voor je school hebt gedaan.'

Dat was het moment waarop het voor Giles klaarhelder werd wat hem te doen stond mocht Engeland de oorlog in gaan.

Na de uitreiking stonden de jongens, ouders en docenten als één man op om het schoollied, *Carmen Bristoliense*, aan te heffen.

Sit clarior, sit dignior, quotquot labuntur menses:
Sit primus nobis hic decor, Sumus Bristolienses

Toen de laatste klanken wegstierven, ging de rector zijn eregast en zijn staf voor, leidde hen het podium af en via het auditorium de middagzon in. Even later stroomden ook de ouders en leerlingen het gazon op voor de thee. Drie knapen in het bijzonder zagen zich omringd door zowel gelukwensers als een groep meisjes, die Giles 'gewoon leuk' vonden.

'Dit is de mooiste dag van mijn leven,' zei Harry's moeder terwijl ze hem omhelsde.

'Ik weet hoe u zich voelt, mevrouw Clifton,' zei Old Jack terwijl hij Harry de hand schudde. 'Leefde Miss Monday nog maar om jullie vandaag te kunnen zien, want ik twijfel er niet aan dat het ook voor haar de gelukkigste dag van haar leven zou zijn geweest.'

Meester Holcombe wachtte rustig zijn beurt af om zijn felicitaties te geven. Harry stelde hem voor aan kapitein Tarrant, niet wetend dat de twee oude vrienden waren.

Toen de band ophield met spelen en het bestuur afscheid had genomen, bleven Giles, Harry en Deakins achter en haalden ze, inmiddels als oud-leerlingen, zittend op het gras herinneringen op.

43

Op donderdagmiddag ontving Harry op zijn studeerkamertje een brief van een jongere leerling. Giles en Deakins wachtten geduldig opdat hij de brief zou openen, maar in plaats daarvan gaf Harry een kleine bruine envelop aan Giles.

'Weer de boel afschuiven, hè,' merkte Giles op terwijl hij de envelop openscheurde. Toen hij de inhoud las kon hij zijn verbazing niet verbergen.

'"U komt niet in aanmerking..."' las hij geschrokken voor. Harry plofte terug in zijn stoel. '..."voor een volledige studiebeurs",' las Giles verder. '"Het is ons echter een genoegen u een partiële *exhibitioner*-beurs aan te mogen bieden voor Brasenose College, Oxford. Onze felicitaties. Verdere informatie volgt over een paar dagen. W.T.S. Stallybrass, rector." Niet slecht, maar wel minder dan Deakins.'

'Wat voor beurzen hebben jullie binnengesleept?' vroeg Harry, die zijn vraag al meteen betreurde.

'Eén *scholar*, één exhibitionist...'

'Exhibitionér,' verbeterde Deakins hem.

'En één *commoner*,' rondde Giles af, zijn vriend negerend. 'Heeft wel een leuke bijklank, zo samen, vind ik.'

Die dag ontvingen nog elf andere geluksvogels hun telegram, maar geen daarvan was geadresseerd aan Giles Barrington.

'Je moet het je moeder laten weten,' zei Giles toen ze zich naar het auditorium begaven voor het avondeten. 'Ze heeft waarschijnlijk de hele week geen oog dichtgedaan.'

Harry keek op zijn horloge. 'Het is nu te laat. Ze is al naar haar werk. Ik kan het haar pas morgenochtend vertellen.'

'Waarom verrassen we haar niet in het hotel?' opperde Giles.

'Geen denken aan. Ze zal het storend vinden om tijdens haar werk te worden onderbroken en ik vind dat ik zelfs hiervoor geen uitzondering kan maken,' zei hij terwijl hij triomfantelijk met het telegram wapperde.

'Maar vind je dan niet dat ze het recht heeft om het te weten?' vroeg Giles. 'Ze heeft immers alles opgeofferd om dit voor jou mogelijk te maken.

Nou, als ik een plek op Oxford zou krijgen, zou ik mam zelfs storen als ze de bond van moeders aan het toespreken was. Wat jij, Deakins?'

Deakins zette zijn bril af en begon de glazen met een zakdoek op te poetsen, het teken dat hij diep in gedachten verzonken was. 'Ik zou het aan Paget voorleggen, en als hij er geen bezwaar in ziet...'

'Goed idee,' vond Giles. 'Laten we het de Page voorleggen.'

'Kom je mee, Deakins?' vroeg Harry, maar hij zag dat de bril al weer op het puntje van Deakins' neus stond, het teken dat de jongeman zijn eigen wereld weer in was gedoken.

'Mijn oprechte felicitaties,' zei meneer Paget nadat hij het telegram had gelezen. 'En volkomen verdiend, mag ik wel zeggen.'

'Dank u, meneer,' zei Harry. 'Ik vroeg me af of ik even naar het Royal Hotel mag om het mijn moeder te vertellen.'

'Ik zie geen reden waarom niet, Clifton.'

'Mag ik ook even mee?' vroeg Giles langs zijn neus weg.

Paget aarzelde. 'Ja, dat mag, Barrington, maar haal het niet in je hoofd om daar ook maar één drankje of een sigaret tot je te nemen.'

'Zelfs niet één glaasje champagne, meneer?'

'Nee, Barrington. Zelfs geen glaasje cider,' antwoordde Paget streng.

Terwijl de twee jongemannen het schoolplein verlieten, passeerden ze een lantaarnopsteker die staand op zijn fiets naar de lamp van een straatlantaarn reikte. Ze kletsten wat over de zomervakantie, wanneer Harry voor het eerst bij Giles' familie in Toscane zou verblijven, en spraken af om weer op tijd thuis te zijn om de Australiërs tegen Gloucestershire te kunnen zien spelen. Ook bespraken ze de kans op, zoals Harry het zag, de waarschijnlijkheid van een oorlog, nu er gasmaskers waren gedistribueerd. Maar allebei meden ze het onderwerp dat hen alle twee bezighield: zou Giles zich in september bij Harry en Deakins op Oxford kunnen voegen?

Terwijl ze het hotel naderden, twijfelde Harry of hij zijn moeder bij haar werk moest storen, maar Giles was al door de draaideur naar binnen gebeend en wachtte in de foyer op hem.

'Het is zo gepiept,' zei Giles nu Harry ook binnen was. 'Je vertelt haar het goede nieuws, en dan is het linea recta weer naar school.'

Giles vroeg de portier waar het Palm Court was, waarna de man naar een verhoogd gedeelte achter in de foyer wees. Na een stuk of vijf treden te hebben beklommen begaf Giles zich naar de balie en vroeg de receptioniste op zachte toon: 'Mogen wij mevrouw Clifton eventjes spreken?'

'Mevrouw Clifton?' vroeg het meisje. 'Heeft ze gereserveerd?' Haar vinger gleed langs een rij namen.

'Nee, ze werkt hier,' zei Giles.

'O! Ik ben nieuw hier,' verontschuldigde het meisje zich, 'maar ik vraag het wel aan een van de serveersters. Die weten het vast.'

'Dank u.'

Harry bleef beneden aan de trap staan en zijn ogen zochten de ruimte af naar zijn moeder.

'Hattie,' vroeg de receptioniste een serveerster die langsliep, 'werkt hier ene mevrouw Clifton?'

'Vroeger wel, nu niet meer,' was het onmiddellijke antwoord. 'Ze is een paar jaar geleden weggegaan. Heb sindsdien taal noch teken van haar vernomen.'

'Dit moet een vergissing zijn,' zei Harry terwijl hij het trapje op beende om zich bij zijn vriend te voegen.

'Enig idee waar we haar kunnen vinden?' vroeg Giles nog altijd op zachte toon.

'Nee,' antwoordde Hattie, 'maar u zou het even aan Doug, de nachtportier, kunnen vragen. Hij werkt hier al eeuwen.'

'Dank u,' zei Giles. Hij draaide zich om naar Harry. 'Er zal vast een simpele verklaring voor zijn, maar als je het hier liever bij wilt...'

'Nee. Laten we kijken of Doug weet waar ze te vinden is.'

Giles liep op zijn gemak naar de portier om Harry voldoende tijd te gunnen om alsnog van gedachten te veranderen, maar hij hield zijn mond. 'Bent u Doug?' vroeg hij aan een man gekleed in een verschoten blauwe jas met knopen die ooit moesten hebben geblonken.

'Klopt, meneer. Waarmee kan ik u helpen?'

'Wij zijn op zoek naar mevrouw Clifton.'

'Maisie werkt hier niet meer, meneer. Ze moet al een paar jaar geleden zijn vertrokken.'

'Weet u waar ze tegenwoordig werkt?'

'Ik heb geen idee, meneer.'

Giles trok zijn portemonnee tevoorschijn, opende hem en legde een munstuk van tweeënhalve shilling, ofwel een halve crown, op de balie. De portier keek er even naar, en antwoordde ten slotte: 'Misschien dat u haar in Eddies' Nightclub kunt vinden.'

'Van Eddie Atkins?' vroeg Harry.

'Ik geloof van wel, meneer.'

‘Nou, dat verklaart een hoop,’ zei Harry. ‘En waar zit Eddie’s Nightclub?’

‘In Welsh Back, meneer,’ antwoordde de portier terwijl hij het muntstuk in zijn zak liet glijden.

Zonder nog een woord te zeggen liep Harry het hotel uit en sprong hij in een wachtende taxi. Giles plofte naast hem neer. ‘Kunnen we niet beter terug naar school?’ vroeg hij met een blik op zijn horloge. ‘Je kunt het haar altijd morgenochtend nog vertellen.’

Harry schudde zijn hoofd. ‘Je zei zelf dat je je moeder zelfs zou storen als ze de bond van moeders aan het toespreken was,’ herinnerde hij Giles eraan. ‘Eddie’s Nightclub, Welsh Back, graag, cabbie,’ klonk het vastberaden. Tijdens de korte rit deed Harry zijn mond niet open. Nadat de taxi een donkere steeg in was gedraaid en voor de club was gestopt, stapte hij uit en liep hij naar de ingang.

Hij bonkte stevig op de deur. Een luikje ging open en twee ogen bekeken het jonge duo. ‘De entree bedraagt vijf shilling per persoon,’ zei een stem achter de ogen. Giles duwde een briefje van tien shilling door het gat, waarna de deur al meteen openzwaaide.

Samen liepen ze via een schaars verlichte trap omlaag naar het keldergedeelte. Giles zag haar het eerst en draaide zich onmiddellijk om om weer weg te gaan, maar het was al te laat. Harry staarde als aan de grond genageld naar een rij meisjes gezeten op barkrukken langs de bar. Sommige kletsten wat met mannelijke bezoekers, andere zaten alleen. Een van hen, gekleed in een witte doorkijkblouse, kort leren rokje en zwarte nylon kousen, liep naar hen toe. ‘Heren, waarmee kan ik u van dienst zijn?’

Harry negeerde haar. Zijn ogen waren gefixeerd op een vrouw achter aan de bar die aandachtig luisterde naar een wat oudere heer die zijn hand op haar dij had liggen. Het meisje volgde Harry’s blik. ‘Ik moet zeggen, je hebt smaak. Alleen, Maisie kan kieskeurig zijn en, ik moet je waarschuwen, ze is niet goedkoop.’

Waarop Harry zich omdraaide en de trap weer op stormde, de deur openrukte en, met Giles in zijn kielzog, de straat op rende. Eenmaal op het trottoir beland zakte hij door zijn knieën en kokhalsde. Giles knielde naast hem en sloeg een arm om zijn vriend in een poging hem te troosten.

Een man die aan de overkant van de straat vanuit het duister had toegekeken, liep trekkebenend weg.

Emma Barrington

1932-1939

44

De eerste keer dat ik hem zag, zal ik nooit vergeten.

Voor mijn broers twaalfde verjaardag kwam hij op de thee op Manor House. Hij was zo rustig en gereserveerd dat ik me afvroeg hoe hij in hemelsnaam Giles' beste vriend kon zijn. Die andere, Deakins, was echt een rare. Hij bleef maar eten en zei de hele middag bijna geen woord.

En toen deed Harry zijn mond open. Een zachte, lieve stem die je aandacht trok. Het verjaardagsfeestje was heel gezellig, totdat mijn vader de huiskamer binnenstormde, waarna hij bijna zijn mond niet meer opendeed. Ik heb mijn vader nooit zo kortaf tegen iemand zien doen en het was voor mij een raadsel waarom hij zich tegen een volstrekt onbekende zo kon gedragen. Nog raadselachtiger was papa's reactie op zijn vraag aan Harry wanneer hij jarig was. Hoe kon zo'n onbenullige vraag in hemelsnaam zo'n heftige reactie uitlokken? Even later stond mijn vader op en verliet hij de kamer zonder Giles en zijn vrienden zelfs maar gedag te zeggen. Ik kon wel zien dat mama zich schaamde, ook al schonk ze nog eens een kopje thee in en deed ze alsof haar neus bloedde.

Een paar minuten later namen mijn broer en zijn twee vrienden afscheid om weer naar school te gaan. Hij draaide zich om en glimlachte nog even naar me, maar net als mijn moeder deed ik alsof ik het niet zag. Alleen, toen de voordeur dichtviel, stond ik al meteen bij het woonkamerraam en keek ik de auto net zo lang na totdat hij aan het eind van de oprijlaan uit het zicht verdween. Ik dacht dat ik hem nog even door de achterruit om zag kijken, maar zeker weten deed ik het niet.

Toen ze weg waren, liep mama meteen naar vaders studeerkamer. Ik ving stemverheffingen op, iets wat de laatste tijd steeds vaker gebeurde. Toen ze even later weer binnenkwam, glimlachte ze naar me alsof er niets aan de hand was.

'Hoe heet Giles' beste vriend?' vroeg ik.

'Harry Clifton,' antwoordde ze.

De eerstvolgende keer dat ik Harry Clifton weer zag, was tijdens de adventsdienst in de St. Mary-kathedraal van Redcliffe. Hij zong '*O Little Town of Bethlehem*', en Jessica Braithwaite, mijn hartsvriendin, zei dat ik zat te zwijmelen alsof hij de nieuwe Bing Crosby was. Ik nam niet de moeite het te ontkennen. Na de dienst zag ik hem kletsen met Giles en ik had hem graag willen complimenteren, maar papa leek erg veel haast te hebben om weer naar huis te gaan. Toen we weggingen, zag ik dat zijn oma hem een superdikke knuffel gaf.

Ik was er ook bij op de avond in de kathedraal toen hij opeens de baard in de keel kreeg, maar ik had niet door waarom opeens zo veel hoofden zich omdraaiden en sommige parochieleden tegen elkaar begonnen te smoezen. Ik weet alleen dat ik hem daarna nooit meer heb horen zingen.

Toen Giles na de zomervakantie naar zijn nieuwe middelbare school werd gebracht, smeekte ik mijn moeder of ik mee mocht, maar dat was alleen omdat ik Harry wilde ontmoeten. Mijn vader wilde er niets van weten en ook al zette ik het expres op een huilen, ze lieten me gewoon boven aan de trap achter, samen met mijn jongere zusje Grace. Ik wist dat papa boos was op Giles omdat hij geen plek op Eton had gekregen, iets wat ik nog steeds niet begrijp, want heel wat jongens die een stuk dommer zijn dan mijn broer haalden dat examen wél. Mama leek het niet te kunnen schelen wat voor school hij bezocht, terwijl ik het juist supertof vond dat hij naar het gymnasium ging, want dat betekende dat ik meer kans had hem en dus ook Harry weer te zien.

In de drie jaar daarna moet ik hem minstens een dozijn keer zijn tegengekomen, maar hij herinnerde zich daar helemaal niets van, tot die keer dat we elkaar in Rome zagen.

Mijn familie verbleef die zomer in onze villa in Toscane, toen Giles me even terzijde nam en me om raad vroeg. Zoiets deed-ie alleen als hij wat van me wilde. Alleen was dit iets wat ik net zo graag wilde als hij.

'Oké, wat verwacht je nu weer van me?' vroeg ik.

'Ik heb een excuus nodig om morgen naar Rome te kunnen,' zei hij, 'want Harry en ik hebben met elkaar afgesproken.'

'Harry wie?' vroeg ik zogenaamd onverschillig.

'Harry Clifton, tuttebel. Hij is op schoolreis naar Rome en ik heb hem beloofd om ertussenuit te piepen en een dagje met hem door te brengen.' Hij hoefde me niet uit te leggen dat papa nooit toestemming zou hebben gegeven. 'Je hoeft alleen maar aan mama te vragen of ze jou een dagje mee naar Rome kan nemen.'

'Maar ze zal willen weten waarom ik naar Rome wil.'

'Vertel haar gewoon dat je altijd al eens de Villa Borghese hebt willen zien.'

'Waarom de Villa Borghese?'

'Omdat ik morgenochtend om tien uur daar met Harry heb afgesproken.'

'En als mama het goedvindt? Dan kun jij geen kant meer op.'

'Dat gebeurt niet. Ze hebben morgen een lunch met de Hendersons in Arezzo, en dus zal ik me opofferen als jouw chaperon.'

'En wat krijg ik daarvoor terug?' vroeg ik op hoge toon, want Giles mocht vooral niet weten hoe ik naar Harry uitkeek.

'Mijn grammofoon.'

'Voor eventjes of voor altijd?'

Hij zweeg even. 'Voor altijd,' antwoordde hij met tegenzin.

'Geef hem nu,' zei ik, 'en anders kun je het vergeten.' Tot mijn verrassing deed hij het nog ook.

De volgende dag was ik zelfs nog verbaasder toen ik zag dat mijn moeder volledig in zijn plannetje tuinde. Giles hoefde zichzelf niet eens als mijn chaperon aan te bieden, papa stond erop dat hij me vergezelde. Mijn listige broer mokte en protesteerde, maar gaf zich ten slotte gewonnen.

De volgende ochtend stond ik vroeg op en lange tijd piekerde ik over wat ik moest aantrekken. Iets vrij degelijks, wilde ik mijn moeders achterdocht niet wekken, maar wel weer opvallend genoeg om door Harry te kunnen worden opgemerkt.

In de trein op weg naar Rome, glipte ik naar het toilet. Daar trok ik een paar van mijn moeders kousen aan en deed ik een pietsje lippenstift op, maar net niet genoeg voor Giles om het te kunnen zien.

Na in ons hotel te hebben ingecheckt wilde Giles meteen op weg naar de Villa Borghese. Net als ik.

Terwijl we door de tuinen wandelden en we ons omhoog naar de villa begaven, draaide een soldaat zich om om me te bekijken. Het was voor het eerst dat ik zoiets meemaakte en ik voelde mijn wangen knalrood worden.

We waren het museum nog niet binnen of Giles ging op zoek naar Harry. Ik hing wat rond en deed alsof de schilderijen en beelden me heel erg boeiden. Ik moest een goede entree maken.

Toen ik ze uiteindelijk samen trof, zag ik dat Harry tegen mijn broer kletste maar dat Giles niet eens veinsde dat hij naar Harry luisterde, aangezien hij helemaal in de ban was van de gids. Ik had hem zo kunnen vertellen dat hij geen schijn van kans had, maar oudere broers luisteren zelden naar hun zussen wanneer het over vrouwen gaat. Ik zou hem hebben aangeraden haar te complimenteren met haar schoenen, die mij best wel jaloers maakten. Mannen denken dat Italianen alleen maar beroemd zijn vanwege hun auto's. Kapitein Tarrant weet precies hoe je met een dame moet omgaan. Mijn broer zou heel wat van hem kunnen leren. Voor Giles was ik gewoon zijn zus het bakvisje, niet dat hij zou weten wat 'bakvis' betekent, overigens.

Ik koos mijn moment, liep naar het groepje en wachtte totdat Giles me zou voorstellen. Je kunt wel nagaan hoe verrast ik was toen Harry me uitnodigde voor een etentje die avond. Mijn enige zorg was dat ik geen geschikte avondjurk had meegenomen. Tijdens het etentje ontdekte ik dat mijn broer hem duizend lire had toegestopt om hem van mij te verlossen, maar hij had net zo lang geweigerd totdat Giles hem ook nog eens zijn Caruso-plaat beloofde. Ik vertelde Harry dat hij de plaat had en ik de grammofoon. Toen we terugliepen naar het hotel en we de weg overstaken, hield hij voor het eerst mijn hand vast, en toen we aan de overkant waren, liet ik niet los. Ik kon wel merken dat het voor hem de eerste keer was dat hij een meisjeshand vasthield, want hij was zo nerveus dat hij transpireerde.

Ik probeerde het hem makkelijk te maken om me te kussen, maar hij gaf me gewoon een hand en wenste me welterusten alsof we oude makkers waren. Ik suggereerde tussen neus en lippen door dat we elkaar in Bristol misschien nog tegen het lijf zouden lopen. Ditmaal reageerde hij wat praktischer en opperde zelfs de meest romantische plek voor ons volgende afspraakje: de stadsbibliotheek van Bristol. Hij legde uit dat het een plek was waar Giles ons nooit zou tegenkomen. Ik stemde blijmoedig in.

Het was iets na tienen toen Harry afscheid nam en ik mijn hotelkamer opzocht. Een paar minuten later hoorde ik Giles zijn kamerdeur opendoen. Ik moest even glimlachen, want zijn avond met Caterina kon echt geen Caruso-plaat en een grammofoon waard zijn geweest.

Toen we een paar weken later weer terugkeerden in Chew Valley, lagen er op het tafeltje in de hal drie brieven voor me, elk met hetzelfde handschrift op de envelop. Mocht het mijn vader al zijn opgevallen, dan heeft hij er in elk geval niets over gezegd.

De maand daarop brachten Harry en ik heel wat zalige uurtjes door in de stadsbibliotheek, zonder dat iemand achterdochtig werd, al was het maar omdat hij een kamer had ontdekt waar niemand, zelfs Deakins niet, ons waarschijnlijk zou ontdekken.

Toen het nieuwe schooljaar begon en we elkaar minder vaak zouden zien, merkte ik al snel hoe erg ik Harry miste. We schreven elkaar elke dag en in de weekenden probeerden we een paar uurtjes samen te zijn. En zonder dr. Pagets nietsbevroedende interventie zou het ook zo zijn gebleven.

Op een zaterdagochtend, onder het genot van een kopje koffie bij Cawardine's, vertelde Harry, die inmiddels best wel doortastend was geworden, dat Miss Webb door zijn docent Engels was overgehaald om haar leerlingen mee te laten spelen in de jaarlijkse toneelopvoering op het gymnasium van Bristol. Bij de audities, drie weken later, kende ik de rol van Julia uit mijn hoofd. De arme, nietsvermoedende dr. Paget kon zijn geluk niet op.

Dankzij de repetities waren we niet alleen drie middagen in de week samen, maar konden we bovendien twee jonge minnaars spelen. Toen op de eerste avond het doek opging, was ons spel geen acteren meer.

De eerste twee opvoeringen gingen zo goed dat ik niet kon wachten tot de laatste avond, waarop mijn ouders erbij zouden zijn, hoewel ik mijn vader niets over mijn rol als Julia had verteld. Dat moest een verrassing blijven. Die laatste avond, vlak na mijn eerste opkomst, werd ik afgeleid door iemand die luidruchtig het auditorium verliet, maar dr. Paget had ons al meerdere malen geïnstrueerd om geen moment de zaal in te kijken. Zoiets verbrak de betovering, en dus had ik geen idee wie er zo opstandig was weggelopen. Ik bad dat het niet mijn vader was geweest, maar toen hij na afloop niet achter de coulissen verscheen, drong het tot me door dat mijn gebeden niet waren verhoord. Wat het nog erger maakte, was dat ik zeker wist dat het allemaal tegen Harry was bedoeld, ook al wist ik nog steeds niet waarom.

Toen we die avond thuiskwamen, luisterden Giles en ik boven aan de trap naar de zoveelste ruzie tussen mijn ouders. Alleen was het ditmaal anders, want ik heb mijn vader nog nooit eerder zo onaardig tegen mama horen doen. Toen ik het niet langer kon verdragen, sloot ik me op op mijn slaapkamer.

Ik lag op bed en dacht aan Harry, toen er opeens zacht werd geklopt. Toen ik opendeed, deed mijn moeder geen pogingen om te verbergen dat ze had gehuild, maar zei dat ik een kleine koffer moest pakken omdat we zo meteen zouden vertrekken. Een taxi bracht ons naar het station en daar kwamen we net op tijd aan om de stoptrein naar Londen te kunnen halen. Tijdens de treinreis schreef ik Harry een brief om hem te laten weten wat er was gebeurd en waar hij me kon bereiken. Ik deed de brief op het station van King's Cross op de bus, waarna we in de trein naar Edinburgh stapten.

Verbeeld je mijn verrassing eens toen Harry en mijn broer de volgende avond opeens in Mulgelrie Castle verschenen, net op tijd voor het avondeten. Het werden negen onverwachte maar heerlijke dagen in Schotland met elkaar. Ik wilde nooit meer terug naar Chew Valley, zelfs niet nadat mijn vader ons had gebeld en zijn excuses had aangeboden voor de manier waarop hij zich op de avond van de opvoering had gedragen.

Ik wist dat we uiteindelijk weer naar huis zouden gaan, en tijdens een van onze lange ochtendwandelingen beloofde ik Harry dat ik zou proberen uit te vissen waarom mijn vader zo vijandig tegen hem bleef.

Na onze terugkomst op Manor House kon paps niet verzoenender zijn. Hij probeerde uit te leggen waarom hij Harry de afgelopen jaren zo naar behandelde, en mams en Giles leken zijn uitleg te aanvaarden. Zelf was ik er niet van overtuigd dat hij ons het hele verhaal had verteld.

Wat het voor mij nog lastiger maakte, was dat hij me verbood Harry de waarheid te vertellen over de dood van zijn vader, aangezien zijn moeder erop stond dat dit een familiegeheim bleef. Mij bekroop het gevoel dat mevrouw Clifton de ware reden wist waarom mijn vader ons samenzijn afkeurde, hoewel ik hen beiden graag had willen vertellen dat niets en niemand ons van elkaar zou kunnen scheiden. Maar goed, het kwam allemaal bij elkaar op een manier die ik nooit had kunnen bevroeden.

Ik was al net zo ongeduldig als Harry om te weten of hij toegelaten zou worden op Oxford. We spraken af om op de ochtend dat hij het telegram met het resultaat van zijn toelatingsexamen zou hebben ontvangen, elkaar buiten voor de bibliotheek te treffen.

Die vrijdagochtend was ik een paar minuutjes te laat, en toen ik hem op de bovenste tree met het hoofd in de handen zag zitten, wist ik dat hij moest zijn gezakt.

45

Harry sprong overeind, zag Emma en sloeg meteen zijn armen om haar heen. Zo bleef hij haar vasthouden, het was iets wat hij nog niet eerder in het openbaar had gedaan, wat haar er alleen maar meer van overtuigde dat het slecht nieuws moest zijn.

Zonder dat ze een woord met elkaar wisselden, nam hij haar bij de hand, ging haar voor het gebouw in en leidde haar via een houten wenteltrap en een lange, smalle stenen gang naar een deur met daarop een bordje OUDHEID. Hij tuurde even naar binnen om zich ervan te vergewissen dat niemand hun geheime plekje had ontdekt.

Ze namen tegenover elkaar plaats aan het tafeltje waar ze het afgelopen jaar zo veel uren hadden zitten blokken. Harry beefde, en dat was niet alleen vanwege de kilte van dit raamloze vertrek waarvan de vier muren werden bedekt door planken met bestofte, in leer gebonden boeken, waarvan sommige eruitzagen alsof ze in geen jaren waren opengeslagen. Mettertijd zouden deze exemplaren zelf tot de oudheid gaan behoren.

Het duurde even voordat Harry het woord nam.

'Is er iets waardoor jij niet meer van me zou kunnen houden?' vroeg hij ten slotte.

'Nee, schat,' antwoordde Emma. 'Helemaal niets.'

'Ik heb ontdekt waarom jouw vader zo vastberaden is geweest om ons uit elkaars buurt te houden.'

'Dat weet ik al,' zei ze terwijl ze de ogen neersloeg. 'En ik beloof je, het maakt allemaal niks uit.'

'Hoe kun jij dat nu weten?' vroeg Harry.

'Mijn vader vertelde het ons toen we uit Schotland terugkwamen, maar we moesten zweren dat we er niet over zouden praten.'

'Hij vertelde jullie dat mijn moeder een prostituee is?'

Emma was verbijsterd en het duurde dan ook even voordat ze iets kon uitbrengen. 'Nee, dat zei hij niet,' antwoordde ze fel. 'Hoe kun je zoiets vreselijks beweren?'

'Omdat het de waarheid is,' zei Harry. 'Mijn moeder werkt al twee jaar lang niet meer in het Royal Hotel, zoals ik altijd dacht, maar in een nachtclub die Eddie's heet.'

'Dat maakt haar nog niet tot een prostituee,' wierp Emma tegen.

'Nou, die vent aan de bar die zijn ene hand om een glas whisky had en zijn andere op haar dij kwam daar heus niet voor een opbeurend gesprekje.'

Emma boog zich over de tafel en gaf hem een zachte aai over zijn wang. 'Wat naar voor je, lieverd. Maar voor mij maakt het geen verschil, en dat zal altijd zo blijven.'

Hij wist zowaar een flauwe glimlach op zijn gezicht te toveren, maar Emma zweeg, wetend dat ze de onvermijdelijke vraag elk moment kon verwachten.

'Als dat niet het geheim was dat je van je vader moest bewaren,' ging hij, opeens weer ernstig, verder, 'wat heeft hij je dan allemaal verteld?'

Nu was het Emma's beurt om het hoofd in de handen te laten zakken; er restte haar geen andere keus dan hem de waarheid te vertellen. Veinzen ging haar, net als haar moeder, slecht af.

'Wat heeft hij je verteld?' vroeg hij nogmaals, en nadrukkelijker nu.

Ze hield zich vast aan de rand van de tafel om steun te zoeken. Ten slotte vond ze de kracht om hem aan te kijken. Hoewel hij nog geen meter van haar vandaan zat, leek hij mijlenver weg. 'Ik moet jou dezelfde vraag stellen als jij mij stelde,' begon ze. 'Is er iets waardoor jij niet meer van me zult kunnen houden?'

Hij boog zich over de tafel naar haar toe. 'Natuurlijk niet,' was zijn antwoord.

'Jouw vader is niet in de oorlog gesneuveld,' sprak ze zacht. 'En mijn vader is waarschijnlijk schuldig aan zijn dood.' Ze pakte zijn hand stevig vast en onthulde alles wat haar vader hun na hun terugkeer uit Schotland had verteld.

Toen ze klaar was, maakte Harry een versufte indruk en hij wist niets uit te brengen. Hij probeerde op te staan, maar zijn benen werden slap, en als een bokser die een klap te veel had moeten incasseren, plofte hij terug op zijn stoel.

'Ik weet al een tijdje dat mijn vader nooit in de oorlog kan zijn gesneuveld,' zei hij zacht, 'maar ik begrijp nog steeds niet waarom mijn moeder me niet gewoon de waarheid heeft verteld.'

'En nu weet je het,' zei Emma terwijl ze haar tranen probeerde te bedwingen. 'Ik zou het begrijpen als je het uit wilde maken, na wat mijn vader jouw familie allemaal heeft aangedaan.'

'Daar kun jij niks aan doen,' troostte hij haar, 'maar hem zal ik het nooit vergeven.' Hij zweeg even, en voegde eraan toe: 'En als hij de waarheid over mijn moeder ontdekt, zal ik hem nooit meer onder ogen kunnen komen.'

'Hij hoeft het nooit te ontdekken,' zei Emma, terwijl ze zijn hand weer in de hare nam. 'Het zal altijd ons geheim blijven.'

'Dat kan niet meer.'

'Waarom niet?'

'Omdat Giles aan de overkant, in een deuropening tegenover Eddie's Nightclub, de man zag staan die ons naar Edinburgh volgde.'

'Nou, dan is het mijn vader dus die zich prostitueert,' concludeerde Emma, 'want hij heeft niet alleen opnieuw tegen ons gelogen, maar ook zijn belofte verbroken.'

'Hoe dat zo?'

'Hij beloofde Giles dat die man hem nooit meer zou volgen.'

'Die man was niet geïnteresseerd in Giles. Volgens mij hield hij mijn moeder in de gaten.'

'Maar waarom?'

'Waarschijnlijk om aan te tonen hoe mijn moeder haar geld verdient, zodat hij jou misschien zover krijgt dat je het uitmaakt met me.'

'Wat kent-ie zijn eigen dochter toch slecht,' stelde Emma vast. 'Want ik laat me nu echt door niets van jou scheiden. En hij kan me al helemaal niet verbieden om nog meer bewondering te hebben voor jouw moeder dan ik al had.'

'Hoe kun je dat nu zeggen?' vroeg Harry verbaasd.

'Ze werkt eerst als serveerster om haar gezin te onderhouden, wordt uiteindelijk de eigenaresse van Tilly's. Die brandt tot op de grond af, waarna zij nota bene wordt beschuldigd van brandstichting. Ze weet dat ze onschuldig is en ze laat het hoofd niet hangen. Ze vindt een nieuwe baan in het Royal Hotel en als ze daar wordt ontslagen, geeft ze zich nog steeds niet gewonnen. Ze ontvangt een cheque van zeshonderd pond en eventjes denkt ze dat al haar problemen zijn opgelost, om te ontdekken dat ze eigenlijk berooid is, terwijl ze op dat moment juist geld nodig heeft om jou naar school te kunnen sturen. Ten slotte klampt ze in wanhoop…'

'Maar ik zou helemaal niet gewild hebben dat ze…'

'Dat zal ze heus wel hebben geweten, Harry, maar ze vond het het offer nog steeds waard.'

Weer viel er een lange stilte. 'O god,' verzuchtte Harry. 'Hoe kon ik in hemelsnaam zo slecht over haar denken?' Hij sloeg zijn ogen op naar Emma. 'Ik wil dat je iets voor me doet.'

'Zeg het maar.'

'Kun je bij haar langsgaan? Bedenk maar een smoes, maar probeer er in elk geval achter te komen of ze mij gisteravond in die verschrikkelijke tent heeft gezien.'

'Hoe kan ik dat weten, stel dat ze mij dat niet wil zeggen?'

'Dat merk je vanzelf,' sprak hij zacht.

'Maar als ze je daar heeft gezien, dan zal ze me vast en zeker vragen wat je daar te zoeken had.'

'Ik was op zoek naar haar.'

'Maar waarom?'

'Om haar te vertellen dat ik een plek op Oxford heb gekregen.'

Emma nam achter in de kerk van de Heilige Geboorte plaats op een kerkbankje en wachtte tot na de dienst. Ze zag mevrouw Clifton op de derde rij, naast een oude dame. Eerder die ochtend had ze Harry weer gezien, en inmiddels leek hij wat minder gespannen. Hij had haar duidelijk uitgelegd wat hij precies wilde weten en ze had beloofd haar doel niet uit het oog te verliezen. Ze hadden alle mogelijke scenario's diverse malen doorgenomen, totdat alles foutloos ging.

Nadat de oudere priester zijn laatste zegen had gegeven, stapte Emma het middenpad in. Daar wachtte ze zodat mevrouw Clifton haar wel tegen het lijf moest lopen. Toen Maisies oog even later op Emma viel, keek ze eventjes verrast, maar al snel verscheen er een gastvrije glimlach op haar gezicht. Ze liep snel naar haar toe en stelde de oude vrouw aan haar voor die haar vergezelde. 'Mam, dit is Emma Barrington, een vriendin van Harry.'

De oude vrouw wierp Emma een brede grijns toe. 'Tussen "een vriendin" en "de vriendin" zit wel een wereld van verschil, hoor. Dus wat ben je precies?' wilde ze weten.

Mevrouw Clifton schoot in de lach, maar voor Emma was het wel duidelijk dat ook zij maar al te graag het antwoord wilde weten.

'Ik ben zijn vriendin,' antwoordde ze trots.

Opnieuw die grijns, maar Maisie glimlachte niet.

'Nou, dat is dan duidelijk, toch?' concludeerde Harry's grootmoeder, om er vervolgens aan toe te voegen: 'Zeg, ik heb geen tijd om hier de hele dag te kletsen. Ik moet voor het avondeten gaan zorgen.' Ze draaide zich om en wilde doorlopen, maar keek nog even achterom: 'Eet je soms een hapje mee, jongedame?'

Het was iets waar Harry al rekening mee had gehouden en waarvoor hij het antwoord al had bedacht. 'Heel aardig van u,' antwoordde Emma, 'maar mijn ouders wachten op me.'

'Heel goed,' reageerde de oude vrouw. 'Je moet de wensen van je ouders altijd respecteren. Ik zie je later, Maisie.'

'Mag ik een stukje met u meelopen, mevrouw Clifton?' vroeg Emma terwijl ze de kerk verlieten.

'Ja, natuurlijk, lieverd.'

'Harry vroeg me of ik bij u langs wilde gaan, want hij wilde graag dat u zou weten dat hij een plek op Oxord aangeboden heeft gekregen.'

'O, maar dat is geweldig!' riep Maisie terwijl ze Emma omhelsde. Plots liet ze haar los. 'Maar waarom is-ie me dat zelf niet komen vertellen?'

Ook dit hadden ze al gerepeteerd: 'Hij heeft straf,' zei Emma, in de hoop dat het niet te ingestudeerd klonk. 'Hij moet stukken van Shelley overschrijven. Ik vrees dat het allemaal door mijn broer komt, moet u weten. Toen hij het goede nieuws las, heeft hij stiekem een fles champagne de school in gesmokkeld en ze werden betrapt toen ze het gisteravond op zijn studeerkamer zaten te vieren.'

'Is dat zo erg dan?' vroeg Maisie met een grijns.

'Nou, dr. Paget vindt van wel. Harry heeft spijt als haren op zijn hoofd.'

Maisie schaterde het zo hard uit dat Emma er niet aan twijfelde dat Harry's moeder geen idee had dat haar zoon de vorige avond in de club was geweest. Ze had graag nóg een prangende vraag willen stellen, maar Harry was meer dan duidelijk geweest: 'Als mijn moeder niet wil dat ik weet hoe mijn vader is gestorven, dan is dat maar zo.'

'Jammer dat je niet kunt meelunchen,' zei Maisie, 'want ik had je graag iets willen vertellen. Misschien een andere keer.'

46

De week daarna bracht Harry door in afwachting van de volgende klapper. Toen het zover was, slaakte hij een juichkreet.

Op zijn laatste schooldag ontving Giles een telegram waarin hij een plek op Brasenose College, Oxford, aangeboden kreeg om geschiedenis te gaan studeren.

'Met de hakken over de sloot,' was de uitdrukking die dr. Paget gebruikte toen hij het schoolhoofd op de hoogte bracht.

Twee maanden later arriveerden één scholar, één exhibitioner en één commoner met verschillend vervoer in de oude universiteitsstad om aan hun driejarige kandidaatsstudie te beginnen.

Harry schreef zich in bij het toneelgenootschap en het officiersopleidingskorps, Giles bij de studentenvereniging en de cricketclub, terwijl Deakins zich in de krochten van de Bodleian Library nestelde en zich, gelijk een mol, zelden bovengronds vertoonde. Wat logisch was, aangezien hij al had besloten dat Oxford de plek was waar hij de rest van zijn leven zou doorbrengen.

Voor Harry was het nog niet duidelijk wat de rest van zijn leven hem brengen zou, met een premier die maar heen en weer bleef vliegen naar Duitsland, om ten slotte op vliegveld Heston te landen en met een glimlach op het gezicht met een papiertje te wapperen en het volk te vertellen wat het wilde horen.

Harry twijfelde er niet aan dat Engeland op de rand van een oorlog balanceerde. Toen Emma hem vroeg waarom hij daar zo van overtuigd was, antwoordde hij: 'Is het je dan niet opgevallen dat Herr Hitler nooit eens de moeite neemt om ons te bezoeken? Wij zijn de rusteloze aanbidder die uiteindelijk wordt afgewezen.' Emma negeerde het; net als meneer Chamberlain wilde ze er niet aan dat hij wel eens gelijk kon hebben.

Ze schreef Harry twee keer, soms zelfs drie keer per week, ook al blokte ze keihard voor haar eigen toelatingsexamen voor Oxford.

Toen Harry terugkeerde naar Bristol voor de kerstvakantie, zagen ze elkaar zo veel mogelijk, maar zorgde hij er wel voor dat hij uit meneer Barringtons buurt bleef.

Emma liet de kans voorbijgaan om de kerst met de familie in Toscane te vieren. Ze hield het voor haar vader niet verborgen dat ze liever bij Harry wilde zijn.

Nu haar toelatingsexamen naderde, zou zelfs Deakins onder de indruk zijn van alle uren die ze in het kamertje van de oude stadsbibliotheek doorbracht, maar Harry kwam tot de slotsom dat zij net zo'n indruk zou maken op de examinatoren als hun kluizenaarsvriend het jaar daarvoor. Telkens wanneer hij Emma hierop wees, herinnerde ze hem eraan dat aan Oxford slechts een op de twaalf studenten een meisje was.

'Je kunt altijd nog naar Cambridge,' was zijn dwaze suggestie geweest.

'Waar ze nóg prehistorischer zijn,' had ze hem geantwoord. 'Zelfs nu krijgen vrouwen daar nog steeds geen graad.'

Haar grootste angst was niet dat ze geen plek op Oxford zou krijgen, maar dat het land inmiddels in staat van oorlog zou verkeren, Harry onder de wapenen was en naar een of ander slagveld was afgereisd dat geen *Forever England* was. Haar hele leven lang herinnerden al die in het zwart geklede vrouwen ter nagedachtenis aan hun mannen, minnaars, broers en zonen die nimmer van het front waren teruggekeerd, haar aan die Grote Oorlog, die inmiddels niet langer de oorlog werd genoemd die een eind moest maken aan alle oorlogen.

Ze had Harry gesmeekt niet vrijwillig dienst te nemen, maar te wachten totdat hij voor zijn nummer moest opkomen. Toen Hitler Tsjechoslowakije eenmaal was binnengemarcheerd en het Sudetenland had geannexeerd, stond het voor Harry vast dat een oorlog tegen Duitsland onvermijdelijk was en dat hij wanneer deze werd uitgeroepen, de dag daarop in uniform zou zijn.

Toen hij Emma als afsluiting van zijn eerste studiejaar aan Oxford uitnodigde voor het jaarlijkse Commemoration Ball, nam ze zich voor het niet over de oorlog te hebben, en nam ze nóg een besluit.

Op de ochtend van het bal reisde ze naar Oxford en checkte ze in in het Randolph Hotel. De rest van de dag liet ze zich door Harry, die er alle vertrouwen in had dat ze zich binnen een paar maanden als eerstejaars bij hem zou voegen, op Somerville, in het Ashmolean-museum en in de Bodleian Library rondleiden.

Weer terug in het hotel gunde ze zichzelf voldoende tijd om zich gereed te maken voor het bal. Harry zou haar om acht uur ophalen.

Een paar minuten voor achten kuierde hij het hotel in, gekleed in een modieus donkerblauw smokingjasje dat zijn moeder hem voor zijn negentiende verjaardag had gegeven. Hij liet de receptionist aan haar doorgeven dat hij beneden in de foyer op haar wachtte.

'Ik kom aanstonds,' beloofde ze.

Minuten verstreken en terwijl hij door de foyer begon te ijsberen vroeg hij zich af wat ze onder 'aanstonds' verstond. Giles had hem echter al vaak verteld dat ze, net als haar moeder, altijd pas op het laatste moment opdaagde.

Plots zag hij haar, boven aan de trap. Als aan de grond genageld keek hij toe terwijl ze langzaam afdaalde en haar turkooizen strapless jurk haar ranke figuur accentueerde. Ook alle jongemannen in de foyer keken toe, met een blik alsof ze maar wat graag met Harry wilden ruilen.

'Wauw,' zei hij nu ze de onderste tree bereikte. 'Vivien Leigh kan wel inpakken. Fantastische schoenen, trouwens.' Emma kreeg het gevoel dat stap één van haar plannetje gelukt was.

Ze liepen het hotel uit en wandelden arm in arm naar Radcliffe Square. Terwijl ze door het hek naar Harry's faculteit liepen, zakte de zon al achter de Bodleian. Niemand die op deze avond Brasenose betrad, zou ook maar vermoed hebben dat Groot-Brittannië slechts weken verwijderd was van een oorlog waarin meer dan de helft van alle jongemannen die hier de avond weg dansten nooit zou afstuderen.

Dit hield de gemoederen onder de vrolijke jonge stellen, dansend op de klanken van Cole Porter en Jerome Kern, dan ook geen moment bezig. Terwijl een paar honderd kandidaatsstudenten en hun introducees kratten champagne soldaat maakten en zich door een berg gerookte zalm heen aten, verloor Harry zijn Emma geen moment uit het oog. Stel dat een of andere onverlaat het in zijn hoofd haalde om haar weg te kapen!

Giles bezondigde zich iets te veel aan de champagne, at veel te veel oesters en danste de hele avond met telkens weer een ander meisje.

Om twee uur 's ochtends zette de Billy Cotton Dance Band dan eindelijk de laatste wals in. Harry en Emma klampten zich aan elkaar vast terwijl ze zachtjes op het ritme van het orkest meedeinden.

Toen de dirigent ten slotte zijn stokje omhoogbracht voor het Britse volkslied, ontging het Emma niet dat alle jonge kerels om haar heen, ongeacht de staat van beneveling waarin ze verkeerden, de rug rechtten en het 'God Save the King' aanhieven.

Na afloop kuierden Harry en Emma op hun gemak, om de avond nog even te rekken, kletsend over koetjes en kalfjes terug naar het hotel.

'Nou, je bent in elk geval over twee weken weer terug voor je toelatingsexamen,' zei hij terwijl ze de treden naar de hotelingang beklommen. 'Ik hoef je dus niet al te lang te missen.'

'Klopt, maar tijd voor vermaak is er pas als ik mijn laatste opdracht klaar heb. Zodra dat achter de rug is, kunnen we de rest van het weekend samen doorbrengen.'

Hij wilde haar welterusten kussen, maar opeens fluisterde ze: 'Wil je even mee naar mijn kamer? Ik heb een cadeautje voor je. Ik wil niet dat je denkt dat ik je verjaardag ben vergeten.'

Harry keek al net zo verrast als de portier, die de twee nakeek terwijl ze hand in hand de trap op liepen. Bij Emma's kamer aangekomen frunnikte ze nerveus met haar sleutel alvorens de deur open te duwen.

'Ik kom zo,' zei ze terwijl ze in de badkamer verdween.

Hij nam plaats op de enige stoel in de kamer en probeerde te bedenken wat hij het liefst voor zijn verjaardag wilde hebben. Even later ging de badkamerdeur open en werd Emma omlijst door het gedempte licht. De elegante strapless jurk had plaatsgemaakt voor een hotelhanddoek.

Hij kon zijn hart horen bonken terwijl ze langzaam naar hem toe liep.

'Volgens mij ben je een beetje overdressed, schat,' zei ze terwijl ze zijn smokingjasje van zijn schouders op de grond liet glijden. Ze trok zijn strikje los alvorens zijn overhemd los te knopen en het naar het jasje op de grond te verbannen. Daarna volgden twee schoenen en een paar sokken, waarna ze langzaam zijn broek omlaag trok. Op het moment dat ze het laatste obstakel wilde verwijderen, nam hij haar in zijn armen en droeg hij haar naar het bed.

Terwijl hij haar zonder omhaal op het matras liet ploffen, viel haar handdoek op de grond. Sinds hun terugkeer uit Rome had Emma al vaak over dit moment gefantaseerd en verondersteld dat haar eerste schreden op dit vlak gênant en klunzig zouden verlopen. Maar Harry was voorzichtig en teder, ook al was hij duidelijk al net zo nerveus als zij. Na afloop vlijde ze zich in zijn armen en wilde ze niet in slaap vallen.

'Ben je blij met je verjaardagscadeau?' vroeg ze.

'Nou en of,' antwoordde hij. 'Ik hoop alleen dat het niet een jaar duurt voordat ik het volgende cadeautje mag uitpakken. Dat herinnert me eraan: ik heb ook een presentje voor jou.'

'Maar ik ben helemaal niet jarig.'

'Het is ook geen verjaardagscadeau.'

Hij sprong uit bed, pakte zijn broek van de grond en zocht wat in de zakken totdat hij op een klein leren doosje stuitte. Hij liep terug naar het bed en liet zich op één knie zakken met de woorden: 'Emma, mijn schat, wil je met me trouwen?'

'Je zit er wel heel gek bij, zeg,' merkte ze fronsend op. 'Kom maar snel weer in bed voordat je bevriest.'

'Niet voordat je antwoord hebt gegeven.'

'Doe niet zo mal, Harry. Toen jij voor Giles' twaalfde verjaardag voor het eerst op Manor House verscheen, stond het voor mij al vast dat we gingen trouwen.'

Hij schaterde het uit terwijl hij de ring om de ringvinger van haar linkerhand schoof.

'Sorry dat het maar een klein diamantje is,' verontschuldigde hij zich.

'Voor mij is hij groot genoeg,' zei ze terwijl hij weer onder de lakens kroop. 'En aangezien je het allemaal zo keurig hebt gepland,' ging ze plagerig verder, 'welke datum heb je gekozen als onze trouwdag?'

'Zaterdag, negenentwintig juli, om drie uur.'

'Waarom?'

'Het is de laatste dag van het semester, en zodra ik hier weg ben kunnen we de universiteitskerk niet meer reserveren.'

Emma hees zich overeind, pakte een potlood en een notitieboekje van het nachtkastje en begon te schrijven.

'Wat doe je?' vroeg hij.

'De gastenlijst opstellen. Als we maar zeven weken hebben...'

'Dat kan wel even wachten,' zei hij terwijl hij haar weer in zijn armen nam. 'Ik voel al weer een nieuwe verjaardag aankomen.'

'Ze is te jong om al aan trouwen te denken,' oordeelde Emma's vader alsof zijn dochter er niet bij zat.

'Ze is net zo oud als ik toen jij mij een aanzoek deed,' herinnerde Elizabeth hem eraan.

'Maar jij stond niet voor het belangrijkste examen van je leven, slechts een paar weken voor de bruiloft.'

'Dat is dus precies waarom ik alle voorbereidingen op me heb genomen,' legde ze uit. 'Op die manier hoeft Emma zich nergens zorgen over te maken, totdat ze haar examens achter de rug heeft.'

'Het zou toch beter zijn om de bruiloft een paar maanden uit te stellen. Immers, waarom die haast?'

'Wat een goed idee, pap,' zei Emma, die nu pas haar mond opendeed. 'Misschien dat we ook meteen Herr Hitler kunnen vragen of hij zo vriendelijk wil zijn om de oorlog nog een paar maanden uit te stellen omdat jouw dochter wil trouwen.'

'En wat vindt mevrouw Clifton hiervan?' vroeg haar vader, de opmerking van zijn dochter negerend.

'Die is natuurlijk zeer opgetogen,' kaatste Elizabeth de bal terug. Hij zweeg.

Tien dagen later verscheen in *The Times* een annonce van het aanstaande huwelijk tussen Emma Grace Barrington en Harold Arthur Clifton. Vanaf de kansel van de St. Mary-kathedraal verrichtte eerwaarde Styler de kerkelijke huwelijksaankondiging. De week daarna werden driehonderd uitnodigingen verzonden. Niemand keek verbaasd op toen Harry zijn vriend Giles als getuige vroeg, met kapitein Tarrant en Deakins als bruidsjonkers.

Tot zijn schrik ontving Harry een brief van Old Jack waarin hij schreef dat hij de uitnodiging helaas moest afslaan omdat hij gezien de huidige situatie zijn post niet kon verlaten. Harry schreef terug en smeekte hem zijn antwoord te heroverwegen en in elk geval de bruiloft bij te wonen, ook al kon hij de functie van bruidsjonker niet vervullen. Het antwoord van Old Jack zaaide bij Harry echter nog meer verwarring: 'Ik heb het gevoel dat mijn aanwezigheid tot onbehagen kan leiden.'

'Waar heeft-ie het over?' vroeg Harry zich af. 'Hij weet toch best dat we ons allemaal vereerd zullen voelen als hij erbij is?'

'Hij lijkt mijn vader wel,' zei Emma. 'Die wil me niet weggeven en zegt dat-ie zelfs niet weet of-ie wel komt.'

'Maar hij had beloofd voortaan wat positiever te zijn, vertelde je me.'

'Ja, maar dat veranderde op slag toen hij van onze verloving hoorde.'

'Om eerlijk te zijn klonk mijn moeder ook niet erg enthousiast toen ik het haar vertelde,' moest Harry bekennen.

Ze zag Harry pas na haar toelatingsexamen op Oxford. Toen ze de examenzaal verliet wachtte haar verloofde haar al met een fles champagne in de ene en twee glazen in de andere hand boven aan de trap op.

‘En, hoe ging het, denk je?’ vroeg hij terwijl hij haar inschonk.

‘Ik heb geen idee,’ zuchtte ze terwijl tientallen meisjes de examenzaal uit stroomden. ‘Ik had geen idee tegen wie ik het moest opnemen, totdat ik deze club zag.’

‘Nou, tot aan de uitslagen heb je in elk geval afleiding genoeg.’

‘Nog maar drie weekjes te gaan,’ hielp ze hem herinneren. ‘Voor jou tijd genoeg om van gedachten te veranderen.’

‘Als jij geen beurs binnensleept, moet ik mijn situatie wellicht herzien. Omgang hebben met een commoner is uit den boze,’ grapte Harry.

‘En als ik wél een volledige beurs binnensleep, dan zal ik míjn situatie moeten herzien en uit moeten kijken naar een andere scholar.’

‘Deakins is nog steeds beschikbaar,’ zei Harry terwijl hij haar bijschonk.

‘Dat zal te laat zijn,’ wees ze hem erop.

‘Hoezo?’

‘Omdat de resultaten op de ochtend van onze bruiloft bekend zullen worden gemaakt.’

Het grootste deel van het weekend brachten ze door op haar kleine hotelkamer, waar ze, als ze de liefde niet bedreven, eindeloos de bruiloftsvoorbereidingen doornamen. Toen het zondagavond werd, stond er voor Emma één ding als een paal boven water.

‘Mam heeft zich echt van haar allerbeste kant laten zien,’ zei ze, ‘iets wat ik niet van mijn vader kan zeggen.’

‘Zal hij zich zelfs maar vertonen, denk je?’

‘O, zeker. Mam heeft hem overgehaald, maar hij weigert nog steeds om me weg te geven. Wat is het laatste nieuws over Old Jack?’

‘Hij heeft mijn laatste brief niet eens beantwoord,’ antwoordde Harry.

47

'Ben je een beetje aangekomen, lieverd?' vroeg Emma's moeder terwijl ze het laatste sluitinkje op de achterzijde van haar dochters bruidsjurk probeerde dicht te krijgen.

'Volgens mij niet, hoor,' antwoordde Emma terwijl ze zichzelf aandachtig in de spiegel bekeek.

'Werkelijk oogverblindend,' oordeelde Elizabeth terwijl ze een stap achteruit deed om de bruidsjurk te bewonderen.

Ze waren meerdere keren naar Londen afgereisd om zich een jurk te laten aanmeten bij Madame Renée, die een kleine, modieuze boetiek in Mayfair had en die Queen Mary en Queen Elizabeth tot haar klanten mocht rekenen. Madame Renée was bij elke pasbeurt persoonlijk aanwezig geweest. Het traditionele victoriaanse kantwerk rond de hals en zoom combineerde heel natuurlijk met het zijden lijfje en de dat jaar zo modieuze hoepelrok. Het crèmekleurige ronde hoedje was helemaal wat vrouwen het komende jaar zouden dragen, had Madame Renée hun verzekerd. Emma's vaders enige commentaar volgde na het zien van de rekening.

Elizabeth Barrington keek op haar horloge. Het was negentien minuten voor drie. 'We hoeven ons niet te haasten,' liet ze Emma weten toen er werd aangeklopt. Ze wist zeker dat ze het NIET STOREN-bordje aan de deurknop had gehangen en ze had de chauffeur laten weten dat hij hen niet voor drieën hoefde te verwachten. Tijdens de repetitie, de vorige dag, had de rit van het hotel naar de kerk zeven minuten in beslag genomen. Elizabeth wilde dat Emma in stijl, dus ietsjes te laat, zou arriveren. 'Laat ze nog even een paar minuutjes wachten, maar zonder dat ze bezorgd worden.' Er werd opnieuw aangeklopt.

'Laat mij maar,' zei ze, en ze liep naar de deur. Een jonge portier in een keurig rood uniform overhandigde haar een telegram, de elfde keer die dag. Ze wilde net de deur weer sluiten, toen hij zei: 'Ik moest aan u doorgeven, mevrouw, dat dit een belangrijk telegram is.'

Haar eerste vraag was wie er in hemelsnaam kon hebben afgezegd. Ze hoopte maar dat de bruidstafel voor de receptie niet opnieuw geschikt hoefde te worden. Ze scheurde het telegram open en begon te lezen.

'Van wie is het?' vroeg Emma terwijl ze haar hoedje nog een centimetertje schuiner zette maar twijfelde of het zo misschien te gewaagd was.

Elizabeth gaf haar het telegram. Toen Emma de boodschap eenmaal gelezen had, barstte ze blij in snikken uit.

'Van harte proficiat, mijn schat,' feliciteerde haar moeder haar terwijl ze uit haar handtas een zakdoek tevoorschijn haalde en de ogen van haar dochter begon te deppen. 'Ik zou je graag willen omhelzen, maar ik wil je jurk niet kreuken.'

Toen Elizabeth zag dat Emma helemaal klaar was, bekeek ze zichzelf nog even in de spiegel. 'U mag uw dochter op haar grote dag niet overtreffen,' had Madame Renée verklaard, 'maar u moet ook weer niet onzichtbaar zijn.' Elizabeth was met name in haar sas met de Norman Hartnell-hoed, ook al was die niet 'chic', zoals de jonge generatie het noemde.

'Tijd om te gaan,' zei ze na weer een blik op haar horloge te hebben geworpen. Emma glimlachte terwijl ze een blik wierp op de kleren die ze na afloop van de receptie zou aantrekken om vervolgens met Harry naar Schotland te vertrekken voor hun huwelijksreis. Lord Harvey had het paar een veertiendaags verblijf op Mulgelrie Castle aangeboden, met de belofte dat geen enkel familielid binnen een straal van vijftien kilometer rond het landgoed zou worden toegelaten en, wellicht belangrijker nog, Harry elke avond om drie gangen Highland-soep mocht verzoeken zonder ook maar te vrezen dat daaropvolgend sneeuwhoen werd geserveerd.

Emma volgde haar moeder de gang op. Boven aan de trap aangekomen, kreeg ze het gevoel alsof haar benen het elk moment konden begeven. Terwijl ze de trap afdaalde deden de hotelgasten een stap opzij opdat niets haar in de weg stond.

Een portier hield de deur van het hotel voor haar open terwijl de chauffeur van Sir Walter al bij het geopende achterportier van de Rolls wachtte, waarna de bruid zich bij haar grootvader kon voegen. Terwijl Emma naast hem op de achterbank plaatsnam en aandachtig haar jurk schikte, deed Sir Walter zijn monocle in, met de woorden: 'Je ziet er werkelijk schitterend uit, jongedame. Harry mag zich waarlijk gelukkig prijzen.'

'Dank u, grootvader,' bedankte ze hem met een kus op zijn wang. Ze keek even door de achterruit naar haar moeder, die nu in de tweede Rolls-Royce instapte, waarna de twee auto's in het middagverkeer invoegden en hun kalme rit naar St. Mary's, de universiteitskerk van Oxford, begonnen.

'Is pap er ook?' vroeg Emma zo ontspannen mogelijk.

'Hij was een van de eersten,' antwoordde haar grootvader. 'Ik heb het gevoel dat hij er nu al spijt van heeft dat hij mij het voorrecht heeft gegund om jou te mogen weggeven.'

'En Harry?'

'Ik heb hem nog nooit zo zenuwachtig gezien. Maar Giles lijkt alles onder controle te hebben, wat wel een primeur moet zijn. Ik weet dat hij een hele maand aan zijn speech heeft gewerkt.'

'We boffen dat we beiden dezelfde hartsvriend hebben,' zei Emma. 'Weet u, grootvader, ik heb ooit gelezen dat elke bruid op de ochtend van haar huwelijk twijfels heeft.'

'Dat is heel gewoon, lieverd.'

'Maar zelf heb ik dat bij Harry geen moment gevoeld.' Ze stopten voor de kerk. 'Ik weet zeker dat we de rest van ons leven bij elkaar zullen blijven.'

Ze wachtte totdat haar grootvader was uitgestapt, waarna ze haar jurk oppakte en zich op het trottoir bij hem voegde.

Haar moeder kwam al snel aangelopen om de bruidsjurk nog een laatste keer te schikken alvorens ze de kerk betraden. Ze gaf Emma een boeketje lichtroze rozen terwijl de bruidsmeisjes, Emma's jongere zusje Grace en haar schoolvriendinnetje Jessica, zich achter de bruidssleep opstelden.

'Zo. En nu jij, Grace,' zei haar moeder terwijl ze zich bukte en haar jurkje gladstreek.

'Ik hoop van niet,' antwoordde Grace luid genoeg dat haar moeder het kon horen.

Elizabeth deed een stap naar achteren en knikte. Twee kerkmeesters trokken de zware deuren open, het teken voor de organist om Mendelssohn's *Huwelijksmars* in te zetten, waarna alle aanwezigen opstonden om de bruid te verwelkomen.

Op het moment dat Emma de kerk binnenstapte, werd ze verrast door hoeveel mensen naar Oxford waren gekomen om in haar geluk te delen. Langzaam schreed ze aan de arm van haar grootvader door het middenpad naar het altaar terwijl iedereen opzij keek en naar haar glimlachte.

Rechts van het middenpad zag ze meneer Frobisher naast meester Holcombe. Miss Tilly, die een behoorlijk gewaagde hoed ophad, moest helemaal uit Cornwall zijn gekomen en dr. Paget wierp haar zijn meest innemende glimlach toe. Maar die viel niet te vergelijken met de stralende lach die op haar eigen gezicht verscheen nu ze kapitein Tarrant zag zitten, met het hoofd gebogen en gekleed in een wat slobberig jacquet. Harry zou zo in zijn nopjes zijn. Helemaal vooraan zat mevrouw Clifton, die heel wat tijd aan haar kleding had besteed, zo modieus als ze eruitzag. Een glimlach trok opnieuw over Emma's lippen, maar het bevreemdde haar dat haar toekomstige schoonmoeder niet even naar haar opkeek toen ze langsliep.

En daar stond Harry, naast haar broer, wachtend op de bruid boven aan de treden naar het altaar. Emma liep verder aan de arm van de ene grootvader, terwijl de andere op de voorste rij met rechte rug naast haar vader stond, die, zo leek haar, een wat droefgeestige indruk wekte. Wellicht betreurde hij zijn besluit haar niet zelf weg te geven.

Sir Walter deed een stap opzij om haar de vier treden naar het altaar te laten beklimmen en zich bij haar aanstaande echtgenoot te voegen. Ze boog zich naar Harry toe en fluisterde: 'Ik had me bijna bedacht.' Harry probeerde vooral niet te grijnzen terwijl hij wachtte op de afmaker. 'Studenten aan deze universiteit dienen immers niet beneden hun niveau te trouwen.'

'Ik ben zo trots op je, mijn schat. Van harte gefeliciteerd.'

Giles maakte oprecht een diepe buiging en terwijl het nieuws als een lopend vuurtje door de kerk trok, steeg van rij tot rij een geroezemoes op.

De muziek stopte en de universiteitskapelaan hief zijn handen met de woorden: 'Dierbare beminden, wij zijn hier in de aanwezigheid van de Heer en ten overstaan van u allen bijeen om deze man en vrouw het sacrament des huwelijks toe te dienen...'

Plots voelde Emma zich nerveus worden. Ze had haar antwoorden uit het hoofd geleerd, maar opeens was ze alles vergeten.

'Eerst was het voorbestemd tot het voortbrengen van nageslacht...'

Emma probeerde zich te concentreren op de woorden van de kapelaan, maar ze hunkerde ernaar om alleen met Harry te zijn. Misschien hadden ze beter al de vorige avond naar Schotland kunnen gaan, om stiekem in Gretna Green te trouwen. Dicht bij Mulbelrie Castle, had ze Harry er nog op gewezen.

'... en zullen deze twee personen in de echtelijke staat worden verbonden. Als er om die reden ook maar iemand waarlijk kan aantonen waarom zij niet wettig in de echt mogen worden verbonden, laat hem dan nu spreken, of voor altijd zwijgen...'

De kapelaan zweeg een moment tactvol, alvorens te vervolgen met: 'Ik draag u beiden op en verzoek u…' Waarop opeens een stem op heldere toon riep: 'Ik protesteer!'

Met een ruk draaiden Emma en Harry zich om om te zien wie in hemelsnaam deze belastende woorden kon hebben geuit.

De kapelaan sloeg verbijsterd zijn ogen op terwijl hij zich een moment afvroeg of hij het wel goed had gehoord. Maar alle hoofden draaiden zich om nu alle aanwezigen probeerden te ontdekken van wie deze onverwachte inmenging afkomstig was. Zoiets had de kapelaan nog niet eerder meegemaakt en hij probeerde zich koortsachtig te herinneren hoe hij in zo'n situatie diende te handelen.

Emma begroef haar hoofd in Harry's hals terwijl Harry's ogen de roezemoezende congregatie afspeurden naar degene die deze consternatie had veroorzaakt. Hij nam aan dat het wel Emma's vader moest zijn, maar toen hij zijn ogen op de voorste rij richtte, zag hij dat Hugo Barrington met een lijkbleek gezicht al eveneens probeerde te achterhalen wie deze plechtigheid voortijdig had afgebroken.

Eerwaarde Styler moest zijn stem verheffen om zich boven het allengs luider wordende rumoer verstaanbaar te maken. 'Zou de meneer die protest heeft aangetekend tegen dit huwelijk zich bekend willen maken?'

Een lange, rechte gestalte stapte het middenpad in. Alle ogen fixeerden zich op kapitein Tarrant, die nu naar het altaar liep en zich voor de eerwaarde opstelde. Emma klampte zich aan Harry vast, uit vrees bij hem te worden weggerukt.

'Moet ik hieruit afleiden, meneer,' begon de priester, 'dat u van mening bent dat dit huwelijk geen doorgang mag vinden?'

'Dat is juist, eerwaarde,' antwoordde Old Jack zacht.

'Dan moet ik u, de bruid en bruidegom en hun naaste familieleden verzoeken met mij mee te komen naar de sacristie.' Op luidere toon sprak hij de aanwezigen toe: 'De congregatie dient te blijven zitten totdat ik me over het bezwaar heb kunnen buigen, waarna ik mijn besluit kenbaar zal maken.'

Degenen die waren verzocht mee te komen, werden door de priester naar de sacristie geleid, met Harry en Emma achteraan. Niemand zei iets, hoewel de aanwezigen in de kerk luidruchtig verder roezemoesden.

Nadat de twee families zich in de benauwde sacristie hadden gepropt, sloot eerwaarde Styler de deur.

'Kapitein Tarrant,' begon hij, 'u moet weten dat alleen ik door de wet gemachtigd ben om te besluiten of dit huwelijk doorgang kan vinden of niet. Uiteraard zal ik pas een besluit nemen nadat ik van uw bezwaren kennis heb genomen.'

De enige in het overvolle vertrek die een kalme indruk maakte, was Old Jack. 'Dank u, eerwaarde,' zei hij. 'Ten eerste wil ik mijn excuses aanbieden aan jullie allen, en vooral aan Emma en Harry voor deze tussenkomst. Ik heb de afgelopen weken met mijn geweten geworsteld alvorens uiteindelijk tot dit onfortuinlijke besluit te moeten komen. Ik had de gemakkelijke weg kunnen kiezen en een eenvoudig excuus kunnen verzinnen om er vandaag niet bij te hoeven zijn. Ik heb mijn mond gehouden in de hoop dat welk bezwaar dan ook uiteindelijk irrelevant zou blijken. Helaas is het anders gelopen, want de liefde van Harry en Emma voor elkaar is het afgelopen jaar zelfs gegroeid, in plaats van afgenomen, wat het voor mij onmogelijk heeft gemaakt om nog langer te zwijgen.'

Iedereen was zo in de ban van Old Jacks woorden dat alleen Elizabeth Barrington merkte dat haar man stilletjes via de achterdeur de sacristie uit glipte.

'Dank u, kapitein Tarrant,' zei eerwaarde Styler. 'Hoewel ik zeker weet dat uw tussenkomst te goeder trouw is, dien ik te weten wat u dit jonge koppel wilt aanrekenen.'

'Harry of Emma, van wie ik evenveel hou en die ik evenveel bewonder, en die waarschijnlijk net zo verbaasd zijn als jullie allemaal, valt niets aan te rekenen. Degene die iets aan te rekenen valt, is Hugo Barrington, die zelf al jaren weet dat hij wel eens de vader van allebei deze onfortuinlijke kinderen kan zijn.'

Handen werden verschrikt voor de mond geslagen terwijl iedereen de implicaties van deze bewering probeerde te bevatten. De kapelaan zweeg totdat hij de aandacht weer op zich wist te vestigen. 'Is er iemand aanwezig die de bewering van kapitein Tarrant kan bevestigen dan wel kan weerleggen?'

'Dit kan onmogelijk waar zijn,' zei Emma terwijl ze Harry vastklampte. 'Dit moet een vergissing zijn. Mijn vader kan toch niet...'

Dat was het moment waarop het tot hen allen doordrong dat de vader van de bruid zich niet langer tussen hen bevond. De kapelaan richtte zich tot mevrouw Clifton, die zachtjes snikte.

'Ik kan kapitein Tarrants vrees niet wegnemen,' antwoordde ze met stokkende stem. 'Ik moet bekennen dat ik bij één gelegenheid iets met meneer Barrington heb gehad.' Ze zweeg even. 'Het was maar één keer, maar helaas wel een week voordat ik met mijn man trouwde...' langzaam keek ze op, '... en dus kan ik niet weten wie Harry's vader is.'

'Ik moet jullie erop wijzen,' ging Old Jack verder, 'dat Hugo Barrington mevrouw Clifton meerdere malen heeft bedreigd, stel dat ze dit afschuwelijke geheim ooit zou willen onthullen.'

'Mevrouw Clifton, mag ik u iets vragen?' vroeg Sir Walter zachtmoedig.

Maisie knikte, maar wel met gebogen hoofd.

'Leed uw man zaliger aan kleurenblindheid?'

'Niet dat ik weet,' antwoordde ze nauwelijks hoorbaar.

Sir Walter keek Harry aan. 'Maar jij wel, hè, mijn jongen?'

'Dat klopt,' antwoordde Harry zonder aarzeling. 'Waarom is dat zo belangrijk?'

'Omdat ik zelf ook kleurenblind ben,' antwoordde Sir Walter. 'Net als mijn zoon en kleinzoon. Het is iets erfelijks wat onze familie al generaties lang belast.'

Harry sloot Emma in zijn armen. 'Ik zweer je, lieverd, dat ik hier niets van afwist.'

'Natuurlijk niet.' Het was mevrouw Barrington die nu sprak. 'De enige die het wist, was mijn eigen man, en hij had niet de moed om dat te bekennen. Had hij dat wel gedaan, dan had deze toestand nooit hoeven te gebeuren. Vader,' vroeg ze terwijl ze zich naar Lord Harvey omdraaide, 'mag ik u vragen onze gasten in de kerk te vertellen dat de ceremonie niet door kan gaan?'

Lord Harvey knikte. 'Laat maar aan mij over, meisje,' antwoordde hij terwijl hij haar arm eventjes teder aanraakte. 'Maar wat ben jij precies van plan?'

'Ik neem mijn dochter mee, zo ver mogelijk hiervandaan,' was het antwoord.

'Ik wil helemaal niet hiervandaan,' protesteerde Emma. 'Alleen als Harry meekomt.'

'Ik vrees dat je vader ons geen andere keus laat,' oordeelde Elizabeth terwijl ze haar dochter voorzichtig bij een arm pakte. Maar Emma klampte zich nog altijd vast aan Harry, die ten slotte fluisterde: 'Er is één ding dat jouw vader nooit zal lukken: mijn liefde voor jou laten doven. En ik zal aantonen dat hij niet mijn vader is, al heb ik daar de rest van mijn leven voor nodig.'

'Misschien wilt u liever via de achterdeur vertrekken, mevrouw Barrington?' opperde de kapelaan. Met tegenzin liet Emma Harry los en liet ze zich door haar moeder wegleiden.

De priester leidde hen de sacristie uit en via een smalle gang naar een deur die tot zijn verbazing niet op slot zat. 'Mag God zich over jullie ontfermen, mijn kinderen,' wenste hij hun toe.

Elizabeth vergezelde haar dochter om de kerk naar de wachtende Rolls-Royces. Ze negeerden de bezoekers die buiten een luchtje schepten of een sigaretje rookten en nu met argusogen naar de twee vrouwen keken die zonder omhaal achter in de limousine instapten.

Elizabeth had het portier van de voorste Rolls al geopend en haar dochter op de achterbank gemanoeuvreerd voordat de chauffeur het doorhad. Omdat hij de bruid en bruidegom ten minste het eerste half uur nog niet verwachtte en het huwelijk tussen meneer en mevrouw Clifton middels het luiden van de klokken wereldkundig zou worden gemaakt, had hij zich zolang bij de kerkdeur opgesteld. Op het moment dat hij het portier hoorde dichtslaan, drukte hij zijn sigaret uit, rende naar de auto en gleed snel achter het stuur.

'Terug naar het hotel, graag,' instrueerde Elizabeth.

Pas toen ze eindelijk terug waren in de beslotenheid van hun hotelkamer, werd er gesproken. Emma wierp zich snikkend op het bed terwijl Elizabeth de haren van haar dochter streelde zoals ze dat had gedaan toen Emma nog een kind was.

'Wat moet ik beginnen!' snikte Emma. 'Ik kan toch niet zomaar ophouden van Harry te houden?'

'Ik weet zeker dat je dat nooit zult doen,' reageerde haar moeder, 'maar het lot heeft bepaald dat jullie niet samen kunnen zijn totdat duidelijk is wie Harry's echte vader is.' Ze streelde nog altijd de haren van haar dochter, die zowaar eventjes leek te zijn ingedut, maar opeens zachtjes opmerkte: 'Wat moet ik mijn kind vertellen als ze vragen wie zijn vader is?'

Harry Clifton

1939-1940

48

Wat ik me vooral herinner nadat Emma en haar moeder de kerk hadden verlaten, was hoe kalm iedereen leek te zijn. Geen hysterie, niemand die flauwviel, zelfs geen verheven stemmen. Het zou een bezoeker vergeven kunnen worden als hij niet besefte hoeveel levens zojuist onherstelbaar waren beschadigd, zelfs verwoest. Zo Brits, om met een *stiff upper lip* te weigeren toe te geven dat zijn of haar persoonlijke leven in het bestek van één enkel uur was stukgeslagen. Nou ja, ik moet toegeven, dat van mij lag aan gruzelementen.

Terwijl de verschillende acteurs hun rol helemaal uitspeelden, had ik in verdoofd stilzwijgen gestaan. Old Jack had niets meer of minder gedaan dan zijn plicht, zo zag hij het, hoewel zijn bleke gelaatskleur en de diepe groeven in zijn gezicht anders deden vermoeden. Hij had voor de gemakkelijke uitweg kunnen kiezen en onze uitnodiging voor de bruiloft gewoon kunnen afwijzen, maar een drager van het Victoriakruis loopt nergens voor weg.

Elizabeth Barrington had bewezen dat ze, indien op de proef gesteld, de gelijke van iedere man was: een heuse Portia, die helaas geen Brutus gehuwd had.

Terwijl ik mijn blik door de sacristie liet glijden, wachtend op de terugkeer van de kapelaan, voelde ik me het verdrietigst voor Sir Walter, die met zijn kleindochter aan de hand door het middenpad was gelopen en die er geen kleinzoon bij had gekregen, maar, integendeel, een zoon had verloren, die, zoals Old Jack me zo veel jaren geleden had gewaarschuwd, 'niet uit hetzelfde hout' was gesneden als zijn vader.

Toen ik mijn lieve moeder in mijn armen wilde nemen om haar gerust te stellen dat ik van haar hield, was ze bang om te reageren. Ze geloofde oprecht dat alles wat zich die dag had afgespeeld alleen haar te verwijten viel.

En Giles werd een man toen zijn vader de sacristie uit sloop en zich onder een slijmerige steen verstopte om de verantwoordelijkheid voor zijn daden aan anderen over te laten. Veel van de aanwezigen zouden zich er op den duur van bewust worden dat wat er die dag was gebeurd voor Giles in alle opzichten net zo verschrikkelijk was als voor Emma.

Ten slotte, Lord Harvey. Hij was een voorbeeld voor ons allemaal van hoe je je in een crisis dient te gedragen. Zodra de kapelaan terug was en ons de wettelijke gevolgen van bloedverwantschap had uitgelegd, spraken we af dat Lord Harvey namens beide families de wachtende parochie diende toe te spreken.

'Ik zou graag willen dat Harry rechts van mij komt staan,' zei hij, 'omdat ik wens dat iedereen hier aanwezig zich terdege realiseert dat, zoals mijn dochter Elizabeth overduidelijk heeft gemaakt, op zijn schouders geen enkele schuld rust.

Mevrouw Clifton,' zei hij, zich tot mijn moeder richtend, 'ik hoop dat u zo vriendelijk wilt zijn om links van mij te komen staan. Uw moed in tijden van tegenspoed is een voorbeeld geweest voor ons allen en voor één iemand in het bijzonder.

Ik hoop dat kapitein Tarrant naast Harry wil komen staan: alleen een dwaas geeft de boodschapper de schuld. Giles dient zijn plaats naast hem in te nemen. Sir Walter, misschien wilt u naast mevrouw Clifton komen staan, terwijl de rest van de familie achter ons plaatsneemt. Laat mij u allen duidelijk maken,' ging hij door, 'dat ik slechts één doel heb in deze tragische gebeurtenis, namelijk om ervoor te zorgen dat iedereen die hier vandaag in deze kerk is samengekomen geen enkele twijfel koestert over onze vastberadenheid in deze zaak, zodat niemand ooit zal kunnen zeggen dat wij een verdeeld huis waren.'

Zonder verder nog een woord leidde hij zijn kleine kudde de sacristie uit.

Toen de kwebbelende parochie ons in een rij terug de kerk in zag lopen, hoefde Lord Harvey niet om stilte te verzoeken. Ieder van ons nam zijn of haar toegewezen plaats in op de altaartrappen, alsof we gingen poseren voor een familiefoto die later in een trouwalbum terecht zou komen.

'Vrienden, als ik zo vrij mag zijn,' begon Lord Harvey, 'mij is gevraagd om u namens onze twee families te laten weten dat het huwelijk tussen mijn kleindochter, Emma Barrington, en meneer Harry Clifton vandaag, of wat dat aangaat wanneer dan ook, helaas niet zal worden voltrokken.' Die drie woordjes, 'wanneer dan ook', duidden op een onontkoombaarheid waardoor het je koud om het hart werd als je de enige aanwezige was die zich nog vasthield aan een sprankje hoop dat dit wellicht ooit kon worden opgelost. 'Ik moet u allen excuses aanbieden,' ging hij door, 'als u op een of andere manier ongerief is bezorgd, want dat was uiteraard niet onze bedoeling. Mag ik afsluiten met u te bedanken voor uw aanwezigheid hier vandaag en u allen een veilige thuisreis toe te wensen.'

Ik wist niet zeker wat er hierna zou gebeuren, maar een of twee mensen stonden op van hun plek en begonnen langzaam de kerk uit te lopen; binnen enkele ogenblikken werd het stroompje een gestage stroom, totdat wij op de altaartrappen uiteindelijk de enigen waren die overbleven.

Lord Harvey bedankte de kapelaan en schudde mij hartelijk de hand voordat hij zijn vrouw door het gangpad de kerk uit vergezelde.

Mijn moeder wendde zich tot mij en wilde iets zeggen, maar werd door emoties overmand. Old Jack schoot ons te hulp, nam haar zachtjes bij een arm en leidde haar weg terwijl Sir Walter Grace en Jessica onder zijn hoede nam. Niet een dag die moeders of bruidsmeisjes zich de rest van hun leven zouden willen herinneren.

Giles en ik waren de laatsten. Hij had de kerk betreden als mijn getuige en nu verliet hij deze zich afvragend of hij mijn halfbroer was. Een aantal mensen steunt je op je slechtste momenten in het leven terwijl anderen weglopen, slechts een handjevol stapten vastberaden op je af en wordt zelfs een nog betere vriend.

Toen we afscheid hadden genomen van de eerwaarde Styler, die geen woorden leek te kunnen vinden om te zeggen hoezeer het hem speet, sjokten Giles en ik lusteloos over de kasseien van de vierhoekige binnenplaats terug naar ons college. Terwijl we de houten trap naar mijn kamers beklommen en mismoedig in oude leren stoelen wegzakten, wisselden we geen woord.

De dag ging langzaam over in de avond, we zaten alleen. Schaarse conversatie zonder vervolg, zonder betekenis, zonder logica. Toen de eerste lange schaduwen verschenen, die aankondigers van duisternis die de tongen zo vaak losmaken, vroeg Giles me iets waar ik jarenlang niet over had nagedacht.

'Herinner jij je de eerste keer dat jij en Deakins Manor House bezochten?'

'Hoe kan ik dat vergeten? Het was jouw twaalfde verjaardag, en je vader weigerde mij een hand te geven.'

'Heb je je ooit afgevraagd waarom?'

'Ik denk dat we daar vandaag achter zijn gekomen,' zei ik terwijl ik mijn best deed niet te ongevoelig over te komen.

'Nee,' zei Giles zacht. 'Wat we vandaag te weten zijn gekomen, was de mogelijkheid dat Emma jouw halfzus zou kunnen zijn. Ik besef nu waarom mijn vader zijn verhouding met jouw moeder zo veel jaren geheim heeft gehouden, namelijk omdat hij veel banger was dat jij erachter zou kunnen komen dat je zijn zoon was.'

'Ik begrijp het verschil niet,' zei ik terwijl ik hem aanstaarde.

'Dan is het belangrijk dat jij je de enige vraag herinnert die mijn vader toen stelde.'

'Hij vroeg me wanneer ik jarig was.'

'Juist, en toen hij hoorde dat je een paar weken ouder was dan ik, liep hij zonder verder nog een woord te zeggen de kamer uit. En later, toen we terug naar school moesten, kwam hij niet zijn studeerkamer uit om even gedag te zeggen, ook al was ik jarig. Pas vandaag werd ik me bewust van de betekenis van zijn gedrag.'

'Hoe kan zo'n onbeduidend incident na al deze jaren nog van enige betekenis zijn?' vroeg ik.

'Omdat dat het moment was waarop mijn vader zich realiseerde dat jij wel eens zijn zoon kon zijn, en dat wanneer hij sterft, jij, en niet ik, degene kan zijn die de familietitel, de zaak en al zijn aardse bezit erft.'

'Maar jouw vader kan toch zeker al zijn bezittingen nalaten aan wie hij maar wil, en dat zou ik beslist niet zijn.'

'Ik wou dat het zo eenvoudig was,' zei Giles, 'maar zoals mijn opa mij regelmatig in herinnering brengt, werd zijn vader, Sir Joshua Barrington, in 1877 door koningin Victoria geridderd voor verdiensten aan de scheepsindustrie. In zijn testament bepaalde hij dat al zijn titels, wapenfeiten en bezittingen dienden te worden nagelaten aan de eerstgeboren, nog levende zoon, en dat zo zou blijven.'

'Maar ik ben er helemaal niet in geïnteresseerd om dingen op te eisen die duidelijk niet van mij zijn,' probeerde ik hem gerust te stellen.

'Dat weet ik ook wel,' zei Giles, 'maar misschien heb je helemaal geen keus in dezen, omdat de wet uiteindelijk zal eisen dat jij je plaats inneemt als hoofd van de familie Barrington.'

Iets na middernacht reed Giles naar Gloucestershire. Hij beloofde me om uit te zoeken of Emma me wilde zien, want we waren zonder zelfs maar gedag te zeggen uit elkaar gegaan, en hij zei dat hij naar Oxford terug zou komen zodra hij nieuws had.

Die nacht deed ik geen oog dicht. Er schoten zo veel gedachten door mijn hoofd, en even, heel even maar, dacht ik zelfs aan zelfmoord. Maar ik had Old Jack niet nodig om me eraan te herinneren dat dat een laffe uitweg was.

De volgende drie dagen kwam ik mijn flat niet uit. Ik reageerde niet op zacht geklop op de deur. Ik nam de telefoon niet op. Ik maakte de brieven die onder de deur door werden geschoven niet open. Misschien was het onattent van me om niet te reageren op mensen die het slechts goed bedoelden, maar soms kan een overvloed aan sympathie meer overweldigend zijn dan eenzaamheid.

Op de vierde dag keerde Giles terug naar Oxford. Hij hoefde me niets te zeggen om me te doen beseffen dat zijn nieuws mij geen steun zou bieden. Het bleek zelfs veel erger te zijn dan ik had verwacht. Emma en haar moeder waren afgereisd naar Mulgelrie Castle, waar we onze wittebroodsweken hadden willen doorbrengen. Geen enkel familielid mocht binnen een straal van vijftien kilometer van het kasteel komen. Mevrouw Barrington had haar rechtskundig adviseurs de opdracht gegeven om de echtscheidingsprocedure te beginnen, maar ze waren niet bij machte om de bescheiden aan haar man te geven, want sinds hij ongezien de sacristie uit was geslopen, had niemand hem meer gezien. Lord Harvey en Old Jack waren beiden opgestapt uit het bestuur van Barrington's, maar uit respect voor Sir Walter hadden ze hun beweegredenen niet openbaar gemaakt. Niet dat dit voorkwam dat de roddelaars een buitenkansje zagen. Mijn moeder had Eddie's Nightclub de rug toegekeerd en een baan aangenomen als serveerster in de eetzaal van het Grand Hotel.

'En Emma?' vroeg ik. 'Heb je haar gevraagd…'

'Ik kreeg geen kans om haar te spreken,' zei Giles. 'Voordat ik aankwam, waren ze al naar Schotland vertrokken. Maar ze heeft een brief voor je achtergelaten op het tafeltje in de hal.' Hij gaf me een envelop waarop haar vertrouwde handschrift prijkte, en ik voelde mijn hart sneller kloppen. 'Als je straks trek hebt in een lichte avondmaaltijd, ik ben in mijn kamer.'

'Dank je,' reageerde ik onbeholpen.

Ik nam plaats in mijn stoel bij het raam met uitzicht op de vierhoekige binnenplaats van Cobb's en had geen zin om een brief te openen waarvan ik wist dat hij me geen sprankje hoop zou geven. Uiteindelijk scheurde ik toch de envelop open en haalde er drie vellen uit, beschreven in Emma's keurige handschrift. Zelfs toen duurde het nog even voordat ik haar woorden kon lezen.

Manor House
Chew Valley
Gloucestershire

29 juli 1939

Mijn liefste Harry,
In het holst van de nacht zit ik hier in mijn slaapkamer te schrijven aan de enige man van wie ik ooit zal houden.

Een diepgevoelde haat jegens mijn vader, die ik nooit kan vergeven, heeft plaatsgemaakt voor een plotselinge kalmte, dus ik moet deze woorden schrijven voordat de bittere beschuldiging terugkeert om mij eraan te herinneren hoezeer die verraderlijke man ons beiden heeft verloochend.

Ik wenste alleen maar dat het ons gegeven was om als minnaars uit elkaar te gaan, niet als vreemden in een volle ruimte, waarbij het lot heeft bepaald dat wij nooit de woorden 'tot de dood ons scheidt' mochten zeggen, hoewel ik zeker weet dat ik mijn graf in zal gaan na bij leven van slechts één man gehouden te hebben.

Ik zal nooit tevreden zijn met slechts de herinnering aan jouw liefde, want zolang er de geringe hoop is dat Arthur Clifton jouw vader was, wees gerust, mijn liefste, zal ik trouw blijven.

Mama is ervan overtuigd dat de herinnering aan jou op een gegeven moment, net als de avondzon, zal vervagen en ten slotte zal verdwijnen, voordat er een nieuwe dageraad zal worden ingeluid. Weet ze dan niet meer dat ze mij op de dag van mijn bruiloft vertelde dat onze liefde voor elkaar zo puur was, zo eenvoudig en zo zeldzaam, dat die de tand des tijds zonder meer zou weerstaan? Mama biechtte mij op dat ze slechts met afgunst vervuld kon zijn, omdat zij nooit zulk geluk had gekend.

Maar tot ik jouw echtgenote kan zijn, mijn liefste, ben ik vastbesloten dat we niet samen kunnen zijn, tenzij – en tot dat moment waarop – kan worden aangetoond dat we in de wet verbonden kunnen worden. Geen andere man kan hopen jouw plaats in te nemen. En indien nodig, zal ik alleenstaand blijven in plaats van met een tweede keus genoegen te nemen.

Ik vraag me af of ooit de dag zal aanbreken waarop ik niet mijn hand uitsteek en verwacht jou naast me te voelen, en of het ooit mogelijk zal zijn dat ik in slaap val zonder jouw naam te fluisteren.

Graag zou ik de rest van mijn leven opofferen om nog een jaar door te brengen zoals het jaar dat wij samen hebben gedeeld. Geen door God of de mens gemaakte wet kan dat ongedaan maken. Ik bid nog steeds dat de dag zal komen dat wij voor het aanschijn van diezelfde God in de echt verbonden kunnen worden, maar tot die tijd, mijn liefste, zal ik altijd in alles behalve naam jouw liefhebbende echtgenote zijn,

Emma

49

Toen Harry eindelijk de kracht wist op te brengen om de talloze brieven te openen die verspreid op de vloer lagen, stuitte hij op een schrijven van Old Jacks secretaresse in Londen.

Soho Square
Londen

Woensdag 2 augustus 1939,

Beste meneer Clifton,

Wellicht ontvangt u deze brief pas na terugkeer van uw huwelijksreis in Schotland, maar ik vroeg me af of kapitein Tarrant na de bruiloft in Londen is gebleven. Maandagmorgen keerde hij niet terug op kantoor, en sindsdien is hij ook niet gezien, dus ik vroeg me af of u enig idee had waar ik contact met hem zou kunnen opnemen.
Ik verheug me erop iets van u te vernemen.

Hoogachtend,
Phyllis Watson

Kennelijk had Old Jack vergeten Miss Watson te laten weten dat hij naar Bristol ging om een paar dagen met Sir Walter door te brengen. En hij was ook vergeten duidelijk te maken dat, hoewel de bruiloft door zijn toedoen was afgeblazen en hij uit het bestuur van Barrington's was gestapt, hij een goede vriend van de voorzitter bleef. Aangezien er in de stapel ongeopende post niet een tweede brief van Miss Watson zat, nam Harry aan dat Old Jack naar Soho Square moest zijn teruggekeerd en weer achter zijn bureau zat.
De hele morgen was Harry bezig om alle brieven te beantwoorden die hij ongeopend had gelaten, zo veel aardige mensen die hun medeleven betuigden – het was niet hun schuld dat ze hem aan zijn ongeluk her-

innerden. Plotseling besloot Harry dat hij zo ver mogelijk van Oxford moest zijn. Hij pakte de telefoon en liet de telefoniste weten dat hij interlokaal wilde bellen met Londen. Een half uur later belde ze terug om te zeggen dat het nummer onophoudelijk in gesprek was. Vervolgens probeerde hij Sir Walter in Barrington Hall, maar het nummer bleef maar overgaan. Gefrustreerd dat hij geen van beiden kon bereiken, besloot Harry een van Old Jacks grondregels te volgen: kom uit je luie stoel en doe iets positiefs.

Hij nam de koffer die hij voor zijn huwelijksreis in Schotland had gepakt, liep naar de portierswoning en liet de portier weten dat hij naar Londen ging en pas op de eerste dag van het nieuwe schooljaar terug zou zijn. 'Mocht Giles Barrington vragen waar ik ben,' voegde hij eraan toe, 'vertel hem dan alstublieft dat ik voor Old Jack ben gaan werken.'

'Old Jack,' herhaalde de portier, en hij schreef de naam op een strookje papier.

Tijdens de treinreis naar Paddington las Harry in *The Times* over de laatste communiqués die heen en weer gingen tussen het ministerie van Buitenlandse Zaken in Londen en het Reichs-ministerie in Berlijn. Hij begon te denken dat meneer Chamberlain de enige was die nog in de mogelijkheid van vrede geloofde. *The Times* voorspelde dat Groot-Brittannië binnen enkele dagen in staat van oorlog zou zijn en dat de premier zich niet zou kunnen handhaven als de Duitsers zijn ultimatum trotseerden en Polen binnenmarcheerden.

De krant suggereerde verder dat er in dat geval een coalitieregering gevormd zou moeten worden, geleid door de minister van Buitenlandse Zaken, Lord Halifax (bij wie het land in veilige handen zou zijn), en niet door Winston Churchill (die onvoorspelbaar en opvliegend werd genoemd). Ondanks de kennelijke afkeer van de krant jegens Churchill geloofde Harry dat Groot-Brittannië op dit moment in de geschiedenis geen 'veilige handen' nodig had, maar juist iemand die niet bang was om een bullebak te koeioneren.

Toen Harry in Paddington uit de trein stapte, stuitte hij op een golf van verschillend gekleurde uniformen die uit alle richtingen op hem afkwamen. Hij had al besloten bij welke legerdienst hij zich zou aansluiten zodra de oorlog werd verklaard. Terwijl hij in een bus naar Piccadilly Circus stapte, bekroop hem een morbide gedachte: als hij tijdens het dienen van zijn land omkwam, zou het alle problemen van de familie Barrington oplossen, op één na.

Toen de bus op Piccadilly aankwam, sprong Harry eraf en hij begon zich een weg te banen door de clowns van het circus van West End, langs schouwburgen en theaters en exclusieve restaurants en te dure nachtclubs, die vastbesloten leken om elke gedachte aan oorlog te negeren. De rij van ontheemde immigranten die en masse het gebouw aan Soho Square in en uit liepen, leek zelfs nog langer en chaotischer dan bij Harry's eerste bezoek. Terwijl hij de trap naar de derde verdieping op liep, gingen verscheidene vluchtelingen, net als toen, voor hem aan de kant, in de veronderstelling dat hij een personeelslid moest zijn. Binnen het uur hoopte hij dat wel te zijn.

Op de derde verdieping aangekomen begaf hij zich direct naar het kantoor van Miss Watson. Ze was bezig met formulieren invullen, reischeques uitvaardigen, accommodatie regelen en kleine geldbedragen aan wanhopige mensen uitdelen. Toen ze Harry zag, klaarde haar gezicht op. 'Zeg dat kapitein Tarrant bij jou is,' waren haar eerste woorden.

'Nee,' reageerde Harry. 'Ik nam aan dat hij naar Londen was teruggekeerd, daarom ben ik hier. Ik vroeg me af of u misschien een extra paar handen kon gebruiken.'

'Dat is heel aardig van je, Harry,' zei ze, 'maar het nuttigste wat je voor me zou kunnen doen, is kapitein Tarrant vinden. Zonder hem dreigt het hier uit de hand te lopen.'

'Het laatste wat ik hoorde, was dat hij bij Sir Walter in diens woning in Gloucester verbleef,' zei Harry, 'maar dat is minstens twee weken geleden.'

'Sinds de dag dat hij voor jouw bruiloft naar Oxford vertrok, hebben we hem niet meer gezien,' zei Miss Watson terwijl ze probeerde twee immigranten op te beuren die geen woord Engels spraken.

'Heeft iemand naar zijn flat gebeld om te zien of hij daar is?' vroeg Harry.

'Hij heeft geen telefoon,' zei Miss Watson, 'en zelf ben ik de afgelopen twee weken nauwelijks thuis geweest,' voegde ze eraan toe met een knik in de richting van een rij die zich uitstrekte zover het oog reikte.

'Waarom begin ik niet daar? Dan breng ik bij u verslag uit.'

'Zou je dat willen doen?' zei ze terwijl twee kleine meisjes begonnen te snikken. 'Niet huilen, alles komt goed,' stelde ze de kinderen gerust terwijl ze neerknielde en een arm om hen heen sloeg.

'Waar woont hij?' vroeg Harry.

'Prince Edward Mansions nummer drieëntwintig, Lambeth Walk. Neem buslijn elf naar Lambeth en vraag daar naar de weg. En dank je wel, Harry.'

Hij draaide zich om en begaf zich naar de trap. Er klopte iets niet, dacht hij. Old Jack zou nooit zijn post hebben verlaten zonder Miss Watson te vertellen waarom.

'Vergat ik nog te vragen,' riep ze hem na, 'hoe was je huwelijksreis?'

Harry had het gevoel dat hij wel ver genoeg was om haar niet gehoord te hoeven hebben.

Terug op Piccadilly Circus stapte hij in een dubbeldekker vol soldaten. Ze reden Whitehall af, dat vol stond met officieren, en verder over Parliament Square, waar een enorme menigte mensen wachtte op informatie die wel eens uit het Lagerhuis zou kunnen komen. De bus vervolgde zijn reis over Lambeth Bridge, en bij Albert Embankment stapte Harry uit.

Een krantenjongen die 'Groot-Brittannië wacht antwoord Hitler af!' riep, zei tegen Harry dat hij de tweede links en daarna de derde rechts moest nemen, om er vervolgens als extraatje aan toe te voegen: 'Ik dacht dat iedereen wel wist waar Lambeth Walk is.'

Harry begon te rennen alsof hij achterna werd gezeten en stopte pas toen hij bij een flatgebouw kwam dat zo vervallen was dat hij zich slechts kon afvragen naar welke prins Edward het was vernoemd. Hij duwde een deur open die scheef in zijn scharnieren hing, en rende vlug een trap op, behendig tussen stapels vuilnis door stappend dat dagenlang niet was opgehaald.

Toen hij de tweede verdieping bereikte, hield hij halt voor nummer 23 en klopte stevig op de deur, maar er kwam geen reactie. Hij klopte nog eens, harder nu, maar er reageerde nog steeds niemand. Hij rende de trap weer af, op zoek naar iemand die in het gebouw werkte, en toen hij de kelder bereikte, trof hij een oude man onderuitgezakt in een zelfs nog oudere stoel, die een sjekkie rookte en door de pagina's van de *Daily Mirror* bladerde.

'Hebt u de laatste tijd kapitein Tarrant gezien?' vroeg Harry scherp.

'Niet in de afgelopen paar weken, meneer,' zei de man, die overeind sprong en bijna in de houding ging staan toen hij Harry's accent hoorde.

'Hebt u misschien een loper waarmee we zijn flat open kunnen krijgen?'

'Die heb ik, meneer, maar ik mag 'm alleen in noodgevallen gebruiken.'

'Ik kan u verzekeren dat dit een noodgeval is,' zei Harry, die zijn reactie niet afwachtte maar zich al omdraaide en weer de trap op vloog.

De man volgde, maar niet zo snel. Toen hij hem eenmaal had bijgehaald, opende hij de deur. Vlug liep Harry van kamer naar kamer, maar er was geen spoor van Old Jack te bekennen. De laatste deur zat dicht.

Hij vreesde het ergste en klopte zacht. Toen er geen reactie kwam, ging hij voorzichtig naar binnen, hij trof een netjes opgemaakt bed en geen spoor van wie dan ook. Hij moest nog steeds bij Sir Walter zijn, was Harry's eerste gedachte.

Hij bedankte de portier, daalde de trap weer af en liep de straat op terwijl hij zijn gedachten op een rijtje probeerde te zetten. Omdat hij geen tijd meer wilde verspillen aan het zoeken naar bussen in een stad die hij niet kende, zwaaide hij naar een langsrijdende taxi.

'Paddington Station. Ik heb haast.'

'Iedereen lijkt vandaag haast te hebben,' zei de taxichauffeur terwijl hij wegreed.

Twintig minuten later stond Harry op perron 6, maar het duurde nog vijftig minuten voordat de trein naar Temple Meads zou vertrekken. Hij gebruikte de tijd om een sandwich en een kop thee te halen – 'Ik heb alleen kaas, meneer' – en om Miss Watson te bellen en haar te laten weten dat Old Jack niet meer in zijn flat was geweest. Zo mogelijk klonk ze nog meer afgemat dan toen hij afscheid van haar had genomen. 'Ik ben op weg naar Bristol,' liet hij haar weten. 'Ik bel weer zodra ik hem heb gevonden.'

Terwijl de trein de hoofdstad uit reed, door de met smog gevulde achterstraatjes van de stad, de schone lucht van het platteland tegemoet, besloot Harry dat hij geen andere keus had dan rechtstreeks naar Sir Walters kantoor op de scheepswerf te gaan, ook al betekende dit dat hij Hugo Barrington tegen het lijf zou lopen. Old Jack vinden woog absoluut zwaarder dan welke andere overweging dan ook.

Nadat de trein Temple Meads in was gerangeerd, wist Harry welke twee bussen hij moest nemen, daarvoor hoefde hij zich niet te wenden tot de krantenjongen die uit volle borst 'Groot-Brittannië wacht antwoord Hitler af!' brulde. Zelfde kop, maar ditmaal met een Bristols accent. Een half uur later stond Harry aan de poort van de werf.

'Kan ik u helpen?' vroeg een bewaker die hem niet herkende.

'Ik heb een afspraak met Sir Walter,' zei Harry, hopend dat dit niet in twijfel zou worden getrokken.

'Natuurlijk, meneer. Weet u de weg naar zijn kantoor?'

'Ja, dank u wel,' zei Harry. Langzaam liep hij naar een gebouw dat hij nog nooit had betreden. Hij begon na te denken over wat hij zou doen als hij oog in oog kwam te staan met Hugo Barrington voordat hij Sir Walters kantoor bereikte.

Tot zijn genoegen zag hij de Rolls-Royce van de voorzitter op de gebruikelijke plek staan, en een nog grotere opluchting was dat er geen spoor van Hugo Barringtons Bugatti te zien was. Hij stond net op het punt om Barrington House binnen te gaan toen hij even naar het spoorrijtuig in de verte keek. Zou het waar kunnen zijn? Hij veranderde van koers en liep naar de wagon-lit, zoals Old Jack het rijtuig na een tweede glas whisky placht te noemen.

Bij het rijtuig aangekomen, klopte Harry zachtjes op de glasruit alsof het een statig landhuis was. Er verscheen geen butler aan de deur, dus hij opende deze en klom naar binnen. Hij liep door het gangpad naar de eerste klas, en daar zat hij, in zijn gebruikelijke zitplaats.

Het was de eerste keer dat Harry hem zijn Victoriakruis zag dragen.

Harry nam plaats op de bank tegenover zijn vriend en herinnerde zich de eerste keer dat hij daar had gezeten. Hij moest een jaar of vijf zijn geweest en zijn voeten hadden nog niet bij de grond gekund. Daarna dacht hij aan die keer dat hij van St. Bede's was weggelopen, en dat de slimme oude heer hem had overgehaald om vóór het ontbijt terug te zijn. Hij herinnerde zich dat Old Jack was gekomen om hem een solo te horen zingen in de kerk, die keer dat hij de baard in de keel had gekregen. Old Jack had het afgedaan als een onbeduidende tegenslag. Daarna was er de dag dat hij vernam dat hij geen beurs voor het gymnasium in Bristol had weten te krijgen, een grote tegenslag. Ondanks deze mislukking had Old Jack hem het Ingersoll-horloge cadeau gedaan dat hij vandaag nog steeds droeg. Het moest hem al zijn geld hebben gekost. In Harry's laatste jaar op school was Old Jack uit Londen overgekomen om hem Romeo te zien spelen, en Harry had hem voor het eerst voorgesteld aan Emma. En nooit zou hij de dag van zijn prijsuitreiking vergeten, toen Jack als een directeur van zijn oude school op het podium had gezeten en had toegekeken hoe Harry de Engelse prijs uitgereikt had gekregen.

En nu zou Harry hem nooit meer kunnen bedanken voor zo veel blijken van vriendschap door de jaren heen, die niet beloond konden worden. Hij staarde naar een man van wie hij had gehouden en had aangenomen dat hij nooit dood zou gaan. Terwijl ze daar zo samen zaten in de eerste klas ging de zon onder over zijn jonge leven.

50

Harry keek toe terwijl de brancard in de ambulance werd geschoven. Een hartaanval, had de dokter gezegd voordat de ambulance wegreed.

Harry hoefde Sir Walter niet te gaan vertellen dat Old Jack dood was, want toen hij de volgende morgen op de bank in het rijtuig wakker werd, zat de voorzitter van Barrington's aan zijn zij.

'Hij vertelde me dat hij geen reden meer had om te leven,' waren de eerste woorden van Sir Walter. 'We hebben allebei een goede en lieve vriend verloren.'

Harry's reactie verraste Sir Walter. 'Wat gaat u met dit rijtuig doen, nu Old Jack er niet meer is?'

'Zolang ik bestuursvoorzitter ben, zal niemand erbij in de buurt mogen komen,' zei Sir Walter. 'Het herbergt te veel persoonlijke herinneringen voor me.'

'Ook voor mij,' zei Harry. 'Toen ik een jongetje was, bracht ik hier meer tijd door dan thuis.'

'Of op school, wat dat aangaat,' zei Sir Walter met een ironische glimlach. 'Vanuit mijn kantoorraam keek ik altijd naar jullie. Wat een indrukwekkend kind moest jij zijn, dacht ik, als Old Jack bereid was zo veel tijd met jou door te brengen.'

Harry herinnerde zich dat Old Jack met een reden was gekomen waarom hij terug naar school zou moeten en moest leren lezen en schrijven, en glimlachte.

'Wat ga jij nu doen, Harry? Terug naar Oxford en je studie weer oppakken?'

'Nee, meneer. Ik vrees dat we in oorlog zullen zijn tegen...'

'Tegen het eind van de maand, zou mijn gok zijn,' onderbrak Sir Walter hem.

'Dan zal ik onmiddellijk uit Oxford vertrekken en dienst nemen bij de marine. Mijn studiepromotor, meneer Bainbridge, heb ik al laten weten wat ik van plan ben. Hij verzekerde me dat ik mag terugkomen en mijn studie kan vervolgen zodra de oorlog voorbij is.'

'Typisch Oxford,' reageerde Sir Walter, 'altijd naar de lange termijn kijken. Dus je gaat naar Dartmouth om je tot marineofficier te laten opleiden?'

'Nee, meneer, ik hang mijn hele leven al bij schepen rond. Hoe dan ook, Old Jack begon ooit als gewoon soldaat en wist zich behoorlijk op te werken, dus waarom zou ik dat niet kunnen?'

'Inderdaad, waarom niet?' zei Sir Walter. 'Dat was ook een van de redenen waarom hij altijd beschouwd werd als een klasse boven de rest van ons die met hem dienden.'

'Ik wist niet dat u samen in dienst hebt gezeten.'

'O ja, ik heb met kapitein Tarrant in Zuid-Afrika gediend,' zei Sir Walter. 'Ik was een van de vierentwintig mannen wier leven hij redde op de dag dat hij het Victoriakruis kreeg.'

'Dat verklaart veel wat ik nooit echt goed heb begrepen,' zei Harry. Vervolgens verraste hij Sir Walter een tweede keer. 'Ken ik een van de anderen, meneer?'

'De Frob,' zei Sir Walter. 'Maar in die tijd was hij luitenant Frobisher. Korporaal Holcombe, de vader van meneer Holcombe. En de jonge soldaat Deakins.'

'Deakins' vader?' vroeg Harry.

'Ja. Of zoals wij hem altijd noemden, Sprogg. Een prima jonge soldaat. Hij zei nooit veel, maar hij bleek bijzonder moedig. Verloor een arm op die verschrikkelijke dag.'

De twee mannen vielen stil, ieder verdiept in zijn eigen gedachten aan Old Jack. 'Dus als je niet naar Dartmouth gaat, beste jongen,' zei Sir Walter even later, 'mag ik dan vragen hoe je van plan bent in je eentje de oorlog te winnen?'

'Ik zal op elk schip dienen waar ze me maar willen hebben, meneer, zolang ze op zoek willen gaan naar de vijanden van Zijne Majesteit de Koning van Groot-Brittannië.'

'Dan zou ik je wel eens kunnen helpen.'

'Dat is aardig van u, meneer, maar ik wil dienen op een oorlogsschip, niet op een passagierslijnboot of een vrachtschip.'

Sir Walter glimlachte opnieuw. 'En dat gaat je lukken, beste kerel. Onthoud dat ik op de hoogte word gehouden van elk schip dat deze haven in en uit loopt en ik ken de meeste kapiteins. Sterker nog: ik heb de meeste van hun vaders gekend toen ze kapitein waren. Zullen we even naar mijn kantoor gaan en kijken van welke schepen er de komende paar dagen wordt verwacht dat ze de haven in en uit varen, en belangrijker, uitzoeken of een daarvan misschien bereid is jou aan boord te nemen?'

'Dat is heel sympathiek, meneer, maar zou u het goedvinden als ik eerst bij mijn moeder langsga? Misschien krijg ik voorlopig geen tijd meer om haar op te zoeken.'

'Dat lijkt me alleen maar heel goed, beste kerel,' zei Sir Walter. 'En zodra je bij je moeder bent geweest, kun je toch altijd nog later vanmiddag mijn kantoor binnenwippen? Dat biedt mij genoeg tijd om de aankomst- en vertreklijsten te bekijken.'

'Dank u, meneer. Zodra ik mijn moeder over mijn plannen heb verteld, kom ik terug.'

'Zeg dan tegen de man bij de poort dat je een afspraak hebt met de voorzitter, dan kom je zonder enige moeite langs de beveiliging.'

'Dank u,' zei Harry glimlachend.

'En doe je lieve moeder de hartelijke groeten van me. Een bijzondere vrouw.'

Zo werd Harry eraan herinnerd waarom Sir Walter de beste vriend van Old Jack was.

Harry liep het Grand Hotel in, een prachtig victoriaans gebouw in het centrum van de stad, en vroeg de portier de weg naar de eetzaal. Hij liep door de hal en zag tot zijn verrassing een korte rij bij de eerste kelner staan, wachtend op een tafeltje. Hij sloot achter aan en herinnerde zich dat zijn moeder altijd afkeurend had gereageerd als hij tijdens werkuren bij Tilly's of het Royal Hotel langswipte.

Al wachtend keek hij de eetzaal vol kletsende mensen rond. Niemand wekte de indruk een voedselschaarste te verwachten, of te overwegen vrijwillig dienst te nemen bij het leger mocht het land ten strijde trekken. In hoog tempo werd door de klapdeurtjes voedsel op zwaarbeladen zilveren dienbladen aangevoerd terwijl een man in de outfit van een chef-kok een wagentje van tafel naar tafel duwde en reepjes rundvlees afsneed terwijl een ander met een juskom in zijn kielzog volgde.

Harry zag geen spoor van zijn moeder. Hij begon zich zelfs af te vragen of Giles hem had verteld wat hij wilde horen toen ze opeens met drie borden op haar arm door de klapdeurtjes gevlogen kwam. Ze zette de borden zo behendig voor haar klanten neer dat ze nauwelijks merkten dat ze er was, en liep terug naar de keuken. Even later was ze terug, nu met drie groentegerechten. Tegen de tijd dat Harry vooraan in de rij stond, wist hij weer van wie hij zijn grenzeloze energie had, zijn kritiekloze enthousiasme en zijn karakter dat geen rekening hield met mislukkingen. Hoe zou hij deze bijzondere vrouw ooit kunnen belonen voor alle opofferingen die ze had gedaan...

'Het spijt me dat ik u zo heb laten wachten, meneer,' onderbrak de eerste kelner zijn gedachten, 'maar op het moment heb ik geen tafel vrij. Misschien wilt u over een minuut of twintig terugkomen?'

Harry zei niet dat hij eigenlijk geen tafel wilde, en niet alleen omdat zijn moeder een van de serveersters was, maar ook omdat hij zich niets op de menukaart kon hebben veroorloofd, behalve dan misschien de jus.

'Ik kom later wel terug,' zei hij in een poging teleurgesteld te klinken. Tien jaar later, dacht hij; tegen die tijd, vermoedde hij, zou zijn moeder het baantje van de eerste kelner overgenomen hebben. Met een glimlach op zijn gezicht verliet hij het hotel en hij nam een bus naar de haven.

Daar werd hij direct door de secretaresse het kantoor van Sir Walter binnengeleid en hij trof de voorzitter leunend op zijn bureau aan terwijl hij staarde naar de havenschema's, dienstregelingen en zeekaarten die elke centimeter van het blad bedekten.

'Neem plaats, beste jongen,' zei Sir Walter, waarna hij zijn monocle in zijn rechteroog deed en Harry streng aankeek. 'Ik heb wat tijd gehad om nog eens na te denken over ons gesprek vanmorgen,' ging hij op serieuze toon door, 'en voordat we verdergaan, wil ik zeker weten of jij wel de juiste beslissing neemt.'

'Daar ben ik absoluut zeker van,' zei Harry zonder enige aarzeling.

'Dat kan wel zijn, maar ik ben er net zo zeker van dat Jack jou zou hebben geadviseerd om naar Oxford terug te keren en te wachten tot je werd opgeroepen.'

'Misschien wel, meneer, maar hij zou zijn eigen advies niet opgevolgd hebben.'

'Wat ken je hem toch goed,' zei Sir Walter. 'Inderdaad, dat is precies wat ik verwachtte dat je zou zeggen. Ik zal je vertellen wat ik tot dusver heb gevonden,' ging hij door, zijn aandacht weer bij de documenten die zijn bureau bedekten. 'Het goede nieuws is dat de HMS *Resolution*, een slagschip van de Koninklijke Marine, over ongeveer een maand in de haven van Bristol wordt verwacht, wanneer het nieuwe brandstof zal innemen en op nadere orders zal wachten.'

'Een maand?' reageerde Harry, zonder zijn best te doen om zijn frustratie te verhullen.

'Geduld, jongen,' zei Sir Walter. 'De reden waarom ik de *Resolution* heb gekozen, is omdat de kapitein een oude vriend van me is, en ik reken erop dat ik jou als dekknecht aan boord kan krijgen, zolang het andere deel van mijn plan lukt.'

'Maar zou die kapitein iemand zonder enige zeevaartervaring willen aannemen?'

'Waarschijnlijk niet, maar als verder alles op z'n plek valt, ben jij tegen de tijd dat je aan boord van de *Resolution* stapt een oude zeebonk.'

Een van Old Jacks favoriete gezegdes, '*Ik merk dat ik niet veel leer als ik praat*', schoot Harry te binnen en hij besloot Sir Walter niet meer te onderbreken en maar eens te gaan luisteren.

'Goed,' ging Sir Walter door, 'ik heb drie schepen gevonden die het komende etmaal de haven van Bristol uit varen en binnen drie tot vier weken terug worden verwacht, wat jou meer dan genoeg tijd zal geven om je als dekknecht op de *Resolution* in te schrijven.'

Harry wilde iets zeggen, maar hield zijn mond.

'Laten we met mijn eerste keus beginnen. De *Devonian* gaat naar Cuba, met een vrachtlijst van katoenen jurken, aardappelen en fietsen van het merk Raleigh Lenton, en wordt over vier weken terugverwacht met een lading van tabak, suiker en bananen.

Het tweede schip op mijn lijst is de ss *Kansas Star*, een passagiersvaartuig dat morgen bij het eerste tij naar New York zal afvaren. Het schip is door de regering van de Verenigde Staten gevorderd om Amerikaanse burgers naar huis te brengen voordat Groot-Brittannië in staat van oorlog komt met Duitsland.

Het derde is een lege olietanker, de ss *Prinses Beatrix*, die op de terugweg is naar Amsterdam om daar bij te tanken en vóór het einde van de maand met een volle lading terug naar Bristol zal varen. Alle drie de schippers zijn zich er zeer van bewust dat ze zo snel mogelijk veilig terug in de haven moeten zijn, want als de oorlog wordt uitgeroepen, zullen de twee koopvaardijschepen door de Duitsers als gemakkelijk doelwit worden beschouwd, terwijl alleen de *Kansas Star* veilig zal zijn voor de Duitse onderzeeërs die in de Atlantische Oceaan op de loer liggen om alles wat een rode of blauwe vlag voert tot zinken te brengen.'

'Aan wat voor bemanning hebben deze schepen behoefte?' vroeg Harry. 'Ik ben niet bepaald hoog opgeleid wat varen betreft.'

Sir Walter doorzocht zijn bureau weer en diepte een ander vel papier op. 'De *Prinses Beatrix* heeft gebrek aan een dekknecht, de *Kansas Star* is op zoek naar iemand voor de keuken, wat meestal neerkomt op een afwasser of een kelner, en de *Devonian* kan een vierde officier gebruiken.'

'Dus die kan wel van de lijst af.'

'Grappig genoeg,' zei Sir Walter, 'is dat het baantje waar ik jou het meest geschikt voor acht. De *Devonian* heeft een bemanning van zevenendertig koppen en kiest zelden het ruime sop met een officier in opleiding, dus niemand zou iemand anders dan een nieuweling verwachten.'

'Maar waarom zou de kapitein mij aannemen?'

'Omdat ik hem heb verteld dat je mijn kleinzoon bent.'

51

Harry liep langs de kade naar de *Devonian*. De kleine koffer die hij droeg, maakte dat hij zich een jongetje op zijn eerste schooldag voelde. Wat zou het schoolhoofd voor man zijn? Zou hij in een bed naast een Giles of een Deakins slapen? Zou hij een Old Jack tegen het lijf lopen? Zou er een Fisher aan boord zijn?

Hoewel Sir Walter had aangeboden hem te vergezellen en aan de kapitein voor te stellen, had Harry het gevoel gehad dat dit niet de beste manier zou zijn om zich geliefd te maken bij zijn nieuwe scheepsmaten.

Hij bleef even stilstaan en bekeek het oude schip waarop hij de komende maand zou doorbrengen eens goed. Sir Walter had hem verteld dat de *Devonian* was gebouwd in 1913, toen de zeeën nog door zeilschepen werden gedomineerd en een gemotoriseerd vrachtschip als het nieuwste van het nieuwste werd beschouwd. Maar nu, zesentwintig jaar later, zou het niet lang meer duren voordat het uit de vaart werd genomen en naar dat deel van de haven werd gebracht waar oude schepen werden gesloopt en hun onderdelen als schroot werden verkocht.

Sir Walter had ook laten doorschemeren dat aangezien kapitein Havens nog maar een jaar te dienen had voordat hij met pensioen zou gaan, de eigenaars misschien zouden besluiten om hem tegelijk met zijn schip af te danken.

Het contract van de *Devonian* vermeldde een bemanning van zevenendertig, maar net als op zo veel vrachtschepen was dat aantal niet bepaald nauwkeurig: een kok en een afwasser die in Hongkong werden opgepikt, kwamen niet op de loonlijst voor, noch de toevallige dekknecht die de wet ontvluchtte en niet naar zijn vaderland verlangde terug te keren.

Langzaam liep Harry de loopplank op. Eenmaal op dek gestapt, verroerde hij geen stap totdat hij toestemming had gekregen om aan boord te komen. Na al die jaren dat hij in de haven had rondgehangen, was hij zich terdege bewust van het protocol op een schip. Hij keek omhoog naar de brug en nam aan dat de man die hij orders zag geven kapitein Havens moest zijn. Sir Walter had gezegd dat de hoge officier op een vrachtschip in feite een gezagvoerder was, maar aan boord altijd aangesproken diende te worden als kapitein. Kapitein Havens was net iets langer dan een meter tachtig en leek eerder vijftig dan zestig. Hij was stevig gebouwd, met een verweerd, gebruind gezicht en een donkere, keurig getrimde baard die hem door zijn kalende hoofd op George de Vijfde deed lijken.

Toen hij Harry boven aan de loopplank zag staan, gaf de kapitein de officier naast hem op de brug een bondig bevel, waarna hij naar het dek afdaalde.

'Ik ben kapitein Havens,' zei hij kordaat. 'Jij bent vast Harry Clifton.' Hartelijk schudde hij Harry de hand. 'Welkom aan boord van de *Devonian*. Je komt ten zeerste aanbevolen.'

'Kapitein,' begon Harry, 'ik moet u erop wijzen dat dit mijn eerste…'

'Daar ben ik me van bewust,' onderbrak Havens hem op fluistertoon, 'maar als je je leven aan boord niet tot een hel wilt maken, zou ik dat voor mezelf houden. En wat je ook doet, zeg niet dat je in Oxford hebt gezeten, want de meeste van deze lui,' zei hij wijzend naar de op het dek werkende zeelieden, 'zullen denken dat het gewoon de naam van een of ander schip is. Volg mij maar, dan zal ik je de vertrekken van de vierde officier laten zien.'

Harry volgde de kapitein op de voet, zich ervan bewust dat een tiental argwanende ogen al zijn bewegingen in de gaten hielden.

'Er bevinden zich twee andere officieren op mijn schip,' zei de kapitein toen Harry hem had bijgehaald. 'Jim Patterson, de eerste machinist, brengt het grootste deel van zijn leven beneden in het ketelruim door, dus je zult hem slechts bij de maaltijden zien, en soms zelfs dan niet. Hij heeft de afgelopen veertien jaar onder mij gediend, en eerlijk gezegd betwijfel ik of deze oude dame nog steeds de overkant van het Kanaal, laat staan de Atlantische Oceaan, zou halen als hij niet daarbeneden zat om haar aan de gang te houden. Mijn derde officier, Tom Bradshaw, staat op de brug. Hij is nog maar drie jaar bij me, dus heeft z'n brevet nog niet verdiend. Hij is erg op zichzelf, maar degene die hem heeft opgeleid, wist wat hij deed, want hij is een verdomd goeie officier.'

Havens verdween in een krap trappenhuis dat naar het benedendek leidde. 'Dat is mijn hut,' zei hij terwijl hij verder liep, 'en die is van meneer Patterson.' Hij bleef staan voor wat op een bezemkast leek. 'Dit is jouw hut.' Hij duwde de deur open, maar die kwam niet verder dan een paar centimeter voordat hij tegen een smal houten bed botste. 'Ik ga niet naar binnen, want er is geen ruimte voor ons beiden. Op het bed tref je wat kleren aan. Zodra je bent omgekleed, verwacht ik je op de brug. Binnen het uur zullen we uitvaren. Het vertrek uit de haven zal waarschijnlijk het meest interessante van de reis zijn tot we in Cuba afmeren.'

Harry wurmde zich door de halfgeopende deur en moest deze achter zich sluiten om genoeg ruimte te hebben om zich om te kunnen kleden. Hij controleerde de spullen die, keurig opgevouwen, op zijn kooi achtergelaten waren: twee dikke blauwe truien, twee witte hemden, twee blauwe broeken, drie paar blauwe wollen sokken en een paar linnen schoenen met dikke rubberzolen. Het was echt alsof hij op school terug was. Alle spullen hadden één ding gemeen: ze zagen er allemaal uit alsof ze vóór Harry door verscheidene andere mensen waren gedragen. Vlug trok hij zijn zeemanskleding aan, om daarna zijn koffer uit te pakken.

Aangezien er slechts één la was, schoof Harry de kleine koffer vol burgerkleren onder het bed, het enige ding in de hut dat perfect paste. Hij trok de deur open, wurmde zich erdoorheen, de gang op, en ging op zoek naar het trappenhuis. Toen hij dat had gevonden, kwam hij weer boven op het dek. Nog meer argwanende blikken volgden zijn voortgang.

'Meneer Clifton,' zei de kapitein toen Harry voor de eerste keer de brug betrad, 'dit is Tom Bradshaw, de derde officier, die het schip de haven uit zal loodsen zodra we daartoe toestemming hebben gekregen. Tussen twee haakjes, meneer Bradshaw,' zei Havens, 'een van onze taken op deze reis zal zijn om deze jonge pup alles te leren wat we weten, zodat wanneer we over een maand in Bristol terugkomen de bemanning van de HMS *Resolution* hem zal aanzien voor een ouwe zeebonk.'

Als meneer Bradshaw al reageerde, dan werden zijn woorden overstemd door twee lange stoten van een sirene, een geluid dat Harry door de jaren heen al vele malen had gehoord. Het was het signaal dat twee sleepboten gereed waren om de *Devonian* de haven uit te escorteren. De kapitein propte wat tabak in zijn flink versleten bruyèrepijp terwijl meneer Bradshaw het signaal beantwoordde met twee stoten van de scheepshoorn om te bevestigen dat de *Devonian* gereed voor vertrek was.

'Maak u gereed om de trossen los te gooien, meneer Bradshaw,' zei kapitein Havens, een lucifer aanstrijkend.

Meneer Bradshaw verwijderde de hoes van een koperen spreekbuis die Harry tot dat moment nog niet had gezien. 'Alle machines langzaam vooruit, meneer Patterson. De sleepboten liggen in positie en zijn gereed om ons de haven uit te begeleiden,' voegde hij er met een licht Amerikaans accent aan toe.

'Alle machines langzaam vooruit, meneer Bradshaw,' herhaalde een stem uit het ketelruim.

Harry keek langs de brug omlaag en zag de bemanning de haar toegewezen taken uitvoeren. Vier mannen, twee bij de boeg en twee bij de achtersteven, ontrolden dikke touwen van de kaapstanders op de kade. Twee anderen haalden de loopplank binnenboord. 'Hou de loods in de gaten,' zei de kapitein tussen twee pufjes aan zijn pijp door. 'Het is zijn verantwoordelijkheid om ons de haven uit en veilig het Kanaal in te leiden. Zodra hij dat heeft gedaan, zal meneer Bradshaw het overnemen. Als u iets in uw mars hebt, meneer Clifton, mag u over ongeveer een jaar zijn plaats innemen, maar pas als ik met pensioen ben en meneer Bradshaw het commando heeft overgenomen.' Aangezien Bradshaw zelfs niet glimlachte, zweeg Harry maar en bleef hij alles om zich heen in de gaten houden. 'Niemand mag mijn meisje 's avonds mee uit nemen,' ging kapitein Havens door, 'tenzij ik zeker weet dat hij zich niet vrijpostig tegen haar zal gedragen.' Opnieuw verroerde Bradshaw geen spier, maar misschien had hij deze opmerking al wel vaker gehoord.

Harry werd gefascineerd door hoe soepel de hele operatie werd uitgevoerd. Langzaam voer de *Devonian* weg van de kade en ze baande zich, met de hulp van de twee sleepboten, een weg door de haven, over de rivier de Avon en onder de hangbrug door.

'Weet u wie die brug heeft gebouwd, meneer Clifton?' vroeg de kapitein, met de pijp in zijn hand.

'Isambard Kingdom Brunel, kapitein,' antwoordde Harry.

'En waarom heeft hij de opening niet meegemaakt?'

'Omdat de plaatselijke raad geen geld meer had en hij stierf voordat de bouw van de brug werd voltooid.'

De kapitein keek stuurs. 'Straks ga je me nog vertellen dat hij naar jou vernoemd is,' zei hij, en hij stopte zijn pijp weer in zijn mond. Hij sprak pas weer toen de sleepboten Barry Island hadden bereikt en nog twee lange stoten lieten horen voordat ze hun lijnen losgooiden en terug naar de haven voeren.

De *Devonian* was dan misschien een 'oude dame', maar het werd Harry al vlug duidelijk dat kapitein Havens en zijn bemanning precies wisten hoe ze met dit schip dienden om te gaan.

'Neem het maar over, meneer Bradshaw,' zei de kapitein terwijl er nog een paar ogen op de brug verscheen, waarvan de eigenaar twee mokken warme thee droeg. 'Tijdens deze overtocht zullen er drie officieren op de brug zijn, Lu, dus zorg ervoor dat ook meneer Clifton een mok thee krijgt.' De Chinees knikte en verdween benedendeks.

Zodra de havenlichten achter de horizon waren verdwenen, werden de golven groter en hoger, waardoor het schip heen en weer begon te slingeren. Havens en Bradshaw stonden met de voeten uiteen en leken aan het dek vastgelijmd, maar Harry moest zich regelmatig ergens aan vastgrijpen om te voorkomen dat hij omviel. Toen de Chinees opnieuw verscheen, nu met een derde mok thee, besloot Harry maar niet tegen de kapitein te zeggen dat deze koud was en dat zijn moeder er meestal een suikerklontje in deed.

Net toen Harry zich wat zekerder begon te voelen en bijna genoot van de ervaring, zei de kapitein: 'Meneer Clifton, er valt vanavond weinig meer te doen voor u. Waarom gaat u niet naar het benedendek om een dutje te doen. Zorg dat u rond tien voor half acht terug bent om de ontbijtwacht over te nemen.' Harry wilde protesteren, maar zag voor het eerst een glimlach op het gezicht van meneer Bradshaw.

'Goedenavond,' zei Harry, waarna hij de trap afdaalde naar het dek. Langzaam waggelde hij naar het smalle trappenhuis, waarbij hij bij elke stap voelde dat hij door zelfs nog meer ogen in de gaten werd gehouden. 'Hij moet wel een passagier zijn,' hoorde hij iemand hard genoeg zeggen om te verstaan.

'Nee, hij is een officier,' zei een tweede stem.

'Wat is het verschil?' Een aantal mannen lachte.

Terug in zijn hut kleedde hij zich uit en klom op de dunne houten kooi. Terwijl het schip zowel heen en weer slingerde als op en neer stampte, zocht hij naar een comfortabele positie zonder uit bed te vallen of tegen de wand te rollen. Hij had niet eens een wasbak of een patrijspoort om respectievelijk in of uit te braken.

Terwijl hij wakker lag, gingen zijn gedachten naar Emma. Hij vroeg zich af of ze nog steeds in Schotland was of naar Manor House was teruggekeerd, of misschien had ze zich al in Oxford gevestigd. Zou Giles zich afvragen waar hij was of had Sir Walter hem verteld dat hij naar zee was gegaan en zich bij de *Resolution* zou melden zodra hij terug in Bristol was? En zou zijn moeder zich afvragen waar hij kon zijn? Misschien had hij haar gulden regel moeten overtreden en haar op het werk moeten storen. Ten slotte dacht hij na over Old Jack en toen hij besefte dat hij nooit op tijd terug zou zijn voor diens begrafenis kreeg hij opeens een schuldgevoel.

Wat Harry op dat moment nog niet kon weten, was dat zijn eigen begrafenis eerder zou plaatsvinden dan die van Old Jack.

52

Harry werd wakker van het geluid van vier belsignalen. Hij sprong overeind, stootte zijn hoofd tegen het plafond, schoot in zijn kleren, wurmde zich de gang in, vloog de trap op, rende over het dek en stampte de treden op naar de brug.

'Sorry dat ik te laat ben, meneer, ik moet me hebben verslapen.'

'Je hoeft geen meneer te zeggen als we onder elkaar zijn,' zei Bradshaw, 'ik heet Tom. En je bent zelfs een uur te vroeg. De schipper heeft je kennelijk vergeten te vertellen dat het zeven bellen voor de ontbijtdienst is en vier voor de wacht van zes uur. Maar nu je er toch bent, kun je even het roer overnemen. Dan ga ik pissen.' De schok voor Harry was het besef dat Bradshaw geen geintje maakte. 'Je hoeft er alleen maar voor te zorgen dat de pijl op het kompas altijd naar zuid-zuidwest wijst, dan zit je er nooit ver naast.' Zijn Amerikaanse accent klonk meer uitgesproken dan eerder.

Harry nam het roer in beide handen en staarde gespannen naar het zwarte pijltje terwijl hij zijn best deed het schip in een rechte lijn door de golven te laten ploegen. Toen hij achteromkeek naar het kielwater zag hij dat de keurige rechte lijn die Bradshaw met ogenschijnlijk gemak had getrokken, had plaatsgemaakt voor het soort rondingen die meer met Mae West werden geassocieerd. Hoewel Bradshaw slechts een paar minuten weg was, was Harry zelden blijer geweest iemand te zien toen hij terugkwam.

Bradshaw nam het over en snel verscheen de ononderbroken rechte lijn weer, hoewel hij slechts één hand aan het roer had.

'Vergeet niet, je bestuurt een dame,' zei Bradshaw. 'Je klampt je niet vast aan haar, maar streelt haar teder. Als je dat lukt, zal ze op het rechte pad blijven. Probeer het nog maar eens terwijl ik op de dagelijkse kaart onze zeven-bellenpositie inteken.'

Toen er vijfentwintig minuten later een bel klonk en de kapitein op de brug verscheen om Bradshaw af te lossen, was Harry's lijn misschien nog niet helemaal recht, maar het schip leek in elk geval niet langer door een dronken matroos te worden bestuurd.

Bij het ontbijt werd Harry voorgesteld aan een man die alleen maar de eerste machinist kon zijn.

Jim Pattersons spookachtige gelaatskleur deed vermoeden dat hij zijn leven grotendeels benedendeks had doorgebracht, en zijn pens dat hij de rest ervan etend doorbracht. In tegenstelling tot Bradshaw praatte hij onophoudelijk, en het werd Harry al snel duidelijk dat hij en de schipper oude vrienden waren.

De Chinees verscheen met drie borden die schoner hadden gekund. Harry meed het vette spek en de gebakken tomaten en koos voor een stuk verbrande toast en een appel.

'De rest van de ochtend kunt u het schip gaan verkennen, meneer Clifton,' stelde de kapitein voor nadat de borden waren opgeruimd. 'U zou zelfs bij meneer Patterson in de machinekamer kunnen gaan kijken om te zien hoeveel minuten u het daarbeneden overleeft.' Patterson proestte het uit, pakte de laatste twee stukken geroosterd brood en zei: 'Als u denkt dat deze verbrand zijn, wacht dan maar tot u een paar minuten bij mij bent geweest.'

Als een kat die alleen in een nieuw huis is achtergelaten, begon Harry buiten over het dek te sluipen terwijl hij probeerde vertrouwd te raken met zijn nieuwe koninkrijk.

Hij wist dat het schip honderdvijfenveertig meter lang was, met een grootste breedte van zeventien meter en een topsnelheid van vijftien knopen, maar hij had geen idee gehad dat er zo veel hoekjes en gaatjes zouden zijn die ongetwijfeld een doel dienden dat hij in de komende tijd te weten zou komen. Ook viel het Harry op dat er geen plekje op het dek was dat de kapitein vanaf de brug niet in het oog kon houden, dus voor een luie matroos was er geen enkele kans op ontsnapping.

Harry nam de trap naar het middendek. Het achterschip bestond uit de vertrekken van de officieren, midscheeps was de kombuis en voorin was een groot open gedeelte met hangmatten. Hoe je in zo'n ding kon slapen ging boven zijn pet, maar toen zag hij een stuk of vijf matrozen, die van de platvoetwacht moesten zijn gekomen, zachtjes met het ritme van het schip heen en weer zwaaien en tevreden slapen.

Een smalle stalen trap voerde naar het benedendek, waar de houten kratten met de honderdvierenveertig Raleigh-fietsen, duizend katoenen jurken en twee ton aardappelen veilig vastgesnoerd waren; pas na het afmeren in Cuba zouden ze geopend worden.

Ten slotte klauterde hij een smalle ladder af naar het ketelruim, het domein van meneer Patterson. Hij tilde het zware metalen luik open en beende dapper als Shadrach, Meshach en Abednego de vurige oven in. Een stuk of vijf gedrongen en gespierde mannen, hun onderhemden bevuild met zwart stof terwijl het zweet over hun ruggen liep, schepten kolen in twee gapende monden die meer dan vier keer per dag gevoed moesten worden.

Zoals voorspeld door kapitein Havens moest Harry al na een paar minuten zwetend en naar lucht happend terug de gang in wankelen. Hij had nog een tijdje nodig voordat hij voldoende hersteld was om weer naar het dek te klimmen, waar hij op zijn knieën viel en gulzig de frisse lucht inademde. Hij kon zich enkel afvragen hoe die mannen in zulke omstandigheden konden overleven en hoe van hen kon worden verwacht dat ze dagelijks drie diensten van twee uur draaiden, en dat zeven dagen in de week.

Toen hij helemaal bijgekomen was, begaf hij zich gewapend met talloze vragen naar de brug, van welke ster in de Grote Beer naar de Poolster wees, tot hoeveel zeemijlen het schip gemiddeld per dag kon varen, tot hoeveel ton kolen nodig waren voor… De kapitein beantwoordde ze allemaal met plezier, zonder zich op het oog ook maar één keer te ergeren aan de niet te stillen honger naar kennis van de jonge vierde officier. Sterker nog, kapitein Havens merkte tijdens Harry's pauze tegen meneer Bradshaw op dat hij vooral onder de indruk was van het feit dat de jonge knaap nooit twee keer dezelfde vraag stelde.

In de volgende paar dagen leerde Harry hoe hij het kompas moest lezen tegen de stippellijn op de kaart, hoe de windrichting te peilen door naar zeemeeuwen te kijken en hoe je het schip door het dal van een golf manoeuvreerde en toch een constante koers hield. Aan het eind van de eerste week mocht hij het roer overnemen wanneer een officier een eetpauze nam. 's Nachts leerde de kapitein hem de namen van de sterren, die net zo betrouwbaar waren als een kompas, legde hij uit, maar zijn kennis bleef beperkt tot het noordelijk halfrond, biechtte hij op, aangezien de *Devonian* in alle zesentwintig jaar op zee nooit de evenaar over was gestoken.

Na tien dagen op zee hoopte de kapitein bijna op een storm, niet alleen om de aanhoudende stroom vragen te stoppen maar ook om te kijken of er iets was wat deze jongeman van de wijs kon brengen. Jim Patterson had hem al gewaarschuwd dat meneer Clifton die ochtend een uur in het ketelruim had overleefd en dat hij vastberaden was om voor hun aankomst in Cuba een volledige dienst te draaien.

'Zijn eindeloze vragen blijven u daarbeneden in elk geval bespaard,' merkte de kapitein op.

'Deze week, ja,' reageerde de machinist.

Kapitein Havens vroeg zich af of er een moment zou komen waarop hij iets van zijn vierde officier leerde. Dit gebeurde op de twaalfde dag, vlak nadat Harry zijn eerste dienst van twee uur in het ketelruim erop had zitten.

'Kapitein, wist u dat meneer Patterson postzegels verzamelt?' vroeg Harry.

'Ja, dat wist ik,' antwoordde de kapitein zelfverzekerd.

'En dat zijn verzameling nu meer dan vierduizend exemplaren telt, waaronder een nog geheel gave Penny Black en een Zuid-Afrikaanse driehoekige Kaap de Goede Hoop?'

'Ja, dat wist ik,' herhaalde de kapitein.

'En dat de verzameling nu meer waard is dan zijn woning in Mablethorpe?'

'Het is verdomme maar een cottage,' reageerde de kapitein in een poging stand te houden, en voordat Harry zijn volgende vraag kon stellen, voegde hij eraan toe: 'Als je net zo veel te weten kon komen over Tom Bradshaw als dat je uit mijn eerste machinist lijkt te hebben gewrongen, zou ik meer geïnteresseerd zijn. Want eerlijk gezegd, Harry, weet ik na twaalf dagen meer over jou dan na drie jaar over mijn derde officier, en tot nu toe had ik Amerikanen nooit als een gereserveerd volk beschouwd.'

Hoe meer Harry nadacht over de opmerking van de kapitein, hoe meer hij besefte hoe weinig ook hij wist over Tom, hoewel hij inmiddels vele uren met hem op de brug had doorgebracht. Hij had geen idee of de man broers of zussen had, wat zijn vader voor de kost deed, waar zijn ouders woonden of zelfs of hij een vriendin had. En alleen zijn accent verraadde het feit dat hij Amerikaan was, want Harry wist niet uit welke plaats, of zelfs staat, hij kwam.

Er klonken zeven belsignalen. 'Meneer Clifton, zou u het roer willen overnemen?' vroeg de kapitein. 'Dan voeg ik me bij de heren Patterson en Bradshaw voor het avondeten. Als u iets ziet, met name als het groter is dan wij,' voegde hij eraan toe terwijl hij de brug verliet, 'aarzel dan niet het me te laten weten.'

'*Aye aye*, kapitein,' zei Harry, opgetogen dat de leiding aan hem werd overgelaten, ook al was het slechts voor veertig minuten, hoewel die veertig minuten elke dag langer werden.

Toen Harry hem vroeg hoeveel dagen het nog zou duren voordat ze Cuba bereikten, besefte kapitein Havens dat de vroegrijpe jongeling al verveeld was. Hij begon enige sympathie te voelen voor de kapitein van de HMS *Resolution*, die geen idee had wat hij zich op de hals haalde.

Sinds kort had Harry ook na het avondeten het roer overgenomen, zodat de andere officieren van een paar potjes gin rummy konden genieten voordat ze naar de brug terugkeerden. En wanneer de Chinees nu Harry's thee bracht, was deze altijd bloedheet, met het verzochte suikerklontje.

Meneer Patterson zei op een avond tegen de kapitein dat mocht meneer Clifton besluiten om het schip over te nemen voordat ze terug in Bristol waren, hij niet zeker wist aan wiens kant hij zou staan.

'Overweeg je een muiterij te ontketenen, Jim?' vroeg Havens terwijl hij zijn hoofdmachinist nog een scheutje rum inschonk.

'Nee, maar ik moet je waarschuwen, schipper, dat de jonge wildebras de diensten in het ketelruim al heeft gereorganiseerd. Dus ik weet aan wiens zijde mijn jongens zouden staan.'

'Het minste wat we dan kunnen doen,' zei Havens, die ook zichzelf een glas rum inschonk, 'is de vlagofficier het bevel geven een boodschap te verzenden naar de *Resolution* om ze te waarschuwen wat ze te wachten staat.'

'Maar we hebben geen vlagofficier,' zei Patterson.

'Dan zullen we die jongen in de boeien moeten slaan,' zei de kapitein.

'Goed idee, schipper. Alleen jammer dat we geen boeien hebben.'

'Jammer genoeg. Help me eraan te herinneren dat ik die haal zodra we terug in Bristol zijn.'

'Maar je lijkt te vergeten dat zodra we afmeren Clifton ons verlaat voor de *Resolution*,' zei Patterson.

De kapitein slikte een mondvol rum weg voordat hij herhaalde: 'Jammer genoeg.'

53

Een paar minuten voor de zeven belsignalen meldde Harry zich op de brug om meneer Bradshaw af te lossen, zodat die naar beneden kon om zich voor het avondeten bij de kapitein te voegen.

De tijdsduur die Tom hem de leiding over de brug gunde, werd met elke wacht telkens langer, maar Harry klaagde nooit, want hij genoot van de illusie dat het schip een uur lang onder zijn bevel stond.

Hij controleerde de pijl op het kompas en hield de koers aan die door de kapitein was uitgestippeld. Hem was nu zelfs al het invoeren van hun positie op de kaart en het schrijven van het dagelijkse logboek toevertrouwd, waarna zijn dienst erop zat.

Terwijl Harry in zijn eentje op de brug stond, met een volle maan, een kalme zee en duizend zeemijlen voor hem, dwaalden zijn gedachten af naar Engeland. Hij vroeg zich af wat Emma op dat moment aan het doen was.

Emma zat in haar kamer op Somerville College, Oxford, en stemde haar radio af op de Home Service, zodat ze meneer Neville Chamberlain het land kon horen toespreken.

'U luistert naar de BBC *in Londen. Dan volgt nu een verklaring van de minister-president.'*

'Ik spreek tot u vanuit de kabinetszaal. Vanmorgen heeft de Britse ambassadeur in Berlijn de Duitse regering een laatste schrijven overhandigd, waarin formeel werd verklaard dat tenzij we vóór elf uur van hen vernamen dat zij bereid waren om ogenblikkelijk hun troepen uit Polen terug te trekken, er tussen onze twee landen sprake zou zijn van een oorlogstoestand. Ik moet u nu vertellen dat een dergelijke belofte niet is ontvangen en dat ons land dientengevolge in oorlog is met Duitsland.'

Maar aangezien de radio van de *Devonian* niet de BBC kon ontvangen, ging iedereen met zijn werk verder alsof het een gewone dag was.

Harry was nog steeds met zijn gedachten bij Emma toen het eerste schot langs de boeg vloog. Hij twijfelde wat hij moest doen. Hij had geen zin om de kapitein tijdens zijn avondeten te storen uit vrees dat hij een uitbrander zou krijgen voor het verspillen van diens tijd. Toen hij het tweede zag, was Harry voorkomen alert, en ditmaal wist hij zeker wat het was. Het lange, slanke, glanzende voorwerp gleed onder het wateroppervlak naar de boeg van het schip. Instinctief gaf hij een zwiep aan het roer naar stuurboord, maar het schip wendde naar bakboord. Niet bepaald wat hij had bedoeld, maar de vergissing bood hem genoeg tijd om alarm te slaan, omdat het voorwerp voorbij de boeg schoot en het schip op enkele meters miste.

Deze keer aarzelde hij geen moment en sloeg met de palm van zijn hand op de claxon, die meteen een luide stoot afgaf. Even later verscheen meneer Bradshaw op het dek, die naar de brug begon te rennen, op de voet gevolgd door de kapitein, die onderweg zijn jasje aantrok.

Een voor een kwam de rest van de bemanning uit de krochten van het schip om direct de stations te bemannen, ervan uitgaand dat dit een niet eerder aangekondigde brandoefening moest zijn.

'Wat is het probleem, meneer Clifton?' vroeg kapitein Havens kalm terwijl hij de brug op stapte.

'Ik denk dat ik een torpedo zag, kapitein, maar omdat ik er nog nooit eerder eentje heb gezien, weet ik het niet zeker.'

'Kan het een dolfijn geweest zijn die van onze kliekjes genoot?' opperde de kapitein.

'Nee, kapitein, het was geen dolfijn.'

'Ik heb ook nog nooit een torpedo gezien,' moest Havens toegeven terwijl hij het roer overnam. 'Uit welke richting kwam hij?'

'Noord-noordoost.'

'Meneer Bradshaw,' zei de kapitein, 'alle bemanningsleden naar de noodstations en voorbereiden om op mijn bevel de reddingssloepen te laten zakken.'

'Aye aye, kapitein,' zei Bradshaw, die naar het dek liep en onmiddellijk de bemanning begon te organiseren.

'Meneer Clifton, let goed op en laat het me meteen weten als u iets ziet.'

Harry pakte de verrekijker en begon langzaam de oceaan af te turen. Tegelijkertijd brulde de kapitein door de spreekbuis. 'Alle machines achteruit, meneer Patterson, alle machines achteruit en stand-by voor orders.'

'Aye aye, kapitein,' zei een verschrikte eerste machinist, die dat bevel sinds 1918 niet meer had gehoord.

'Nog eentje,' zei Harry. 'Noord-noordoost, recht op ons af.'

'Ik zie hem,' zei de kapitein. Hij draaide het roer naar links en de torpedo miste hen op slechts enkele tientallen centimeters. Hij wist dat deze truc waarschijnlijk niet nog een keer zou lukken.

'U had gelijk, meneer Clifton. Dat was geen dolfijn,' zei Havens nuchter. 'We zijn vast in oorlog,' voegde hij er fluisterend aan toe. 'De vijand beschikt over torpedo's en het enige wat ik heb, zijn honderdvierenveertig Raleigh-fietsen, een paar zakken aardappelen en wat katoenen jurken.' Harry bleef goed uitkijken.

De kapitein bleef zo kalm dat Harry bijna geen gevaar voelde. 'Nummer vier komt pal op ons af, kapitein,' zei hij. 'Opnieuw noord-noordoost.'

Kranig deed Havens zijn best om de oude dame nog een keer van koers te laten veranderen, maar ze reageerde niet snel genoeg op zijn ongewenste avances en de torpedo reet de boeg van het schip open. Enkele minuten later meldde meneer Patterson dat er onder de waterlijn brand was uitgebroken en dat zijn mannen met de primitieve schuimslangen van het schip de vlammen niet wisten te doven. De kapitein hoefde niet te worden verteld dat hij voor een hopeloze opgave stond.

'Meneer Bradshaw, tref voorbereidingen om het schip te verlaten. Alle bemanningsleden paraat bij de reddingssloepen en nadere orders afwachten.'

'Aye aye, kapitein,' riep Bradshaw vanaf het dek.

'Meneer Patterson!' brulde Havens door de spreekbuis. 'Zorg dat u en uw mannen daar onmiddellijk wegwezen, en ik bedoel onmiddellijk, en meld u bij de sloepen.'

'We zijn al onderweg, schipper.'

'Nog eentje, kapitein,' zei Harry. 'Noord-noordwest, volgt een koers naar de stuurboordzijde, midscheeps.'

De kapitein gaf nog eens een zwiep aan het roer, maar hij wist dat hij de klap deze keer niet kon ontwijken. Enkele ogenblikken later boorde de torpedo zich in het schip, dat direct slagzij maakte.

'Verlaat het schip!' brulde Havens, reikend naar de intercom. 'Verlaat het schip!' herhaalde hij een paar keer, waarna hij zich omdraaide naar Harry, die nog steeds door zijn verrekijker de omgeving aftuurde.

'Begeef u naar de dichtstbijzijnde reddingssloep, meneer Clifton, en wel nu direct. Het heeft geen zin dat er iemand op de brug blijft.'

'Aye aye, kapitein.'

'Kapitein,' klonk een stem vanuit de machinekamer, 'ruim nummer vier is geblokkeerd. Ik zit benedendeks vast met vijf van mijn mannen.'

'We zijn onderweg, meneer Patterson. We hebben jullie er zo uit. Plan gewijzigd, meneer Clifton. Volg mij.' De kapitein vloog de trap af, waarbij zijn voeten de treden nauwelijks raakten, en Harry volgde op luttele centimeters achter hem.

'Meneer Bradshaw!' riep de kapitein terwijl hij in en uit de door olie gevoede, likkende vlammen sprong, die inmiddels het bovendek hadden bereikt. 'Zorg dat de mannen snel in de sloepen stappen en het schip verlaten.'

'Aye aye, kapitein,' reageerde Bradshaw, die zich aan de reling van het schip vastklampte.

'Ik heb een roeispaan nodig. En zorg ervoor dat je een sloep gereed hebt om meneer Patterson en zijn mannen uit het ketelruim te halen.'

Bradshaw greep een roeispaan uit een van de reddingssloepen en slaagde er met de hulp van een andere matroos in om deze aan de kapitein door te geven. Harry en de schipper namen ieder een uiteinde en strompelden over het dek naar het vierde ruim. Harry had geen idee wat een roeispaan kon uitrichten tegen torpedo's, maar dit was niet het moment om vragen te stellen.

De kapitein zette het op een hollen, voorbij de Chinees, die op zijn knieën en met het hoofd gebogen tot zijn god bad.

'Stap in de sloep, stomme zak!' riep Havens. Meneer Lu kwam wankelend overeind, maar verroerde zich verder niet. Harry duwde de man in de richting van de derde officier, waardoor meneer Lu voorover tuimelde en bijna in de armen van meneer Bradshaw viel.

Toen de kapitein het luik boven het vierde ruim bereikte, klemde hij het dunne uiteinde van de roeispaan in een gebogen haak, sprong op en wierp al zijn gewicht op het blad. Harry voegde zich vlug bij hem en samen wisten ze de enorme ijzeren plaat omhoog te wrikken tot er een gat van ongeveer dertig centimeter was.

'Meneer Clifton, u trekt de mannen eruit terwijl ik probeer het luik open te houden,' zei Havens terwijl er twee handen door het gat verschenen.

Harry liet de roeispaan los, viel op zijn knieën en kroop naar het open luik. Terwijl hij de man bij de schouders greep, sloeg een golf water over hem heen en het ruim in. Hij rukte de matroos eruit en schreeuwde tegen hem dat hij zich meteen bij de reddingssloepen moest melden. De tweede man was leniger en wist zich zonder hulp op te trekken terwijl de derde zo blind in paniek was dat hij door het gat opdook en zijn hoofd stootte tegen het luik, waarna hij achter zijn scheepsmaten aan wankelde. De volgende twee volgden snel achter elkaar en kropen op hun handen en knieën in de richting van de laatste sloep. Harry wachtte op de eerste machinist, maar die verscheen niet bij het gat. Stampend helde het schip verder over, en Harry moest zich aan het dek vastklampen om niet voorover het ruim in te vallen.

Hij tuurde in de duisternis en zag een uitgestrekte hand. Hij stak zijn hoofd door het gat en boog zich zo ver mogelijk over zonder naar binnen te vallen, maar kon net niet bij de vingers van de tweede officier. Een paar keer probeerde meneer Patterson op te springen, maar bij elke poging werden zijn inspanningen gehinderd door meer water dat boven op hem kletterde. Kapitein Havens zag wel wat het probleem was, maar kon hen niet te hulp schieten, want als hij de roeispaan losliet, zou het luik op Harry neerstorten.

Patterson, die inmiddels tot zijn knieën in het water stond, brulde: 'In godsnaam, zorg dat jullie in de sloepen komen voordat het te laat is!'

'Geen denken aan,' zei de kapitein. 'Meneer Clifton, laat u door het gat zakken en duw die zakkenwasser omhoog, daarna kunt u volgen.'

Harry aarzelde geen moment. Hij liet zich achterwaarts omlaag zakken, met de voeten eerst, en greep zich met zijn vingertoppen aan de rand vast. Ten slotte liet hij los en viel in de donkerte. Het klotsende, olieachtige, ijskoude water brak zijn val en toen hij zijn evenwicht had herwonnen, greep hij de zijkanten vast en liet hij zich in het water zakken. 'Klim op mijn schouders,' zei hij, 'dan moet u er wel bij kunnen.'

De machinist gehoorzaamde de vierde officier, maar toen hij zich omhoog uitstrekte, kwam hij nog steeds enkele centimeters tekort om het dek aan te kunnen raken. Harry wendde al zijn krachten aan om Patterson verder omhoog te duwen tot hij de rand van het luik wist te bereiken en zich aan zijn vingertoppen kon vastklampen. Het water stroomde inmiddels het ruim binnen nu het schip steeds verder overhelde. Harry plaatste een hand onder elk van meneer Pattersons billen en begon als een gewichtheffer te stoten tot het hoofd van de machinist boven het dek verscheen.

'Jim, fijn om je te zien,' bromde de kapitein terwijl hij met zijn hele gewicht op de roeispaan bleef hangen.

'Insgelijks, Arnold,' reageerde de machinist terwijl hij zich langzaam uit het raam hees.

Op dat moment raakte de laatste torpedo het zinkende schip. De roeispaan knapte in tweeën en het ijzeren luik klapte neer op de machinist.

Als de bijl van een middeleeuwse beul hakte het zijn hoofd er met één haal schoon af en sloeg dicht. Pattersons lichaam viel terug het ruim in en landde naast Harry in het water.

Harry bedankte God dat hij meneer Patterson in de duisternis die hem nu omringde niet kon zien. In elk geval stroomde het water nu niet langer naar binnen, ook al betekende dit dat er geen ontsnapping meer was.

Terwijl de *Devonian* begon te kapseizen, ging Harry ervan uit dat ook de kapitein gedood moest zijn, want anders zou hij zeker het luik hebben vastgehouden en geprobeerd hebben om een manier te vinden om hem eruit te krijgen. Terwijl hij zich in het water liet zakken, dacht Harry hoe ironisch het was dat hij op dezelfde manier als zijn vader zijn dood tegemoet ging, opgesloten in de holle bodem van een schip. In een laatste poging om aan de dood te ontglippen klampte hij zich vast aan de zijwand van het ruim. Wachtend tot het water centimeter voor centimeter boven zijn schouders, zijn hals, zijn hoofd steeg, flitsten talloze gezichten voor hem. Wanneer je weet dat je nog maar enkele ogenblikken te leven hebt, komen er vreemde gedachten op.

Zijn dood zou tenminste voor zo veel mensen van wie hij hield de nodige problemen oplossen. Emma zou verlost zijn van haar belofte om voor de rest van haar leven trouw aan hem te blijven. Sir Walter zou zich niet langer zorgen hoeven te maken over de gevolgen van zijn vaders testament. Op den duur zou Giles de familietitel en alle aardse goederen van zijn vader erven. Zelfs Hugo Barrington zou zich weten te handhaven nu het niet langer nodig was om te bewijzen dat hij niet Harry's vader was. Alleen zijn lieve moeder…

Plotseling klonk er een machtige explosie. De *Devonian* brak in tweeën en enkele tellen later steigerden beide helften als een opgeschrikt paard, waarna het gebroken schip naar de bodem van de oceaan zonk.

De kapitein van de onderzeeboot tuurde door zijn periscoop totdat de *Devonian* onder de golven was verdwenen en in zijn kielzog een duizendtal felgekleurde katoenen jurken en talloze op en neer deinende lichamen, omringd door aardappelen, achterliet.

54

'Kun je me vertellen hoe je heet?' Harry keek omhoog naar de verpleegster, maar kon zijn lippen niet bewegen. 'Hoor je me?' vroeg ze. Weer een Amerikaans accent.

Harry wist zwak te knikken en ze glimlachte. Hij hoorde een deur opengaan en hoewel hij niet kon zien wie de ziekenboeg was binnengekomen, liep de verpleegster meteen bij hem weg, dus het moest wel iemand met gezag zijn. Ook al kon hij hen niet zien, hij hoorde wat ze zeiden. Het gaf hem het gevoel een luistervink te zijn.

'Goedenavond, zuster Craven,' klonk de stem van een oudere man.

'Goedenavond, dokter Wallace,' reageerde ze.

'Hoe maken onze twee patiënten het?'

'De een gaat duidelijk vooruit. De ander is nog steeds buiten bewustzijn.'

Dus minstens twee van ons hebben het overleefd, dacht Harry. Hij wilde juichen, maar hoewel zijn lippen bewogen, kwamen er geen woorden uit zijn mond.

'En we hebben nog steeds geen idee wie ze zijn?'

'Nee, maar kapitein Parker kwam eerder even kijken hoe het met ze gaat en toen ik hem liet zien wat er van hun uniforms over was, wist hij bijna zeker dat ze allebei officier waren.'

Harry's hart sprong even over bij de gedachte dat kapitein Havens het misschien had overleefd. Hij hoorde de arts naar het andere bed lopen, maar kon zijn hoofd niet draaien om te zien wie daar lag. 'De arme donder,' hoorde hij even later zeggen. 'Het zal me verbazen als-ie de nacht overleeft.'

Dan kent u kapitein Havens blijkbaar niet, wilde Harry hem vertellen, want zo gemakkelijk krijg je hem er niet onder.

De arts keerde terug aan Harry's bed en begon hem te onderzoeken. Harry kon net aan een man van middelbare leeftijd met een ernstig, peinzend gezicht onderscheiden. Zodra dr. Wallace zijn onderzoek had gedaan, wendde hij zich af en fluisterde tegen de verpleegster: 'Voor deze heb ik veel meer hoop, hoewel zijn overlevingskans nog steeds niet hoger is dan fiftyfifty na wat hij heeft doorgemaakt. Blijf vechten, jongeman,' zei hij nadat hij zich weer naar Harry toe had omgedraaid, hoewel hij niet zeker wist of de patiënt hem kon horen. 'We gaan alles doen wat in onze macht ligt om jou in leven te houden.' Harry wilde hem bedanken, maar kwam niet verder dan een lichte knik voordat de dokter wegliep. 'Mocht een van hen vannacht overlijden,' hoorde hij de dokter tegen de verpleegster fluisteren, 'ben je dan op de hoogte van de juiste procedure?'

'Ja, dokter. De kapitein dient onmiddellijk op de hoogte te worden gesteld en het lijk moet naar het mortuarium worden gebracht.' Harry wilde vragen hoeveel van zijn scheepsmaten daar al lagen.

'En ik word ook graag op de hoogte gehouden,' voegde Wallace eraan toe, 'zelfs als ik al op één oor lig.'

'Uiteraard, dokter. Mag ik vragen wat de kapitein heeft besloten te doen met die arme drommels die al dood waren toen we ze uit het water trokken?'

'Aangezien het allemaal matrozen waren, heeft hij het bevel uitgevaardigd dat ze morgenochtend bij het eerste licht een zeemansgraf krijgen.'

'Waarom zo vroeg?'

'Hij wil niet dat de passagiers weten hoeveel levens er gisteravond verloren zijn gegaan,' zei de dokter terwijl hij wegliep. Harry hoorde een deur opengaan. 'Een goede nacht, zuster.'

'Goedenacht, dokter,' antwoordde de verpleegster, en de deur viel in het slot.

Zuster Craven liep terug en nam plaats naast Harry's bed. 'Ik geef geen moer om kansen en statistieken,' zei ze. 'Jij blijft leven.'

Harry sloeg zijn ogen op naar de verpleegster met haar gesteven witte uniform en witte kapje, en in haar ogen zag hij de vurige overtuiging.

Toen Harry weer ontwaakte, was de zaal in duisternis gehuld, op een zwak schijnsel in de verre hoek na, waarschijnlijk uit een andere kamer. Zijn eerste gedachte was die aan kapitein Havens, die in het bed naast hem voor zijn leven vocht. Hij hoopte dat hij het zou overleven en dat ze samen naar Engeland terug konden keren, waar de kapitein met pensioen zou gaan en Harry kon aanmonsteren bij elk willekeurig schip van de Koninklijke Marine waar Sir Walter hem op kon krijgen.

Zijn gedachten keerden andermaal terug naar Emma, en hoe zijn dood voor de familie Barrington zo veel problemen zou hebben opgelost die hen nu zouden blijven achtervolgen.

Harry hoorde de deur weer opengaan en iemand met een hem niet bekend klinkende tred liep de ziekenboeg in. Hoewel hij niet kon zien wie het was, deed het geluid van de schoenen twee dingen vermoeden: het was een man, en hij wist waar hij op af liep. Aan de andere kant van de zaal ging een andere deur open en het licht werd feller.

'Hoi, Kristin,' klonk een mannenstem.

'Hallo, Richard,' reageerde de verpleegster. 'Je bent laat,' zei ze plagend, niet boos.

'Sorry, schat. Alle officieren moesten op de brug blijven tot de zoektocht naar overlevenden eindelijk werd opgegeven.'

De deur ging dicht en het licht verzachtte weer. Harry had geen idee hoeveel tijd er was verstreken toen de deur weer openging – een half uur, misschien wel een uur – en hij hun stemmen hoorde.

'Je das zit niet recht,' zei de verpleegster.

'Dat is niet goed,' reageerde de man. 'Straks heeft iemand ons in de gaten.' Ze lachte terwijl hij naar de deur liep. Plotseling bleef hij stilstaan. 'Wie zijn deze twee?'

'Meneer A en meneer B. De enige overlevenden van de reddingsoperatie van gisteravond.'

Ik ben meneer C, wilde Harry zeggen toen ze naar zijn bed kwamen. Harry sloot zijn ogen, hij wilde niet dat ze dachten dat hij naar hun gesprek had geluisterd. Ze nam zijn hartslag op.

'Volgens mij wordt meneer B met het uur sterker. Weet je, ik zou het niet kunnen verdragen als ik niet minstens één van hen redde.' Ze liep weg van Harry naar de andere kant van het bed.

Harry opende zijn ogen, draaide zijn hoofd iets en zag een lange man, gekleed in een keurig wit uniform met gouden epauletten. Zonder enige waarschuwing begon zuster Craven te snikken. De jongeman legde zacht een arm om haar schouder en wilde haar troosten. Nee, nee, wilde Harry uitroepen, kapitein Havens mag niet doodgaan. We gaan samen terug naar Engeland.

'Wat is de procedure in deze omstandigheden?' vroeg de jonge officier tamelijk formeel.

'Ik moet meteen de kapitein op de hoogte stellen en dan dokter Wallace wekken. Zodra alle papieren getekend zijn en er toestemming verleend is, zal het lichaam naar het mortuarium worden gebracht en worden klaargemaakt voor de begrafenisdienst morgen.'

Nee, nee, nee, brulde Harry, maar geen van beiden hoorde hem.

‘Ik bid tot om het even welke god dat Amerika niet in deze oorlog betrokken raakt,’ ging de verpleegster door.

‘Dat gaat nooit gebeuren, schat,’ zei de jonge officier. ‘Roosevelt is veel te uitgekookt om zich weer in een Europese oorlog te mengen.’

‘Dat zeiden de politici de laatste keer ook,’ bracht Kristin hem in herinnering.

‘Hé, hoe kom je zo?’ Hij klonk bezorgd.

‘Meneer A was ongeveer net zo oud als jij,’ zei ze. ‘Misschien had ook hij thuis een verloofde.’

Harry besefte dat het niet kapitein Havens was die in het bed naast hem lag, maar Tom Bradshaw. Op dat moment nam hij de beslissing.

Toen Harry weer wakker werd, hoorde hij vanuit de belendende kamer stemmen klinken. Even later kwamen dokter Wallace en zuster Craven de ziekenboeg in gelopen.

‘Het moet hartverscheurend zijn geweest,’ zei de verpleegster.

‘Het was heel akelig,’ gaf de dokter toe. ‘En het werd nog erger doordat ze allemaal anoniem hun graf in gingen, hoewel ik het met de kapitein eens ben dat een zeeman zo begraven zou willen worden.’

‘Nog nieuws van het andere schip?’ vroeg de verpleegster.

‘Ja, ze hebben het iets beter gedaan dan wij. Elf doden, maar drie overlevenden: een Chinees en twee Engelsen.’

Harry vroeg zich af of een van de Engelsen misschien kapitein Havens zou kunnen zijn.

De dokter boog zich over hem heen en knoopte Harry’s pyjamajasje open. Hij plaatste een koude stethoscoop op verschillende plekken op zijn borst en luisterde geconcentreerd. Daarna stopte de verpleegster een thermometer in Harry’s mond.

‘Zijn temperatuur is goed gezakt, dokter,’ zei de verpleegster nadat ze het kwikbuisje had gecontroleerd.

‘Voortreffelijk. Misschien kun je proberen hem wat dunne soep te geven.’

‘Ja, natuurlijk. Hebt u mijn hulp nog nodig met een van de passagiers?’

‘Nee, dank u, zuster, uw belangrijkste taak is ervoor te zorgen dat deze het overleeft. Ik zie u over een paar uur.’

Zodra de deur gesloten was, keerde de verpleegster terug aan Harry’s bed. Ze ging zitten en glimlachte. ‘Zie je me?’ vroeg ze. Harry knikte. ‘Kun je me vertellen hoe je heet?’

‘Tom Bradshaw,’ antwoordde hij.

55

'Tom,' zei dokter Wallace zodra hij Harry had onderzocht. 'Ik ben benieuwd of je mij de naam kunt vertellen van de collega-officier die gisteravond overleed. Ik zou zijn moeder, of zijn vrouw als hij die had, willen schrijven.'

'Zijn naam was Harry Clifton,' zei Harry nauwelijks verstaanbaar. 'Hij was ongehuwd, maar ik ken zijn moeder vrij goed. Ik was van plan om haar zelf te schrijven.'

'Dat is aardig van je,' zei Wallace, 'maar dan nog wil ik haar graag een brief sturen. Heb je haar adres?'

'Ja, dat heb ik,' antwoordde Harry. 'Maar het zou misschien aardiger zijn als ze eerst van mij hoorde, en niet van een volslagen vreemde,' stelde hij voor.

'Als jij dat vindt,' zei Wallace, maar hij klonk verre van overtuigd.

'Ja,' zei Harry, ditmaal iets meer vastberaden. 'Zodra de *Kansas Star* naar Bristol terugkeert, kunt u mijn brief posten. Ervan uitgaande dat de kapitein nog steeds van plan is om terug naar Engeland te varen, nu we in oorlog zijn met Duitsland.'

'*Wíj* zijn niet in oorlog met Duitsland,' merkte Wallace op.

'Nee, natuurlijk niet,' corrigeerde Harry zichzelf vlug. 'En laten we hopen dat het nooit zover komt.'

'Mee eens,' zei Wallace, 'maar dat zal de *Kansas Star* er niet van weerhouden om de terugreis te aanvaarden. Er zijn nog altijd honderden Amerikanen gestrand in Engeland, zonder een andere manier om thuis te komen.'

'Is dat niet een beetje gevaarlijk?' vroeg Harry. 'Vooral gezien wat wij net hebben meegemaakt?'

'Nee, dat geloof ik niet,' zei Wallace. 'Het laatste wat de Duitsers zullen willen, is een Amerikaans passagiersschip tot zinken brengen, want dat zou ons zeker in het conflict betrekken. Ik stel voor dat jij wat gaat slapen, Tom, want ik hoop dat de zuster jou morgen mee kan nemen voor een ommetje over het dek. Om te beginnen niet meer dan één rondje,' benadrukte hij.

Harry sloot zijn ogen, maar deed geen poging om te slapen, hij begon na te denken over de beslissing die hij had genomen en hoeveel levens deze zou beïnvloeden. Door de identiteit van Tom Bradshaw over te nemen had hij zich een adempauze gegund om zijn toekomst te overdenken. Zodra ze vernamen dat Harry Clifton op zee was omgekomen, zouden Sir Walter en de rest van de familie Barrington verlost zijn van alle verplichtingen waardoor ze zich gebonden konden voelen, en Emma zou vrij zijn om een nieuw leven te beginnen. Een beslissing die Old Jack goedgekeurd zou hebben, dacht hij, hoewel de volle omvang van de gevolgen nog niet tot hem doorgedrongen was.

Maar de wederopstanding van Tom Bradshaw zou ongetwijfeld haar eigen problemen scheppen, en hij zou voortdurend op zijn hoede moeten blijven. Dat hij bijna niets wist over Bradshaw hielp niet echt, zodat telkens wanneer zuster Craven hem naar zijn verleden vroeg, hij iets moest verzinnen of van onderwerp moest veranderen.

Bradshaw was erg bedreven gebleken in het afweren van vragen die hij niet wilde beantwoorden, en hij was duidelijk een einzelgänger geweest. Hij was al minstens drie jaar, mogelijk langer, niet meer in zijn eigen land geweest, dus zijn familie zou absoluut niet hebben geweten van zijn aanstaande terugkeer. Zodra de *Kansas Star* in New York arriveerde, was Harry van plan om op het eerst beschikbare schip naar Engeland terug te varen.

Zijn grootste dilemma was hoe te voorkomen dat zijn moeder onnodig zou lijden onder de gedachte dat ze haar enige zoon had verloren. Dit probleem was deels opgelost door de belofte van dokter Wallace dat hij een brief naar Maisie op de bus zou doen zodra hij in Engeland arriveerde. Maar Harry moest die brief nog steeds schrijven.

Urenlang had hij over de tekst zitten peinzen, zodat tegen de tijd dat hij voldoende hersteld was om zijn gedachten aan papier toe te vertrouwen, hij de zinnen bijna uit zijn hoofd kende.

New York
8 september 1939

Mijn liefste moeder,
Ik heb alles gedaan wat in mijn macht lag om ervoor te zorgen dat u deze brief ontvangt voordat iemand u kan vertellen dat ik op zee ben omgekomen.

Zoals de datum in de aanhef aantoont, ben ik niet omgekomen toen de Devonian *op 4 september tot zinken werd gebracht. Als door een wonder ben ik door een Amerikaans schip uit zee gevist en ik ben springlevend. Er deed zich echter een kans voor om de identiteit van een andere man aan te nemen en die kans heb ik gegrepen in de hoop dat het zowel u als de familie Barrington zal verlossen van de vele problemen die ik door de jaren heen onopzettelijk lijk te hebben veroorzaakt.*

Het is belangrijk dat u weet dat mijn liefde voor Emma in geen enkel opzicht is verminderd, verre van dat. Maar ik vind niet dat ik het recht heb om van haar te verwachten dat ze zich de rest van haar leven vastklampt aan de ijdele hoop dat ik ergens in de toekomst zal kunnen bewijzen dat Arthur Clifton en niet Hugo Barrington mijn vader was. Op deze manier kan ze in elk geval denken aan een toekomst met iemand anders. Die man benijd ik.

Ik ben van plan om in de nabije toekomst naar Engeland terug te keren. Mocht u enig bericht ontvangen van een Tom Bradshaw, dan zal het van mij afkomstig zijn.

Zodra ik weer voet op Engelse bodem zet, zal ik contact met u opnemen, maar in de tussentijd moet ik u smeken om mijn geheim te bewaren zoals u dat van u zo veel jaren hebt bewaard.

Uw liefhebbende zoon,
Harry

Hij herlas de brief een paar keer voordat hij hem in een envelop deed waarop 'strikt privé en vertrouwelijk' stond. Hij adresseerde hem aan mevrouw Arthur Clifton, Still House Lane 27, Bristol.

De volgende morgen gaf hij de brief aan dokter Wallace.

'Denk je dat je zover bent om een wandelingetje over het dek te proberen?' vroeg Kristin.

'Zeker weten,' reageerde Harry, waarmee hij een van de uitdrukkingen uitprobeerde die hij haar vriend had horen bezigen, hoewel hij het nog steeds onnatuurlijk vond om er het woord 'schat' aan toe te voegen.

Tijdens die lange uren die hij in bed had doorgebracht, had Harry aandachtig naar dokter Wallace geluisterd, en telkens wanneer hij alleen was, had hij geprobeerd diens accent te imiteren, dat hij Kristin tegenover Richard als 'oostkust' had horen omschrijven. Harry was dankbaar voor de uren die doctor Paget had geïnvesteerd om hem spraakvaardigheid bij te brengen, destijds nam hij aan dat dit alleen van nut zou zijn op het toneel. Hij bevond zich nu op het toneel. Maar hij zat wel nog steeds met het probleem hoe om te gaan met Kristins onschuldige nieuwsgierigheid naar zijn familieachtergrond en opvoeding.

Hij werd geholpen door een roman van Horatio Alger en een andere van Thornton Wilder, de enige twee boeken die in de ziekenboeg waren achtergelaten. Hieruit wist hij een fictieve familie te verzinnen die uit Bridgeport, Connecticut, kwam. Deze bestond uit een vader die in een stadje bankdirecteur was van Connecticut Trust and Savings, een moeder die een plichtsgetrouwe huisvrouw was en ooit als tweede was geëindigd bij een plaatselijke missverkiezing, en een oudere zus, Sally, die gelukkig getrouwd was met Jake, die de plaatselijke ijzerhandel bestierde. Terugdenkend aan dr. Pagets opmerking dat hij met zijn fantasie eerder als schrijver dan als acteur zou eindigen, verscheen er een glimlach op zijn gezicht.

Aarzelend zette Harry zijn voeten op de vloer en met hulp van Kristin kwam hij langzaam overeind. Toen hij een ochtendjas had aangetrokken, pakte hij haar arm en begaf zich met wankele stappen naar de deur, een trap op en naar het dek.

'Hoe lang geleden is het dat je thuis was?' vroeg Kristin terwijl ze langzaam over het dek begonnen te lopen.

Harry probeerde zich altijd te beperken tot het weinige dat hij echt wist over Bradshaw en voegde daar dan een paar snippers uit het leven van zijn denkbeeldige familie aan toe. 'Iets meer dan drie jaar,' zei hij. 'Mijn familie klaagt nooit, omdat ze al heel vroeg in mijn leven wisten dat ik naar zee wilde.'

'Maar hoe kwam je op een Brits schip terecht?'

Verdomd goeie vraag, dacht Harry. Wist hij het antwoord maar. Hij maakte een misstap om zich iets meer tijd te gunnen om met een overtuigend antwoord op de proppen te komen. Kristin boog zich om hem te helpen.

'Het gaat wel,' zei hij toen hij haar arm weer had vastgepakt. Vervolgens begon hij herhaaldelijk te niezen.

'Misschien is het tijd om jou terug te brengen naar de zaal,' stelde Kristin voor. 'We kunnen je nu geen verkoudheid laten oplopen. Morgen kunnen we het altijd opnieuw proberen.'

'Inderdaad,' zei Harry, opgelucht dat ze niet nog meer vragen stelde.

Nadat ze hem als een moeder had ingestopt, viel hij al vlug in een diepe slaap.

De dag voordat de *Kansas Star* de haven van New York binnenliep, lukte het Harry om elf rondjes over het dek te lopen. Hoewel hij het aan niemand kon toegeven, was hij behoorlijk opgewonden over het vooruitzicht om voor het eerst Amerika te zien.

'Ga je direct terug naar Bridgeport zodra we zijn afgemeerd?' vroeg Kristin tijdens zijn laatste rondje. 'Of blijf je nog een poosje in New York?'

'Daar heb ik nog niet veel over nagedacht,' zei Harry, die hier eigenlijk heel veel over had nagedacht. 'Ik denk dat het zal afhangen van hoe laat we afmeren,' voegde hij eraan toe terwijl hij zijn best deed op haar volgende vraag te anticiperen.

'Het is alleen, als je graag een nachtje in Richards appartement in Oost-Manhattan wilt logeren, dan kan dat.'

'O, ik wil hem op geen enkele manier tot last zijn.'

Kristin lachte. 'Weet je, Tom, soms klink je meer als een Engelsman dan een Amerikaan.'

'Na al die jaren op Britse schepen te hebben gediend, neem je op het laatst zelfs het karakter over van die verdorven Engelse matrozen.' Hij glimlachte.

'Is dat ook de reden waarom je jouw probleem niet met ons kon delen?' Opeens bleef Harry stilstaan: een misstap of een nies ging hem ditmaal niet redden. 'Als je iets openhartiger was geweest, zouden we met alle plezier het probleem hebben opgelost. Maar gegeven de omstandigheden hadden we geen andere keuze dan kapitein Parker op de hoogte te stellen en hem te laten beslissen wat er gedaan moest worden.'

Harry zakte in elkaar op de dichtstbijzijnde dekstoel, maar aangezien Kristin geen aanstalten maakte om hem te hulp te snellen, wist hij dat hij verslagen was. 'Het is veel ingewikkelder dan je beseft,' begon hij. 'Maar ik kan wel uitleggen waarom ik er verder niemand in wilde betrekken.'

'Dat hoeft niet,' zei Kristin. 'De kapitein is ons al te hulp geschoten. Maar hij wilde wel vragen hoe je het grotere probleem denkt te gaan aanpakken.'

Harry boog zijn hoofd. 'Ik ben bereid alle vragen te beantwoorden die de kapitein maar kan hebben,' zei hij, bijna opgelucht dat hij was betrapt.

'Net als iedereen wil hij weten hoe je zonder kleren of een cent op zak van het schip af zult stappen.'

Harry glimlachte. 'Ik dacht dat New Yorkers een peignoir van de *Kansas Star* redelijk chic zouden vinden.'

'Al liep je in een badjas over Fifth Avenue, dan nog zou het weinig New

Yorkers opvallen,' zei Kristin. 'En mensen die het wél zagen, zouden waarschijnlijk denken dat het de laatste mode was. Maar voor de zekerheid is Richard met een paar witte overhemden en een tweedjasje op de proppen gekomen. Jammer dat hij zo veel langer is dan jij, want anders zou hij je ook nog een broek hebben kunnen geven. Dokter Wallace kan een paar gaatjesschoenen, een paar sokken en een stropdas missen. Dan zitten we nog met het probleem van de broek, maar de kapitein heeft nog een korte broek over die hem niet meer past.' Harry barstte in lachen uit. 'We hopen dat je niet beledigd zult zijn, Tom, maar we hebben onder de bemanning ook een beetje geld ingezameld,' voegde ze eraan toe, en ze gaf hem een dikke envelop. 'Ik denk dat hier meer dan genoeg in zit om in Connecticut te komen.'

'Hoe kan ik je bedanken?' reageerde Harry.

'Dat hoeft niet, Tom. We zijn allemaal zo blij dat je het hebt overleefd. Ik wou alleen dat we ook je vriend Harry Clifton hadden kunnen redden. Desalniettemin zul je blij zijn om te horen dat kapitein Parker dokter Wallace heeft geïnstrueerd om jouw brief te posten.'

56

Harry bevond zich die ochtend onder de eersten op het dek, het was ongeveer twee uur voordat de *Kansas Star* de haven van New York binnen zou lopen. Het duurde nog eens veertig minuten voordat de zon opkwam, en tegen die tijd had hij precies uitgedacht hoe hij zijn eerste dag in Amerika ging doorbrengen.

Dokter Wallace had hij al gedag gezegd, na een ontoereikende poging om hem te bedanken voor alles wat hij had gedaan. Wallace verzekerde hem dat hij zijn brief aan mevrouw Clifton meteen na aankomst in Bristol op de post zou doen, want nadat Harry in bedekte termen te kennen had gegeven dat zij zenuwachtig van aard was, had de dokter met tegenzin erkend dat het misschien niet verstandig zou zijn om haar te bezoeken.

Harry werd geroerd toen kapitein Parker in de ziekenboeg opdook om een korte broek af te geven en hem geluk te wensen. Nadat hij naar de brug was teruggekeerd, zei Kristin gedecideerd: 'Tijd om naar bed te gaan, Tom. Als jij morgen naar Connecticut gaat reizen, heb je al je kracht nodig.' Tom Bradshaw zou graag een dag of twee met Richard en Kristin in Manhattan hebben doorgebracht, maar Harry Clifton kon het zich niet veroorloven om tijd te verspillen nu Groot-Brittannië Duitsland de oorlog had verklaard.

'Wanneer je morgenochtend wakker wordt,' ging Kristin verder, 'probeer dan voor het eerste licht op het passagiersdek te zijn, dan kun je de zon zien opkomen terwijl we New York binnenvaren. Ik weet dat je het vele malen eerder zult hebben gezien, maar mij boeit het altijd weer.'

'Mij ook,' zei Harry.

'En zodra we zijn afgemeerd,' ging Kristin door, 'wil je misschien wel wachten tot Richard en ik vrij zijn, zodat we samen van boord gaan?'

Gekleed in Richards iets te grote tweedjasje en overhemd, de iets te lange korte broek van de kapitein en de iets te krappe schoenen en sokken van de dokter kon Harry gewoon niet wachten om aan land te gaan.

De purser van het schip had een telegram vooruitgestuurd naar de immigratiedienst van New York met het bericht dat ze een extra passagier aan boord hadden, een Amerikaans staatsburger die Tom Bradshaw heette. De NYID had terug getelegrafeerd dat meneer Bradshaw zich bij een van de beambten bekend diende te maken en dat die het verder zou afhandelen.

Zodra Richard hem op Grand Central had afgezet, zou Harry eerst een tijdje in het station rondhangen, om daarna linea recta naar de haven terug te keren, waar hij zich meteen bij het vakbondskantoor zou melden en zou uitzoeken welke schepen naar Engeland zouden afvaren. Het deed er niet toe welke haven ze als bestemming hadden, zolang het maar niet Bristol was.

Zodra hij een geschikt vaartuig had gevonden, zou hij zich inschrijven voor werk, het kon hem niet schelen wat: of hij nu op de brug of in het ketelruim werkte, de dekken schrobde of aardappelen schilde, zolang hij maar terug naar Engeland kon. Als er helemaal geen baantjes waren, zou hij de goedkoopste overtocht boeken. De inhoud van de dikke witte envelop die Kristin hem had gegeven, had hij al bekeken, en er was meer dan genoeg geld voor een hut die niet kleiner kon zijn dan de bezemkast waarin hij aan boord van de *Devonian* had geslapen.

Het stemde hem verdrietig dat hij in Engeland geen van zijn oude vrienden zou kunnen opzoeken, en zelfs als hij contact opnam met zijn moeder, zou hij voorzichtig moeten zijn. Maar zodra hij aan wal was gestapt, zou zijn enige doel zijn om zich op een van Zijne Majesteits oorlogsschepen te melden en zich beschikbaar te stellen voor de strijd tegen de vijanden van de koning, ook al wist hij dat wanneer dat schip naar de haven terugkeerde, hij als een op de vlucht geslagen misdadiger aan boord zou moeten blijven.

Harry's gedachten werden verstoord door een dame. Vol bewondering staarde hij naar het Vrijheidsbeeld, dat hij door de vroege ochtendmist voor zich zag opdoemen. Hij had wel foto's gezien van dit iconische monument, maar die hadden hem niet echt een idee gegeven van de omvang van het beeld, dat nu boven de *Kansas Star* uittorende en bezoekers, immigranten en medelandgenoten welkom heette in de Verenigde Staten.

Terwijl het schip zijn weg vervolgde naar de haven leunde Harry over de reling en keek hij naar Manhattan, teleurgesteld dat de wolkenkrabbers niet hoger leken te zijn dan een aantal van de gebouwen die hij zich in Bristol herinnerde. Maar naarmate de minuten verstreken, groeiden en groeiden ze totdat ze de hemel in leken te rijzen en moest hij zijn ogen tegen de zon beschermen terwijl hij omhoog staarde.

Een sleepboot van het havenbedrijf van New York kwam langszij en leidde de *Kansas Star* veilig naar zijn ligplaats aan dok nummer zeven. Toen Harry de juichende menigten zag, voelde hij zich voor het eerst ongerust, ook al was de jongeman die deze ochtend New York binnenvoer veel ouder dan de vierde officier die nog maar drie weken eerder Bristol had verlaten.

'Lach eens, Tom.'

Harry draaide zich om en zag Richard door een Kodak Brownie Box-camera kijken. Hij tuurde naar een ondersteboven staand beeld van Tom, met de skyline van Manhattan als achtergrond.

'Jij bent een passagier die ik niet gauw zal vergeten,' zei Kristin terwijl ze naast hem kwam staan, zodat Richard een tweede foto van hen samen kon maken. Ze had haar verpleegstersuniform verruild voor een fleurige gestippelde jurk, witte riem en witte schoenen.

'Ik jou ook niet,' zei Harry, hopend dat geen van beiden kon voelen hoe zenuwachtig hij was.

'Tijd om aan land te gaan,' zei Richard terwijl hij de sluiter van zijn camera dichtdeed.

Het drietal daalde de brede trap af naar het lagere dek, waar diverse passagiers al van het schip stroomden om met opgeluchte familieleden en vrienden te worden herenigd. Terwijl ze over de loopplank liepen, deed het Harry goed om te merken hoeveel passagiers en bemanningsleden hem de hand wilden schudden en geluk wilden wensen.

Eenmaal aan wal begaven Harry, Richard en Kristin zich naar de immigratiedienst, waar ze achter een van de vier lange rijen aansloten. Harry's ogen schoten alle kanten op en hij wilde zo veel vragen stellen, maar elk daarvan zou hebben onthuld dat dit de eerste keer was dat hij voet op Amerikaanse bodem had gezet.

Het eerste wat hem opviel, was de lappendeken van verschillende kleuren waaruit de Amerikaanse bevolking was samengesteld. In Bristol had hij ooit één zwarte man gezien en hij was stil blijven staan om hem aan te staren, herinnerde hij zich. Old Jack had gezegd dat het zowel onbeleefd als onattent was. 'Hoe zou jij je voelen als iedereen stopte om jou aan te staren, alleen maar omdat je blank was?' had hij eraan toegevoegd. Maar het waren voornamelijk het lawaai, de bedrijvigheid en het tempo van alles om hem heen die tot zijn verbeelding spraken en Bristol deden lijken alsof het in een vervlogen tijdperk was blijven hangen.

Hij begon al te wensen dat hij Richards aanbod had aanvaard om bij hem een nachtje te logeren en misschien een paar dagen door te brengen in een stad die hij al voordat hij de haven had verlaten zo opwindend vond.

'Zal ik er maar eerst doorheen gaan?' vroeg Richard toen ze voor aan de rij waren gekomen. 'Dan haal ik mijn auto alvast op en zie ik jullie buiten de aankomsthal.'

'Goed idee,' zei Kristin.

'Volgende!' riep een immigratieofficier.

Richard liep naar de balie en overhandigde zijn paspoort aan de beambte, die even naar de foto keek en er een stempel op zette. 'Welkom thuis, luitenant Tibbet.'

'Volgende!'

Zich er pijnlijk van bewust dat hij geen paspoort, geen identificatie en de naam van iemand anders had, stapte Harry naar voren.

'Mijn naam is Tom Bradshaw,' zei hij met een zelfvertrouwen dat hij niet voelde. 'Ik geloof dat de purser van de ss *Kansas Star* een telegram vooruit heeft gestuurd om te waarschuwen dat ik aan wal zou komen.'

De officier keek Harry aandachtig aan, pakte vervolgens een vel papier en begon een lange lijst met namen te bekijken. Ten slotte zette hij een vinkje bij een ervan en draaide zich met een knik van zijn hoofd om. Voor het eerst zag Harry aan de andere kant van de paspoortcontrole twee mannen staan, gekleed in identieke grijze pakken en met grijze hoeden op. Een van hen glimlachte.

De immigratieofficier zette een stempel op een vel papier en gaf het aan Harry. 'Welkom terug, meneer Bradshaw. Dat is lang geleden.'

'Zeg dat wel,' reageerde Harry.

'Volgende!'

'Ik wacht wel even op je,' zei Harry terwijl Kristin op de balie af liep.

'Ik ben zo klaar,' beloofde ze.

Harry stak officieel de grens over en betrad voor de eerste keer in zijn leven de Verenigde Staten van Amerika.

De twee mannen in grijze pakken stapten naar voren. 'Goedemorgen, meneer,' zei een van hen. 'U bent meneer Thomas Bradshaw?'

'Ja, dat klopt,' zei Harry.

De woorden waren nauwelijks over zijn lippen of de andere man greep hem en drukte zijn armen op de rug terwijl de eerste man hem in de boeien sloeg. Het ging allemaal zo vlug dat Harry niet eens tijd had om te protesteren.

Uiterlijk bleef hij kalm, want de mogelijkheid dat iemand zou achterhalen dat hij niet Tom Bradshaw was maar een Engelsman die Harry Clifton heette, had hij al overdacht. Toch was hij ervan uitgegaan dat het ergste wat hem zou kunnen overkomen, was dat ze hem een deportatiebevel gaven en op een schip terug naar Groot-Brittannië zetten. En aangezien dat precies was wat hij toch al van plan was geweest te doen, stribbelde hij niet tegen.

Harry zag twee gereedstaande auto's langs het trottoir. De eerste was een zwarte politiewagen, waarvan het achterportier door een andere man met een strak gezicht en gekleed in een grijs pak werd opengehouden, en de tweede een rode sportauto, met een glimlachende Richard zittend op de motorkap.

Op het moment dat Richard zag dat Tom handboeien om had en werd weggevoerd, sprong hij op en begon naar hem toe te rennen. Tegelijkertijd begon een van de politieagenten meneer Bradshaw diens rechten voor te lezen terwijl de andere man Harry stevig bij de elleboog vastgreep. 'U hebt het recht om te zwijgen. Alles wat u zegt, kan en zal tegen u gebruikt worden in een rechtszaak. U hebt het recht op een advocaat.'

Het volgende moment verscheen Richard met grote passen naast hen. Woedend keek hij de agenten aan. 'Waar denkt u in vredesnaam mee bezig te zijn?' vroeg hij.

'Als u zich geen advocaat kunt veroorloven, zal u er eentje worden toegewezen,' ging de eerste politieman verder terwijl de andere hem negeerde.

Richard stond er duidelijk versteld van hoe ontspannen Tom overkwam, bijna alsof hij niet verrast werd dat hij was aangehouden. Maar hij was nog steeds vastbesloten om alles te doen wat hij maar kon om zijn vriend te helpen. Hij sprong naar voren en blokkeerde de agenten de doorgang. 'Agent, waar beschuldigt u meneer Bradshaw van?'

De rechercheur bleef stilstaan, keek Richard recht in de ogen en antwoordde: 'Moord met voorbedachten rade.'

Dankwoord

Voor hun onschatbare adviezen en research wil ik de volgende mensen bedanken: John Anstee, Simon Bainbridge, John Cleverdon, Eleanor Dryden, George Havens, Alison Prince, Mari Roberts, Susan Watt, David Watts en Peter Watts.